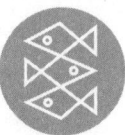

AMY
ACHTEROP

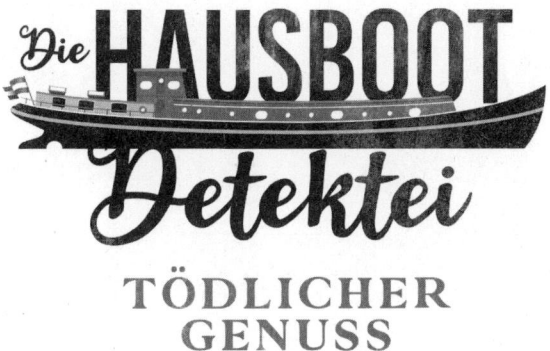

TÖDLICHER
GENUSS

Kriminalroman

FISCHER Taschenbuch

5. Auflage, 2025

Originalausgabe
Erschienen bei FISCHER Taschenbuch
Frankfurt am Main, März 2023

© 2023 S. Fischer Verlag GmbH,
Hedderichstr. 114, 60596 Frankfurt am Main
Dieses Werk wurde vermittelt durch die
Literarische Agentur Thomas Schlück GmbH,
30161 Hannover
Die Nutzung unserer Werke für Text- und Data-Mining
im Sinne von § 44b UrhG behalten wir uns explizit vor

Satz: Dörlemann Satz, Lemförde
Druck und Bindung: CPI books GmbH, Leck
ISBN 978-3-596-70670-9

Kontaktadresse nach EU-Produktsicherheitsverordnung:
produktsicherheit@fischerverlage.de

1

Maddie schaut lieber weg. Sollte man nicht, hat ihr Anwalt gesagt, nicht, wenn man auf der Anklagebank sitzt. Aber die Fenster sind so groß, der Himmel über Amsterdam so weit. Knallblau ist er plötzlich, mit ein paar leuchtend weißen, lächelnden Wölkchen. Ausgerechnet heute. Wochenlang war da oben nur graue Suppe. Zwischen den Grachten und Gassen trieb sich ein bissiger Nordostwind herum, und all die zu vielen Touristen blieben schön in den Museen. Kann man bei diesem Wetter natürlich vergessen. Maddies Füße kribbeln, sie will los, Isa abholen. Vom Gericht bis zum Café Anders braucht sie mindestens eine halbe Stunde, mit Touristen-Slalom sicher zehn Minuten mehr. Isa hält es schlecht aus, wenn sie zu spät kommt.

Jemand räuspert sich. Es ist der Richter. »Mevrouw Hornix, wir warten auf Ihre Antwort.«

Maddie zuckt zusammen, wendet den Blick vom Fenster ab. Warum schauen sie alle an? Vermutlich soll sie etwas sagen. Nur was bloß? Ihr fällt ein, dass das schon immer in ihren Schulzeugnissen stand: Maddie ist oft nicht bei der Sache, lässt sich leicht ablenken und neigt zum Tagträumen.

»Entschuldigung, aber könnten Sie bitte Ihre Frage wiederholen?«

Richter Cornelis Vermeer reckt seinen faltigen Hals mit dem kleinen, fast kahlen Kopf nach vorne, und Maddie findet, dass er aussieht wie diese uralte Landschildkröte im Artis mit dem gütigen Blick. Dann lässt Vermeer seine Lesebrille auf die Nasenspitze rutschen, nimmt Maddie ins Visier und gibt ihr noch eine Chance, Reue zu bekennen: »Würden Sie es wieder tun?«

Maddie mustert den Nebenkläger. Ruben Visser, ein schmächtiger Grundschulrektor kurz vor dem Ruhestand, mit müden Augen und einem gemeinen Zug um die Lippen. Eigentlich, denkt sie, müsste er auf der Anklagebank sitzen, nicht sie. Und seine Frau gleich mit.

Mit Mechteld Visser fing vor zwei Monaten auf dem Dappermarkt nämlich alles an, beziehungsweise: mit Mechteld Vissers bunt geblümtem Seidentuch. Das entdeckte Isa in der Menge und stürmte los. »Wunderschönst«, rief sie immer wieder, streckte ihre Hand nach dem Tuch aus und streichelte den Stoff.

Manchmal macht Isa so was. Isa ist Maddies kleine Schwester, zehn Jahre jünger als sie, im Juni wird sie einundzwanzig. Sie trägt gerne ausgefallene Kleider vom Flohmarkt, auch mal mehrere übereinander, und träumt davon, Modedesignerin zu werden. Sie hat Pausbäckchen, ein glucksendes Kinderlachen und immer Janneke, ihren Stoffhasen, dabei. Wer auch nur ein Gramm Herz im Leib hat, erkennt auf zehn Meter Entfernung, dass Isa niemandem etwas Böses will.

»Sie ist mir quasi an die Kehle gesprungen«, hat Mechteld Visser in der Verhandlung gesagt und dabei publikumswirksam ihre Stimme zittern lassen. Richter Vermeer hat leicht den Unterkiefer vorgeschoben und mit dem Kinn gewackelt. Er kann die

Vissers auch nicht ausstehen, glaubt Maddie. Wie sollte er auch, nachdem er schon Isa kennengelernt hat? Isa muss nicht bei der Verhandlung aussagen, weil sie das zu sehr aufregen würde und weil Maddie geständig ist.

Sie war auf dem Dappermarkt hinter Isa her, nahm sie bei der Hand und entschuldigte sich bei der sichtlich aufgebrachten Frau. Mechteld Visser zupfte ihr Tuch zurecht und musterte Isa mit hochgezogener Oberlippe. »Sie können sie hier nicht einfach frei rumlaufen lassen, Sie müssen besser auf sie aufpassen«, belehrte sie Maddie.

»Du hast Lippenstift an den Zähnen«, sagte Isa freundlich. »Aber das Rosa passt schön zum Tuch.«

Mechteld Visser schnappte nach Luft, ihr Mann trat dazwischen. »Komm, wir gehen, Schatz!« Dabei streckte er den Arm aus, so als müsse er Isa und Maddie auf Abstand halten. »Mit der Pränataldiagnostik von heute wäre das nicht passiert«, sagte er zu seiner Frau – leise, aber doch so laut, dass Maddie es hören konnte. Sie kann es immer noch hören, während sie Visser anschaut. Wie schon auf dem Markt merkt sie jetzt, wie sich die Wut in ihr ausbreitet wie ein Feuer im ausgetrockneten Laubwald.

»Ein sehr hässlicher Satz«, hat auch Richter Vermeer befunden. »Falls er denn wirklich gesagt wurde.« Genau das streitet das Ehepaar Visser allerdings ab. Und Isa kann sich nicht erinnern. Wie auch, sie versteht nicht mal, was Pränataldiagnostik überhaupt ist. Aber um den Satz geht es hier sowieso nur am Rande. Eigentlich geht es darum, dass Maddie kurzerhand Ruben Vissers abwehrend ausgestreckten Arm ergriffen und den Rektor mit einem Überschlag auf den Boden befördert hat.

Maddie kann so etwas, sie ist Krav-Maga-Trainerin. Nein, sie *war* Krav-Maga-Trainerin. Max, ihr Boss, hat sie nach der Anzeige wegen Körperverletzung rausgeworfen. »Was soll man denn mit einer Kontaktkampf-Ausbildung anfangen, wenn man nicht mal seine kleine Schwester verteidigen darf?«, hat Maddie argumentiert. Geholfen hat das nicht. Dabei ist Ruben Visser bis auf einen kleinen Schrecken (er sagt: ein großer Schrecken, wegen dem er bis heute schlecht schläft) und ein paar blauen Flecken (der Arzt sagt: kleinere Prellungen) gar nichts passiert.

Richter Cornelis Vermeer klopft mit seinem Kugelschreiber auf den Tisch. »Mevrouw Hornix?«

Ruben Visser schaut sie an, er verzieht den Mund spöttisch. Maddie kennt diesen Gesichtsausdruck von ihrem Vater.

»Vermutlich würde ich es wieder tun«, sagt sie.

Ruben Vissers Unterkiefer verrutscht. Damit hat er nicht gerechnet. »Unerhört«, entfährt es Mechteld Visser im Zuschauersaal.

Der Richter seufzt, schiebt mit dem Zeigefinger die Brille hoch und notiert etwas. Maddies Anwalt schnaubt, sackt ein wenig in sich zusammen und klappt kopfschüttelnd ihre Akte zu.

Nur einer im Gerichtssaal lächelt zufrieden: Ex-Commissaris Arie Poepjes. Genau so jemand wie Maddie hat in seinem Team noch gefehlt.

2

Eine halbe Stunde später ist Maddie draußen. Ein bisschen vor-bestraft, das schon, und mit der ärgerlichen Auflage, ein Anti-aggressionstraining zu absolvieren. Aber noch gerade rechtzei-tig, um Isa fast pünktlich von der Arbeit abzuholen.

Sie schließt ihre zwei Fahrradschlösser auf und wickelt sie um die Sattelstange. Maddie mag ihr altes Hollandrad, auch wenn es manchmal quietscht, nachdem es zu lange in der Kälte gestanden hat. Es ist so blau wie der Aprilhimmel über ihr, hat eine riesige Klingel, die man noch eine Straße weiter hört, einen stabilen Gepäckträger für Isa und am Lenker einen kleinen, aus Weiden geflochtenen Fahrradsitz für Janneke.

Maddie schaut noch einmal zum Gerichtsgebäude, diesem riesigen Glaskasten, der hinter den Fahrradständern in der Sonne glitzert. Maddie schiebt ihr Rad ein Stück zurück, dreht es herum, steigt auf und will losfahren. Geht aber nicht, weil da plötzlich ein Mann steht.

»Hallo, ich bin Arie.«

»Du bist mir im Weg«, sagt Maddie. Er kommt ihr irgendwie bekannt vor.

»Kann ich kurz mit dir reden?«

Groß, breit und ein bisschen abgerissen sieht er aus. Tränen-säcke, graue Haut, aufgeplatzte Äderchen. Das Hemd spannt über dem kugeligen Bauch. Ansonsten eher der kantige Typ, um die fünfzig, nicht unsympathisch.

»Ich muss los«, sagt Maddie und fährt mit einem Schlenker an ihm vorbei. Er hüpft ein Stück zur Seite und dann ihr nach. Gibt es das? Der Kerl joggt neben ihr her. Maddie schaltet einen Gang höher, ihr altes Rad läuft sich warm.

»Ich habe einen Job für dich«, sagt Arie, während er jetzt rennen muss. Er spricht in normalem Plauderton, keine Spur von Keuchen. Jetzt weiß sie wieder, wo sie ihn schon einmal gesehen hat: bei der Verhandlung im Zuschauersaal. Entweder will er sie für eine Schlägertruppe anheuern oder er macht einen schlechten Scherz. Maddie wirft ihm einen schnellen Seitenblick zu. Viel Ahnung hat sie davon nicht, aber eigentlich sieht er nicht wie ein Gangster aus. Auch nicht wie der Chef einer Security-Firma. »Sehr witzig«, sagt sie, gibt noch mehr Gas, so viel wie geht, mit all den Leuten, den Daumen am Schlägel. Da vorne ist schon der Vondelpark, in dem sich wie erwartet die Touristen drängeln. *Tringelingeling* macht die Klingel, und ein paar Frauen springen ins Gras. Um die nächste Gruppe, grauhaarige Pärchen, die aussehen, als wären sie auf Durchreise zum Himalaya mit ihren roten Funktionsjacken und klobigen Wanderschuhen, macht sie einen großen Bogen, wobei sie fast mit einem deutschen Schäferhund zusammenstößt. Sein Herrchen schreit etwas, das sie nicht mehr versteht.

»Nur eine Minute«, sagt jemand von links.

Dieser Arie ist tatsächlich immer noch da. Ziemlich fit für einen, der so fertig aussieht. »Ziemlich fit«, sagt Maddie mit ungewollter Anerkennung in der Stimme.

»Berufskrankheit«, grinst Arie. Immerhin ist er inzwischen rot im Gesicht. Maddie drosselt das Tempo ein bisschen. Sie will ja auch nicht, dass er gleich umkippt.

»Was für ein Beruf?«, fragt sie.

»Polizei.«

Maddie tritt vor Schreck auf die Rückbremse. Hinter ihr ist eine junge Frau mit einem dieser Lastenräder unterwegs, darin zwei Kinder, ein Kasten Bier und eine große Stoffgiraffe. Sie schafft es gerade so auszuweichen, bringt aber dadurch zwei Inlineskater ins Straucheln. Die Kinder kichern. »Fucking tourists«, schimpft ein Mann.

»Sorry«, ruft Maddie allen hinterher. Dann steigt sie ab. Irgendwie hat sie das Gefühl, dass das hier lustig werden könnte. »Ein Job bei der Polizei wäre natürlich perfekt für mich«, sagt sie.

»Die sind ein bisschen kleinlich in puncto Führungszeugnis. Meine neue Detektei nicht.«

»Detektei?«, sagt Maddie und zieht die letzte Silbe in die Länge. »Als was würde ich denn da arbeiten?«

»Als Detektivin, was sonst?«

»Natürlich«, sagt Maddie, dann schaut sie ihn genauer an. Der sieht aus, als ob er das ernst meint.

»Am Montag fangen wir an, mit dir zusammen wären wir zu viert. Training on the Job. Es gibt allerdings noch keine Aufträge.«

Das wurde ja immer besser. »Warum glaubst du, ich wäre eine gute Detektivin? Ich kann nur Leute auf die Matte legen.«

»Kein schlechter Anfang«, meint Arie. Dann legt er eine Hand auf seinen Bauch. »Ich habe meistens ein gutes Gespür für Leute.«

»Berufskrankheit?«

»Vermutlich.«

Maddie grinst, aber nur kurz. »Warum bist du nicht mehr bei der Polizei?«

Arie schaut zu zwei Möwen hinüber, die um ein Fischbrötchen streiten. »Mir war mal nach etwas anderem«, sagt er.

»Sicher«, sagt Maddie und verdreht die Augen. Arie ist ein schlechter Lügner. Sie hätte gedacht, dass Polizisten das besser können. Aber deshalb haben sie ihn sicher nicht rausgeschmissen.

»Okay«, murmelt Arie nach einigen Metern zerknirscht und steckt die Hände in die Jackentaschen, als sei ihm trotz des ganzen Gerennes kalt. »Meine Frau…«, beginnt er und unterbricht sich. »Spielt das überhaupt eine Rolle?«

Die Frage ist so blöd, dass Maddie beschließt, nicht darauf zu antworten. Sie sind schon auf der Prinsengracht. Überall stehen Pärchen, die sich beim Knutschen vor dem Kanal fotografieren. Maddie überlegt gerade, dass sie vielleicht doch einfach weiterfahren soll. Dieses ganze verliebte Getue geht ihr sehr auf die Nerven. Außerdem wartet Isa. Aber dann seufzt Arie. »Ich bin früher nach Hause, weil unser Hochzeitstag war. Sie lag im Bett, mit meinem besten Freund. Ex-Bester-Freund und Ex-Kollege.«

Er legt zehn Schweigesekunden ein, eine große graue Möwe fliegt dicht vor ihren Köpfen vorbei. Sie trägt ein Fischbrötchen im Schnabel.

»Ich habe ihm meine Knarre an den Kopf gehalten.«

Maddie kickt mit ihrem Turnschuh ein paar Steinchen ins Wasser. »Warum nicht ihr?«

Das, denkt Arie Poepjes, ist die erste vernünftige Frage, die ihm jemand in diesem Zusammenhang gestellt hat. Eine gute Antwort fällt ihm trotzdem nicht ein. »Keine Ahnung. Er lag oben.«

»Und dann war der Job weg?«

»Job, Frau, Freund, Haus«, zählt Arie auf und klingt so verzweifelt, dass Maddie ihm noch einen prüfenden Seitenblick zuwirft. Er sieht gar nicht aus wie ein Bulle, auch nicht wie ein Ex-Bulle. Eher wie ein alter ramponierter Seebär, der gerade mit ansehen musste, wie sein Schiff untergeht.

»Ich habe aber noch ein Boot in der Raamgracht«, sagt Arie. »Im Februar von einem Onkel geerbt. Da soll auch erst mal die Detektei sein. Und einen Hund habe ich seit kurzem auch.«

»Auch vom Onkel geerbt?«

»Nein, von einem früheren Nachbarn bekommen. Seine Frau wollte ihn nicht mehr im Haus haben. Er sabbert, haart und manchmal beißt er wohl.«

Maddie mag Hausboote und Hunde. Einen neuen Job braucht sie auch bald, wenn Isa und sie in der Wohnung bleiben wollen.

»Am Montag?«

»Montag um zehn«, sagt Arie.

»Ich überleg' es mir«, sagt Maddie und tritt in die Pedale.

3

Isa sitzt vor einem Brettchen mit unregelmäßig gewürfelten Möhren und weint, als Maddie endlich das Café Anders betritt. »Du bist zu spät«, sagt Falih. Er steht hinter der Bar und poliert gerade Gläser. Das Café Anders liegt in einer kleinen Seitenstraße im Jordaan, seit einigen Jahren eines der angesagtesten Viertel der Stadt. Hier arbeiten Menschen, die sonst niemand haben will. Menschen, die ein bisschen langsamer denken oder so schnell, dass sie selbst nicht mehr folgen können. Die versuchen, von Drogen oder von der Straße wegzukommen. Oder solche, bei denen der Körper nicht kooperiert, oder die seit Jahren keinen Job mehr hatten.

Es gibt alkoholfreie Getränke und kleine Gerichte, belegte Brote und Salate, so was. Die Gäste zahlen, was sie wollen. Das ist oft weniger, als sie in den hippen Cafés in der Nachbarschaft ausgeben müssten. Aber es kommt genug zusammen, um Isa und den anderen ein monatliches Taschengeld auszahlen zu können. Nur Falih bekommt ein richtiges Gehalt, ohne ihn würde der Laden aber auch nicht laufen. »Unser Normalo«, nennen die anderen ihn.

»Ach weiß ich gar nicht«, sagt Falih dann. Er ist ein ziemlich guter Typ, findet Maddie. Auch wenn er jetzt so streng guckt.

»Tut mir leid«, sagt Maddie und nimmt Isa in den Arm.

»Ich dachte schon, du musst ins Gefängnis«, schnieft Isa. Viele Tränen und ein bisschen Rotz tropfen auf Maddies Jacke.

»Nix Gefängnis. Ich habe vielleicht einen neuen Job.« Maddie packt Isas Rucksack, Isa nimmt ihren Hasen auf den Arm. Sie winken Falih zu, Maddie ruft: »Danke und bis Montag.« Erst als sie draußen stehen, hält Isa kurz mit dem Schluchzen inne und fragt: »Neuer Job?«

Maddie beugt sich vor und flüstert ihr ins Ohr: »Als Detektivin.«

Isa wischt sich die Tränen weg und strahlt. Sie kann das wie das Amsterdamer Wetter: von Regen auf Sonne in zwei Sekunden, zack. »Detektivin«, ruft sie.

»Psst«, macht Maddie. »Soll noch keiner wissen.«

Isa nickt eifrig und schnallt Janneke auf dem kleinen Fahrradsitz vorne am Lenker an. Maddie holt den Fahrradhelm aus Isas Rucksack und setzt ihn ihrer Schwester auf den Kopf. Isa zupft sich ein paar karamellfarbene Haarsträhnen aus dem Gesicht, setzt sich auf den Gepäckträger, schlingt die Arme um Maddie und ruft »Hüha!«

Maddie wiehert und fährt los, Isa lacht.

Einige Straßenkreuzungen später piekst sie ihr in die Rippen. »Janneke friert!«

Maddie kneift die Augen zusammen und radelt schneller. Sie will wirklich nach Hause. Etwas Warmes essen, obwohl sie nicht weiß, ob sie außer Lakritz und Mayonnaise noch etwas im Haus haben. Heiß duschen, Isa ins Bett bringen, irgendeinen albernen Film anschauen und ganz lange schlafen.

»Sie erkältet sich«, jammert Isa in diesem weinerlichen Ton, der ganz schnell ins Heulen umschlagen kann.

Stoffhasen können sich nicht erkälten, denkt Maddie und weiß sofort, dass sie diesen Satz nicht aussprechen kann, ohne gemein zu klingen. Sie seufzt, hält an und wartet fünf Minuten, bis Isa aus ihrem Rucksack den kleinen roten Wollpullover gekramt, Janneke abgeschnallt, angezogen und wieder angeschnallt hat.

Seit knapp einem Jahr wohnen Maddie und Isa im alten Stadtzentrum. Maddie kann es immer noch nicht fassen, dass sie die Wohnung bekommen haben, noch dazu zu einem halbwegs bezahlbaren Preis. Fünfunddreißig Quadratmeter unterm Dach, mit Blick auf die Gracht. Sie steigen ab, Isa hält die Tür auf, und Maddie schiebt das Rad in den Hausflur. Von außen sieht das zwei Fenster breite braun-weiße Haus mit dem geschwungenen Giebel aus, als wäre es aus Pfefferkuchen. Drinnen müffelt es wie ein alter Spüllappen. Das kommt von den schimmeligen Ecken und manchmal auch aus der Wohnung vom alten Onno im zweiten Stock.

»Ich bin müde«, sagt Isa nach den ersten fünf Treppenstufen und bleibt stehen. »Ich auch«, sagt Maddie, legt Isa eine Hand auf den unteren Rücken und schiebt sie, bis sie vier Stockwerke höher vor ihrer Wohnungstür stehen.

Hier riecht es besser, viel besser.

Isa drückt Janneke an ihre Brust, hebt die Nase und schnüffelt. Dann lächelt sie, und ihr rundes Gesicht wird noch ein bisschen runder. »Juanita!«

Juanita ist die Nachbarin aus der dritten Etage und Maddies beste Freundin. Tagsüber studiert sie Architektur, abends und nachts verhaut sie Männer, die ihr dafür Geld geben. Jetzt wirbelt Juanita zu kubanischen Salsaklängen durch Maddies und Isas Wohnschlafküche, von der kleinen gelben Kochzeile zum Couchtisch aus alten Holzpaletten und zurück. Ihre schwar-

16

zen Locken hüpfen über der knittrigen Leinenlatzhose, und es sieht aus, als ob sie tanzt, obwohl sie gleichzeitig Teller, Platten und dampfende Schüsseln balanciert. Lachs mit Mangosalsa, Süßkartoffeln, Maniokbrot, gegrillte Kochbananen mit Currymarinade. »Die tollste Juanita der Welt«, ruft Isa und hilft ihr, alles auf den kleinen Tisch zu quetschen.

Maddies Augen werden feucht. So ist das mit der Liebe, manchmal bringt sie einen zum Heulen.

Juanita drückt ihr drei Küsse auf die Wangen, legt ihr einen Arm um die Schulter und dirigiert sie zum Sofa. »War es schlimm, Chica?«

»Ich muss zum Antiaggressionstraining.«

»Sie wird Detektivin. Maddie, die Meisterdetektivin. Aber es ist noch geheim«, ruft Isa und schmeißt erst ihre Jacke, dann die Socken und zum Schluss auch Jannekes Pulli in eine Zimmerecke. Juanita hat die Heizung aufgedreht. Karibische Temperaturen zum karibischen Essen.

Nun zieht sie ihre fein gezupften Augenbrauen hoch, ihre dunklen Augen werden groß wie Tischtennisbälle.

»Vielleicht«, sagt Maddie.

»Wo?«, fragt Juanita.

»Aries Hausboot. Keine Ahnung, der war früher mal Bulle und heute im Zuschauersaal.«

Juanita schiebt ihr kleines, rundes Kinn nach vorne und schaut schräg nach oben. Das macht sie oft, wenn sie nachdenkt – als würden die Antworten vom Himmel fallen. »Groß, kantig, Anfang fünfzig, sieht ein bisschen kaputt aus?«

»Passt.«

»Arie Poepjes«, sagt Juanita und lässt sich auf ein großes buntes Sitzkissen fallen. Sie lebt erst seit anderthalb Jahren in Amsterdam, kennt aber die halbe Stadt.

»Ein Kunde?«, fragt Maddie, während sie den Fisch auf den Teller verteilt. Sie hofft es nicht.

Juanita schüttelt den Kopf. »Arie ist schwer in Ordnung. Er hat schon ein paarmal Kolleginnen aus der Patsche geholt.«

»Dem Lover seiner Frau hat er eine Knarre an den Kopf gehalten.«

»Der Lover war Aries Freund«, sagt Juanita mit ihrer »Was will man machen«-Stimme.

Dann wechselt sie das Thema. »Ein neuer Job! Das musst du feiern!«

»Mach ich doch gerade«, sagt Maddie und spießt mit der Gabel ein Stück Süßkartoffel auf. »Mit einem Festessen.«

»Wann bist du das letzte Mal ausgegangen?«, fragt Juanita, obwohl sie die Antwort kennt, schließlich ist sie diejenige, die bei Isa bleibt, wenn Maddie abends weggeht. Das letzte Mal ist tatsächlich länger her, denkt Maddie, gut drei Monate. Sie hatte versucht, sich den Weihnachtsbesuch bei den Eltern schön zu trinken. »Mein Kopf tut immer noch weh«, sagt sie.

Isa baut auf einem Stück Maniokbrot einen Turm aus Kochbananen und hebt ihn mit beiden Händen hoch. Er schwankt, kurz bevor sie ihn in den Mund schieben kann, fällt er runter. Isa lacht und isst die Bananen vom Sofa. Maddie holt einen feuchten Waschlappen. Auf dem Weg zum Badezimmer schwingt sie probehalber ihre Hüften.

»Beim Bahnhof hat doch dieser neue Laden aufgemacht. Soll ziemlich gut zum Tanzen sein«, ruft ihr Juanita hinterher.

Kurz darauf wischt Maddie erst Isa die Hände, dann dem Kamel auf dem Sofa-Überwurf die Curry-Flecken ab. Sie hat schon Lust, mal wieder rauszukommen. Sie könnte ihren neuen grünen Rock anziehen, den sie im Herbst im Secondhandladen gefunden und seitdem noch nie getragen hat. Andererseits...

»Wir wissen doch gar nicht, ob aus dem Job was wird. Noch hat dieser Arie keine Aufträge, und ich habe keinen Vertrag. Es wäre vernünftiger, wenn ich mir diese Detektei am Montag wenigstens mal anschaue, bevor ich feiern gehe.«

»Falsch!«, ruft Juanita. »Sofort feiern, das ist vernünftig. Falls es dann doch nicht klappt, hattest du wenigstens einen schönen Abend.«

Gegen Juanitas Logik kommt man schwer an. Maddie lacht. »Okay, ich werde ausgehen und mich prächtig amüsieren.« Dann fällt ihr noch was ein. »Musst du heute nicht arbeiten?«

»Erst um zwei.«

»Um zwei? Das ist doch krank.«

Juanita zuckt mit den Schultern. »Das ist es ja sowieso.«

Um neun Uhr verlässt Maddie die Wohnung. Isa liegt da schon im Bett und schläft, Juanita sitzt am Paletten-Couchtisch und zeichnet etwas für die Uni. Als Maddie ihr Fahrrad durch den Flur Richtung Haustür schiebt, wünscht sie sich für einen kurzen Moment, sie wäre doch geblieben, in ihrer kleinen, sicheren Höhle, mit den beiden Menschen, die sie am liebsten mag.

Aber dann tritt sie hinaus in den Amsterdamer Abend. Das Licht der Straßenlaternen und Häuser spiegelt sich in den Grachten, das Wasser klatscht leise gegen Bootswände, irgendwo in den Gassen trommelt jemand auf der Djembé, die Luft riecht nach Frühling und Abenteuer. Nie ist die Stadt schöner als nach Einbruch der Dunkelheit, denkt Maddie, als sie die Herengracht entlangradelt.

»Scheiße«, denkt sie zwei Sekunden später, als vor ihr plötzlich eine Autotür aufgeht. Sie reißt das Lenkrad rum, rammt einen Fuß auf den Boden und kommt mit zitternden Knien zum Stehen.

»Hey, kannst du nicht besser aufpassen, du blöde Tussi?!«, schreit ein Mann vom Fahrersitz der dunklen Limousine. Maddie merkt, wie ihr die Wut in die Muskeln schießt. Sie schaut den Mann an. Er fängt ihren Blick auf, beugt sich hastig vor, schließt die Autotür, verriegelt sie von innen und schaut starr geradeaus. Ein Schisser ist er also auch noch, denkt Maddie.

»Geht es Ihnen gut? Sind Sie verletzt?«

Es ist der Portier des Waldorf Astoria, der sie da von der Seite anspricht. Er trägt Uniform und einen kunstvoll gestutzten grauen Bart und sieht ehrlich besorgt aus.

Maddies Körper entspannt sich ein wenig. »Danke, nichts passiert.« Sie deutet auf das Auto. »Aber ich glaube, Ihr Gast hat einen ziemlichen Schrecken bekommen.«

Dann steigt sie auf ihr Rad und fährt weiter.

4

Das ist noch einmal gut gegangen, denkt Maarten van Lockhorst. Wäre schade um die Tür gewesen. Durch die Windschutzscheibe sieht er das Rücklicht dieser irren Radfahrerin immer kleiner werden, schließlich verschwindet es ganz. So eine kleine graue Maus mit grünem Rock. Scheiße, mit diesem Blick eben hat sie ihm fast ein bisschen Angst eingejagt. Aber nur fast. Ein Maarten van Lockhorst kennt keine Furcht.

Im Spiegel prüft er den Sitz seiner Haare, viele sind es ja nicht mehr. Dann nimmt er seinen Mantel und steigt aus. Der Portier steht schon neben der Motorhaube, van Lockhorst lässt den Autoschlüssel in seine ausgestreckte Hand fallen. »Sie sollten die Straße hier für Radfahrer sperren lassen, bevor noch ein Auto zu Schaden kommt«, sagt er und denkt: am besten die ganze Stadt.

Kurz darauf betritt Maarten van Lockhorst das Hotel.

Vor der edlen Lounge mitten in der Lobby kommt ihm eine Kellnerin entgegen. Sein Blick fällt auf ihre Bluse. Die sind neu, denkt er. Neu und richtig geil – billig war das sicher nicht.

»Guten Abend, Meneer van Lockhorst. Ihre Gäste sind schon da«, begrüßt sie ihn.

Maarten nickt. Natürlich sind Gabriel Petit und Femke Baas, die beiden exklusivsten Caterer der Stadt und seit Jahren erbitterte Konkurrenten, bereits eingetroffen. Wenn sie pünktlich waren, und davon geht er aus, schon vor einer halben Stunde. Van Lockhorst lässt die Leute gerne ein bisschen warten. Doch jetzt bereut er es, dass er so spät gekommen ist. Er hätte zu gerne ihre dummen Gesichter gesehen, als sie begriffen haben, dass er sie beide hergebeten hat.

Van Lockhorst bestellt das teuerste Getränk auf der Karte, einen alten französischen Cognac, dann schreitet er zu der Sitzgruppe am Fenster.

Gabriel Petit, ein 45-jähriger Halbfranzose und Chef des C'est Magnifique!, hampelt auf einem der blauen Sofas herum wie ein Siebenjähriger nach einem zu langen Schultag. Er fährt sich durch die unverschämt vollen Haare, holt sein Smartphone aus der Sakkotasche, steckt es – ohne einen Blick darauf zu werfen – in die andere, rutscht hin und her und wackelt mit seinen dürren Beinen. Ihm schräg gegenüber sitzt Femke Baas, die allerdings so souverän aussieht, als ob ihr der Laden hier gehört. Das gefällt Maarten, auch wenn er findet, dass sie dicker ist, als eine Frau sein sollte.

Er gibt erst Femke, dann Gabriel die Hand. »Ich hoffe, ihr musstet nicht zu lange warten.«

»Kein Problem, Maarten. Wir begreifen nur nicht, warum …«, beginnt Gabriel. Van Lockhorst hebt die Hand. »Später«, heißt das. Gabriel Petit versteht und schweigt.

Die Kellnerin bringt ein Tablett mit einem riesigen Cognac-Schwenker. Maarten van Lockhorst lässt sich in den beigen Sessel zwischen den Sofas fallen und nimmt einen Schluck. Als er das Glas abstellt, bemerkt er, dass seine Gesprächspartner stilles Wasser trinken. Mädchen, denkt er.

Er beginnt: »Meine Tochter Jasmijn heiratet. Die Feier soll am ersten Juniwochenende auf dem Kasteel de Haar stattfinden.«

»Herzlichen Glückwunsch«, sagt Femke.

Gabriel klatscht in die Hände. »Das ist ja wunderbar.«

»Das wird sich noch zeigen«, sagt Maarten van Lockhorst und denkt an seinen Schwiegersohn. Erste Wahl ist Lucas van Heerdt ja nicht. Immerhin, ein Investmentbanker, also jemand, der etwas von Geld versteht und nicht allzu viele Skrupel hat. Vielleicht könnte Lucas eines Tages sogar in die Firma einsteigen. Da hätte er bei Jasmijns letztem Freund, dem Violinisten ohne nennenswerte Einkünfte, nicht im Traum dran gedacht. Als moralisch verwerflich bezeichnete der das Familienunternehmen. »Wenn wir keine Waffen herstellen, dann tut es jemand anderes«, erwiderte van Lockhorst. Und: »Wenn Leute wie ich nicht so viele Steuern zahlen würden, wäre das Konzerthaus wahrscheinlich schon abgerissen worden.«

Natürlich war das vergebens gewesen. Manche Leute sind einfach nicht zugänglich für vernünftige Argumente. Insofern ist Maarten über Lucas van Heerdt gar nicht mal unglücklich. Trotzdem wäre ihm ein Schwiegersohn mit ähnlichem familiären und finanziellen Hintergrund lieber gewesen. Er hatte schon ein Auge auf Gerhard de Graaf geworfen, ein cleverer Junge, dessen Familie große Anteile einer bekannten Brauerei und unzählige Immobilien gehören. Ins Ölgeschäft sind sie auch eingestiegen. Er hatte da große Kongruenzen gesehen. Aber gut, man konnte nicht alles haben. Die Zeiten, in denen die Väter die Ehemänner ihrer Töchter aussuchten, waren eben vorbei.

»An wie viele Gäste habt ihr denn gedacht?«, unterbricht Femke seine Gedanken.

»Wir wollen das in kleinem Kreis feiern. Insgesamt etwa 150 Leute.«

»Maarten, 150 Leute, ich bitte dich! Dazu brauchen wir doch keine zwei Cateringunternehmen. Das letzte Mal, als ich für dich gekocht habe, haben wir sicher doppelt so viele verköstigt«, plappert Gabriel Petit drauflos. Maarten van Lockhorst fragt sich nicht zum ersten Mal, wie dieser Mann solch ein erfolgreiches Unternehmen führen kann. Femke Baas ist da professioneller. Sie wartet ab, was er zu sagen hat. Nur etwas schmallippig wirkt sie für seinen Geschmack, vielleicht nimmt sie ihm übel, dass er auch Gabriel eingeladen hat. Sie soll sich nicht so haben, denkt Maarten. Konkurrenz belebt das Geschäft, und immerhin geht es um einen riesigen Auftrag. Wer auf einer Hochzeit der Familie van Lockhorst, einer der reichsten Familien der Stadt, das Catering übernimmt, wird nicht nur sehr viel Geld verdienen, sondern auch auf Jahre gut gefüllte Auftragsbücher haben.

»Für meine Tochter ist mir das Beste gerade gut genug«, unterbricht er Petit. »Es soll in jeglicher Hinsicht eine Hochzeit werden, über die die Amsterdamer Upper Class noch lange spricht. Nicht zu überkandidelt, wir sind ja nicht in Hollywood, aber trotzdem legendär, wenn ihr versteht, was ich meine.«

Femke und Gabriel nicken. Maarten sieht ihnen an, dass sie keine Ahnung haben.

»Hast du dir schon Gedanken über das Menü gemacht?«, fragt Femke.

»Feine, nicht zu schwere Sommerküche. Es soll schließlich keiner fett werden. Außerdem möchte ich meinem Ruf als Feinschmecker gerecht werden und den Gästen in mindestens einem Gang eine ganz neue kulinarische Köstlichkeit servieren. Etwas Ausgefallenes, das sie noch nie gegessen haben.«

»Fantastique! Das klingt nach dem perfekten Auftrag für das

C'est Magnifique!« Gabriel Petits Stimme überschlägt sich ein wenig – vielleicht vor Eifer, oder aber aus Freude über den geglückten Reim. »Mir fällt da sofort eine Menge ein. Ein leichter Sommersalat mit weißem Trüffel zum Beispiel. Und zur Hochzeitstorte eine Tasse Black Ivory Kaffee. Das ist der neueste Schrei aus Thailand, ein ganz besonderer ...«

»Ich weiß schon«, winkt Maarten van Lockhorst ab. »Erst fressen Elefanten Kaffeekirschen und das, was sie davon wieder auskacken, wird zu Kaffee gemahlen und überteuert verkauft. Eklige Angelegenheit.«

Femke, die Petits Ausführungen mit hochgezogenen Augenbrauen gelauscht hat, schlägt ein Bein über das andere und streicht ihr knielanges graues Kleid glatt. »Ich finde, wir sollten auf eine Mischung aus Understatement und purem Luxus setzen, das hat Klasse.«

»Was schlägst du also vor?«, fragt van Lockhorst.

»Pizza«, sagt sie feierlich.

»Pizza?«, fragen Maarten und Gabriel Petit einstimmig zurück.

»Pizza! Das klingt jung und frech und wird auf so einer Menükarte ganz sicher mehr ins Auge fallen als weißer Trüffel oder Kaviar vom weißen Stör. Letzteren könnten wir aber benutzen, um die natürlich glutenfreie Pizza zu belegen. Kaviar, Hummer und – ganz wichtig – Blattgold. Das enthält null Kalorien, ist ein optisches Highlight und passt ganz wunderbar in das Schlossambiente.«

Maarten van Lockhorst gähnt demonstrativ. Da trifft man sich mit den besten Caterern der Stadt und alles, was sie vorschlagen, hätte man auch selber im *Forbes*-Magazin nachlesen oder auf der nächsten Golfpartie erfahren können. »Null Kalorien, aber leider auch null Geschmack«, sagt er. »Abgesehen davon wird Blattgold-Pizza schon seit Jahren in New York serviert, das solltet ihr eigentlich besser wissen als ich.«

Femke Baas verzieht keine Miene, aber van Lockhorst hört, wie sie nach Luft schnappt, während zu seiner Rechten Gabriel Petit mit einem kleinen Seufzer ausatmet. Eine Sekunde später redet er auch schon wieder los: »Was hältst du von gegrillten Heuschrecken? Insekten sind ... «

Maarten van Lockhorst verzieht das Gesicht. Er will nicht wissen, was Gabriel über diesen unsäglichen Trend zu sagen hat. Wie ein Polizist hebt er die Hand. »*Neue* kulinarische Köstlichkeiten habe ich gesagt. *Neue!*« Von den benachbarten Sitzgruppen schauen einige Leute herüber, er hat wohl ein wenig lauter gesprochen.

Gabriel wischt sich über die Stirn. »Du meinst, wir sollen ein völlig neues Gericht erfinden?«

»Genau, neu. Soll ich es buchstabieren?«

»Die Hochzeit soll am ersten Juniwochenende stattfinden, richtig?«, fragt Femke nach. »Jetzt ist es schon April.«

»Anfang April. Ist das ein Problem?«

»Unter Umständen«, sagt Femke.

»Auf keinen Fall«, sagt Gabriel und unterstreicht seine Aussage mit beflissentlichem Kopfschütteln. Maarten van Lockhorst betrachtet den Caterer. Er kennt ihn als quirligen, höflichen Mann. Aber heute wirkt er nervös und fast schon unterwürfig. Ob er in finanziellen Schwierigkeiten steckt? Egal, seiner Motivation wäre das ja nur zuträglich. Ihm fällt noch etwas ein: »Um die Weinauswahl braucht ihr euch übrigens nicht zu kümmern. Das wird Henk Peerenboom übernehmen, sobald das Menü steht.«

Femke Baas nickt und lächelt endlich mal. »Sehr gute Wahl. Peerenboom ist der Beste.«

Das weiß van Lockhorst, aus diesem Grund hat er den bekannten Sommelier ja engagiert. Zugesagt hat Henk Peerenboom zwar noch nicht, genau genommen hat er sich noch gar nicht gemeldet, seit ihm seine Sekretärin vor drei Tagen eine Nachricht auf der Mailbox hinterlassen hat. Wahrscheinlich wird er sich auch darum noch selber kümmern müssen, denkt Maarten, aber alles zu seiner Zeit.

»Wir treffen uns also in fünf Wochen wieder, zum Testessen. Danach entscheide ich, welches Gericht meinen Gästen serviert wird.«

»Und der Gewinner dieses Testessens bekommt den Zuschlag für das gesamte Hochzeitscatering?«, fragt Femke.

»So ist es«, sagt Maarten. »Geld spielt keine große Rolle.«

Mit großem Vergnügen betrachtet er den Blick, den sich die beiden Caterer zuwerfen – wie zwei Gladiatoren, bevor sie in die Arena steigen. Die Leute unterschätzen völlig, wie langweilig das Leben ist, wenn man so reich ist wie er. Aber dieser kleine Wettkampf, den er da gerade initiiert hat, verspricht, ausgesprochen unterhaltsam zu werden.

Femke Baas und Gabriel Petit verabschieden sich bald. Natürlich, sie wollen zurück in ihre Küchen.

»Lasset die Spiele beginnen«, sagt Maarten van Lockhorst, mit sich und der Welt zufrieden, und bestellt noch einen Cognac.

5

Maddie tanzt, bis es ihr auf der Tanzfläche zu voll wird. Dann geht sie an die Bar und trinkt ein Bier. Ihr Körper schwingt noch ein bisschen nach, die Bässe wummern in ihrem Bauch, ihr T-Shirt klebt am Rücken. Das mit dem Ausgehen war eine gute Idee.

An der Bar stehen auch Max, ihr ehemaliger Chef, und seine Freundin. Keine drei Meter von ihr, getrennt nur durch eine Gruppe betrunkener Engländerinnen. Maddie hebt die Hand zum Gruß und lächelt. Max schaut schnell weg, nimmt vom Barkeeper zwei Gin Tonics entgegen und schiebt seine Freundin zu den Clubsesseln. Maddie beißt sich auf die Unterlippe. Eben beim Tanzen war es ihr egal, dass sie alleine hier ist. Aber jetzt sehnt sie sich nach Freunden.

Jemand tippt ihr auf die Schulter. Sie dreht sich um und schaut hoch. Maddie ist 1,63 Meter groß, lebt aber in einem Land voller Riesen. Da macht man das irgendwann automatisch, mit dem Hochschauen. Sie sieht in ein junges, glattrasiertes Gesicht, mit einer langen, geraden Nase und ersten Andeutungen von Geheimratsecken. »Hi«, sagt der Mann. Er sieht aus wie ein Immobilienmakler, aber weniger verdächtig. Außerdem sammelt er gleich ein paar Pluspunkte, weil er sie nicht mit einer schwachsinnigen Pick-up Line angesprochen hat.

»Hi«, sagt sie und lächelt.

»Kannst du ein Stück rücken? Meine Freundin und ich würden gerne was bestellen.«

Oh, denkt Maddie. »Klar«, sagt sie, trinkt ihr Bier aus und stürzt sich wieder in die Menge. Sie schließt die Augen und beginnt zu tanzen, bis sie sich eins fühlt mit den wilden Rhythmen.

»Hey, du«, lallt ihr ein Mann ins Ohr. »Hast du Wasser in den Beinen?«

Maddie öffnet die Augen. Neben ihr tanzt er, kaum größer als sie, dafür mit doppelt so vielen Muskeln. Er kommt ganz nah an ihr Ohr. »In deiner Nähe schlägt nämlich meine Wünschelrute aus.«

Igitt, denkt Maddie. »Igitt«, sagt sie.

Hinter dem Kerl stehen ähnlich muskulöse Männer und lachen. Nicht auszuschließen, dass da im örtlichen Bodybuilderverein eine Wette läuft. So ein Pech, denkt Maddie, die hat er jetzt eindeutig verloren.

»Ach komm, man wird doch noch ein bisschen flirten dürfen, oder? Ich finde dich wirklich richtig süß, weißt du?«, probiert er als Nächstes und legt einen Arm um ihre Taille. Maddie schaut ihn an, bis er den Arm wieder wegnimmt. Schnell geht das, sie kann das ganz gut mit diesem gar nicht süßen Blick. Seine Clique lacht lauter, einer ruft: »Ej, Timo, die Kleine hat keinen Bock auf deinen Pimmel.«

Das kann Timo nicht so gut aushalten. »Bist du frigide, oder was?«, schnauzt er.

»Seit gerade eben schon«, sagt Maddie.

Timo zieht ab, seine Kumpel klopfen ihm auf die Schulter.

Maddie zieht auch ab, sie will nach Hause. Sie holt ihre Jacke von der Garderobe, kramt den Schlüsselbund aus der Tasche, verlässt den Laden und geht über die Straße zu ihrem Fahrrad. Das heißt, zu dem Brückengeländer, an dem sie ihr Fahrrad vor nicht mal zwei Stunden mit zwei Schlössern angekettet hat. Jetzt hängt an der Kette nur noch ein einzelnes Rad. Das andere Schloss, das megateure, das sie immer am Rahmen festmacht, haben sie geknackt. Es ist nicht das einzige. Neben ihrem alten Hollandrad-Reifen steht der eines Mountainbikes, bei dem haben sie sogar die Speichen verbogen. Traurig sehen sie aus, diese einsamen Räder. Sie streckt die Hände aus und streicht den beiden Reifen über die schwarzen Profile.

»Jetzt fühlt es sich schon besser«, sagt eine tiefe Stimme hinter ihr. Holländisch mit englischem Akzent, eine hinreißende Kombination.

»Sie sahen so aus, als könnten sie ein bisschen Trost gebrauchen«, sagt Maddie und dreht sich um. Ebenfalls hinreißend, beschließt sie nach anderthalb Sekunden. Braune, wuschelige Haare, die im Schein der Straßenlaterne golden schimmern, bernsteinfarbene Augen, ein schiefes Lächeln. Ein Gesicht wie ein kleiner, frecher Kater.

»Trost ist immer gut«, sagt der Mann auf der Brücke und streckt ihr die Hand hin. »Ich bin Jack und das ist mein Fahrrad. Beziehungsweise der Rest davon.«

»Ich bin Maddie.« Maddie greift nach seiner Hand und schüttelt sie. Ein angenehmes Kribbeln breitet sich bis in die Schulter aus. Huch, denkt sie und lässt die Hand schnell wieder los. Sie deutet auf ihr Rad. »Das war meins. Ich habe es sehr gemocht.«

Eine Weile stehen sie nebeneinander und schauen an, was ihnen von ihren Fahrrädern noch geblieben ist. »So ein Mist«, sagen beide gleichzeitig. Sie schauen sich an und lachen. Dann schließen sie ihre Kettenschlösser auf, hängen sie sich um den Hals und nehmen die Räder in die Hand. Sie laufen in die gleiche Richtung, manchmal rollt Jack sein Rad neben sich her wie ein neues Spielzeug.

»Es ist schon das zweite, das sie mir in diesem Jahr geklaut haben. Statistisch gesehen sollte ich jetzt also ein bisschen Ruhe haben«, sagt er.

»Ich hatte meins unglaubliche vier Jahre lang, es war so ein himmelblaues Omarad. Ich dachte schon, dass das einfach keiner klaut.«

Zwei Frauen mit Pferdeschwanz radeln ihnen auf der anderen Straßenseite entgegen. »Hi Doktorandus«, ruft die eine. »Lange nicht gesehen«, die andere. Jack winkt, sie radeln weiter.

»Die kenne ich vom Studium, schon ewig her«, erklärt Jack.

»Medizin?«

»Tiermedizin.«

Ein Tierarzt, wie spannend, denkt Maddie. Aber dann sagt Jack etwas, das sie noch spannender findet. »Ich würde gerne mein Picknick mit dir teilen.«

»Picknick?«

Er greift über seine Schulter und klopft auf den Rucksack, der in der Tat ziemlich prall gefüllt ist. »Im Frühling sollte man stets ein Picknick dabeihaben.«

Originell, denkt Maddie. Sie sagt: »Natürlich«, und es klingt ironischer, als sie es meint. Jack schaut sie an und lacht. »Jetzt glaubst du, dass ich ein bisschen … wie sagt man? … dass ich ein bisschen nicht alle Schrauben im Schrank habe?«

Dieser Akzent. Und wie hübsch Niederländisch auf einmal

ist, wenn jemand es so charmant durcheinanderbringt. »Nicht alle Tassen im Schrank«, grinst Maddie. »Ich überlege noch.«

»In Wirklichkeit habe ich heute Abend einfach eingekauft und dann einen alten Freund besucht, er wohnt hier ganz in der Nähe. Und jetzt habe ich Hunger.« Er hebt das Rad mit den verbogenen Speichen hoch und fügt hinzu: »Kommt sicher vom Schock.«

»Ich mag Picknicks«, sagt Maddie.

Sie finden eine Bank mit Blick auf die Gracht und packen aus. Apfelsaft, Baguette, Käse, Oliven, Essiggurken und kleine Tomaten. Mandelschokolade zum Nachtisch. Zahnpasta und Rasierseife, die stopft Jack zurück. Eine Packung Teelichter, von denen stellt Jack zwei auf die Bank zwischen ihnen und zündet sie an. »Candlelight-Dinner«, sagt er und schaut Maddie in die Augen. Maddie schaut zurück. Diesmal kribbelt es bis in die Zehenspitzen. Und im Bauch, was ist da eigentlich in ihrem Bauch los? Huch, denkt Maddie wieder. Aber auch: wie großartig.

Fast zwei Stunden später, pünktlich um Viertel vor zwei, laufen Maddie und Jack Hand in Hand im muffelnden, schiefen Pfefferkuchenhaus die Treppen rauf. Maddie weiß nicht genau, wie es so schnell so weit kommen konnte, aber sie hat sich schon lange nicht mehr so leicht gefühlt. »Meine Schwester wohnt bei mir, aber sie hat ein eigenes Zimmer«, sagt sie auf dem Weg vom zweiten in den dritten Stock. »Prima«, sagt Jack und hält ihre Hand.

Juanita hat schon für Maddie das Schlafsofa ausgeklappt und sich umgezogen – heute Nacht trägt sie ihr Amazonen-Outfit: eine enge rote Korsage, darüber eine brave karierte Bluse, schwarze Lederstiefel und Reithosen. Ihre Haare hat sie zu einem strengen Knoten im Nacken festgesteckt, ihre Augen und Lippen sind stark geschminkt. Als Maddie und Jack ins Wohnzimmer kommen, räumt sie gerade ihre Zeichensachen weg. »Jack, das ist Juanita. Juanita, das ist Jack«, sagt Maddie.

»Bist du Maddies Schwester?«, fragt Jack.

»Nein, Isa ist Maddies Schwester. Sie schläft schon lange«, sagt Juanita und zeigt auf die Tür neben der Küchenzeile.

Sie schaut auf die Uhr. »Die Arbeit ruft.«

Jacks Blick fällt auf Juanitas Reitstiefel.

Juanita nimmt eine lange Gerte vom Sofa und lässt sie einmal probehalber gegen das Leder knallen.

»Ziemlich spät fürs Dressurtraining«, sagt Jack.

»Dieses Jahr sind die Weltmeisterschaften in Tokyo. Um die Pferde auf die Zeitumstellung vorzubereiten, reiten wir jetzt immer nachts unter Flutlicht«, sagt Juanita mit todernster Miene. Jack nickt, ebenso ernst. Um nicht laut loszuprusten, geht Maddie schnell in den Flur zurück und zieht ihre Schuhe aus.

Juanita zupft sie am Ärmel und zieht sie in die Nische zwischen Wohnungstür und Maddies Kleiderschrank.

»Der ist gefährlich, Chica«, wispert sie, legt eine Hand auf ihre Brust und tut so, als würde sie sich das Herz rausreißen.

»Mit Herzensbrechern kann ich umgehen«, flüstert Maddie. Juanita wirft ihr einen »Wir wissen es doch beide besser«-Blick zu.

In Liebesdingen läuft es bei Maddie eher so mittelmäßig. Als Isa vor drei Jahren bei ihr eingezogen ist, ist Joris ausgezogen.

»Kein normaler netter Mann wird sich langfristig auf dich einlassen, solange deine geistig behinderte Schwester bei dir wohnt«, sagt Maddies Mutter.

»Er muss nicht normal sein. Nett reicht«, sagt Maddie dann, und an dieser Stelle wird sie wütend: »Isa ist nicht geistig behindert, sie ist nur ein bisschen anders.«

Manchmal hat sie Angst, dass ihre Mutter recht hat. Die Männer wollen sich ja meist nicht mal mittelfristig auf sie einlassen. Ob das an Isa liegt oder an ihr? Sie weiß es nicht.

Maddie wäre gerne ein bisschen mehr wie Juanita – minus ihren Nebenjob. Juanita will keine Beziehung, sie hat nicht so verrückt altmodische Träume vom Heiraten und Kinderkriegen.

»Ich muss los, Chica. Hab' viel Spaß und pass' auf dich auf«, sagt sie jetzt, drückt Maddie an sich und geht.

»Vielleicht sollte ich mit Juanita noch einmal länger über ihre Pferde sprechen. Wegen der Vorbereitung auf die Zeitverschiebung. Da könnte man sicher auch homöopathisch was machen«, sagt Jack, als Maddie zurück ins Wohnzimmer kommt. »Weißt du, in welchem Stall sie trainiert?«

»Ähm …«, beginnt Maddie. Dann sieht sie, wie Jacks Mundwinkel zucken.

Sie knufft ihn in die Seite. Er fängt an zu lachen. »Die Weltmeisterschaften werden dieses Jahr in den USA ausgetragen. Aber ansonsten war die Geschichte große Klasse.«

Maddie lacht auch und findet Jack gleich noch ein bisschen besser. Weil er sich nicht so leicht für dumm verkaufen lässt und offenbar ziemlich entspannt ist.

»Willst du was trinken?«, fragt sie.

»Später«, sagt Jack. Dann küsst er sie.

Draußen grölen ein paar Betrunkene, sie kehren von ihrer Kneipentour in die Airbnb-Unterkünfte zurück. Ein Auto hupt, jemand dreht die Musik zu laut auf, ein anderer brüllt etwas durch die Nacht, ein Hund bellt. Ganz normale Amsterdamer Nachtgeräusche, aber heute klingen sie anders. Vielleicht liegt es daran, dass sie selber genug Krach machen. Am lautesten ist die Schlafcouch. Mit ihren alten Sprungfedern quietscht sie sich gerade die Tonleiter hoch. Stört Maddie auch nicht. Sie schaut im diffusen Licht in Jacks Augen, spürt seine Haut auf ihrer, und durch ihren Körper schwappt dieser wunderbare Hormoncocktail aus Oxytocin und Adrenalin. So muss es im Himmel sein, denkt Maddie, weil man so berauscht von Sex und Glück eben keine intelligenteren Sachen denken kann. In einem Himmel mit Heulsirenen.

Jack erstarrt für den Bruchteil einer Sekunde, dann liegt er nicht mehr auf, sondern neben ihr, bis zum Kinn unter der Decke verschwunden. Die Heulsirene steht am Fuß des Sofas. Isa. »Jemand hat Janneke geklaut«, schnieft sie und deutet mit dem Finger auf Jack. »Er war's.«

»Du hast nur schlecht geträumt«, versucht Maddie sie zu beruhigen. »Das ist meine Schwester Isa«, sagt sie zu Jack. Sie würde sich gerne in die Decke einwickeln, aber es ist nur eine da und die hält Jack fest. Also schwingt sie sich nackt vom Schlafsofa, zieht ihren Slip an und schlüpft in das nächstbeste T-Shirt, das auf dem Boden liegt.

Isa starrt auf Jacks nackten Fuß, dann haut sie probeweise darauf. »Gib Janneke zurück!«

Jack zieht den Fuß weg. »Wer ist Janneke?«

»Isas Stoffhase«, sagt Maddie und packt Isas Hände. Manchmal hat ihre Schwester ein verdammt schlechtes Timing. »Ich bin gleich wieder da«, sagt sie über die Schulter zu Jack. Dann bringt sie Isa in ihr Zimmer. Es ist klein, aber es ist ihr eigenes. Mit einem großen rosafarbenen Himmelbett, über dem weiße

Lichterketten leuchten. Vor dem Fenster steht eine große Kiste mit Stoffresten, daneben ein kleiner Schreibtisch und der Kleiderschrank.

Maddie schiebt Isa zum Bett. Ihr Nachthemd ist durchgeschwitzt, hoffentlich wegen des Traumes und nicht, weil sie Fieber bekommt.

»Jack ist ein Freund. Du darfst ihn nicht hauen«, sagt sie und nimmt einen frischen Schlafanzug aus dem Schrank.

»Er ist ein Dieb«, ruft Isa trotzig und setzt sich auf die Bettkante, den Pyjama auf ihrem Schoß. Eine große Träne rollt ihr über die Wange.

Hör auf!, will Maddie schreien, aber weil das alles nur noch schlimmer machen würde, kriecht sie lieber unter Isas Bett. Dort liegen Stifte und zwei Malbücher, eine Packung Taschentücher, ein aus Stoffresten geflochtenes Haarband, drei Staubmäuse und ein alter angegrauter Stoffhase. Sie packt Janneke an ihrem langen Ohr und zieht sie hervor.

Isa wischt sich mit dem Ärmel durchs Gesicht und lächelt. »Janneke!«

Musste ja sowieso in die Wäsche, denkt Maddie und hilft Isa, sich umzuziehen. Eigentlich kann sie das alleine, aber nicht nachts um drei nach einem schlechten Traum.

»Liest du mir noch eine Geschichte vor?«, fragt Isa, als sie endlich wieder unter der Decke liegt.

»Es ist viel zu spät für Geschichten«, sagt Maddie.

»Aber ihr wart eben noch ganz schön wach«, sagt Isa, rollt sich dann aber ohne zu quengeln auf der Seite ein und schließt die Augen.

Maddie geht zurück in die Wohnschlafküche. »Sorry, manchmal träumt Isa schlecht«, sagt sie.

Jack sagt nichts.

Jack ist nicht da. Im Bad vielleicht, denkt Maddie. Aber das Bad ist leer, seine Klamotten und Schuhe sind verschwunden. Nur sein blödes verbeultes Rad hat er dagelassen. Das Rad und sein blaues T-Shirt. Das hat nämlich sie an, es reicht ihr bis zur Mitte der Oberschenkel. Sie zieht es aus, knüllt es zusammen und wirft es ans Fenster. Es prallt an der Scheibe ab und bleibt liegen. Maddie lässt sich aufs Schlafsofa fallen und beißt gegen die aufsteigenden Tränen an, bis ihre Unterlippe schmerzt. Maddie seufzt, steht auf und tigert durchs Zimmer. Schaut aus dem Fenster auf die stille schwarze Gracht, gießt den Gummibaum, setzt sich wieder hin, öffnet den Laptop, beginnt drei neue Netflix-Serien, findet aber alle nach wenigen Minuten doof. Sie fröstelt, trotz Decke, und zieht Baumwoll-Leggings, dicke Socken und ein ausgeleiertes T-Shirt an, diesmal ihr eigenes. Dann schleicht sie zu ihrer kleinen Schwester ins Zimmer. Isa hat die kleine Nachttischlampe angeschaltet und blättert in einem Buch. »Wir können nicht schlafen«, stellt sie fest.

»Nein, das können wir nicht«, sagt Maddie und setzt sich auf die Bettkante. Isa rückt zur Wand.

»Ist er weg?«

Maddie nickt.

»Bist du traurig?«

»Nein«, lügt Maddie. »Er war sowieso ein …« Den Rest des Satzes schluckt sie lieber runter. Isa plappert alles nach, es wäre keine gute Idee.

»Ein Pupskopf?«, schlägt Isa vor.

Maddie grinst. »Ein Pupskopf.«

»Und ein Dieb!«

»Das eher nicht.«

Isa hält Maddie ein Buch hin, es ist von Janosch. »Vorlesen hilft, wenn man traurig ist.«

Maddie klettert zu Isa ins Himmelbett. Schön warm ist es.

»Oh, wie schön ist Panama«, beginnt sie. Das hat sie schon so oft vorgelesen, dass sie es beinahe auswendig kann.

Isa kuschelt sich an sie.

»Wenn man einen Freund hat«, sagte der kleine Bär, »der Pilze finden kann, braucht man sich vor nichts zu fürchten. Nicht wahr, Tiger?«

»Maddie?«, unterbricht Isa sie.

»Ja?«

»Wenn man eine Schwester hat, die vorlesen kann, braucht man sich auch vor nichts zu fürchten, oder?«

»Vor überhaupt gar nichts«, sagt Maddie.

Bald darauf, noch bevor die Geschichte ganz zu Ende ist, schlummert Isa ein. Maddie legt das Buch zur Seite und löscht das Licht. Jannekes Pfote kitzelt sie am Arm. Sie liegt noch lange wach in dieser Nacht, denkt über ihr Leben nach und bekommt es doch ziemlich mit der Angst zu tun.

6

Gabriel Petit steht auf dem Kopf. Seine Beine lehnen an der Tür, erst haben sie gekribbelt, jetzt fühlt er kaum noch, dass er welche hat. Dafür spürt er seinen Kopf umso mehr. Für einen Moment stellt er sich vor, wie das Blut durch seine Hirnwindungen schießt, die grauen Zellen mit Sauerstoff versorgt. Ein gut durchblutetes Gehirn kann besser denken, deshalb veranstaltet er diesen Yogaquatsch ja überhaupt. Früher hätte er einfach eine Nase Koks gezogen, aber dann hat das Zeug ein Loch in seine Nasenscheidewand gebrannt. Die gesamte Nasenscheidewand würde sich auflösen, wenn er so weitermacht, hat der Arzt gesagt. Sie würde ihn verlassen und die Kinder mitnehmen, wenn sie ihn noch einmal mit Drogen erwischt, hat seine Frau gedroht. Weil er das noch weniger wollte als eine Nase ohne Nasenscheidewand, hat er aufgehört, na ja, so gut wie jedenfalls. Trotzdem hat ihm Zwaantje die Koffer vor die Tür gestellt und das Schloss ausgewechselt. Nicht wegen des Koks, sondern wegen dieser niedlichen Kellnerin, mit der er ... Aber noch hat Zwaantje nicht die Scheidung eingereicht, noch kann er sie umstimmen, seine Familie zurückbekommen.

Gabriels Beine wackeln, als er an seine kleinen Töchter denkt, die er schon wieder seit zwei Wochen nicht gesehen hat. Seine

Arme verlieren den festen Stand, seine Wirbelsäule knickt ein, er plumpst auf den Boden. Er bleibt sitzen und reibt sich den Nacken. Der Auftrag von diesem ätzenden van Lockhorst ist seine große Chance, vielleicht auch seine letzte. Denn nicht nur seine Ehe, auch das C'est Magnifique! läuft schon eine ganze Weile nicht mehr richtig gut. Er hat zu viel Geld ausgegeben und wegen dieser blöden Coronapandemie viel zu wenig eingenommen. Aber wenn er jetzt für diese Hochzeit kocht, wird die ganze Stadt über ihn sprechen, das C'est Magnifique! wird in altem Glanz erstrahlen. Zwaantje wird ihm endlich glauben, dass er sich der Familie wegen geändert hat. Sie könnten noch einmal ganz von vorne anfangen, Zwaantje und er. Und die Mädchen würden ihren Papa zurückbekommen.

Gabriel umfasst seine großen Zehen und versucht, den Kopf auf die Knie zu legen. Paschimottanasana heißt das und soll gut für den Rücken und das Nervensystem sein, wenn er das richtig behalten hat. Seine Knie knacken, im Rippenbogen sticht es.

Er braucht eine Idee: am besten nicht nur für ein neues Gericht, sondern ein völlig neues Lebensmittel, etwas noch nie Dagewesenes. Die ganze Nacht hat er im Internet nach Inspirationen gesucht. Vielleicht existieren in irgendeinem tropischen Regenwald noch unentdeckte schmackhafte Früchte, aber für ausgebreitete Expeditionen fehlen ihm Zeit und Geld.

Zudem ist van Lockhorst ganz sicher kein großer Obstesser. Insekten mag er offenbar auch nicht. Gabriel muss an das Gesicht denken, dass der Unternehmer bei der Erwähnung frittierter Heuschrecken gezogen hat. Da hat er eindeutig danebengetippt.

Besser etwas, das neu, aber doch konservativ ist, ein ausgefallener Käse zum Beispiel. Das wäre kulturell akzeptiert und nahbar. Außerdem wird Käse aus der Milch seltener oder schwer zu melkender Tiere zu exorbitanten Preisen gehandelt.

Petit legt sich flach auf den Boden, starrt an die weiße Decke und denkt an Pule, ein Käse aus der Milch seltener Balkanesel. Tausend Euro kostet das Kilo. Trotzdem – irgendeiner dieser reichen Schnösel aus van Lockhorsts Bekanntenkreis wird sicher schon mal Pule gegessen haben. Van Lockhorst will etwas völlig Neues.

Gibt es nicht irgendein Tier, das noch nicht für Käse gemolken wurde? Aus geschmacklichen Gründen sollte es ein Grasfresser sein, aus finanziellen Gründen einer, der irgendwo in der Nähe wohnt. Giraffenmilchkäse ist also raus. Stutenmilch- und Elchkäse sind ein alter Hut. Gabriel fällt die Alpakafarm ein, an der er neulich im Süden der Niederlande vorbeigefahren ist.

Er steht ächzend auf, setzt sich auf das Sofa, das jetzt auch sein Bett ist, und weckt den Laptop aus seinem Schlafmodus. Seit ihn Zwaantje rausgeworfen hat, wohnt er im kleinen Büro hinter der Küche des C'est Magnifique!.

Zehn Minuten später weiß er, dass Alpakakäse manchmal in Südamerika hergestellt wird. In Neuseeland gibt es sogar schon Käse aus Rehmilch. Vielleicht sind alle Käse-Ideen schon weg, denkt Gabriel und starrt auf die Kinderzeichnungen, die an der Wand über dem Computer hängen. Was für süße Monster seine Vierjährige schon malen kann. Gabriel lächelt wehmütig. Dann erinnert er sich, dass die beiden eiförmigen Wesen mit den Krallenfüßen und großen Glupschaugen gar keine Monster, sondern Meerschweinchen sein sollten. Er springt so schnell auf, dass er sich das Knie am Schreibtisch stößt. Jaulend hüpft er auf dem anderen Bein durchs Zimmer. Dann setzt er sich wieder hin und lässt seine Finger über die Tastatur fliegen. Er grinst.

Meerschweinchenmilchkäse gibt es noch nicht. Eine Stunde später hat er herausgefunden, dass ein Professor Herrington im Jahre 1947 eine Melkmaschine für Meerschweinchen erfunden hat. Sicher, die Maschine kann man nirgendwo kaufen, aber es wird sich sicher jemand finden, der sie nachbauen kann. Er bräuchte eine ganze Menge davon, denn ein Meerschweinchen gibt nur acht Gramm Milch pro Tag. Heißt, man müsste ziemlich viele kleine Nager halten und die Milch lagern, bis man genug zusammen hat. Vielleicht so um die 500 Tiere? Zum Glück brauchen sie nicht viel Platz. Petit schreibt ein paar Zahlen auf die Rückseite einer unbezahlten Rechnung. Wenn er jedem der 150 Gäste eine Scheibe Käse à 30 Gramm serviert, bräuchte er 4,5 Kilogramm Käse. Und dafür bräuchte er 45 Liter Milch, jedenfalls für Hartkäse, für Weichkäse weniger. Vielleicht wäre Weichkäse sowieso besser, der musste nicht so lange lagern. Aber kam es nicht auch auf den Fettgehalt der Milch an? So genau weiß er das nicht, er hat Käse bislang immer eingekauft, nie hergestellt.

Seufzend greift er zum Smartphone, wählt die Nummer von Gerda Verlander und verrät der preisgekrönten Käserin seine geniale Idee.

»Kannst du nicht machen, Schätzchen. Zu süß«, schreit die Käserin, weil sie ein paar muhende Kühe im Hintergrund übertönen muss.

»Meerschweinchenmilch ist zu süß?«, wundert sich Gabriel.

»Nee, du Vollhonk.« Gerda Verlander lacht dröhnend, Gabriel zuckt zusammen und denkt unwillkürlich, dass Gerda Verlander sicher gerne Schmalzbrote und Schlachtplatten isst. Möglicherweise leckt sie sich anschließend sogar die fettigen Finger ab.

Er hat diese Angewohnheit, die kulinarischen Vorlieben von Leuten zu raten. Ziemlich gut ist er da drin. Für seinen Job ist das praktisch, ansonsten eine recht unnütze Marotte.

Die Käserin hat aufgehört zu lachen und erklärt: »Meerschweinchen sind zu süß. Bei Kühen ist das den Leuten egal, wenn wir sie wie seelenlose Milchmaschinen behandeln, bei Schafen und Ziegen auch noch. Aber was glaubst du, was hier los ist, wenn wir 500 Meerschweinchen in kleine Ställe sperren, ihnen ihre Babys wegnehmen und dann ihre Milch wegnehmen?«

»In Südamerika werden Meerschweinchen gegessen«, erwidert Gabriel Petit.

Gerda Verlander stöhnt. »Du hast mir gar nicht gesagt, dass die Hochzeit in Lima stattfindet.«

Petit schiebt die Unterlippe ein wenig vor und beendet das Gespräch. Gerne gibt er es nicht zu, aber wahrscheinlich hat diese unangenehme Person sogar recht. Er sieht die Schlagzeilen schon vor sich: *Früherer Sternekoch als Meerschweinchenquäler entlarvt.* Darunter: *Hochzeitsgäste brechen in Tränen aus, als sie erfahren, was auf ihrem Teller liegt.* Dazu Fotos von putzigen Meerschweinchenmüttern in Metall-Melkmaschinen und daneben die Bilder ihrer verhungerten Jungen. Er könnte seinen Laden dichtmachen. Und was würden seine Töchter sagen?

Frustriert angelt Petit nach einer Tafel Schokolade, die unter dem Stapel mit ungeöffneter Post liegt. Er reißt das Papier auf und beißt hinein wie in ein Butterbrot. »Du Barbar«, schilt er sich selbst mit vollem Mund, mampft aber weiter. Kurz darauf legen sich Zucker und Fett wie ein Pflaster auf sein verletztes Ego. Als er die leere Verpackung zusammenknüllt und Richtung Mülleimer schmeißt, ist er überzeugt: Er muss etwas mit Schokolade machen. Schokolade macht froh, Schokolade ist edel, ganz besonders natürlich in Pralinenform. Schokolade wird ihm helfen, seine Ehe zu retten. Erst vor kurzem hat er in einem Feinschmeckermagazin einen Artikel über La-Madeline-au-Truffe-Pralinen gelesen. Die sind mit französischen Perigord-Trüffelspitzen gefüllt und kosten 250 US-Dollar pro Stück. Solche Presseberichte könnte das C'est Magnifique! gut gebrauchen, so könnte er in ganz Europa bekannt werden – vielleicht sogar auf der ganzen Welt.

Gabriel Petit nimmt eine Tablette gegen Sodbrennen. 200 Gramm Schokolade auf einmal waren vielleicht ein bisschen viel. Dann steht er auf, geht in die leere Küche und schaltet das Licht ein. Die Edelstahloberflächen blitzen, Gabriel Petits Augen auch. Er wird für diese Hochzeit die feinste Praline aller Zeiten kreieren.

7

Am Montagmorgen wird Arie Poepjes von den Stockenten geweckt. Er dreht sich auf den Bauch, stützt sich auf die Ellbogen und schaut durch das kleine, runde Bullauge. Neben seinem Boot streiten sich zwei Erpel, gleich dahinter schwimmt eine Gruppe Blesshühner. Die Wasseroberfläche glitzert im Sonnenschein.

Es ist noch gar nicht so lange her, dass sein Onkel morgens vom gleichen Fenster aus dabei zuschauen konnte, wie die Fäkalien der Nachbarschaft Richtung Meer trieben. Erst Ende 2018 wurden die letzten Boote an die Kanalisation angeschlossen. Braun ist das Wasser immer noch. Aber jetzt nur deshalb, weil eine große Menge aus der Amstel kommt, die auf dem Weg in die große Stadt etliche Torfbodenteilchen mitnimmt.

Arie steht auf, tapst barfuß und in Unterhose in die kleine Küche, zieht sich einen zerschlissenen Pulli über, den er unterwegs auf dem Boden findet, stellt erst das Radio und dann den Wasserkocher an. Arie schaufelt Instantkaffee und Zucker in eine Tasse, während ein junger Mann die Nachrichten verliest. »Die Leiche, die vor einer Woche aus der Keizersgracht gezogen wurde, konnte als der versierte Weinkenner Henk Peerenboom identifiziert werden. Henk Peerenboom war der erste und bislang einzige Niederländer, der die legendäre Prüfung zum Master Sommelier bestanden hat. Peerenboom lebte allein, gesehen wurde er das letzte Mal vor etwas über fünf Wochen. Über den genauen Zeitpunkt und die Umstände von Peerenbooms Tod ist noch nichts Näheres bekannt, die Polizei ermittelt. Sachdienliche Hinweise …«

Der Wasserkocher blubbert und pfeift so laut, dass Arie den Rest des Satzes nicht mehr versteht. Er hat aber auch schon genug gehört. Wasserleichen, das sind die Schlimmsten. Durchschnittlich zwölf davon werden jedes Jahr aus den Amsterdamer Grachten gefischt.

Wer in die Gracht fällt, betrunken, ohnmächtig oder schon tot, geht meist erst einmal unter und bleibt in alten Autowracks, Fahrrädern und anderem Schrott am Kanalboden hängen. Bis die Strömung die unappetitlichen Reste einige Wochen später losreißt und zurück an die Oberfläche spült. Der Albtraum jedes Rechtsmediziners. Zum ersten Mal seit Monaten ist Arie erleichtert, nicht mehr aufs Revier zu müssen.

Er dreht dem Radio den Strom ab und geht mit einer dampfenden Tasse an Deck.

»Hallo Hund«, sagt er.

Der Hund, der lang ausgestreckt auf der Seite liegt, antwortet mit einem kurzen, lustlosen Schwanzwedeln, hebt aber nicht mal den Kopf. Er wohnt noch nicht lange bei Arie, dieser Neufundländer, der genau wie sein neuer Besitzer mit leichtem Übergewicht und übertriebener Schwermut zu kämpfen hat.

Arie wollte keinen Hund, schon gar nicht so einen riesigen. »Er hat ein paarmal nach meiner Frau geschnappt. Wenn du ihn nicht nimmst, muss ich ihn einschläfern lassen«, sagte Aries

Ex-Nachbar. Der Hund guckte Arie mit feuchten braunen Augen an. »Wie heißt er?«, fragte Arie und überlegte kurz, ob Hunde weinen konnten.

»Hund«, sagte der Nachbar. »Einfach Hund, das kann man sich gut merken.«

»Hast du Sanne in letzter Zeit mal gesehen?«, fragte Arie.

»Ach Arie, es ist doch jetzt schon so lange her.«

Stimmt, dachte Arie. Viel zu lange. Seit zwei Monaten waren Sanne und er offiziell geschiedene Leute. »Ich würde einfach gerne wissen, wie es ihr geht.«

Aries Nachbar, der jetzt nur noch Sannes Nachbar war, druckste ein bisschen herum. Schließlich berichtete er, dass Sanne und Wessel seit dem Wochenende in den Flitterwochen waren.

»Verstehe«, sagte Arie und dachte an ihre eigene Hochzeit, bei der Sanne schon ein kleines Bäuchlein hatte, und dann dachte er an Mats, ihren inzwischen erwachsenen Sohn, der seit der Sache mit der Pistole mit ihnen beiden nichts mehr zu tun haben wollte. Arie seufzte und schaute den Hund an. Das Tier legte den Kopf schief, von seiner rosafarbenen Zunge tropfte ein Speichelfaden auf die Holzplanken der Hausbootterrasse. »Wenn er will, kann er bleiben«, sagte Arie, und der Hund zog ein.

Das ist jetzt schon zwei Wochen her. Arie ist sich nicht sicher, ob der Hund gerne bei ihm ist. Die meiste Zeit liegt er an Deck herum und sieht depressiv aus. Vielleicht vermisst er sein altes Zuhause.

»Mit der Zeit wird es besser«, sagt Arie zum Hund. Das sagt er jeden Morgen, aber heute glaubt er auch ein bisschen daran. Seit Monaten hat er nicht mehr so gut geschlafen, ganz ohne

Albträume. Er mag es, von Enten geweckt zu werden. Er mag es, auf einem Boot zu leben. Und ganz besonders mag er die Aussicht, dass er bald endlich wieder mehr zu tun haben wird, als Bootsplanken zu schrubben. »Heute ist der erste Tag von unserem neuen Leben«, sagt Arie laut und mit ungewohnt viel Pathos. Hund gähnt.

Montag, um zehn Uhr, hat Arie allen gesagt. Jan van Dijk taucht wie erwartet als Erster auf, genau zehn Minuten zu früh. Man kommt halt nicht aus seiner Beamtenhaut, das kennt Arie selbst.

»Hoi Arie«, sagt Jan. Er sieht aus, als wäre er gekommen, um ein paar Bäume umzusägen. Dunkelblondes Haar und ein Vollbart mit Rotstich. Ein gut trainierter Körper, klobige Wanderschuhe, Jeans, an denen ein Leatherman hängt, und ein rotschwarz kariertes Holzfällerhemd.

Arie kennt Jan, weil er ihn vor etlichen Jahren nicht festnehmen wollte – damals, als Jan noch Janine hieß und Beamtin bei der Stadtverwaltung war. Jemand, der anonym bleiben wollte, hatte Anzeige erstattet: Janine van Dijk fälschte gelegentlich niederländische Pässe für nicht niederländische Staatsbürger, die gerne bleiben wollten, es aber nicht durften.

Auch Arie träumte insgeheim von einer vernünftigeren Welt, die ohne Nationen und Grenzen auskam. Bis dahin, das sah er ein, konnte man kaum mehr tun, als denen zu helfen, die bei der Wahl des Geburtsortes ein schlechteres Los gezogen hatten.

»Urkundenfälschung«, sagte Wessel, damals noch sein bester Freund.

»Wir könnten die Sache auf sich beruhen lassen«, schlug Arie vor.

Wessel tippte sich an die Stirn: »Du verlierst deinen Biss, alter Mann.« Er übernahm die Ermittlungen. Einige Monate später verlor Janine van Dijk den Beamtenstatus und wurde zu einer Bewährungsstrafe verurteilt. »Nicht schlimm, so bin ich wenigstens einen Job los, der sowieso nie zu mir gepasst hat«, sagte Janine und beschloss, alles andere, das in ihrem Leben keinen Sinn ergab, ebenfalls zu ändern.

»Hoi Jan«, sagt Arie.

»Wuff«, bellt Hund, bleibt aber liegen.

»Du bist ja ein Hübscher«, sagt Jan und geht neben dem Neufundländer in die Hocke.

»Möglicherweise beißt er«, warnt Arie. »Ich habe ihn noch nicht so lange.«

Jans Hand bleibt in der Luft hängen.

»Goeie morgen«, ruft jemand. Arie wendet seinen Blick von Jan und dem Hund ab und sieht, wie Jack Addington mit viel Schwung und breitem Grinsen an Bord kommt. Es ist noch gar nicht so lange her, dass der Engländer das letzte Mal hier war. Vor gut sechs Wochen hat er Arie dabei geholfen, einen Solar-Heißwasserbereiter zu installieren. Damals sah er auch schon so unverschämt gut gelaunt aus, so als würde er das Leben immer leichtnehmen. Das ist eine Eigenschaft, um die Arie Jack heimlich ein wenig beneidet, die ihm aber auch ohne Frage ziemlich auf die Nerven gehen kann. Im Team will er Jack vor allem deswegen haben, weil er ein kluger Kopf und versierter Tüftler ist.

»Ich bin Jack«, sagt Jack und streckt Jan die Hand hin.

»Jan«, sagt Jan und schlägt ein.

Jack deutet auf den Hund. »Und wie heißt er?«

»Hund«, sagt Arie.

»Hund?«, fragen Jack und Jan gleichzeitig, als hätte er einen schlechten Scherz gemacht.

»War nicht meine Idee. Aber man kann es sich gut merken.«

»Hallo Hund«, sagt Jack.

Hund legt seinen Kopf auf die Vorderpfoten und schließt die Augen.

»Jetzt fehlt nur noch Maddie«, sagt Arie.

Maddie kommt zehn Minuten zu spät. Da sitzen die drei Männer schon in der Kombüse und trinken schlechten Instantkaffee mit Milch und Zucker. Maddies Haare sind vom Wind zerzaust, ihre Wangen sind rot, die Jacke hat sie sich um die Hüften gebunden. »Sorry, ich musste erst Isa zur Arbeit bringen und dann laufen. Mein Rad ist am Wochenende gestohlen worden«, entschuldigt sie sich ziemlich außer Atem.

»Kein Problem«, sagt Arie.

»Hallo«, sagt Jan.

Jack sagt nichts, er rutscht auf der Bank ein bisschen nach unten und starrt in seine Kaffeetasse, als würde er sich gleich hineinstürzen wollen.

Maddie schaut ihn an. »Ach du Scheiße«, sagt sie.

»Er heißt Jack«, sagt Jan. Obwohl es recht offensichtlich ist, dass Maddie das schon weiß.

Jack wirft die Hände hoch, als würde Maddie mit einer Waffe auf ihn zielen. »Sorry, okay?«

Nicht okay, sagt Maddies Blick.

»Schön, dass ihr euch schon kennt«, sagt Arie, zweifelt aber noch während er spricht, ob »schön« in diesem Zusammenhang die richtige Wortwahl war. Egal, weitermachen: »Maddie, das ist übrigens Jan. Jan, das ist Maddie.«

Maddie sagt hallo zu Jan und schenkt ihm ein flüchtiges Lächeln, dann fixiert sie wieder Jack. »Welcher Tierarzt arbeitet denn bitte im Detektivbüro?«

»Tierarzt?«, fragt Arie verwundert.

Jack senkt den Kopf. »Ich habe nie behauptet, dass ich ein Tierarzt bin. Ich habe aber mal zwei Semester Tiermedizin studiert.«

»Und dann?«, will Jan wissen.

»Ich konnte kein Blut sehen.«

»Süß«, kommentiert Maddie.

»Jack ist Ingenieur«, sagt Arie. »Ein richtig guter Tüftler.«

»Dass ein richtig guter Ingenieur auf einmal Detektiv wird, ist auch nicht weniger komisch«, sagt Maddie.

Jack reibt sich das Kinn. »Ich bin da in eine dumme Sache reingeraten«, sagt er zerknirscht.

Arie kennt die Geschichte schon, aber Maddie und Jan schauen Jack gespannt an.

»Ich habe zu Hause in London ein paar Spielautomaten manipuliert«, murmelt er schließlich.

»Das wollte ich immer schon können«, sagt Jan.

»Lass es lieber«, rät Jack.

Maddies Mundwinkel zucken. »Da hatte Isa also doch recht«, sagt sie dann, erklärt den Satz aber nicht weiter. Jack scheint ihn auch so zu verstehen. »Ich stehle nur Geld, keine Stoffhasen«, sagt er.

»Stoffhasen?«, fragt Arie.

»Ich habe auch was auf dem Kerbholz«, sagt Jan.

Die anderen schauen ihn an.

»Urkundenfälschung.«

Arie wirft Maddie einen Blick zu. »Jetzt du«, soll das wohl heißen.

»Wenn es sein muss«, sagt sie. »Bei mir ist es leichte Körperverletzung. So ein Idiot hat meine Schwester beleidigt.«

»Moment mal«, lacht Jack. »Das heißt, dass in dieser Detektei ausschließlich Vorbestrafte arbeiten?«

»Korrekt«, sagt Arie. Seine drei neuen Kollegen schauen ihn halb belustigt, halb fragend an.

Arie zuckt mit den Schultern. »Das hat sich einfach so ergeben. Außerdem glaube ich, dass wir uns gut ergänzen werden.« Warum er das glaubt, weiß er selbst nicht so genau. Er kann ja schlecht sagen, dass er einem vagen Bauchgefühl gefolgt ist. Zum Glück fragt keiner nach.

Arie steht auf und stellt den Heißwasserkocher an. »Noch jemand Kaffee?«

Alle wollen mehr Kaffee. Gerne auch Kekse, aber die hat Arie nicht. Viel Startkapital hat er auch nicht, erklärt er kurz darauf. Es reicht gerade dafür, die Detektei zu gründen und ein paar Büromaterialien zu kaufen. »Aber sobald wir die ersten Fälle haben, zahle ich euch natürlich Gehalt.«

»Ich bekomme sowieso Uitkering. Das kann ich erst mal laufen lassen, bis die Detektei genug abwirft«, sagt Jan. »Und bis wir Aufträge haben, könntest du uns ja vielleicht noch beibringen, wie man überhaupt ermittelt.«

Maddie bewegt die Finger, als würde sie im Geiste rechnen. »Okay«, sagt sie schließlich. »Noch ein paar Monate kommen wir auch so über die Runden.«

»Allemal besser, als untätig zu Hause rumsitzen«, sagt Jack.

»Wieso bist du eigentlich in Amsterdam?«, will Jan von ihm wissen.

Jack zuckt mit den Schultern. »Nach der Sache mit den Spielautomaten dachte ich, es wäre eine gute Idee, woanders noch mal neu anzufangen, und dann bin ich hier so hängen geblieben.«

»Gibt es in Amsterdam keine Jobs für Ingenieure?«

»Gab es, sogar für vorbestrafte Ingenieure. Aber die Firma, für die ich am Anfang gearbeitet habe, hat letztes Jahr Pleite gemacht und momentan sieht es auf dem Arbeitsmarkt nicht besonders rosig aus. Wenn ich ehrlich bin, habe ich inzwischen auch nur noch wenig Lust, als Ingenieur zu arbeiten.«

Maddie hat genug von Jack gehört. Sie wendet sich an Arie: »Wieso fängst du nicht erst mal alleine an?«

»Weil ich nicht gerne alleine bin«, rutscht es Arie raus. Er versucht, ein bisschen zurückzurudern. »Also, ich meine, ich bin bei Ermittlungen nicht gerne alleine. Im Team hat man oft viel bessere Ideen.«

»Ich bin auch nicht gerne alleine«, sagt Jan.

Arie lächelt. Vielleicht, denkt er, ganz vielleicht, könnten das hier nicht nur neue Kollegen, sondern auch neue Freunde werden.

Zu viert laufen sie noch zum nächsten Schreibwarenladen, der liegt nur zehn Minuten entfernt. Sie kaufen Notizblöcke, Kalender, Unmengen Kugelschreiber, ein großes Whiteboard und eine noch größere Pinwand. Arie bezahlt. »Eine gute Kamera mit Teleobjektiv habe ich noch«, sagt er auf dem Weg zurück zum Boot.

»Für die Ehemänner, die fremdgehen?«, fragt Maddie.

»Zum Beispiel.«

»Brauchen wir nicht noch falsche Bärte und Perücken und so?«, fragt Jack.

Jan rümpft die Nase. »Ich hoffe nicht.«

»Später vielleicht«, sagt Arie.

»Aber Visitenkarten sind wichtig. Wie heißt die Detektei eigentlich?«, will Maddie wissen.

»Überlegen wir uns morgen«, sagt Arie.

Jan räuspert sich. »Kann ich morgen noch jemanden mitbringen? Elin hat bestimmt super Ideen für Namen, sie ist nämlich Krimiautorin.«

Arie zögert. Vier Detektive für eine Detektei ohne Aufträge sind eigentlich mehr als genug.

»Ich dachte, Krimiautorinnen schreiben über Kriminalfälle, statt selber zu ermitteln«, sagt Jack.

»Sie leidet an gebrochenem Herzen und hat eine Schreibblockade«, sagt Jan.

»Bring sie mit«, sagt Arie.

8

Elin Blomgren steht auf der Fähre und verliert ein Stück Verstand. Vielleicht war es das letzte, denkt sie, während sie in das graublaue Wasser schaut und doch überall nur sein Gesicht sieht. Besonders überraschend wäre es nicht, wenn sie endgültig durchdreht. Schließlich hat sie seit genau 94 Tagen – so lange ist es her, dass er sie verlassen hat – das Gefühl, zunehmend verrückter zu werden.

Wahrscheinlich ist es auch nicht besonders zuträglich, dass sie ihre Zeit hauptsächlich damit verbringt, auf den kostenlosen Fähren über den Ij schippern und ihren trüben Gedanken nachzuhängen. Oft steigt sie schon nach dem Frühstück am Anleger hinterm Hauptbahnhof ein, stellt sich in die steife Nordseebrise, sieht Segelboote und große Tanker vorbeiziehen und wirft die letzten Krümel ihres Brötchens den Möwen hin. Nach fünfzehn Minuten legt die Fähre an der Werft an. Bis Mitte der achtziger Jahre wurden hier Schiffe gebaut, in der Nachbarschaft qualmten die Fabrikschlote. Dann war Schluss, Amsterdam-Noord stand leer, rostete vor sich hin, bis es plötzlich wieder aufblühte, so wie der Löwenzahn, der in den Ritzen des aufgeplatzten Betons sprießt. Jetzt zählt der einst so schmuddelige Norden der Stadt zu den hippsten Gegenden des Landes.

Vor und in den alten Montagehallen entstehen neue Filmideen und Start-ups, Künstler stellen ihre Werke aus. Und gekocht, an jeder Ecke wird gekocht. In pfiffigen Streetfood-Küchen, in Fischrestaurants und in exklusiver Sternegastronomie. Aber Elin fährt nicht deshalb zur Werft. Sie hat kein Auge für neue Lichtskulpturen, sie ignoriert die verführerischen Düfte, die aus dem Golden Forks und anderen Spitzenküchen kommen. Sie geht an Land und nimmt kurz darauf auch schon eine der nächsten Fähren zurück. Läuft zu einem anderen Fähranleger, steht auf einem Boot, geht an Land und immer so weiter, bis ein weiterer Tag vertrieben ist.

Sie hat darüber nachgedacht, zurück nach Schweden zu gehen, die Idee aber bald wieder verworfen. Warum, kann sie selber nicht genau sagen. Vielleicht, weil sie dann zugeben müsste, gescheitert zu sein. Vielleicht aber auch, weil sie jetzt schon so lange in der Ferne weilt, dass ihr die Heimat ein Stück weit abhandengekommen ist, das Zuhause dort sowieso.

Elin denkt an das kleine rote Holzhaus in Südlappland, in dem sie früher mit ihrer Mutter gelebt hat. Die Mutter ist schon seit vielen Jahren tot, das Haus hat sich die Bank geschnappt, um wenigstens einen Teil der Schulden zu tilgen. Aber Elin sieht es vor sich, als wäre sie erst gestern durch den Schnee auf die immer erleuchteten Fenster zugestapft, über sich die funkelnde Milchstraße und das Tanzen der Polarlichter. Sie fehlen ihr: die kleinen Fensterlampen, die sternenklaren Winternächte. Am meisten vermisst Elin aber ihre Mutter, diese runde, starke Frau, von der sie den großen Appetit und das breite Lächeln geerbt hat.

Elin beugt sich über die Reling und flüstert: »Mama, ich habe den Verstand verloren.« Man weiß ja nie, wo die Toten sind und wobei sie helfen können.

»Nicht so schlimm. Was man verliert, kann man auch wiederfinden«, sagt jemand hinter ihr. Elin zuckt zusammen und dreht sich um. Da steht eine kleine, runzelige Frau mit wachen grauen Augen und silbernen Haaren, die sie zu einem dicken Knoten im Nacken zusammengebunden hat. Sie trägt einen bunt gestreiften Wollschal und einen mit Blumen bestickten Mantel, der so lang ist, dass der Saum über den Boden schleift.

»Bist du Links- oder Rechtshänderin?«, fragt die Alte mit einer Stimme, die klingt, als hätte sie zu lange bei den Lachsforellen im Räucherofen gehangen, genau wie die von Elins Mutter.

»Sie klingen wie meine Mutter.«

»Mein Name ist Ksenja.« Sie deutet auf Elins Hände, sie wartet auf eine Antwort.

»Links«, stammelt Elin.

Ksenja beugt sich vor und greift nach Elins linker Hand. Einen Moment fürchtet Elin, dass sie es auf ihren Verlobungsring abgesehen hat, diesen Glitzertraum von Tiffany. Aber dann erinnert sie sich daran, dass der seit 94 Tagen in ihrer Nachttischschublade liegt.

Ksenja hält Elins Linke in beiden Händen. Mit warmen, spröden Fingern streicht sie ihr über die Handinnenfläche. Dann murmelt sie: »Ich sehe einen langen Tunnel.« Ksenja zieht die Schultern ein wenig hoch, so als würde sie frösteln. »Jemand wird sterben.«

Es gibt keine Wahrsager, erinnert sich Elin, und Handlesen ist großer Unfug. Dann fällt ihr ein, dass es sowieso niemanden mehr in ihrem Leben gibt, dessen Tod sie besonders mitnehmen würde. Sie spürt, wie ihre Knochen vor Kummer über diese Tatsache enger zusammenrücken und sie ein bisschen schrumpft.

»Und du wirst auf eine große Reise gehen«, sagt Ksenja.

Elin lacht auf. »Ich habe ja nicht mal Geld für eine kleine.«

Die alte Frau drückt ihre Hand und lächelt, bis Elin ihre zwei Zahnlücken sehen und ihren Kardamon-Vanille-Atem riechen kann. Das ist zu nah, Elin entzieht ihre Hand, tritt einen kleinen Schritt zurück und schaut weg von Ksenja, hin zum dunkelblauen Horizont.

Es hapert wirklich an allem: Liebe, Familie, Geld. Und wenn sie sich weiter von Chips und Gummibärchen ernährt, kann sie sich vermutlich auch bald von ihrer Gesundheit verabschieden. Ihre größte Gabe scheint zu sein, dass alles, was sie beginnt, furchtbar schiefgeht. Ob sie darüber mal ein Buch schreiben sollte? Die Kunst des Scheiterns, das wäre doch ein schicker Titel. Gibt es aber sicher so oder so ähnlich schon. Elin denkt an ihr letztes Buchprojekt: eine schwedische Krimiserie, die niemand lesen wollte. Sie sollte sich von so einem Fehlschlag nicht entmutigen lassen, hatte ihr Lasse geraten. Lasse, das ist nicht nur ein großer Witzbold, sondern auch ihr Literaturagent in Stockholm. Schon ewig hat sie nichts mehr von ihm gehört. Er von ihr auch nicht. Seit Monaten fällt ihr nichts mehr ein, eine Schreibblockade der Superlative. Nein, die Schreiberei wird ihr so schnell wohl nichts einbringen. Aber was dann?

»Steht in meinen Händen auch, wie ich an Geld komme?«, fragt sie Ksenja, aber die alte Handleserin ist nicht mehr da.

Die Fähre legt an, schnell schiebt sich Elin an den anderen Passagieren vorbei und eilt an Land. Sie atmet schnell und flach, ihre Bronchien pfeifen. Den Tränen nahe, lässt sich Elin auf einen alten Klappstuhl vor einer Graffiti-Mauer sinken, zieht den Reißverschluss ihrer Jacke hoch und beobachtet die

Menschen, die an ihr vorbeiziehen. Zwei verliebte Pärchen, eines davon mit Baby, junge Leute, die mit ihren Dreadlocks und bunten Klamotten aussehen, als würden sie Kunst oder Modedesign studieren, ein pfeifender Mann auf einem Fahrrad. Niemand schaut zu ihr hin, ganz so, als wäre sie nicht existent. Würde es überhaupt jemandem auffallen, wenn sie wirklich nicht mehr da wäre?

»I will survive«, singt Gloria Gaynor plötzlich in Elins Bauch. Na ja, nicht wirklich in ihrem Bauch, aber doch dicht dran, in der Bauchtasche ihres Kapuzenpullis. Ihr Herz macht einen kleinen Sprung. Sie zieht das Smartphone aus der Tasche und schaut auf das Display: Jan.

9

»Tattarrattat«, klopft es am Dienstagmorgen um 10.20 Uhr an die blaue Holztür von Aries Hausboot. Und dann noch einmal: »Tattarrattat.«

So kann nur eine Schriftstellerin anklopfen, denkt Jack. Er sitzt schon am Holztisch in der Kombüse, Maddie auch. Außer »Goeie Morgen« hat sie heute noch nichts zu ihm gesagt. Dafür hat sie ihn mit einem Eisköniginnen-Lächeln bedacht, von dem ihm immer noch ein bisschen kalt ist.

»Kommt rein«, ruft Arie.

Das tun sie. Zuerst eine Frau wie ein Bär, von einer wilden Schönheit: ein großes Lächeln, hohe Wangenknochen, ungeschminkt, aber rosig. Ihr Kreuz ist breit und solide, die vom Nieselregen welligen graubraunen Haare sind halblang und sehen aus, als hätte sie sie selbst geschnitten. Sie klemmt sich eine Strähne hinters Ohr, dann winkt sie verlegen wie eine Erstklässlerin in die Runde. Schriftstellerhände hat Jack sich anders vorgestellt: blasser, feingliedriger, gepflegter. Elins Hände sind groß und schwielig, als hätten sie mehr Holzhäuser gebaut als Geschichten geschrieben.

»Das ist Elin«, sagt Jan, als er in Jeans und durchnässtem T-Shirt die Kombüse betritt. Seinen Pulli trägt er mit beiden

Händen vor sich her, als würde er rohe Eier darin transportieren. »Arie, hast du vielleicht einen leeren Schuhkarton oder so was?«

Jan hat die Tür offen gelassen. Bevor der Wind sie zuknallt sieht Jack den Hund. Er liegt an Deck, mit dem Körper unter einem Tisch, mit dem Kopf im Regen. Arie, Maddie und er haben ihm nacheinander angeboten, nach drinnen zu kommen, aber er wollte nicht.

Jan legt den Pullover auf den Tisch und schiebt vorsichtig den Stoff zur Seite.

»Ein Eichhörnchen«, flüstert Maddie. Das Tier ist schon behaart und hat die Augen einen Spalt geöffnet, aber der Schwanz ist noch dünn und glatt, Vorder- und Hinterpfoten sind eng an den kleinen weißen Bauch gezogen. »Ich schätze, es ist etwa vier bis fünf Wochen alt, aber für sein Alter sehr schwach«, sagt Jack. »Eigentlich bekommen Eichhörnchen ihren Nachwuchs erst später im Jahr.«

Arie wühlt ein Kirschkernkissen aus der Krimskramsschublade und legt es in die Mikrowelle.

»Ich habe es auf dem Bürgersteig unter einem Baum gefunden. Aus der Krone sind einige Äste entfernt worden, wahrscheinlich ist es dabei aus dem Nest gefallen«, sagt Jan. Andere Eichhörnchen habe ich nicht gefunden. Wohl aber eine dicke Katze, die sich im nächsten Gebüsch geputzt hat.«

Jack streicht den Nager vorsichtig mit dem Zeigefinger ab. Es ist ein Weibchen und scheint nicht weiter verletzt zu sein, nur etwas unterkühlt. Arie stellt einen leeren Karton auf den Tisch, in dem er sonst sein Altpapier sammelt. Hinein kommen eine blaue Fleecedecke und das warme Kirschkernkissen. Jan legt das Eichhörnchen in sein neues Bettchen. Dann schauen sie zu, wie sich der kleine Patient an die Wärmequelle schmiegt und seine Augen schließt. »Ohhh«, sagen sie wie aus einem Mund.

»Wir können sie nicht hierbehalten«, sagt Jack, der als Einziger noch auf der Bank sitzt und auf seinem Smartphone nach der Telefonnummer des Eekhoornopvangs sucht.

»Warum? Magst du keine Eichhörnchen?«, fragt Elin.

»Kommt auf die Zubereitung an«, sagt Jack, weil er zu oft spricht, bevor er denkt und auf doofe Fragen gerne mit doofen Witzen reagiert. Elin verzieht das Gesicht und legt einen Arm um den Karton, so als würde Jack das Tier gleich roh essen wollen. »Er hat mal Tiermedizin studiert, da müssen wir uns glaub ich keine Sorgen machen«, sagt Jan zu Elin.

»Dein Vertrauen möchte ich haben«, sagt sie, lässt aber immerhin den Karton los.

Maddie schaut zwar weiter das Eichhörnchen an, aber Jack sieht, wie die kleinen Lachfältchen um ihre Augen ein bisschen wackeln. Vielleicht könnten sie beide doch noch Frieden schließen.

Aber erst ist das Eichhörnchen dran: »Es ist nicht so leicht, ein junges Eichhörnchen aufzuziehen. Es braucht alle zwei Stunden Wasser, am Anfang mit einer Pipette, wobei man aufpassen muss, dass es sich nicht verschluckt und erstickt. Sobald es sich ein bisschen erholt und auf Körpertemperatur ist, braucht es Futter. Und dann muss es wieder fachgerecht ausgewildert werden.«

Jan ruft bei der Auffangstation an, kann aber niemanden erreichen. Sie laufen zum nächsten Tierarzt, einem, der fertig studiert hat. Den Karton haben sie in Aries gelben Friesennerz eingewickelt, damit er im Regen nicht durchweicht. Eine Stunde später sind sie wieder auf dem Boot – mit der Gewissheit, dass der kleine Nager tatsächlich unverletzt ist, einer ausführlichen Pflegeanleitung, spezieller Aufzuchtmilch und etlichen Kanülen zum Füttern.

»Wie soll sie heißen?«, fragt Elin.

»Eichhörnchen«, schlägt Arie vor. Maddie und Elin schauen ihn an. »Okay, dann eben nicht.«

»Wir könnten sie Sherlock nennen, dann wird sie das Maskottchen der Detektei«, schlägt Maddie vor.

»Wir müssen sie auswildern, wenn sie größer ist«, erinnert Jack.

»Eher Irene Adler oder Miss Marple, oder?«, sagt Jan.

»Miss Moneypenny«, schlägt Jack vor.

»Zu sexistisch«, findet Maddie.

Jan wendet sich an Elin. »Gab es in deiner Krimireihe nicht auch eine Detektivin?«

»Gunilla Lund, die aber von allen Fru Gunilla genannt wird. Eigentlich ist sie eine Ziegenbäuerin, die in ihrer Freizeit ermittelt. Zusammen mit einem Kobold, der aussieht wie John Cleese.«

»Zusammen mit einem Kobold.« Jack fängt an zu lachen.

»Davon gibt es in Nordschweden noch mehr, als ihr Städter euch vorstellen könnt«, sagt Elin und schiebt trotzig ihr Kinn vor. »Nur das mit John Cleese, das habe ich mir ausgedacht.«

»Gibt es die Bücher auch auf Englisch oder Holländisch?«, will Arie wissen.

»Nur auf Schwedisch. Und das auch nicht mehr, sie haben sich nicht besonders gut verkauft«, sagt Elin.

»Wegen des Koboldes?«, fragt Jack.

»Weil der Verlag keine Werbung gemacht hat«, sagt Elin.

»Fru Gunilla ist doch ein schöner Name, findest du nicht?«, fragt Maddie das Eichhörnchen, während sie mit einem feuchten Zipfel eines Papiertuches seine Analregion massiert. Das hat der Tierarzt angeordnet, damit das arme Tier keine Verstopfung bekommt.

Das Eichhörnchen widerspricht nicht und sieht überhaupt ganz zufrieden aus, Elin lächelt. »Fru Gunilla also«, sagt Jan.

Arie macht eine Runde Instantkaffee und stellt eine Packung Stroopwafels auf den Tisch. »Jetzt brauchen wir nur noch einen Namen für die Detektei.«

»Poepjes und Co«, schlägt Elin vor.

»Auf keinen Fall«, sagt Arie. »Da könnten wir uns auch gleich Die kleinen Scheißer nennen.«

Jack grinst. Die niederländischen Nachnamen sind ihm immer noch ein Rätsel. Welchem irren Vorfahren hat es Arie wohl zu verdanken, dass er jetzt wörtlich übersetzt »kleiner Stinker« heißt. Andererseits ist das in einem Land, in dem *scheetje* (Fürzchen) ein gängiger Kosename ist, vielleicht auch nicht weiter verwunderlich.

»Die Meisterdetektive«, sagt Maddie, muss dann aber selber als Erste über ihren eigenen Vorschlag lachen.

»Die fünf Fragezeichen«, schlägt Jan vor. Alle stöhnen.

»Eher Kommando Abstellgleis«, sagt Arie.

Elin hält den Daumen hoch. »Gefällt mir.«

»So heißt aber leider schon ein Krimi von Sophie Hénaff. Der ist übrigens sehr unterhaltsam«, sagt Jan. »Dirty Dishes«, sagt Jack.

Arie wirft einen Blick zur Spüle, in der sich das schmutzige Geschirr stapelt. »Ich wollte gleich noch abspülen.«

Jack lacht. »Ich meinte als Namen. Weil wir doch sicher oft Kunden haben, die schmutziges Geschirr waschen wollen.«

Arie kratzt sich am Kopf.

»Ihr wisst schon, wenn die Frau rausfinden will, ob der Mann fremdgeht oder wenn der Chef wissen möchte, was seine Angestellten treiben, wenn er nicht im Büro ist.«

»Schmutzige Wäsche waschen meinst du«, sagt Maddie.

»Stimmt, die Wäsche war's«, sagt Jack. »Aber das klingt nicht so gut.«

»Ich mag Dirty Dishes«, sagt Maddie. »Das klingt witzig.«

Sie sieht unglaublich süß aus, denkt Jack, mit dieser spitzen, kleinen Nase und den grüngrauen Augen.

Jan nimmt noch eine Sirupwaffel aus der Packung. »Wenn es mit der Detektivagentur nicht klappt, könnten wir immer noch ein Cateringunternehmen aufmachen. Dafür wäre es auch ein cooler Name.«

»Klar klappt das«, sagt Arie, klingt aber nicht ganz überzeugt. Dann schaut er die schwedische Schriftstellerin an: »Bist du eigentlich vorbestraft?«

»Natürlich nicht.«

»Kriminell gewesen, aber nicht erwischt worden?«

Elin wirft Jan einen hilfesuchenden Blick zu. Der zuckt mit den Schultern. »War hier bislang Einstellungsvoraussetzung.«

»In meinen Büchern habe ich schon einige Leute umgebracht«, sagt Elin.

»Zählt nicht«, sagt Jack.

»Vielleicht aber, dass ich meinen Ex-Freund gerne getötet hätte, als er mich an meinem 40. Geburtstag und sechs Wochen vor unserer Hochzeit verlassen hat?«

»Warum hast du nicht?«, fragt Maddie.

»Er hat am Telefon Schluss gemacht. Er war mit seiner Neuen in der Südsee, und ich hatte kein Geld fürs Ticket.«

»Wir könnten das mit dem Umbringen immer noch nachholen«, sagt Maddie trocken.

»Dann wird aus Dirty Dishes, der Hausboot-Detektei, Dirty Dishes, die Agentur für den diskreten Auftragsmord«, sagt Jack.

»Die Hausboot-Detektei, das klingt doch gut«, sagt Jan.

Elin nickt. »Seriöser als Dirty Dishes. Außerdem versteht gleich jeder, was gemeint ist.«

»Die Hausboot-Detektei, das nehmen wir«, bestimmt Arie.

Er packt einen schwarzen Marker und geht zum Whiteboard, das er gestern Abend an die Wand über der Waschmaschine gehängt hat. Nicht ideal, aber auf so einem Hausboot ist eben nicht unbegrenzt Platz.

Die Hausboot-Detektei schreibt er oben hin und unterstreicht die Worte zweimal. *Hausregeln* darunter, einmal unterstrichen.

Er überlegt einen Moment, dann schreibt er, so leserlich, wie er kann: *1. Die Hausboot-Detektive werden nicht (wieder) straffällig.*

»Sieht so aus, als würde dein Ex-Freund überleben«, sagt Jack zu Elin.

Arie macht den Stift zu und setzt sich wieder hin.

»Gibt es noch mehr Regeln?«, fragt Jan.

»Bestimmt, sie fallen mir im Moment nur nicht ein«, sagt Arie und schaut zur Uhr, die über der Tür hängt. »Schon kurz vor drei. Wann musst du eigentlich immer Isa abholen, Maddie?«

»Heute um fünf«, sagt Maddie. »Aber wenn es okay ist, würde ich gerne ein bisschen früher gehen. Ich muss mich noch nach einem neuen Fahrrad umschauen.«

Maddie geht, Jan wärmt Fru Gunillas Kirschkernkissen auf. Elin hat in den Untiefen der Krimskramsschublade eine Packung mit Buntstiften gefunden. Jetzt sitzt sie am Küchentisch und arbeitet an Logoentwürfen für die Detektei.

Jack und Arie machen den Abwasch. »Ich glaube, das hier kann richtig gut werden«, sagt Jack.

Arie trocknet eine bauchige Keramiktasse ab und hängt sie an ihren Haken. »Das glaube ich auch.«

10

Femke Baas nimmt den Kleinen Blauen vom Eis. Ein Pracht-exemplar, dieser bretonische Hummer, einer der ersten der Saison. Wohl auch einer der letzten, der Atlantik gibt seit Jahren nicht mehr viel her. Die meisten bretonischen Hummer sind deshalb amerikanische – eingeflogen, im besten Fall noch einmal kurz im französischen Atlantik gebadet und umetikettiert. Aber dieser hier ist echt, denkt Femke, während sie das schwarze Krustentier gegen das große Fenster ihrer Altbauwohnung hält, bis sein Panzer im warmweißen Aprillicht tiefblau schimmert. Sie kennt sich aus mit Fälschungen.

Auf dem Herd steht ein großer Topf mit brodelndem Salzwasser. Der Hummer bewegt seine Antennen und blickt Femke aus kleinen schwarzen Augen an. Falls Hummer überhaupt so weit gucken können, wer weiß das schon. Femke weiß nur, dass ihr sein Fleisch vorzüglich schmecken wird. Sie nimmt den Glasdeckel vom Topf, fasst das Tier möglichst weit hinten am Schwanz, damit sie sich im heißen Dampf nicht die Finger verbrennt, und lässt es kopfüber ins kochende Wasser gleiten.

Bis zu 45 Sekunden soll es dauern, bis ein Hummer totgekocht ist. Zehn Minuten länger, bis er nicht mehr schwarz, sondern leuchtend rot ist und sich seine Antennen leicht ablösen lassen. Dann ist er gar. Es macht Femke Baas schon lange nichts mehr aus, das Hummertöten. Der Hummer sieht auch nicht so aus, als ob ihm das alles etwas ausmacht. Manche seiner Artgenossen wehren sich, versuchen zu entkommen und rappeln im Topf herum. Aber dieser stirbt ohne Mucks, zuckt nicht mal mit seinen verschnürten Scheren.

Heißer Dampf steigt aus dem Topf nach oben und vernebelt ihr den Blick. Plötzlich sieht Femke statt des Hummers den toten Henk Peerenboom im Topf treiben. Der schöne Sommelier mit den grau melierten Haaren. »Jeder bekommt das, was er verdient hat«, sagt sie, schaut aber trotzdem schnell woandershin.

So jung und schön hat sie sich gefühlt, als Henk sie anrief und zu einem Treffen bat. Femke Baas seufzt: die Spitzenköchin und der Master Sommelier, was hätten sie für ein Paar werden können. Wollte Peerenboom aber nicht, wahrscheinlich weil er sie nicht jung und schön, sondern alt und fett fand. Stattdessen wollte er sie zerstören, ihr Unternehmen, ihren Ruf, ihren Wohlstand. Oder das wenige, was von Letzterem noch übrig war. Und alles wegen des bisschen Weines. Ja, es stimmte: Sie fälschte Wein. Leere Flaschen von teuren Weinen füllte sie einfach mit speziell dafür gepanschtem Billigwein wieder auf. Es schmeckte auch niemand, außer vielleicht ein Henk Peerenboom, dass in den Flaschen nicht das drin war, was draufstand. Als ob es überhaupt um Geschmack ging. War es so nicht für alle gut gewesen? Ihre Kunden konnten bei ihren Freunden mit einem alten Jahrgang Château Lafleur oder Lafite angeben. Sie hatte sich gefreut, dass ihre Kunden viel Geld für billigen Wein in teuren Flaschen ausgaben und sie ihre Rechnungen zahlen konnte.

Aber damit ist jetzt leider erst einmal Schluss. Femke spürt einen kleinen Stich in der Nähe des Rippenbogens, während sie den Hummer mit einer Zange aus dem heißen Wasser nimmt und in einen Kübel mit Eiswasser taucht. Kneippkur fürs Fleisch.

Als sie das Hummerfleisch aus der Schale löst, klingelt ihr Telefon. Es ist die Bank, das dritte Mal in dieser Woche. Femke nimmt nicht ab. Sie will nicht darüber sprechen, dass sie seit Monaten keine nennenswerten Einnahmen mehr hatte, auch nicht darüber, dass sie »über ihre Verhältnisse lebt« und ihre beiden Kreditkarten bis zum Anschlag überzogen hat. Vermutlich wollen sie ihr vorschlagen, dass sie ihre Wohnung verkauft oder zumindest ihre laufenden Kosten senkt. Hummus statt Hummer.

Nein, denkt Femke, sie wird die Bank erst anrufen, wenn sie den Auftrag für die van Lockhorst-Hochzeit bekommt. Falls sie ihn bekommt. Sie will etwas mit essbaren Blüten machen, passt ja auch gut zum Namen der Braut. Und zu ihren Essgewohnheiten. Auf Instagram hat sie nämlich herausgefunden, dass Jasmijn van Lockhorst Veganerin ist. Hätte Maarten ja auch mal erwähnen können, wenn er nicht so ein Arsch wäre.

Blumen also. Jetzt fehlt nur noch die Idee für ein neues, spektakuläres Rezept. Dieser manische Franzose hat bestimmt schon tausend brillante Ideen. Gabriel Petit ist nicht unbedingt der bessere Koch, aber sicher der kreativere.

Plötzlich macht ihr alles etwas aus. Der Hummer, der tote Henk, Gabriel, ihr Bankkonto, der graue Ansatz in ihrem schwarzen Haar, ihre dicken Oberschenkel und die gefälschten

Weine, die in ihrem Keller liegen. Femke lässt den Hummer liegen, das Telefon auch, geht ins Schlafzimmer und krabbelt, so wie sie ist, mit Kleid und Make-up, unter die Bettdecke. Draußen beginnt es zu dämmern. Der Himmel erblasst, die Ulmen vor ihrem Fenster erstarren zu grauen Riesen, das angesagte Salbeigrün ihrer Schlafzimmerwände versickert in den dunklen Holzdielen.

Bei den Nachbarn links von ihr macht jemand die Dusche an, schräg unten wimmert eine Blockflöte. Über ihr rumpelt es, begleitet von einem diffusen Stöhnen. Sex, schon wieder.

»Geht weg«, sagt Femke zu den Geräuschen, aber noch mehr zu der Einsamkeit, die durch die Fensterritzen sickert und sich zu ihr ins Bett legt. Natürlich hört sie nicht, die Einsamkeit, das hat sie ja noch nie getan. Sie geht nicht mal weg, als Femke die Nachttischlampe anknipst, sondern kommt immer näher, kriecht ihr unter die Haut, bis in ihr drin gar kein Platz mehr ist.

Femke Baas liegt auf dem Rücken, hält sich den zusammengepressten Magen und atmet flach. Vielleicht sollte sie eine Katze adoptieren. Ein kleines, warmes wollweißes Kätzchen, oder vielleicht grau-weiß getigert. Eigentlich wäre die Farbe egal, nur rot nicht unbedingt, weil das nicht gut auf ihren pinken Sofakissen aussehen würde. Aber Hauptsache, es würde sich nachts schnurrend in ihre Halsbeuge schmiegen.

Fast kann Femke es fühlen, das weiche Fell, und für einen kurzen Moment fühlt sie sich weniger schrecklich, weniger kalt, weniger allein. Doch mit dem ersten tiefen Atemzug erinnert sie sich daran, wie ihre Augen immer ganz rot geworden sind und gejuckt haben, wenn sie ihre Schulfreundin besucht hat, die eine Katze hatte. Das ist schon lange her, aber Allergien verschwinden nicht so einfach wie Erinnerungen.

Keine Katze also. »Ja, ja, ja«, schreit jemand über ihr, dann stöhnt man sich mit zweistimmigem Crescendo dem Höhepunkt entgegen. In der Küche klingelt schon wieder das Telefon, das Hummerfleisch trocknet langsam aus. Femke Baas drückt ihr Gesicht auf ihr Seidenkissen und beginnt zu weinen.

11

Für einen Ort auf dem 52. Breitengrad ist es in Amsterdam ungewöhnlich häufig kalt. Der Westwind ist schuld, meistens jedenfalls. Ungebremst stürmt er von der Nordsee über die flache Küste, bis die ganze Stadt nach Salz schmeckt und man das Gefühl hat, an Deck eines Hochseetankers zu stehen, wenn man mal zum Rauchen auf den Balkon geht. Weht es aus Nordosten, wird es noch ungemütlicher, so als wäre gleich neben Amsterdam die Arktis eingezogen. Nicht mehr so oft, aber alle paar Jahre frieren sogar die Grachten zu. Dann ziehen alle ihre Schlittschuhe an, und es wird kurz wieder ganz warm, weil das Gleiten übers Eis viel anstrengender ist, als es aussieht.

Im Frühjahr und Herbst gibt es die Nebelkälte, die sich wie feuchte Wickel um die Häuser und ihre Bewohner legt, und manchmal ist es an einem Montagmorgen nach einem sonnigen Juliwochenende plötzlich so kühl und klamm, als hätte jemand auf November vorgespult. Die gefürchtetste Kälte von allen ist die nass-graue, die einen nach wochenlangem Nieselregen nicht nur frösteln, sondern auch ein wenig traurig werden lässt, und gegen die nur heiße Chocomel und Poffertjes mit einer fingerbreiten Schicht Puderzucker helfen.

Umso mehr freuen sich die Bewohner der Hauptstadt, wenn sich das Wetter einmal von seiner reizenden Seite zeigt. An diesem Donnerstag ist so ein Tag. Als Arie morgens um kurz nach sieben seine rote Kajütentür mit dem runden Fenster öffnet, ist es zwar auch nicht gerade warm, zwölf Grad vielleicht. Aber es ist sonnig und so windstill, wie es an der niederländischen Küste denn sein kann. Es ist eine köstliche Morgenfrische, so eine, die einen schönen Frühlingstag ankündigt und die einem mit ihrem süßen Quellwasseraroma weismacht, dass das mit der Luftverschmutzung in der Stadt schon nicht so schlimm sein wird.

Arie atmet tief ein und aus und dann noch mal ein. Dann tritt er ins Freie, seltsam beschwingt von all dem Sauerstoff, aber auch von dem goldenen Himmelsschimmer und dem Gezwitscher in den Bäumen. Probeweise stimmt der Ex-Commissaris mit ein in diesen Chor, aber sein Pfeifen klingt so schief, dass er es bald wieder lässt, sich auf einen der verwitterten, etwas wackeligen Holzstühle setzt und seinen heißen, süßen Kaffee schlürft. Die Stühle könnte er in den nächsten Tagen mal anstreichen und Blumenkübel bepflanzen. Kurz überlegt er, ob er »Die Hausboot-Detektei« auf den Bootsrumpf pinseln soll, aus Werbegründen, aber dann entscheidet er sich dagegen. »Lakshmi« heißt das Boot bislang, und das gefällt Arie. Es erinnert ihn an seinen verstorbenen Onkel, den alten Hippie, der bestimmt ein Viertel seines Lebens in indischen Ashrams verbracht hat. Außerdem ist Lakshmi die Göttin des Glücks und des Wohlstandes, und das könnte Arie beides gut gebrauchen. Vielleicht könnte Lakshmi damit anfangen, ihnen ein paar Kunden zu schicken. Noch weiß er nämlich gar nicht, wie sie das mit der Akquise machen sollen. Aufs Revier kamen die Leute ja immer ganz von allein.

Mindestens einen Auftrag brauchen sie, damit aus der Ansammlung kauziger Gesellen eine echte Detektei werden kann. Die ersten drei Tage, die hatten sie auch so ganz gut rumgekriegt. Er hatte über unauffällige Beschattung referiert, Maddie hatte ein paar Griffe zur Selbstverteidigung gezeigt, Jack hatte eine defekte Elektroleitung repariert und Jan und Elin hatten sich um Fru Gunilla gekümmert. Aber bald würde es langweilig werden. Arie fällt ein, dass er beim Arbeitsamt anrufen könnte. Vielleicht gibt es für die Gründung einer Detektei sogar Fördergelder, dann könnte er alles offiziell machen und ein paar Zeitungsannoncen schalten.

Fünf Minuten lang schmiedet Arie Pläne, dann ist der Kaffee leer und ihm wird doch so kalt, dass er den Reißverschluss seiner blauen Strickjacke zuzieht. Sie spannt über dem Bauch.

»Fettsack«, sagt Arie und denkt: Kein Wunder, dass sich Sanne von ihm getrennt hat. Damit ist sie dann auch fast schon wieder vertrieben, die kleine Frühlingsmorgen-Euphorie.

Eigentlich folgt dem ersten solcher Gedanken gleich der zweite, dann der dritte und immer so weiter. Einer schlimmer als der andere, drehen sie sich im Kreis, und Arie kann meist nicht mehr viel machen, als sich festzuhalten (zum Beispiel an einer Bierflasche) und darauf zu warten, dass dem Karussell aus Selbstzweifeln und Liebeskummer und Trauer über den Sohn, der nicht mehr sein Sohn sein will, die Sicherung rausfliegt.

Aber heute ist es anders. Noch bevor es in Aries Kopf richtig losrotiert, legt ihm jemand seinen Kopf aufs Knie und sabbert ihm in die Pantoffeln.

»Hund«, sagt Arie und zieht schnell sein Bein weg. Das bringt ihn selber, den 74 Kilogramm schweren Neufundländer und zu guter Letzt den Stuhl aus dem Gleichgewicht. Mit einem Rumpeln landen sie alle drei auf dem Boden. Arie sieht Hunds hängende Lefzen und große Zähne auf sich zukommen, und ganz kurz denkt er, dass sein neuer Mitbewohner ihm nun die Nase abbeißen wird. Was für eine bescheuerte Idee, einen bissigen Riesenköter zu adoptieren.

Aber Aries knollige Nase bleibt dran, steckt jetzt allerdings mitten im schwarzen Hundefell. Es riecht überraschend gut. Ganz leicht nach Algen und Stall und altem Holz, aber gut. Hund hechelt in sein linkes Ohr. Arie hebt die Hände, um das Tier von sich runter zu hieven. Aber dann hält er inne, schiebt nicht, sondern streichelt, und wühlt seine Finger durch das Deckhaar, bis sie die weiche Unterwolle erreichen. Eine ganze Weile liegen sie da, der Mann auf den Schiffsplanken und der Hund halb auf ihm drauf, bis Arie ächzt, dass es nun doch ein bisschen schwer wird.

Hund rutscht zur Seite, steht auf und schaut aus seinen braunen Augen auf ihn hinunter. Sein Schwanz wedelt ein wenig enthusiastischer als sonst, das schon, aber vielleicht bildet sich Arie das auch nur ein. Er rappelt sich hoch und bringt die leere Tasse in die Küche. Dort zieht er Jeans über die Boxershorts, tauscht Pantoffeln gegen Turnschuhe, stopft das verschlissene Lederportemonnaie und ein paar Plastiktüten in die Hosentasche und nimmt die Leine, die neben dem Trockenhandtuch am Herd hängt.

Arie und Hund gehen an Land, vorbei an dem leeren Anlegeplatz seiner Backbord-Nachbarn, deren Hausboot gerade in der Werft zur Reparatur ist, auf die andere Straßenseite. In den Häusern, das sieht Arie durch die Fenster, von denen kein einziges mit Gardinen verhangen ist, geht es schon hoch her. Da werden Butterbrote geschmiert, Schulranzen gepackt, Laptops angeworfen. Ein junger Vater, der obenrum schon Hemd und Sakko, unten aber noch eine karierte Schlafanzughose trägt, läuft mit seinem Baby auf und ab, es schreit so laut, dass man es bis draußen hört. Im Nachbarhaus tanzt die nette Käseverkäuferin vom Markt so wild vor dem Fernseher, dass ihr T-Shirt hochrutscht und Arie sieht, wie die Fettröllchen hüpfen.

Auf den Straßen ist dagegen noch nicht viel los. Hier und da wird das Vogelgezwitscher übertönt vom Piepen der Transporter, die rückwärts in Liefereingänge und Parkbuchten rangieren. Aus der Ferne sieht Arie zwei andere Hundebesitzer. Ein paar Jogger nutzen die frühe Morgenstunde, um ungestört geradeaus zu laufen. Die, die ihren Weg kreuzen, lächeln ihnen zu. Genau genommen lächeln sie nur Hund zu, aber Arie lächelt für sie beide zurück, so oft, bis er es gar nicht mehr aus dem Gesicht bekommt, dieses Lächeln – selbst dann nicht, als er Hunds stinkenden Haufen in einer kleinen grünen Plastiktüte verstauen und bis zum nächsten Mülleimer tragen muss.

»Jetzt habe ich Hunger«, sagt Arie fünfzehn Minuten später auf dem Rückweg und bleibt vor einer Automatenwand stehen. Hund drückt seine schwarze feucht-glänzende Nase gegen die Glaswand, hinter der in kleinen Kästen Frikandel, Kroketten, Kaassoufflés, Bamihapjes und Nasiballen liegen. *Eeten uit de muur*, das »Essen aus der Mauer«, ist einer der Gründe, warum Aries Strickjacke ein bisschen eng geworden ist.

»Zwei also«, sagt Arie und kramt zwei Münzen aus dem Portemonnaie. Kurz darauf beißt er in eine Krokette, eine frittierte Rolle, gefüllt mit mehligem Fleischragout. Hund schlingt seine Portion in einem Happs hinunter.

Gut zwei Stunden später wuchtet Jan drei prallgefüllte Jutebeutel auf den Küchentisch. Aus der einen nimmt er Zwiebeln, Bohnen, Tomaten, Kartoffeln, Lauch, Mangold und Möhren, an denen noch ein bisschen Erde klebt. Aus der anderen eine Flasche Olivenöl, ein Stück Parmesan und zwei Stangen Baguette, die riechen, als wären sie gerade frisch aus dem Ofen gekommen. Arie schaut zu, mit leicht geöffnetem Mund.

»Minestrone«, sagt Jan.

»Minestrone«, wiederholt Arie.

»Wir können ja nicht jede Mittagspause Kekse oder Pommes essen.«

Arie nickt bedächtig. »Auf keinen Fall, viel zu ungesund.« Dann steckt er sich schnell einen Kaugummi in den Mund, für den Fall, dass er noch nach seiner Frühstücks-Krokette riecht. »Und da hast du heute Morgen schon eingekauft?«

»Auf dem Markt. Ich dachte, ihr könnte ein bisschen frische Luft guttun«, sagt Jan mit einem unterdrückten Gähnen und deutet auf das gestreifte Tuch über seinem Bauch. »Ein altes Babytragetuch, für Fru Gunilla ist es perfekt.« Er hat die Stimme zu einem Flüstern gesenkt, als hätte er Angst, das Eichhörnchen aufzuwecken. Arie bemerkt, dass er dunkle Schatten unter den Augen hat.

»Schlechte Nacht gehabt?«

Jan schließt kurz die Augen. »Kann man so sagen.«

»Kein Wunder, bei dem Vollmond«, sagt Elin, die gerade zur Tür reingekommen ist. Auch sie sieht müde aus, findet Arie, als sie ihre große Handtasche zwischen den Kartoffeln und dem Olivenöl auf den Tisch setzt und einen Stapel DVDs herauszieht.

Arie setzt seine Lesebrille auf. »*Sherlock Holmes, Mord im Orient Express, Brennpunkt Brooklyn, Tote schlafen fest* und *The Oxford Murders*.«

»Zur Fortbildung«, sagt Elin. »Ich dachte, wir fangen mit den Klassikern an. Du hast doch hoffentlich einen DVD-Player?«

»Ich bin nur beruhigt, dass du nicht *Bernard und Bianca – Die Mäusepolizei* mitgebracht hast«, sagt Arie und stellt den Wasserkocher für eine Runde Kaffee an. Er weiß nicht warum, möglicherweise liegt es an diesen Detektiv-Filmen, die Elin zu Fortbildungszwecken angeschleppt hat, aber plötzlich hat er Lust auf Irish Coffee mit einem guten Schuss Whiskey. Der Whiskey dazu müsste noch irgendwo im Schrank stehen, hinter den Paketen mit Instant-Nudelsuppe und Schokoriegeln.

»Der Vollmond ist übrigens unschuldig«, wechselt Jan das Thema. »Fru Gunilla hat letzte Nacht …«

Wie genau Fru Gunilla Jan um den Schlaf gebracht hat, erfahren Arie und Elin nicht mehr. Denn bevor er seinen Satz beenden kann, ertönt von draußen ein erstickter Schrei, dann ein Platschen.

Das Erste, was Arie draußen sieht, ist Hunds Hinterteil. Sein Schwanz schwingt begeistert von einer Seite zur anderen, der Rest des massigen Körpers hängt schon halb über der Reling. »Keine gute Idee«, sagt Arie und packt das Halsband. »Jedenfalls nicht, solange du keine Leitern hochklettern kannst.«

Im Wasser taucht ein dunkelbrauner Schopf auf, dann ein großer Mund, der nach Luft schnappt.

»Jack!«, kreischt Elin.

Jan zieht seine Schuhe aus.

»Du spinnst doch!«, ruft Jack, sobald er dazu wieder genug Luft hat. Er meint natürlich nicht Elin, sondern Maddie. Die steht am Ufer, eine Hand in der Hosentasche, die andere am Lenker eines schwarzen, etwas rostigen Hollandrades, nicht so schön wie ihr altes, aber ein fahrbarer Ersatz. Maddie sieht ziemlich zufrieden aus.

»Es ist eiskalt«, schimpft Jack, dann krault er mit drei Zügen zur Außenleiter der Lakshmi.

Maddie schließt ihr Rad an einem Laternenpfahl an und kommt an Bord. »Das hoffe ich doch.«

Am Ufer bleibt eine Frau in braunem Tweedkostüm stehen. »Soll ich die Polizei rufen?«, fragt sie und zückt ihr Telefon.

»Ist schon hier«, beruhigt Arie sie.

»Der Herr hat nur ein kleines Bad genommen«, ruft ein langer, dürrer Mann von einem der Nachbarboote. Er lehnt im weißen Frottee-Bademantel an seiner Reling, in der Hand einen Joint, auf dem Gesicht ein breites Grinsen. Ihm hat die Show offenbar gut gefallen. Die Frau geht kopfschüttelnd weiter, Jack klettert tropfnass an Deck.

Erst jetzt kann Arie Hund dazu bewegen, sich wieder hinzulegen.

»Was hättest du gemacht, wenn ich nicht schwimmen könnte?«, fährt Jack Maddie an.

»Hinterhergesprungen. Falls Jan mir nicht zuvorgekommen wäre«, sagt Maddie, während Jan seine Schuhe wieder anzieht. »Obwohl Männer wie du immer schwimmen können.«

»Obwohl Männer wie du immer schwimmen können«, äfft Jack sie nach.

»Was ist eigentlich passiert?«, will Elin wissen, oder vielleicht stellt sie die Frage auch nur als Ablenkungsmanöver, weil es ganz danach aussieht, als könnte gleich noch mal jemand im Wasser landen.

»Er möchte sein T-Shirt zurückhaben«, sagt Maddie und dreht sich zu Jack um. Ihre Augen funkeln. »Möchtest du ihnen den Rest der Geschichte erzählen?«

Möchte Jack nicht. Er knurrt etwas von Leuten, die schrecklich nachtragend sind und keinen Spaß verstehen, dann trottet er hinter Arie her in die warme Küche und zieht sein Hemd aus. »Deine Mitarbeiterin hat, sie hat …« Offensichtlich fällt Jack das holländische Wort nicht ein. »Anger issues«, sagt er deshalb schließlich. Versteht auch jeder.

»Besser Anger Issues als gar kein Herz im Leib«, schießt Maddie zurück.

Arie mag keinen Streit, vor allem nicht in beengten Räumen. Aber er versucht, sich auf das Positive zu konzentrieren: Nach diesem Vormittag wird er sicher nicht der Einzige sein, der Irish Coffee trinken will.

Jan beugt sich über die Waschmaschine, nimmt den schwarzen Marker und schreibt die zweite Hausregel ans Whiteboard: *2. Bei Streit unter Kollegen wird auf Handgreiflichkeiten möglichst verzichtet.* Schlimmes Beamtenholländisch, aber deswegen ist es ja nicht weniger wahr.

Arie geht in sein winziges Schlafzimmer und öffnet den Einbauschrank. Er greift nach einem frischen Handtuch, wirft ein T-Shirt obendrauf und sucht dann eine Weile in einem noch nicht ausgepackten Koffer, bis er die graue Jogginghose gefunden hat, die ihm schon vor der Scheidung etwas eng war. Warum ist er nur so aus dem Leim gegangen? Ausgerechnet er, der doch auf der Polizeischule der Sportlichste seines Jahrgangs war? Erst hat er Sannes Sahnetorten verantwortlich gemacht, dann den Kummer darüber, dass Sanne nicht mehr da war. Aber vielleicht, denkt Arie, fehlt ihm etwas ganz anderes: ein straffes Trainingsprogramm und ein Tritt in den Hintern.

»Manchmal fehlt auch einfach die Mama«, sagt Jack. Arie, der gerade zurück in die Küche kommt, zuckt zusammen. Aber Jack kann weder Gedanken lesen noch spricht er über ihn. Es geht um Fru Gunilla, die jetzt nicht mehr vor Jans Bauch, sondern auf einem Kissen auf dem Tisch liegt. Sie sieht aus wie ein Stofftier, dem man die Füllung herausgenommen hat.

»Ihr geht es nicht gut«, stellt Arie fest und reicht Jack die Sachen. Der schüttelt bekümmert den Kopf und verschwindet im Bad, um sich umzuziehen.

»Die ersten zwei Tage ist alles gut gelaufen. Aber jetzt ist sie so schwach. Heute Nacht wollte sie auch nichts mehr trinken.« Jan schluckt.

»Jack sagt, es ist nicht sicher, dass sie es schafft«, sagt Elin.

Jan wendet sich ab, nimmt ein Brett und ein Messer von der Anrichte und beginnt, Suppengemüse zu hacken. Zwischendurch hält er inne, wischt sich mit dem Ärmel über die Augen und schneuzt sich, und keiner weiß, ob das an den Zwiebeln liegt.

Arie setzt sich neben Elin auf die Küchenbank und rückt noch ein Stückchen näher dran, als Jack kurz darauf zurückkommt – mit halb trockengerubbelten Haaren und einer Jogginghose, die ihm an den Beinen zu kurz und am Bauch zu weit ist. Elin streicht mit der Kuppe ihres Zeigefingers über das Eichhörnchen. Maddie hat sich auf einen der zwei kleinen Hocker gesetzt und scrollt auf ihrem Handy.

Arie seufzt. Plötzlich erscheint es ihm so gut wie unmöglich, dass aus dieser Truppe ein gutes Ermittlerteam, eine funktionierende Detektei werden kann. Sicher, auf dem Revier gab es auch viele kaputte Typen und immer mal wieder Streitereien zwischen Kollegen. Aber da hatten sie auch mehr zu tun gehabt, als Gemüsesuppe zu kochen und aus dem Nest gefallene Eichhörnchen beim Sterben zu begleiten.

»Wir könnten herausfinden, was eigentlich mit diesem Henk Peerenboom passiert ist. Ihr wisst schon, der berühmte Sommelier, den sie neulich aus der Gracht gefischt haben. Ich habe gerade einen Artikel gelesen, die Polizei tappt offenbar im Dunkeln, will aber ein Verbrechen nicht ausschließen«, sagt Maddie und legt ihr Telefon weg.

»Vermutlich hat ihn irgendeine Verrückte in die Gracht geschubst, und er ist im eisigen Wasser ertrunken«, sagt Jack.

Maddie streckt ihm die Zunge raus.

»Lieber keine Wasserleichen«, sagt Arie und denkt, dass er sowieso allen Fällen fernbleiben will, in denen er Wessel treffen könnte. Wessel, der jetzt mit Sanne verheiratet ist. »Mit so einem Fall würden wir ja auch nichts verdienen«, fügt er zur Sicherheit noch hinzu.

»Okay, wir könnten auch den *Frühlingsgarten* finden«, schlägt Maddie vor und greift wieder nach ihrem Handy. »Oder ist der inzwischen wieder aufgetaucht?«

»Der *Frühlingsgarten*?«, wiederholt Jack so, als wäre Maddie nun völlig durchgedreht.

Maddie zieht nur die Augenbrauen leicht hoch.

Jan salzt die Suppe und erklärt: »Ein berühmtes Van Gogh-Gemälde, das aus dem Museum in Laren gestohlen wurde.«

»Das ist nicht so weit von hier«, fällt Maddie ein. »Das wäre doch die perfekte PR, wenn wir den finden würden. Vom Finderlohn ganz zu schweigen.«

Jack runzelt die Stirn und spricht aus, was Arie denkt: »Eine Nummer kleiner geht es nicht?«

»Meistens dauert es Jahre, wenn nicht Jahrzehnte, bevor solche Kunstwerke gefunden werden. Wenn überhaupt«, sagt Jan.

Maddie verdreht die Augen. »Mit der Einstellung wird das natürlich nichts.«

Jan stellt den Topf auf den Tisch und bettet das Eichhörnchen vorsichtig auf das Küchensofa in die kleine freie Ecke neben Elin um. »Vielleicht doch, wenn es eine wahre Geschichte ist.«

»True Crime«, murmelt Elin.

»Willst du über uns ein Buch schreiben?« fragt Jack, und die anderen können weder seiner Stimme noch seinem Gesichtsausdruck entnehmen, ob er das interessant oder entsetzlich fände.

Elin schüttelt energisch den Kopf. Fast zu energisch, um wirklich überzeugend zu wirken, denkt Arie. Sie öffnet den Mund, um noch etwas zu sagen, schließt ihn aber wieder, als es an die Tür poltert, so als würde jemand nicht mit der Faust, sondern der ganzen Breitseite seines Körpers anklopfen.

Alle schauen Arie an. Der zuckt mit den Schultern, geht die drei Schritte zum Ende der Küche und öffnet. Hund tritt ein. Mit leicht wiegenden Hüften tapst er zum Tisch und streckt seine Nase Richtung Suppentopf. »Er wollte noch nie reinkommen«, sagt Arie.

»Er weiß halt, was gut riecht«, sagt Jan.

Aber dann dreht der große Neufundländer seinen breiten Kopf Richtung Küchensofa, dorthin, wo Fru Gunilla liegt, und öffnet sein Maul.

Elin kreischt, Maddie schließt die Augen, Arie ruft: »Aus, Hund!«, Jack murmelt »Fuck«, Jan springt von seinem Hocker auf und macht einen Satz, der die Suppenschüsseln zum Rappeln bringt, den Hund aber nicht abhält.

Fru Gunilla ist verschwunden.

Dann taucht sie wieder auf, unter Hunds großer rosa Zunge.

»Er frisst sie nicht auf, er leckt sie ab«, sagt Elin und fängt an zu lachen.

Das Eichhörnchen blinzelt.

»Vor Schreck bekommt sie gleich sicher einen Herzinfarkt«, befürchtet Jan und fasst in Hunds Halsband, lässt es aber nach einem zweiten Blick auf sein Eichhörnchen wieder los. »Ich glaube, es gefällt ihr.«

»Vielleicht haben wir da eine Ersatzmama gefunden«, sagt Maddie.

»Ersatzpapa«, korrigiert Arie und denkt, dass sein neuer Mitbewohner wahrscheinlich kein bisschen bissig ist. Dann isst er den ersten Löffel Suppe. Schmeckt gar nicht mal schlecht, das ganze Gemüse.

Irish Coffee trinken sie dann aber auch noch, draußen in der Nachmittagssssonne. Maddie und Jack wechseln für den Rest des Tages kein Wort mehr miteinander, lächeln sich aber versehentlich an, als Fru Gunilla aufwacht und endlich wieder etwas frisst.

12

»Lakshmi« steht da, gelb auf schwarz. Vor Erleichterung schnaubt Gabriel Petit so laut, als hätte er Nüstern statt Nasenlöcher. Stundenlang ist er an diesem Freitag durch die Stadt gelaufen. Trotzdem grenzt es an ein Wunder, dass er das Boot überhaupt gefunden hat. Fast dreitausend Hausboote liegen in den Kanälen der Hauptstadt herum. Das hat er natürlich nicht gezählt, sondern im Internet gelesen, als er vergeblich nach der Adresse dieser neuen Hausboot-Detektei gesucht hat. Seine Steuerberaterin hat ihn auf die Idee gebracht, eher zufällig, beim Smalltalk über Kinder. Gabriel hat erzählt, dass seine Jüngste im Sommer schon eingeschult wird. Im Gegenzug hat Frau van Dijk berichtet, dass ihre Tochter vor zwei Wochen bei einer neuen Detektei angefangen hat. Und dass diese Detektei auf einem Hausboot liegt, das den seltsamen Namen »Lakshmi« trägt. »Stellen Sie sich das einmal vor! Auf einem Hausboot!«

Und was für ein Hausboot! Nicht eines von diesen kastenförmigen Wohn-Archen aus den siebziger Jahren, auch kein modernes schwimmendes Penthouse. Nein, die Lakshmi ist ein richtiger alter Kahn mit schwarzem Rumpf, gelb-rotem Aufbau und runden Bullaugen. »Hausboot-Detektei« steht nirgendwo, aber so viele Boote, die nach einer indischen Glücksgöttin benannt sind, wird es wohl auch nicht geben. Ein gutes Omen, denkt Gabriel, während er an Bord geht. Denn Glück braucht er, um das C'est Magnifique! und seine Ehe zu retten. Göttlichen Beistand und ein paar gute Detektive.

Die rote Kajütentür ist nur angelehnt. »Hallo?«, ruft Gabriel, bekommt aber keine Antwort. Einfach reingehen will er nicht. Er mag ein halber Ex-Junkie sein und ein Ehebrecher, aber wenigstens einer mit guter Kinderstube. Also hält er mit der linken Hand die Klinke fest, damit die Tür nicht aufschwingt, während er mit der rechten anklopft. Erst vorsichtig, dann, weil immer noch niemand reagiert, etwas polternder.

»Komm rein, Hund, die Tür ist offen«, ruft eine Bass-Stimme.

»Hund«, wiederholt Gabriel mit hochgezogenen Augenbrauen und bleibt, wo er ist. Er hört, wie drinnen jemand in seine Richtung schlurft.

»Als ob du mit deinem dicken Kopf die Tür nicht einfach aufdrücken könntest«, sagt jemand, dann wird ihm endlich aufgemacht.

Der Mann, der den ganzen Türrahmen ausfüllt, trägt einen Jogginganzug mit Farbspritzern und zerschlissenen Bündchen. Gabriel schätzt, dass er sich von Pommes, Frikandeln und Tütensuppe ernährt. Ein bisschen dumm sieht er auch aus, wie er da steht und ihn mit halb offenem Mund anstarrt.

»Sorry, ich muss mich im Boot geirrt haben«, sagt Gabriel, macht einen Schritt zurück und stößt gegen etwas Großes, Flauschiges, das erschrocken aufjault.

Vor Schreck entfährt Gabriel ein Geräusch, das ganz ähnlich klingt.

»Du bist ihm auf die Pfote getreten«, sagt der Mann im Jogginganzug.

Gabriel dreht sich um und sieht einen schwarzen, sabbernden Fellriesen. »Entschuldigung, das war keine Absicht«, sagt er vorsichtshalber zu Hund und Herrchen, auch wenn keiner von ihnen wütend wirkt.

»Wen oder was suchst du denn?«

»Eine Detektei«, sagt Gabriel, während er misstrauisch den Hund betrachtet.

»Oh«, sagt der Mann im Jogginganzug, dann räuspert er sich und strafft die Schultern. »Dann sind Sie hier genau richtig. Kommen Sie doch bitte herein.«

Bevor er weiß, wie ihm geschieht, steht Gabriel zusammen mit dem großen Mann, der sich als Arie Poepjes vorstellt, und dem Hund, der tatsächlich Hund heißt, in einer kleinen Kombüse.

»Gabriel. Gabriel Petit«, murmelt Gabriel und sagt auch noch, dass sie seinetwegen gerne beim Du bleiben können. Passt auch besser hierhin, in diese chaotische Küche, die aussieht wie die einer Studenten-WG. Das sagt er natürlich nicht.

In der Spüle türmt sich der Abwasch, auf dem Herd stapeln sich Zeitungen, auf dem Tisch warten einige kurze Holzbretter, darauf ein paar Schrauben und eine Dose mit blauem Lack. Über der Waschmaschine hängt ein Whiteboard mit Hausregeln, es sind nur zwei. Bevor Gabriel sie entziffern kann, hat Arie ihn schon weitergeschoben, Richtung Sofa, auf dem vier andere Gestalten, zwei Frauen und zwei Männer, herumlümmeln und einen Film schauen. Obwohl eigentlich nur drei wirklich schauen, der mit den nackten Füßen und dem Bart schläft hinten in der Ecke. Auf seinem Kopf sitzt ... Gabriel verengt die Augen, weil er kurz glaubt, auf eine optische Täuschung hereingefallen zu sein. Sitzt da ein winziges Eichhörnchen?

»Hey Leute, wir haben Besuch«, ruft Arie. »Das hier ist Gabriel Petit.«

»The worst is so often true«, sagt eine alte Dame im Laptop. Miss Marple, wenn Gabriel richtig liegt. Dann drückt die ältere der beiden Frauen auf eine Taste und der Bildschirm wird schwarz. »Fortbildung in der Mittagspause«, kichert sie in den Kragen ihres Kapuzenpullis.

»Das ist Elin«, sagt Arie. »Und der junge Herr, der neben ihr ein Nickerchen macht, ist Jan.«

Jan streckt und reckt sich, da ist nichts mehr auf seinem Kopf. Vermutlich hat er sich das mit dem Eichhörnchen doch nur eingebildet, denkt Gabriel. Könnte am schummrigen Licht liegen, an dem Lampenschirm, der so seltsame Schatten wirft, oder an zu niedrigem Blutzucker, den er sicher hat, nach der ganzen Rennerei heute. Sicherheitshalber starrt er Jan noch eine Weile auf den dunkelblonden Haarschopf, aber das Nagetier taucht nicht wieder auf. Dafür wird der Mann wach, kratzt sich den roten Bart, von dem Gabriel nicht ganz sicher ist, ob er Modell »Hipster« oder Modell »Landschaftsgärtner« ist, und öffnet die Augen. Kluge, freundliche Augen hat er, Augen, denen man ansieht, dass im Kopf dahinter nachgedacht wird. Gabriel schätzt, dass Jan auf dem Biomarkt einkauft und mindestens zwei Ottolenghi-Kochbücher besitzt.

Der Hund tapst an Gabriel vorbei zu der jüngeren Frau, die am anderen Ende des Sofas sitzt, und legt ihr den Kopf aufs Knie. »Ich bin Maddie«, sagt sie, legt dem Hund die Hand auf den Kopf und lächelt Gabriel ein bisschen abwartend an.

Hieß Frau van Dijks Tochter Maddie? Natürlich hat Frau van Dijk den Namen genannt, er fällt ihm gerade nur nicht ein.

Schön blöd von ihm: Wäre er beim Sie geblieben, hätte Arie sein Team mit Nachnamen vorgestellt. Was ihm natürlich nur dann weitergeholfen hätte, falls die Tochter seiner Steuerberaterin auch van Dijk heißt.

Vom Alter her müsste es aber Maddie sein, auch wenn sie äußerlich wenig Ähnlichkeit mit seiner matronenhaften Steuerberaterin hat. Jungenhaft wirkt sie, trotz ihrer niedlichen Zöpfe, die aussehen wie kunstvoll gedrehte Karamellstangen. Gabriel vermutet, dass sie zu der Sorte Menschen gehört, die morgens einen Apfel essen und das dann Frühstück nennen. Ein bisschen erinnert sie ihn an Laura, die Kellnerin, eigentlich seine ehemalige Kellnerin, mit der er, also die ihn … also mit der Zwaantje ihn in der Vorratskammer erwischt hat.

Der letzte im Team steht auf. »Jack«, sagt er und streckt Gabriel die Hand hin. Eine Geste, die seit der Pandemie ein bisschen aus der Zeit gefallen wirkt, aber Gabriel hat ein Faible für Traditionen und Jack hat einen warmen, trockenen Händedruck.

Das findet er vertrauenerweckend, den Rest der Detektei eher weniger. Nicht die Klamotten, nicht die Einrichtung. Immerhin gibt es einen Laptop, aber wo sind die Spiegelreflexkameras, die Teleobjektive, die Nachtsichtgeräte, die Wärmebildkameras und die Funkgeräte? Wohl kaum in den klapprigen Küchenschränken. Andere Detekteien haben so was, das hat er auf Netflix und bei seiner Internetrecherche am Morgen gesehen. Allerdings hat er auch herausgefunden, dass andere Detekteien sehr hohe Stundensätze haben. Deshalb ist er auch nicht einfach woanders hingegangen. Es gibt noch einen zweiten Grund: Eine renommierte Detektei, so fürchtet er, würde sich mit seinem Anliegen möglicherweise gar nicht befassen wollen.

Ein Detektivbüro auf einem Hausboot, das hat irgendwie günstiger, aber auch flexibler und netter geklungen. Aber können sollten sie schon etwas.

»Das hier ist also eine richtige Detektei?«, fragt Gabriel sicherheitshalber noch mal nach.

»Die beste«, beteuert Jack.

»Und technische Geräte gibt es auch? Also Abhöranlagen zum Beispiel?« Abhöranlagen, glaubt Gabriel, sind für sein Projekt unerlässlich.

»Die liegen in unserem Observationsbus«, sagt Elin.

Arie hustet. Dann sagt er, dass sie zumindest darauf hinarbeiten, die beste Detektei der Stadt zu werden. »Uns gibt es aber erst seit knapp zwei Wochen. Deshalb sind wir auch noch ein bisschen in den …«, Arie stockt, schaut an seinem fleckigen Jogginganzug hinunter und sucht nach Worten. Er sieht am abgerissensten von allen aus, scheint aber trotzdem der Chef zu sein.

»…in der Vorbereitungsphase. Renovieren und Training und so«, ergänzt Maddie seinen Satz. Dann hebt sie das Kinn ein wenig an, und ihre Augen werden ein bisschen schmaler. »Woher weißt du überhaupt, dass hier eine Detektei ist? Es steht ja weder am Boot noch im Internet. Werbung haben wir auch noch keine gemacht.«

»Deine Mutter ist meine Steuerberaterin, und hat mir vor ein paar Tagen von deinem neuen Job erzählt«, sagt Gabriel. »Aber sie wusste die genaue Adresse leider nicht, nur dass das Boot Lakshmi heißt.« In Gedanken fügt er hinzu, dass er nicht so lange durch die Stadt geirrt wäre, hätten die Detektive weniger Miss Marple-Filme geschaut und sich stattdessen um eine Homepage gekümmert.

Maddie zieht die Augenbrauen hoch, und ihre Stirn wird

ganz kraus. »Meine Mutter weiß noch gar nichts von meinem neuen Job, und Steuerberaterin ist sie auch nicht.«

Ups, denkt Gabriel. Es ist ein Kreuz mit diesem Namensgedächtnis. Schnell wendet er sich an die andere Frau und lächelt: »Dann war es wohl deine Mutter.«

»Würde mich sehr wundern«, sagt Elin mit leichtem Akzent und ohne Lächeln.

»Elins Mutter ist tot«, sagt der mit dem Bart.

Gabriel schießt das Blut in den Kopf, wirklich peinliche Situationen wirken da fast so gut wie Yogaübungen. Und es hilft, ihm fällt der Name wieder ein. Spät, aber immerhin:

»Janine!«, ruft er aus. »Das war es. Frau van Dijk hat mir erzählt, dass ihre Tochter Janine hier arbeitet.«

Maddies Miene verfinstert sich. Elin rubbelt mit der Fingerkuppe an einem unsichtbaren Fleck auf dem Sofa herum. Arie reibt sich die Wange, als hätte er eine spontane Zahnwurzelentzündung bekommen. Dann verschwindet er, um kurz darauf mit einer Thermoskanne und einer Packung Schokoladenkekse zurückzukommen. »Will jemand Kaffee?«

Jan ist der Einzige, der nicht mal die Mundwinkel verzogen und keine Sekunde lang den Blick abgewendet hat. »Bei uns arbeitet keine Janine.«

Ganz still ist es jetzt auf dem Boot, bis auf die regelmäßigen Atemzüge des Hundes und einem leisen Rascheln, das aus dem Bücherregal zu kommen scheint.

Möglicherweise hat Zwaantje recht gehabt, denkt Gabriel, und er hat sich schon vor Monaten um den Verstand gekokst.

Arie verteilt Tassen, schüttet Kaffee ein und fordert Gabriel mit einer Handbewegung dazu auf, Platz zu nehmen. »Wahrscheinlich hat deine Steuerberaterin da einfach etwas falsch verstanden. Aber die Hausboot-Detektei gibt es natürlich trotzdem.«

»Und euer Stundensatz?«, fragt Gabriel, dankbar über den Themenwechsel.

Alle schauen Arie an. Der überlegt ein wenig, dann sagt er: »45 Euro pro Stunde und Detektiv, plus eventuelle Spesen.«

Gabriel lässt sich auf einen speckigen Sitzsack neben dem Sofa fallen und beißt in einen Keks. Er ist erleichtert. Die Detekteien mit den feschen Internetseiten verlangen dreimal so viel. Dafür servieren sie möglicherweise besseren Kaffee. Mehr als zwei Schluck bekommt er von der Plörre nicht runter. Vielleicht haben die teuren Ermittler in den schicken Anzügen aber auch dreimal so viel Erfahrung und arbeiten viel schneller. Er sollte sich vermutlich nach den Qualifikationen und Referenzen der Detektive erkundigen. Aber da fragt Arie ihn, was ihn eigentlich herführt.

»Es geht um eine Hochzeit.« Gabriel wischt sich ein paar Krümel aus den Mundwinkeln, dann erzählt er von der großen Feier, die Maarten van Lockhorst für seine Tochter ausrichten will, und von dem kulinarischen Wettbewerb, den sich der Unternehmer dafür ausgedacht hat. »Heute ist es genau zwei Wochen her, dass er sich mit uns getroffen hat. In exakt drei Wochen soll das Testessen stattfinden, und Anfang Juni wird schon geheiratet.«

»Und unsere Rolle?«, wundert sich Jack.

»Ich muss wissen, was Femke Baas auftischen will. Damit ich weiß, gegen was ich ankochen muss.«

»Eine Art Industriespionage«, stellt Maddie fest.

»Industriespionage ist ein großes Wort«, sagt Gabriel.

Aus Aries Richtung kommt ein nachdenkliches Brummen. »Würdest du dein Geld und deine Zeit nicht besser darauf verwenden, ein wirklich gutes Gericht zu kreieren?«

»Das mache ich natürlich auch. Wir arbeiten schon mit Hochdruck an der ...«, Gabriel bricht den Satz ab. »Gilt für Detektive die Schweigepflicht?«

»Von uns erfährt niemand etwas«, beruhigt ihn Arie.

Dann erzählt Gabriel Petit ihnen, dass er gerade die exklusivste Praline der Welt kreiert. Nicht allein, sondern gemeinsam mit der international bekannten belgischen Chocolatière Lillie Woutens. Vor Aufregung, dass ihm dieser Coup gelungen ist, bekommt Gabriel immer noch leichten Schluckauf. Es war so einfach gewesen. Lillie, wie er sie seit dem zweiten Treffen nennen darf, war von seiner Idee begeistert und will sogar eigenes Geld investieren. Für eine exklusive Praline braucht man schließlich exklusive Zutaten, und die haben nun mal ihren Preis. Allerdings weiß Lillie Woutens nichts von der Idee, die Konkurrenz auszuspionieren. Über die Aufteilung der Einnahmen und die Vermarktungsrechte der Praline nach der Hochzeit müssen sie sich auch noch einig werden. Aber da wird sich schon eine Lösung finden.

»Was ist denn drin?«, unterbricht Elin seine Gedanken.

Gabriel trinkt noch einen Schluck Kaffee, der jetzt nicht nur ekliger Instantkaffee, sondern ekliger kalter Instantkaffee ist. Aber er vertreibt tatsächlich den Schluckauf.

»Jabuticaba.«

»Jabu-was?«, fragt Arie.

Gabriel freut sich, dass niemand in der Runde je von der seltenen weintraubenähnlichen Frucht aus Brasilien gehört hat. »Außer der Jabuticaba-Frucht kommt in die Füllung eine samtige Ganache aus Champagner, Kokosmilch, Macadamia-Nüssen und Safran. Ummantelt wird das Ganze mit hochwertiger weißer Schokolade mit echtem Vanille-Aroma. Lillie wird diese Schokolade selber herstellen.«

»Die Pralinen gibt es dann zum Dessert?«, will Jack wissen.

»Genau. Und davor gibt es ein wunderbares Menü, das ich allerdings noch planen muss. Vorausgesetzt natürlich, das C'est Magnifique! bekommt den Auftrag. Wie gesagt: Das Testessen bei van Lockhorst findet schon in drei Wochen statt, deshalb eilt es ein wenig. Wann könntet ihr denn anfangen?«

»Sofort«, sagt Jack.

»Sofort, falls wir den Fall übernehmen«, sagt Arie.

»Falls?«

Arie nickt. »Wir geben dir spätestens Montagmorgen Bescheid.«

»Okay«, sagt Gabriel, legt seine Visitenkarte auf den Tisch neben seine halb volle Kaffeetasse und hievt sich aus dem Sitzsack. Dann setzt er sich wieder und starrt auf die Spitzen seiner Wildlederschuhe. »Die Geschäfte liefen in letzter Zeit nicht gut, meine Ehe auch nicht. Meine Frau …« Gabriels Stimme bebt, er ist kurz davor, in Tränen auszubrechen. Dass sich jetzt dieses große Ungetüm vor ihn setzt und ihm auf die Hose sabbert, macht es auch nicht besser. Gabriel schluckt. »Wenn ich diesen Auftrag an Land ziehe, glaubt meine Frau mir hoffentlich, dass ich bereit bin, mich zu ändern, dass ich hart für unsere Familie arbeite. Das C'est Magnifique! würde endlich wieder nicht nur das beste, sondern auch das erfolgreichste Cateringunternehmen der Stadt sein. Und dann kommen Zwaantje und meine beiden Töchter zu mir zurück.«

»Hat deine Frau dich verlassen, weil das Geschäft nicht mehr läuft?«, fragt Maddie. Sie klingt skeptisch.

Gabriel möchte das lieber nicht beantworten, sagt aber schließlich ausweichend: »Das war nicht der einzige Grund.«

»Aha«, sagt Maddie, und lässt durchklingen, dass sie sich den anderen Grund schon denken kann. Gabriel sieht ein »Geschieht dir recht« in ihrem Blick. Er denkt an seine kleinen Mädchen und schluchzt auf. »Ich will meine Familie zurück, unbedingt.«

Jack murmelt etwas, Maddie rammt ihm ihren Ellenbogen in die Seite. Gabriel meint »Pralinen« zu verstehen, sicher ist er sich aber nicht. Er zieht ein weißes Stofftaschentuch aus der Hose und schnäuzt sich. »Wie bitte?«

Jack reibt sich die Seite. »War nicht so wichtig.«

»Jack meinte, dass wir alle sehr gut verstehen können, dass du deine Familie zurückhaben willst«, sagt Arie. »Wir melden uns so schnell wie möglich bei dir.«

Fünf Minuten später läuft Gabriel Petit zur nächsten Metrostation. Über der Stadt hängt ein zartes Blau und darunter das helle Frühlingsgrün der Ulmen. Pollen schweben wie Silberpünktchen zur Erde. Man könnte fast poetisch werden, denkt Gabriel – wenn ihm die Füße nicht so weh tun würden. Sein Ego, das schmerzt auch. Wer hätte gedacht, dass so eine heruntergekommene Detektei erst ein ganzes Wochenende lang darüber nachdenken will, ob sie seinen Antrag annimmt. Er hatte das Gefühl, dass sie sein Vorhaben moralisch verwerflich fanden. Ist es das? Vielleicht wäre es das, wenn es ihm allein um das Geld für den Auftrag ginge. Aber er denkt zuallererst an seine Familie, an das Glück seiner Kinder. Die sollen nicht ohne Vater aufwachsen. Wiegt das nicht tausendmal schwerer als ein einziger verlorener Auftrag für Femke? Gabriel schiebt die letzten leisen Zweifel zur Seite. Er sollte besser darüber nachdenken, welche Menüfolge einen gelungenen Auftakt zu seinen Superpralinen darstellen könnte. Als er wenig später gemeinsam mit viel zu vielen Fremden in der stickigen Metro sitzt, beschäftigt ihn dann aber doch eine ganz andere Frage: Ob er seiner Steuerberaterin sagen soll, dass ihre Tochter keineswegs in der Hausboot-Detektei arbeitet?

13

»Können wir die Pralinen denn probieren, wenn wir den Auftrag annehmen?«, ruft Maddie aus. »Ich fasse es nicht!«

Jack dreht die Handinnenflächen nach oben und zuckt mit den Schultern. »Ich wollte ihn auf andere Gedanken bringen.«

»Aber doch nicht so! Das war total unprofessionell.«

»Stimmt«, sagt Arie, der gerade wieder von draußen reinkommt und sich in den vom Besuch sicher noch ganz warmen Sitzsack fallen lässt. Hund legt sich vor seine Füße. »Obwohl ich so eine Praline schon auch gerne mal probieren würde.«

»Jabuticaba«, sagt Elin verträumt. »Das schmeckt bestimmt nach Sonne und Musik.«

Arie schaut auf seine Armbanduhr. »Schon halb fünf. Maddie, musst du nicht los und Isa abholen?«

»Juanita holt sie heute ab. Sie gehen zusammen ins Museum.«

»Juanita, die Dressurreiterin?«, grinst Jack.

»Juanita, meine beste Freundin.«

Jan bekommt das alles nur am Rande mit. Jan denkt an Janine.

Fünf Jahre alt war Janine, als ihr klar wurde, dass sie ein Junge war. »Dämlich, das bist du«, sagte ihre Mutter und meldete sie beim Ballettunterricht an.

Mit zwölf packte Janine alle Kleider, Röcke, Blusen und

Haarspangen in einen großen Sack und verschenkte ihn an die Tochter der Nachbarn. Iris freute sich und schnitt ihr zum Dank die Haare ratzefatze kurz. Dann gingen sie gemeinsam in die Stadt, kauften eine weite Jeans mit vielen Taschen und ein viel zu großes T-Shirt. Janine behielt die Sachen gleich an, und als sie auf dem Heimweg Iris' Großmutter trafen, fragte die, ob »der junge Herr wohl Iris' Freund sei«.

Iris kicherte, gab ihr einen Kuss auf die Wange und sagte: »Er heißt Jan.«

Jan fühlte sich besser denn je, allerdings nur, bis er nach Hause kam.

Sechs Wochen sprach seine Mutter nicht mit ihm, sie aß auch nichts mehr. »Du bringst sie noch ins Grab, wenn du so weitermachst«, sagte der Vater. Jan knickte ein, versuchte Janine zu sein, allerdings eine, die sich die Brüste einbandagierte. Er wurde Beamter, weil seine Mutter das am vernünftigsten fand. Aber dann waren da Hakim, Sunita und noch ein paar andere, die in ihrer alten Heimat um ihr Leben fürchteten oder nicht sein konnten, wer sie waren. Abgeschoben werden sollten sie trotzdem. »Es geht um Leben und Tod«, sagte er, erst zu sich selbst, als er niederländische Pässe fälschte, und später noch einmal, als alles aufflog. »Es geht um das Gesetz«, entgegnete der Richter.

Als er wieder draußen stand, nach der Gerichtsverhandlung, zu der weder seine Mutter noch sein Vater gekommen waren (»Stell dir vor, uns erkennt da jemand«), beschloss Janine, ein für alle Mal Jan zu werden, und zwar diesmal richtig.

»Erst hast du uns gerettet, jetzt rettest du mal dich«, sagte Hakim, der zum Glück trotz gefälschtem Pass bleiben konnte, weil er mittlerweile schon mit einem Feuerwehrmann aus Den Haag verheiratet war. Das tat Jan. Er nahm Hormone, ging zum Therapeuten und legte sich so oft unters Messer, bis er spürte, dass sein Körper endlich mit seiner Seele im Einklang war.

»Wie sollen wir das denn unseren Freunden erklären?«, fragte seine Mutter, als er sie nach der letzten Operation anrief. Sein Vater konnte nicht ans Telefon kommen, weil er ein Gartenhaus baute, er ließ ihm aber ausrichten, dass er sehr gerne Enkelkinder gehabt hätte.

Seitdem hat Jan nicht mehr mit ihnen gesprochen. Seine Cousine ist die Einzige aus der Familie, zu der er noch gelegentlich Kontakt hat. Ihr hat er auch von dem neuen Job erzählt. Und sie hat es offensichtlich nicht für sich behalten. War es naiv von ihm gewesen, auf ihre Verschwiegenheit zu setzen? Oder hatte er unbewusst sogar damit gerechnet, dass seine Eltern davon hören, und gehofft, dass sie sich für ihn freuen?

Jan stützt seinen Kopf in seine Hände und seufzt. Zu den größten Tragödien des Lebens gehört, dass Kinder auch als Erwachsene nicht aufhören, auf die Liebe ihrer Eltern zu hoffen.

Fru Gunilla krabbelt aus dem Bücherregal und balanciert über die Sofalehne. Hund hebt den Kopf und wedelt mit dem Schwanz. Das Eichhörnchen klettert über Jans Schulter und rutscht in seine Hemdtasche. Laut Tierarzt ist es jetzt sechs bis sieben Wochen alt. Es hat sich unter ihrer Fürsorge gut erholt und ordentlich zugenommen, 87 Gramm hat es am Morgen auf die Waage gebracht. Die Öhrchen sind aufgestellt, der Schwanz wird langsam buschig und die oberen Schneidezähne sind auch schon durchgebrochen. Nüsse lässt es aber noch links liegen, dafür trinkt es reichlich Milch, alle drei Stunden. Es ist jetzt viel öfter wach als noch vor einer Woche und klettert überall herum. Nach dem Klettern ist es allerdings immer sehr müde.

Jan senkt den Blick und sieht dabei zu, wie Fru Gunilla in seiner Hemdtasche die Augen schließt und einschlummert.

Jan lächelt. Schlafende Eichhörnchen sind möglicherweise die beste Entschädigung, die sich das Universum für schreckliche Eltern ausdenken konnte. Schlafende Eichhörnchen und gute Freunde.

»Haben wir eigentlich unseren ersten Auftrag?«, fragt er. »Ich habe eben nicht alles mitbekommen.«

»Noch nicht entschieden«, sagt Arie und fasst kurz das Gespräch mit Petit zusammen. »Moralisch also eher ein fragwürdiger Auftrag.«

»Erst kommt das Fressen, dann die Moral«, sagt Elin.

Jan schaut sie mit gerunzelter Stirn an.

»Hat Bertolt Brecht gesagt.«

»Und was sagst du?«, fragt Maddie.

»Ich halte es eher mit Oscar Wilde. Der meinte: Die Moral ist immer die Zuflucht der Leute, die die Schönheit nicht begreifen.« Elin macht eine kleine Pause. »Schön ist es ja irgendwie schon, dass wir so ganz unverhofft an unseren ersten Auftrag gekommen sind.«

»Stimmt«, sagt Jack. »Der Job klingt außerdem weder besonders gefährlich noch besonders schwierig.«

»Bei der Schwierigkeit bin ich mir gar nicht mal sicher«, sagt Arie. Jan findet, dass er einen Moment so schaut, als würde er es bereuen, nicht einfach einen Job als Museumswärter angenommen zu haben. »Wir können diese Femke Baas ja schlecht ins Kreuzverhör nehmen.«

»Wir können sie doch einfach mit der Abhöranlage aus unserem Observationsbus belauschen«, sagt Jack.

Elin wird rot. »Das war eine Notlüge.«

»Ich fand das ziemlich witzig«, sagt Maddie. Elin lächelt sie dankbar an.

»Jan, wohnst du nicht in einem alten Bus?«, fragt Arie.

Jan verneint. »Alter Bauwagen. Für Observationen bräuchten wir dann noch einen Traktor dazu. Wäre möglicherweise aber ein bisschen auffällig.«

»Ein Bauwagen klingt so viel besser als mein winziges WG-Zimmer«, sagt Jack.

»WG-Zimmer sind die Hölle«, kommentiert Elin.

Jack nickt, offenbar dankbar über die Anteilnahme. »Vor allem, wenn man die Wohnung mit zwei spaßbefreiten Jurastudenten teilen muss. So ein Bauwagen wäre da quasi wie ein Umzug ins Grand Hotel.« Er wendet sich an Jan. »Wo hast du deinen denn stehen?«

»Auf dem Campingplatz am Gaasperpark. Amsterdam-Zuidoost.«

»Meinst du …?«, beginnt Jack.

»Eher nicht, ich darf da nur stehen, weil ich vor Ewigkeiten mal was mit dem Besitzer hatte und im Sommer die Duschen putze. Aber ich frag ihn mal.«

»Zurück zum Fall«, erinnert Arie sie.

»Sorry«, sagt Jack.

»Könnten wir nicht so tun, als ob wir dieser Femke Baas ebenfalls einen Cateringauftrag geben und sie nach einer kulinarischen Neuigkeit fragen? Vielleicht bietet sie uns dann einfach das Gleiche an«, brainstormt Maddie.

»Und das Essen stellen wir bei Gabriel Petit als Spesen in Rechnung«, spinnt Jack den Gedanken weiter.

»Wenn sie nicht ganz dumm ist, merkt sie doch gleich, dass da was faul ist«, gibt Arie zu bedenken.

»Oder sie erfindet einfach ein zweites Rezept«, meint Elin.

Jack schaut gedankenverloren aus dem Bullauge. »In einem Agentenfilm würde einer von uns ein Verhältnis mit ihr anfangen, um an das Rezept zu kommen.«

»Tsss«, kommt von Maddie. »Das würde dir natürlich gut gefallen.«

Jack zuckt mit den Schultern. »Kommt drauf an, wie sie aussieht.«

Während Maddie probiert, Jack mit einem gezielten Blick zu erdolchen, scrollt Jan auf seinem Handy herum. »Die Internetseite von Golden Forks funktioniert gerade nicht. Das einzige Foto, das ich von Femke Baas finde, ist schon fünfzehn Jahre alt und ziemlich unscharf.« Er dreht den Bildschirm zu Jack, der hebt aber abwehrend die Hände.

»Das eben sollte ein Scherz sein, okay?«

Jan überfliegt den Artikel, der zum Foto gehört. »Damals hatte Femke Baas gerade einen Michelin-Stern erkocht und saß bei einer TV-Talentshow für junge Nachwuchsköche in der Jury. Hier geht es vor allem darum, dass sie mit ihren ätzenden Kommentaren mehr Teilnehmer als irgendein anderes Jury-Mitglied zum Weinen gebracht hat.«

»Was für Kommentare?«

»Wenn wir dein Soufflé zweitausend Prozent verbessern würden, schmeckt es immer noch schlechter als mein Sodbrennen«, liest Jan vor. »Oder: Mit dem Gesicht solltest du lieber nicht in einer offenen Küche arbeiten. Da haben alle Angst, dass ein Pickel ins Essen platzt.«

»Meine moralischen Bedenken werden gerade merklich kleiner«, sagt Maddie.

Elin stimmt ihr zu: »Wäre ja quasi Karma.«

»Für den Auftrag spricht außerdem, dass wir uns sonst möglicherweise zu Tode langweilen. Noch mal zwei Wochen lang

Sachen anstreichen und Filme schauen, halte ich nicht aus«, argumentiert Jack.

»Ein wichtigerer Punkt ist doch, dass wir Gabriel Petit dabei helfen könnten, seine Familie zurückzubekommen«, findet Arie.

»Ich kenne Petits Frau ja nicht, aber ich kann mir vorstellen, dass er dafür mehr tun muss, als einen großen Auftrag an Land zu ziehen«, vermutet Maddie.

»Wir könnten nachts in Femkes Küche einsteigen«, schlägt Elin vor.

Arie deutet zu der Tafel mit den Hausregeln.

»Stimmt, keine Gesetzesverstöße«, erinnert sich Elin.

Arie nimmt den letzten Keks aus der Packung. »Obwohl so eine Betriebsspionage streng genommen sowieso gegen das Gesetz verstößt. Falls denn jemand Strafanzeige stellt.«

Maddie lacht auf. »Dafür hast du unseren Stundensatz aber extrem niedrig angesetzt.«

Arie macht ein zerknirschtes Gesicht. »Auch wahr.«

»Im besten Fall würde sie es uns ja einfach selber erzählen. Dann kann es doch eigentlich auch nicht strafbar sein«, sagt Jack.

Maddie blitzt ihn an. »Da musst du Armer wohl doch in den sauren Apfel beißen.«

Jack zieht eine Grimasse.

Wie im Kindergarten, denkt Jan. Dann fällt ihm etwas anderes ein: »Wen heiratet die Tochter von diesem van Lockhorst eigentlich?«

Jack guckt erstaunt. »Ist das wichtig?«

Jan zuckt mit den Schultern. »Vermutlich nicht. Aber ich habe erst vor gar nicht so langer Zeit in so einer Klatschzeitschrift gelesen, dass sie sich von ihrem langjährigen Freund, einem Violinisten, getrennt hat.«

Elin schaut ihn von der Seite an. »Du liest Klatschzeitschriften?«

»Nur beim Friseur und bei der Maniküre.«

»Maniküre«, murmelt Arie und betrachtet seine eigenen Fingernägel.

Maddie zückt ihr Handy. »Das haben wir gleich.« Sie tippt ein bisschen, dann liest sie vor: »Die Unternehmenstochter Jasmijn van Lockhorst und der Investmentbanker Lucas van Heerdt geben ihre Verlobung bekannt. Schreibt jedenfalls die *Privé* im Februar.« Sie dreht das Telefon so, dass alle das Display sehen können. Darauf ist ein junges blondes Pärchen in Abendgarderobe.

»Da heiraten sie aber schnell«, sagt Jack.

»Schwanger vielleicht«, vermutet Maddie.

Elin hat ihr das Handy abgenommen und betrachtet das Foto.

»Schönes Pärchen«, sagt sie. Jan schaut erst das Bild, dann Elin an. Sie lächelt, aber ihr Lächeln wirkt ein bisschen starr.

Jan hat Elin kurz vor Weihnachten auf einer Fähre kennengelernt, nachdem sie stolperte, ihm ihren Kaffee über die Jacke schüttete und dann in Tränen ausbrach – Letzteres nicht so sehr wegen des Missgeschicks, als wegen der Tatsache, dass sie von ihrem Verlobten verlassen worden war. Jan mochte sie auf Anhieb: Wegen ihrer wunderbaren Verdrehtheit und wegen der Aura des Scheiterns, die sie so offen trug wie andere ihren langen Daunenmantel. Außerdem war unschwer zu erkennen, dass in ihrem starken Körper eine weiche Seele wohnt. Und die hat die Trennung offenbar noch nicht verwunden.

»Alles okay?«, fragt er und legt Elin eine Hand auf den Arm.

Elin bläht die Wangen auf und lässt die Luft mit lautem Knattern entweichen.

»Alles bestens, solange ich mir nicht zu viele Fotos von überdurchschnittlich glücklichen, überdurchschnittlich schönen, überdurchschnittlich verliebten Pärchen ansehen muss. Dann fällt mir nämlich immer ein, dass ich ein unterdurchschnittlich glücklicher Single bin.«

Maddie lacht. »Geht mir nicht anders.«

»Bis vor kurzem war ich eigentlich ganz gerne Single«, sagt Jack. Maddie schaut ihn schräg von der Seite an, sagt aber nichts.

Jan schaut noch mal auf das Foto. »Also mein Typ sind sie beide nicht.«

»Vielleicht sucht sie ja einen Koch«, sagt Jack.

»Wer?«, fragt Elin.

»Femke Baas natürlich. Für das Golden Forks. Es ist doch üblich, dass in größeren Cateringunternehmen mehrere Köche arbeiten, oder? Und wenn es bei Cateringunternehmen ähnlich zugeht wie im Rest der Gastronomie ist die Fluktuationsrate der Mitarbeiter ziemlich hoch.«

»Das müsste dann Jan übernehmen«, sagt Arie. »Wenn ich nicht ganz falschliege, ist er der Einzige von uns, der kochen kann.«

»Ich soll dann kochen und gleichzeitig Femkes Rezeptideen ausspionieren?«, fragt Jan.

»Eine bessere Gelegenheit würde es doch gar nicht geben. Vorausgesetzt natürlich, sie sucht überhaupt jemanden.«

»Und vorausgesetzt, ich hätte die notwendige Ausbildung«, wendet Jan ein.

»Könntest du die Zeugnisse nicht einfach …?«, beginnt Jack.

»Vergiss es!«

»Wir fälschen gar nichts«, findet auch Arie.

»Aber nehmen wir denn nun den Auftrag an?«, will Maddie wissen.

Aries Magen knurrt. »Vielleicht essen wir erst mal was und schlafen dann ein bis drei Nächte drüber. Entscheiden müssen wir ja erst am Montagmorgen.«

14

Elin spielt Detektivin – an diesem Samstagmittag nicht in der Hausboot-Detektei, sondern vor ihrem Erdgeschoss-Apartment im Süden der Stadt. Es ist winzig: 15 Quadratmeter, wenn man großzügig misst. Dafür hat es einen kleinen, verwilderten Garten. Dort sitzt sie, seitdem sie von der Detektei zurück war, mit ihrem Laptop auf einer Liege, eingemummelt in einem Schlafsack, und spioniert auf Instagram. Sollte man nicht, auf gar keinen Fall. Das hat ihr ein Selbsthilfebuch mit dem Titel *Herzschmerz ade – So tut die Trennung nicht mehr weh* geraten. Man solle stattdessen lieber waldbaden oder gärtnern, beides würde ungemein erden.

Aber was kann sie dafür, wenn dauernd Fotos von ihm in ihrer Timeline auftauchen? Sicher, sie hätte ihn schon längst entfreunden und blockieren können, aber da war ja immer noch die leise Hoffnung, dass er alles bereut, unter ihrem Fenster selbst geschriebene Liebeslieder singt, sich drei Monate freinimmt und sie auf eine Rucksackreise um die Welt einlädt, vor ihr auf die Knie fällt und schluchzend etwas von kalten Füßen vor der Hochzeit erzählt. Vielleicht hat seine Flower-Lady ihn auch mit Drogen oder einem unbekannten Voodoo-Zauber gefügig gemacht, soll ja alles vorkommen, wenn Frauen schöne

Männer mit Geld haben wollen. Ach, zur Not hätte sie auch eine Midlifekrise als Entschuldigung akzeptiert. Konnten Männer mit 36 schon eine Midlifekrise bekommen?

Flower-Lady, so heißt sie natürlich nur auf Instagram. Inzwischen kennt Elin auch ihren richtigen Namen, aber den will sie nicht mal denken. Flower-Lady ist erst 26. Vierzehn Jahre jünger als Elin und mindestens vierzehn Kilo leichter, vierzehnmal reicher und möglicherweise auch vierzehn mal schlauer. Übertrieben hübsch sieht sie aus, wie eine dieser langhaarigen Waldelfen, die Elin als Kind in ihr Album mit Glanzbildern geklebt hat. »Alles Photoshop und Filter«, versucht Elin sich zu beruhigen, aber seine Fotos, das sieht sie leider auch, die sind echt. Und da sieht er verdammt vergnügt aus, mit Glitzern in den veilchenblauen Augen und einer leichten Sonnenbräune, so als wäre sein Südsee-Urlaubsglück so groß gewesen, dass ihm auch all die düsteren Wintermonate nichts anhaben konnten. »Vermutlich geht er auf die Sonnenbank, da hat er in fünf Jahren massig Falten und in fünfzehn Hautkrebs«, sagt Elin laut. Manchmal kann es ungemein trösten, ein bisschen gemein zu sein, aber heute nicht. Neben ihr rascheln leere Chipstüten. Zwei Mitesser drücken schmerzhaft gegen ihre Poren, einer auf der Nasenspitze, einer am Kinn. Noch dazu juckt und piekst der Dreitagebart, der ihr zwischen den Beinen wächst, seit sie den letzten Waxing-Termin abgesagt hat. War sowieso eine blöde Idee gewesen, dieses Enthaaren. Aber was tut man nicht alles für die Liebe.

Plötzlich fällt ihr dieser Aufruf des Rotterdamer Naturkundemuseums ein. Die Schamlaus sei wegen des anhaltenden Trendes der Intimrasur vom Aussterben bedroht. Wer eine finde, bei sich oder anderen, solle sie deshalb bitte für die Ausstellung spenden. »Die schwedische Autorin Elin Blomgren rettet die Schamläuse und züchtet in ihrem heimischen Busch eine neue Unterart«, textet Elin ins Blaue hinein. Richtig lachen kann sie darüber zwar nicht, aber tief in ihrem Bauch gluckst es ein bisschen, und das reicht schon aus, damit sie den Laptop endlich zuklappt, die Augen schließt und ihre Zauberkräfte mobilisiert. Viele hat sie davon nicht, aber doch eine ganz große: Elin kann Geschichten erzählen.

Nichts macht die Welt erträglicher als eine gute Geschichte. Worte können Unfassbares, Unaushaltbares zwischen zwei Buchdeckel bannen, 400 Gramm leicht und manchmal sogar unterhaltsam. Sie können betören, verstören, ganze Welten zerstören und gleich darauf neue schaffen. Geschichten können kleine, warme Höhlen sein, Fluchtwege und wilde Klippen, auf denen man das Drachenfliegen ohne Angst vor dem Abstürzen lernen kann.

Das ist der wahre Grund, warum Elin Schriftstellerin geworden ist, ja vielleicht der wahre Grund, warum überhaupt jemand Bücher schreibt. Es gibt natürlich noch einen zweiten: Wie die meisten der schreibenden Zunft wollte Elin reich und berühmt werden, kistenweise Fanpost bekommen und nonchalant »Ich überleg es mir« sagen, wenn Steven Spielberg anruft und die Filmrechte kaufen will. Wie hatte sie sich danach gesehnt, erst nach einem Platz auf der Bestsellerliste, später dann wenigstens nach Verkaufszahlen, die ihrem Agenten nicht die Tränen in die Augen trieben.

Doch jetzt, als die grauen Wolken über Amsterdam Richtung Erde sinken und Elin auf der Gartenliege zu frösteln beginnt, außen stachelig und innen ganz wund, begreift sie, dass der

Hauptgewinn keineswegs Ruhm und Moneten sind. Das große Los gezogen haben die, die es schaffen, das Drehbuch für ihr eigenes Leben zu schreiben, nach einem düsteren Kapitel eine Plotwende zu ersinnen, der gefallenen Heldin neuen Mut und neues Leben einzuhauchen, sie wachsen zu lassen, wenn sie zu verwelken scheint.

Elins Herz ist plötzlich so voller Sehnsucht nach der großen, weiten Welt, dass für die Wehmut über eine verlorene Liebe gar kein Platz mehr ist. Hatte schließlich auch schon Alfred de Musset gesagt: »Reisen ist das beste, ja einzige Heilmittel gegen Kummer.«

Sie geht nach drinnen, legt Schlafsack und Laptop auf ihr Bett, dann weiter ins Badezimmer, das nur durch eine pappkartondicke Schiebetür von der Kochnische getrennt ist. Würde sie sie auflassen, könnte sie auf dem Klo sitzen und gleichzeitig Suppe kochen. Das hat sie aber nur einmal gemacht, als sie sehr betrunken und sehr unglücklich war.

Heute steht sie unter der warmen Dusche und stellt sich vor, es sei ein tropischer Wasserfall. Während sie so viel Shampoo auf ihrem Kopf verteilt, dass ihr binnen Sekunden eine Schaumkrone wächst, denkt sie, dass sie das möblierte Apartment jederzeit kündigen kann. Den Job bei der Detektei auch, da hat sie ja nicht mal einen Vertrag. Fehlt nur noch Geld, aber jetzt weiß sie, woher sie das bekommt.

Fünfundvierzig Minuten später steht Elin in einem Juweliergeschäft, vor einem rundlichen Herrn mit glänzender Glatze und weißem Backenbart. Nichts kaufen wolle sie, sondern verkaufen. Sie zieht eine Schachtel aus ihrer Manteltasche und stellt sie auf die Ladentheke. Darin ist der Verlobungsring von Tiffany.

Genauer gesagt: ein Tiffany-Platin-Diamant-Ring mit eckigem weißem Diamanten in der Mitte. Eines der preiswerteren Exemplare, aber immerhin rund 8000 Euro wert.

Der Juwelier zieht eine Lupe aus seiner Weste und betrachtet das Prachtstück bei Licht. Er verzieht das Gesicht ruckartig und mehrmals hintereinander, so als wäre ihm eine Fliege in die Nase gekrochen. Vielleicht hat der arme Mann einen Tick, denkt Elin. Dann legt er den Ring zurück in seine Schachtel. Die ist vom selben Türkisblau wie das Ei eines Rotkehlchens, das hat Elin im Internet gelesen. Das Meer, in dem sie bald schnorcheln wird, hat sicher eine ganz ähnliche Farbe.

Der Juwelier streicht sich mit seiner behandschuhten Hand über den kahlen Kopf. Dann räuspert er sich, schaut Elin großväterlich an und sagt: »Seien Sie froh, dass Sie ihn los sind, junge Frau.«

Elin versteht nicht, was er meint. Will er ihr damit sagen, dass er ihr den Ring abkaufen wird und sie sich darüber freuen soll?

»Ich meine den, der Ihnen den Ring geschenkt hat.« Dann erklärt er ihr, dass der Verlobungsring ein Imitat ist, eine schlechte Kopie aus Glas und Silber, keine 100 Euro wert.

»Aber die Schachtel«, sagt Elin.

»Die Schachtel ist echt«, sagt der Juwelier und dann bietet er ihr einen Cognac an, gegen den Schock.

Elin zeigt den Ring noch in zwei anderen Juweliergeschäften, mit demselben Ergebnis. Ihr Kopf fühlt sich ganz taub an, vom Schrecken, vielleicht auch vom Cognac. Sie schafft es bis zur nächsten Brücke, von dort speit sie ins Wasser, halb verdaute Chips, Cognac und Magensäfte. Sie wirft den Ring und ihren Traum von der großen Reise hinterher.

Diesig ist es geworden und Elin hat nicht aufgepasst, wo sie hinläuft. Jetzt steht sie in einer Straße, die sie nicht kennt, gleich vor einem kleinen Gemischtwarenladen mit roten Markisen. Sie tritt ein und greift ganz aus Gewohnheit nach einer Tüte Chips, entscheidet sich dann aber doch für Zoute Dropjes.

Dann steht sie etwas unschlüssig vor den Regalen. Süßigkeiten waren in den letzten Monaten noch mit die besten Trostspender. Aber die Sache mit dem Ring hat in ihr ein neues Gefühl geweckt: Rachsucht. Ob man das auch wegessen kann, zumindest kurzfristig?

»Suchst du was Bestimmtes?«, fragt eine Honigstimme hinter ihr. Elin dreht sich um und sieht eine Frau mit kurzen blauen Locken und Funkelsteinen in der Nase.

»Habt ihr etwas, um blöden Ex-Freunden das Leben zur Hölle zu machen?«, spricht Elin das Erste aus, was ihr durch den Kopf geht.

Die Verkäuferin kräuselt kurz die kleine, runde Nase, so dass sie blinkt wie ein Disco-Ball, dann lacht sie. »I wish.«

Elin kauft dann noch zwei Notizbücher, DIN-A5, liniert. Eines, weil sie vielleicht doch mal den Tipp mit dem Gärtnern ausprobieren will. Für den Anfang will sie herausfinden, was in dem kleinen, verwilderten Hinterhof-Garten ihres Apartments überhaupt wächst. Das andere, weil es einen wirklich schönen Einband hat. Eine Fotocollage aus Amsterdam, mit einem Hausboot, das an das von Arie erinnert.

Als Elin das Geschäft verlässt, ist Amsterdam komplett abgetaucht, in einem Nebel, so weiß und dickflüssig wie Sahne-Vla. Sie beißt einem salzigen Lakritzfisch den Kopf ab und ist unschlüssig, ob zu Hause links oder rechts lang liegt. Links, rät sie, macht einen Schritt und läuft fast in eine Frau, die geschminkt ist wie Schneewittchen, aber guckt wie die böse Königin. So nah sind sich ihre Gesichter, dass sie sich küssen könnten. So nah, dass Elin hinter der sorgfältig bemalten Fassade und hinter dem verärgerten Blick die Angst sieht. Den Bruchteil einer Sekunde später ist Schneewittchen ausgewichen und rauscht mit wallendem Gewand davon. Noch einmal schaut sie sich um, an Elin vorbei. Elin wendet den Kopf, folgt ihrem Blick und versteht, wovor sie sich fürchtet. Besser gesagt: vor wem. Aus dem Nebel löst sich ein Mann. Er trägt Anzug und Headset, und als er mit langen Schritten an Elin vorbeigeht, sagt er etwas ins Mikrophon, das nach Französisch klingt. Elin versteht nicht, was er sagt, aber sie versteht, dass er der Frau mit dem weißen Gesicht und den roten Lippen folgt.

15

Keuchend verriegelt Femke Baas die Wohnungstür hinter sich. Sie wohnt im ersten Stock, aber ihr Herz rast, als hätte sie die steile Wendeltreppe der Ouden Kerk erklommen. Ein, zwei Minuten verharrt sie im dunklen Flur, lauscht auf Schritte im Treppenhaus, bevor sie schließlich ihre Pumps abstreift und auf Nylonstrümpfen zu einem der bodentiefen Wohnzimmerfenster schleicht. Draußen ist es so nebelig, dass sie kaum bis zur nächsten Ulme schauen kann. Aber dann gehen unten die Straßenlaternen an und sie sieht, dass er immer noch da ist. Seit über einer Stunde folgt der Mann im Anzug ihr schon durch die Stadt. Mühe gegeben, seine Anwesenheit zu verbergen, hat er sich kaum. Auch jetzt lehnt er lässig an der Laterne, mitten im Lichtkegel, eine Hand in der Hosentasche, mit der anderen raucht er. Völlig ungeniert legt er den Kopf leicht in den Nacken und betrachtet das Haus.

Femke läuft ein kalter Schauer den Rücken hinunter. Wer ist dieser Mann, und was will er von ihr? Obwohl sie weiß, dass er sie nicht sehen kann, jedenfalls nicht, solange sie kein Licht anknipst, tritt sie vom Fenster weg, geht in die Küche und tastet sich vor bis zur obersten Schublade rechts vom Herd. Ganz links, sie würde es auch blind finden, liegt das Yanagiba, eingeschlagen in ein Baumwolltuch. In ihrer Messerkollektion ist es das Modell mit der schärfsten und der längsten Klinge, für Anfänger schwierig zu benutzen, für Profis aber gibt es nichts Besseres, um Fische zu filetieren. Ganz sicher ist es auch für Verfolger und Eindringlinge geeignet.

Mit dem japanischen Messer in der Rechten geht Femke zurück ins Wohnzimmer, stellt mit einem flüchtigen Blick fest, dass der Mann immer noch dort unten auf dem Bürgersteig steht, lässt sich mit Messer und Handtasche auf ihr Leinensofa fallen und versucht, nicht zu dem Vintage-Schrank zu schauen, der im Halbdunkel des Raumes einen gespenstischen Schatten wirft. Sie hört ein dumpfes Klopfen. Oder kommt das aus ihrer Brust? Die gefährlichsten Monster, das weiß Femke, fallen uns sowieso von innen an, nicht von außen.

Es poltert.

Femke zuckt zusammen, dabei streift sie mit dem Yanagiba ihre linke Hand. Es tut nicht weh, weil ihr Körper so voller Adrenalin und die Klinge so scharf ist, aber sie spürt, wie ihr Handrücken feucht und warm wird.

Noch einmal rumpelt es, es kommt von oben und klingt, als würde jemand versuchen, ein Loch durch ihre Decke zu treten, dann hört Femke die Nachbarn laut lachen.

Sie flucht zwischen zusammengebissenen Zähnen, stopft das Messer in ihre Handtasche, hängt sich diese um, drückt sich eines der pinken Sofakissen auf die Wunde und stolpert ins Gästebad. Dort gibt es kein Fenster, dort kann sie endlich Licht machen. Sie verbindet die Hand, mit der anderen spritzt sie sich kaltes Wasser ins Gesicht, für den Kreislauf. Sie schaut in den Spiegel und sieht eine abgekämpft wirkende Frau mit schwarzem Pagenkopf und Truthahnhals. Im Gesicht zerläuft das Make-up zu einer Clownsmaske. Sie setzt sich auf den herunter geklappten Klodeckel. 17.37 Uhr, sagt das Handy. Ihre Hand pocht jetzt, und Femke Baas beginnt nachzudenken: Wer könnte dieser Mann sein? Und was will er von ihr?

Ein Schuldeneintreiber ist das Erste, was ihr in den Sinn kommt.

Oder will ihr jemand vielleicht einfach nur Angst einjagen? Auf Anhieb fällt Femke niemand ein, der dafür einen Grund hätte und dem sie das zutraut. Obwohl, nach dieser blöden Kochshow hat ihr einer der untalentierten Kandidatinnen an den Kopf geworfen, dass es ihr noch leidtun werde, ihre Karriere zerstört zu haben. »Wo nichts ist, kann man auch nichts kaputt machen«, hat Femke erwidert. Und dann hat sie sicher noch etwas richtig Gemeines gesagt, woran sie sich aber nicht mehr im Wortlaut erinnern kann. Schließlich ist das alles schon schrecklich lange her, aber Femke weiß aus eigener Erfahrung zu gut: Mancher Groll gärt über Jahre hinweg wie ein Wein, bis schließlich irgendjemand den Korken entfernt und sich sinnlos daran besäuft.

Apropos Wein: Könnte der Mann, der sie verfolgt hat, nicht auch irgendetwas mit Henk Peerenboom zu tun haben? Vielleicht hatte Henk schon jemandem von seinem Verdacht, dass die Spitzenköchin Femke Baas Wein fälschte, erzählt. Und dieser Jemand wollte sie nun erpressen. Für den Bruchteil einer Sekunde überlegt Femke, die Polizei zu rufen, aber dann wird ihr klar, dass das nicht geht. Nicht, nachdem sie dem besten Sommelier des Landes eine volle, kunstvoll gefälschte Sassicaia-Flasche über den Kopf gezogen hat. Natürlich war das Henks Schuld gewesen, nicht ihre, obwohl die Polizei das möglicherweise anders sehen würde. Henk hatte sie zu diesem Spaziergang eingeladen. Er hatte sie in einer ungewöhnlich menschenleeren Nacht direkt vor der Gracht mit hässlichen Vorwürfen und noch hässlicheren Drohungen konfrontiert.

»Aber Henk, dass du so was von mir denkst. Wein fälschen – ich?«, hatte sie gesagt, auf diese alberne Klein-Mädchen-Art den Kopf schief gelegt und einen betörenden Augenaufschlag versucht.

»Du kannst dir aussuchen, ob du dich selbst bei der Polizei anzeigst, oder ob ich das übernehmen soll. Aber glaub mir, Femke, deine Karriere als Spitzenköchin und als Weinfälscherin ist hiermit beendet.«

»Oder deine Karriere als Master Sommelier«, hatte sie entgegnet, ohne weiter nachzudenken die Flasche aus ihrer Umhängetasche gezogen, sie einmal nach schräg oben geschwungen und mit großer Wucht getroffen. Drei Jahrzehnte in der Küche, da bekommt man viel Kraft in den Armen. Warum sie den Sassicaia überhaupt dabeihatte, weiß sie bis heute nicht genau. Sicher, sie hatte auf einen romantischen Abendspaziergang gehofft. Aber hatte sie wirklich mit dem Sommelier gefälschten Wein trinken wollen? Lustig wäre es gewesen, das schon.

Es ist nicht so, dass sie wegen dieser Sache ein schlechtes Gewissen hat, aber die Bilder, die plagen sie manchmal. Und sie tauchen immer dann in ihrem Kopf auf, wenn sie sie am wenigsten gebrauchen kann. Jetzt zum Beispiel. Der schöne Henk, wie er nach hinten stürzt, der Blick gebrochen, genau wie sein Schädelknochen. Platsch macht es, und sein Körper sinkt im trüben Wasser der Gracht, bis sie nicht mal mehr seinen hellen Kaschmirmantel sehen kann.

Femke schüttelt sich und denkt wieder an den Mann, der vor dem Haus steht. Was, wenn er gar kein Schuldeneintreiber ist und auch nicht von einer frustrierten Kochshowkandidatin geschickt wurde? Was, wenn ihr ein verdeckter Ermittler auf der Spur ist? Es ist nicht auszuschließen, dass die Polizei herausfindet, dass sie die Letzte ist, die Henk Peerenboom lebend gesehen hat. Wenn sie dann noch beweisen können, dass sie die Erste ist, die ihn tot gesehen hat, kann ihr auch das Yanagiba nicht mehr helfen. Fünf schreckliche Minuten stellt sich Femke Baas den Frauenknast vor, denkt an enge, hässliche Zellen und daran, dass sie dort vermutlich nicht nur keinen Hummer, sondern auch keinen Hummus bekommen wird. Kartoffelbrei aus der Tüte vielleicht, Fertigsoßen auf Fabrikfleisch.

Dann beginnt ihre Sitzgelegenheit unangenehm hart zu werden, und Femke erinnert sich daran, dass es noch niemandem geholfen hat, sich auf dem Klo zu verstecken, wenn es in der Küche brennt. Sie steht auf, wäscht sich mühsam mit einer Hand den Rest der Schminke ab, klemmt ihre Handtasche unter den Arm und geht zurück ins Wohnzimmer. Gerade rechtzeitig, um zu sehen, wie der Mann unten abzieht. Noch zweimal taucht er im Schein der Straßenlaternen auf, dann ist er im Nebel verschwunden.

Femkes Hände zittern, als sie sich kurz darauf einen Gin Tonic mixt, aber ihr Puls hat sich merklich beruhigt. Nach den ersten zwei Schlucken hat sie auch die Kontrolle über ihre Hände zurück, der Schmerz lässt nach, und sie denkt, dass es ziemlich unwahrscheinlich ist, dass ein Polizist oder ein Schuldeneintreiber so schnell aufgibt. Vielleicht war es einfach irgendein Spinner, oder dieser Gabriel Petit hat einen Spitzel auf sie angesetzt. Die gleiche Idee hat sie auch gehabt. Aber dann hat sich in der Gastroszene herumgesprochen, dass Lillie Woutens in der Stadt ist und beim C'est Magnifique! ein und ausgeht. Was vermutlich bedeutet, dass Gabriel irgendwas mit Schokolade machen will. Nicht gerade ein Knaller, findet Femke, da wird ihr Orchideen-Sorbet weitaus origineller.

Ihr Telefon klingelt, auf dem Display blinkt in leuchtend grünen Buchstaben der Name »Maarten van Lockhorst«. »Wenn man an den Teufel denkt«, sagt Femke, leert den Gin Tonic mit einem großen Schluck und geht dran.

»Dijkgraf ist tot«, blökt van Lockhorst ins Telefon.

»Guten Abend, Maarten«, sagt Femke und klopft sich innerlich auf die Schulter, weil sie vollkommen entspannt klingt.

»Tot. Sie haben ihn aus der Gracht gefischt«, wiederholt van Lockhorst. Er ist merklich aufgebracht.

»Ich habe davon gehört. Eine schreckliche Geschichte«, sagt Femke, klemmt das Handy zwischen Ohr und Schulter und schüttet mehr Gin ins Glas. Den Tonic kann sie bei dieser Runde weglassen.

»Mehr fällt dir dazu nicht ein?«, fährt van Lockhorst sie an.

Femke nimmt einen Schluck. »Du tust ja geradezu, als ob es meine Schuld ist.« Der war gut, denkt sie.

»Mir egal, wessen Schuld das ist. Nicht egal ist mir dagegen, dass er sich jetzt nicht mehr um den Wein für Jasmijns Hochzeit kümmern kann.«

»Ach, und ich dachte schon, ihr hättet euch nahegestanden.« Femke kann nicht vermeiden, dass sie ein bisschen zynisch klingt. Maarten hustet bellend, vielleicht lacht er auch, so genau kann man das bei manchen Männern ja nicht unterscheiden.

»Wo bekomme ich denn jetzt so schnell einen neuen Master Sommelier her?«

Femke schweigt einen Moment, so als würde sie angestrengt nachdenken, und nippt am Gin. »In Belgien gibt es meines Wissens eine ganz hervorragende Master Sommelière. Marie Libert, wenn ich mich richtig erinnere.«

»Die Libert hat meine Sekretärin gestern als Erste angerufen. Die ist auf Monate hin ausgebucht. Die nächsten fünf Master Sommeliers, die wir kontaktiert haben, ebenfalls.«

Das kommt davon, wenn man so kurzfristig mit der Hochzeitsplanung anfängt, denkt Femke mit einem Anflug von Schadenfreude. Da überschlagen sich dann vielleicht noch die Caterer, die kurz vor dem Konkurs stehen, aber die Master Sommeliers haben das offenbar nicht nötig. Was sie auf die Idee bringt, dass sie im Nebenjob vielleicht besser Weinkennerin statt Weinfälscherin geworden wäre.

»Wusstest du, dass es im Moment weltweit weniger als 300 Master Sommeliers gibt?«, belehrt Maarten sie. »Nur etwa vier Prozent aller Auszubildenden bestehen beim Court of Master Sommeliers überhaupt die Prüfung.«

»Bleiben also mehr als 250 übrig. Einer von denen hat sicher Zeit.«

An der anderen Seite der Leitung klatscht es, so als hätte van Lockhorst sich mit der flachen Hand vor die Stirn geschlagen. Eine seiner Lieblingsgesten, um zu verdeutlichen, dass er jemanden ziemlich dumm findet. Femke hofft, dass es ordentlich weh getan hat.

»Henk Peerenboom war bekannt, der beste Sommelier des Landes. Das hätte für echten Gesprächsstoff gesorgt, wenn der für Jasmijns Hochzeit die Weine ausgesucht hätte. Marie Libert und ein paar andere hätten vielleicht noch einen ähnlichen Effekt, aber das trifft natürlich nicht zu, wenn ich jemanden aus Timbuktu einfliegen lasse. Ich dachte, du hättest vielleicht Kontakte in die Szene und könntest zum Beispiel Marie Libert überzeugen, ihren Terminplan zu ändern.«

»Leider kann ich dir da nicht helfen, Maarten.«

»Arbeiten Spitzenköche nicht immer mit guten Sommeliers zusammen? Ich dachte, das würde auf dich auch zutreffen. Du hast doch vor ein paar Jahren sogar mal diesen sündhaft teuren 1990er Château Lafei für das Geburtstagsessen meiner Frau besorgt.«

»Château Lafite Rothschild«, verbessert Femke automatisch, obwohl sie sich ziemlich sicher ist, dass das zwar auf dem Etikett stand, aber nicht der Wein war, den die van Maartens getrunken haben. »Die Master Sommeliers sind unbestritten die besten in ihrem Fach. Sie wissen, wie man welchen Wein serviert, und können stundenlange Vorträge über verschiedene Rebsorten und die Geschichte einzelner Anbaugebiete halten. Bei einer Blindverkostung schmecken sie manchmal sogar, welcher Winzer den Wein in welchem Jahr gekeltert hat«, erklärt sie und findet selber, dass sie ein bisschen oberlehrerhaft klingt. »Um den besten Wein für ein Menü auszusuchen, muss man aber kein Master Sommelier sein, das kann auch ein ganz normaler Sommelier übernehmen. Oder sogar die Köchin selbst, wenn sie ein bisschen Ahnung von Wein und gut ausgebildete Geschmacksnerven hat.«

»Was auf dich ja beides zutrifft«, sagt Maarten, plötzlich so sanft, als hätte er Kreide gefressen oder wenigstens ein paar Haschkekse genascht. »Immerhin bist du eine der besten Köchinnen der Stadt.«

»Hoppla, Maarten, wirst du jetzt etwa charmant?«

»Ja, weil ich etwas von dir will.« Maarten lacht dröhnend, dann scherzt er weiter. »Also nicht so, wie du jetzt denkst. Du weißt ja, dass ich verheiratet bin ...«

Femke tut nicht mal so, als ob sie das witzig findet. Obwohl sie wider Willen eine gewisse Bewunderung für so viel Selbstvertrauen empfindet. Maarten van Lockhorst hätte vermutlich nicht Reißaus genommen, nur weil ihm jemand in der Stadt hinterherläuft. Er hätte den Mann im Anzug gleich zur Rede gestellt oder ihn alternativ mit seinem hässlichen Jaguar überfahren.

»Du möchtest, dass ich den Wein für die Hochzeit aussuche?«

»Richtig. Aussuchst und organisiert. Und zwar unabhängig davon, ob Gabriel oder du das Catering übernimmt.«

»Falls du Gabriel den Auftrag gibst, kann er den Wein zu seinem Menü sicher selber aussuchen.«

»Gabriel kokst zu viel, um ein guter Sommelier zu sein.«

Nun muss Femke doch lachen. »Aber als Koch würdest du ihn wollen?«

»Ja, weil das kann er verdammt gut.«

Damit hat van Lockhorst leider recht.

Femke denkt nach. Eigentlich verbietet es ihr Stolz, sich um den Wein zu kümmern, wenn sie nicht auch das Catering übernehmen kann. Und eigentlich wollte sie nach der Sache mit Henk ja sowieso aus dem Weingeschäft aussteigen. Aber natürlich könnte sie ja zur Abwechslung auch mal den richtigen Wein besorgen. Wenn sie für die Hochzeit von Jasmijn van Lockhorst kocht, und davon geht sie aus, denn die ersten Ansätze ihres Orchideen-Sorbets sind ausgesprochen vielversprechend, dann wird sie es so machen. Und falls wider Erwarten doch dieser blöde Petit gewinnt, könnte sie mit gefälschten Weinen doch immerhin so viel Geld verdienen, dass sie einen Teil ihrer Schulden zurückbezahlen kann. Femke lächelt.

»Ich könnte natürlich auch einfach irgendeinen Sommelier engagieren«, sagt Maarten van Lockhorst.

»Musst du nicht. Ich übernehme den Wein.«

Femke legt auf und legt sich hin. Während sie die Daunendecke hochzieht, wird ihr ganz warm vor Siegessicherheit. Sie wird das Golden Forks retten. Sie wird ihre Wohnung behalten, und würde die Polizei sie auch nur ein bisschen verdächtigen, wäre sie schon längst verhört worden. Selbst die Sache mit dem Verfolger kommt ihr plötzlich wie ein böser Traum vor. Sie trinkt mehr Gin. Wer weiß, vielleicht hat sie sich das nur eingebildet. Oder war der Mann am Ende gar ein heimlicher Verehrer? Femke kichert und schläft bald darauf ein.

Erst als sie am Sonntagmorgen die Blutflecken auf ihrem Sofa und dem Kissen sieht, erinnert sie sich mit großem Unbehagen und ziemlichen Kopfschmerzen daran, dass zumindest ihre Angst am Vorabend sehr real gewesen ist.

16

Der Sonntag ist einer dieser Frühlingstage, an denen sich Winter und Sommer zum Tanz verabredet haben. Im Licht ist es wunderbar warm, doch sobald sich eine der silbrig weißen Wolken vor die Sonne schiebt, wird es frostig.

»Kalt wie Himbeereis«, sagt Isa.

»Wir könnten auch einfach in die Eisdiele«, sagt Maddie.

»Zweimal den größten Eisbecher der Welt mit viel Schlagsahne und Schokostreuseln«, singt Isa und macht zwei kleine Hüpfer. Dann bleibt sie stehen. »Aber das geht jetzt nicht, oder?«

Maddie seufzt. »Ich fürchte nicht.«

Sie biegen auf den Blekenbergplein ein. Isa drückt Janneke ein bisschen fester an ihren Bauch. Maddie, die Isas Reisetasche trägt, wird plötzlich der Arm ganz schwer. Sie gehen langsamer, schinden Zeit. Auf den letzten Metern trödeln sie so herum, dass Pietje Jong, die die Ankunft der Schwestern aus dem Schlafzimmerfenster beobachtet hat, es schafft, die Treppe hinunterzugehen, ihren Lippenstift nachzuziehen, eine Jacke über ihren Kaftan zu werfen und die beiden abzufangen.

»Auch das noch«, stöhnt Maddie, als sie sieht, wie die korpulente Frau mit roten Wangen, roten Lippen und wippenden Lockenwicklern durch ihren kleinen zubetonierten Vorgarten eilt.

»Ach, aber wie schöön, dass ihr endlich mal wieder nach

Hause kommt. Da werden sich Mama und Papa aber freuen!«
Pietje streckt die Hand aus und hätte wohl Isa in die Wange gekniffen, ganz so wie sie es früher immer gemacht hat. Aber diesmal ist Isa nicht mit ihrer Mutter unterwegs. Maddies Rechte
zuckt nach oben, und kurz bevor Pietje Isas Gesicht berührt,
umschließt Maddie ihr Handgelenk mit Daumen und Zeigefinger. »Au«, schreit Pietje auf.

»Isa will nicht in die Wange gekniffen werden«, stellt Maddie
klar.

»Aber das ist doch nur nett gemeint.« Pietjes kirschrote Unterlippe zuckt, ihre Stimme klingt schrill.

»Will ich nicht«, sagt Isa und zieht Maddie weiter.

Zu Hause, denkt Maddie, während sie die letzten Meter gehen.
Zwanzig Jahre hat sie hier gewohnt, in Haarlem, der kleinen
Stadt rund zwanzig Kilometer nördlich von Amsterdam, in der
Blekenbergplein Nummer 15, aber zu Hause hat sie sich hier nie
gefühlt. Sie sind da, stehen vor dem Haus, das genauso aussieht
wie alle anderen Häuser in der Reihe. Durch die Erkerfenster
im Erdgeschoss sehen sie, wie der Vater im Wohnzimmer den
Fernseher ausstellt und die Mutter ein Buch zusammenklappt,
und zum vielleicht hundertsten Mal an diesem Tag fragt sich
Maddie, ob es nicht eine bessere Lösung gegeben hätte.

Falih hat angerufen. Morgen müsse das Café Anders leider geschlossen bleiben, möglicherweise auch am Dienstag. In der
Küche ist eine Wasserleitung geplatzt. Maddie muss aber zur
Hausboot-Detektei, jetzt gleich am Anfang will sie sich nicht
freinehmen, vor allem, weil sie doch jetzt vielleicht einen Auftrag haben. Juanita würde gerne einspringen, schreibt aber eine
Klausur. Maddie hat eine alte Schulfreundin angerufen, die ihre

dreijährige Tochter zu Hause betreut. Ob Isa vielleicht dabei sein dürfe, nur diesen einen Tag? Aber so gerne, säuselte Britta, also eigentlich. Nur leider, leider würde sie sich am Montag mit anderen Müttern und deren Kindern treffen, und das würde dann sicher zu viel für Isa. »Sie ist ja sooo sensibel«, sagte Britta, und Maddie hörte: »Ich will deine geistig behinderte Schwester niemandem zumuten.« Britta ist nicht die erste Schulfreundin, die Maddie von ihrer Freundschaftsliste streicht.

»Wir brauchen ein besseres Netzwerk«, hat Juanita gesagt, und Maddie war dankbar für das »Wir«. Dann hat sie beim alten Onno im zweiten Stock geklingelt, aber der war nicht da.

Am Ende blieben die Eltern. »Scheiße«, sagte Maddie.

»Es ist doch nur für eine Nacht und einen Tag. Morgen Abend holst du mich wieder ab«, sagte Isa tapfer, und Maddie war ganz gerührt, wie mutig ihre kleine Schwester sein kann.

Ihre Mutter öffnet die Tür, eine hagere Frau mit spitzem Kinn und harten Linien um den Mund. »Ich dachte, ihr wolltet schon um drei kommen.«

Maddie zieht ihr Handy aus der Hosentasche. Zehn nach drei. »Pietje hat uns den Weg versperrt«, sagt Isa.

»Man kann nicht immer anderen die Schuld geben«, sagt der Vater. Er war schon immer ein kleiner, schmächtiger Mann, aber in den letzten Jahren scheint er bei jedem Besuch weniger zu werden. »Kannst du nicht mal darauf achten, dass sich deine Schwester was Ordentliches anzieht?«, raunt er Maddie zu, während Isa mit der Mutter schon mal vorgeht. Isa trägt zwei Röcke vom Flohmarkt, einen langen mit schwarzer Spitze und einen kurzen aus rosa Samt. Darüber ein hellgrünes, langärme-liges T-Shirt, das sie mit einem wilden Blumenmuster bemalt hat. Stoffe bemalen ist eine ihrer neuesten Lieblingsbeschäftigungen. Isa sieht großartig in den Sachen aus, findet Maddie. Aber sie sagt es nicht, sondern schweigt wie eine verschüchterte Fünfjährige, der die Luft wegbleibt, wenn der Papa mit ihr schimpft. Vielleicht, denkt Maddie, ist das eines der größten Probleme an diesen Besuchen: In der Gesellschaft ihrer Eltern mag sie sich selber nicht leiden.

Sie setzen sich an den großen Esstisch zum Kaffeetrinken. Isa mag keinen Kaffee, sie bekommt Wasser, obwohl sie lieber Apfelsaft hätte. Aber in Apfelsaft ist viel Zucker und die Mutter, die ja immerhin früher Ärztin war und über solche Sachen deshalb Bescheid weiß, findet, dass Isa auf ihre Figur achten sollte.

Weil Sonntag ist, gibt es aber Kekse, einen für jeden.

»Schade, dass ihr uns immer nur dann besucht, wenn irgendwas ist«, sagt der Vater.

Maddie rührt in ihrer Kaffeetasse, Isa setzt Janneke auf den Tisch und füttert sie mit Kekskrümeln.

Maddie sieht ihrer Mutter an, dass sie Janneke am liebsten mit spitzen Fingern vom Tisch nehmen und in den Müll schmeißen würde. Aber sie beißt die Zähne zusammen: »Jetzt ist der Hase sicher satt, Isa. Dann können wir ihn gleich mal waschen.«

Erschrocken stopft Isa Janneke unter ihr bemaltes T-Shirt. »Aber nicht in der Waschmaschine, da hat Janneke Angst. Wir waschen sie immer im Küchen-Waschbecken, das ist Jannekes Badewanne.«

Der Vater lächelt spöttisch. »Ja, wenn man nicht arbeitet, dann hat man Zeit für so was.«

Die Mutter legt ihm eine Hand auf den Unterarm. »Lass mal, Theo. Das wird sich dann ja bald ändern.« Sie schaut ihre Töchter an und zieht die Oberlippe hoch, bis man den oberen Rand ihres Zahnfleisches sieht. »Euer Vater und ich, wir haben uns nämlich etwas überlegt. Dass Maddie ihren Job verloren hat, ist zwar ärgerlich, aber doch auch eine gute Möglichkeit, dass …«

»Maddie ist jetzt Detektivin«, unterbricht Isa sie.

»Detektivin?«, wiederholt die Mutter und zieht das erste i so lang, dass sie gar nicht mehr näher erläutern muss, wie schrecklich sie diese Vorstellung findet.

In der besten Detektei der Stadt, denkt Maddie, und muss grinsen.

»So wie unsere Tochter gerade grinst, Betsie, müssen wir das wohl zum Glück nicht ernst nehmen.« Theo schaut Maddie an. »Es geht hier um deine Zukunft.«

»Aber …«, will Isa protestieren, aber Maddie stupst sie unter dem Tisch mit ihrem Bein an und Isa spricht nicht weiter.

»Sinnvoll wäre, Maddie, wenn du endlich etwas studierst, einen sicheren Job mit guten Perspektiven findest, eine Familie gründest«, nimmt Betsie den Faden wieder auf. »Im Moment werden ja zum Beispiel viele Lehrer gesucht.«

Maddie schaut ihre Mutter an, die senkt den Blick, spricht aber weiter. »Isa könnte dann natürlich nicht in Amsterdam bleiben. Sie würde zurück zu uns ziehen.«

»Ich habe auch einen Job in Amsterdam.« Isas Stimme zittert. Maddie rückt ein bisschen näher an sie dran.

»Das ist doch kein Problem, Schätzchen. Wir wollen ja auch nicht, dass du dann hier den ganzen Tag rumsitzt. Aber es gibt sicher auch in Haarlem eine schöne Behindertenwerkstatt.«

Das wird Maddie dann doch zu blöd. »Das Café Anders ist keine Behindertenwerkstatt.«

»Ja, nun«, sagt die Mutter und wirft ergeben die Hände in die Luft, als wisse sie auch nicht, was sie denn noch alles machen solle. Es wird ganz still im Esszimmer im Blekenbergplein Nummer 15. Diese Gesprächspausen gab es schon immer, manchmal dauerten sie Tage, ja Wochen an. Die Luft hängt voll von unausgesprochenen Kränkungen, Schuldzuweisungen, die jahrelang nicht gesagt, Tränen, die nie vergossen wurden. Maddie steht auf und öffnet das Fenster zu dem kleinen Garten hinaus, der aus Steinplatten und einem kleinen Stück englischem Rasen besteht. Maddie schaut nach oben, wo die Wolken und ein paar Stare fliegen.

»Wir wollten eigentlich nicht den Garten heizen«, ätzt die Mutter.

»Es ist so stickig.« Maddie rührt sich nicht vom Fleck.

»Ich will bei Maddie bleiben«, sagt Isa sehr laut.

Der Vater zuckt mit den Schultern. »Das Leben ist nun mal kein Wunschkonzert.«

Maddie geht zum Tisch zurück und setzt sich. »Kannst du auch, Isa, ich will sowieso nicht studieren.«

Der Vater steht auf und schließt das Fenster. »Es ist doch nicht zu viel verlangt, dass wenigstens eines von zwei Kindern einen akademischen Abschluss macht.«

»Das Leben ist nun mal kein Wunschkonzert«, hört Maddie sich sagen. Na endlich, denkt sie. Es geht doch.

Der Vater schaut kurz in ihre Richtung, und einen Moment glaubt Maddie, dass er ausrasten, die ganze Wut über sein kleines, langweiliges Leben und all die nicht erfüllten Wünsche hinausschreien wird. Aber er geht einfach zurück zum Tisch, mit krummen Schultern, und sieht aus, als wäre er gerade wieder ein paar Millimeter winziger geworden. Betsie legt ihre Hände an die Schläfen und kneift kurz Augen und Lippen zusammen.

»Jetzt bekommt eure Mutter wieder Migräne«, sagt Theo.

Isa hebt den Arm wie eine Erstklässlerin. »Bitte, Isa«, sagt Betsie mit erschöpfter Stimme.

»Ich habe auch eine gute Idee: Maddie und ich bleiben in Amsterdam, und ich studiere.«

»Was möchtest du denn studieren?« Maddie fragt, weil es sonst keiner tut. Obwohl sie die Antwort schon kennt.

»Modedesign«, strahlt Isa.

Die Mutter lacht auf und wirft mit theatralischer Geste ihre Haare in den Nacken. »Du kannst ihnen ja mal dein T-Shirt schicken.«

Isa zuckt zusammen, aber dann schaut sie an sich herunter, schiebt die Zunge ein wenig zwischen die Lippen und nickt. »Das ist eine gute Idee.«

Maddie sieht, wie ihre Mutter genervt die Augen verdreht. Auch nach zwanzig Jahren kann sie nicht ertragen, dass Isa keine Ironie versteht.

»Ich verstehe, dass du gerne malst, Isa. Aber niemand, wirklich niemand außer dir würde so ein T-Shirt tragen wollen. Solche Röcke auch nicht«, sagt sie mit dieser schwer erträglichen Stimme, die sie wahrscheinlich früher benutzt hat, um ihren Patienten mitzuteilen, dass in ihrem Kopf ein großer Tumor wächst.

»Aber ...« Isas Augen füllen sich mit Tränen.

»Du kannst sowieso keine Modedesignerin werden«, schaltet sich Theo ein. »Um Modedesignerin werden zu können, muss man unter anderem auch schreiben können. Und wenn ich mich richtig erinnere, war dir das Üben immer zu anstrengend.«

Isa weint. Erst sind es nur ein paar zaghafte Schluchzer, aber innerhalb weniger Sekunden heult sie so laut und wütend, dass die Erkerscheiben leise klirren.

Maddie erinnert sich noch gut daran, wie es war, als Isa

schreiben lernen sollte. Dann stellt sie sich vor, wie sie über den Tisch greift, Mutter und Vater am Kragen packt und ihre Köpfe zusammenschlägt. Bumm!

Mit lautem Scheppern zerspringt Maddies Kaffeetasse auf den terrakottafarbenen Fliesen, ihre Mutter schlägt die Hand vor den Mund und wird bleich. »Bin ich wohl aus Versehen gegengestoßen«, murmelt Maddie. Die Wahrheit ist, dass sie nicht genau weiß, was passiert ist, außer, dass sie plötzlich ganz steif vor Wut war. Ein bisschen Angst macht ihr das schon. Sie sollte wirklich bald mal diese Ärztin anrufen, von wegen Antiaggressionstraining und so. Nächste Woche. Jetzt wendet sie den Blick von den Porzellanscherben ab und nimmt Isas Hand.

»Ich liebe dein Outfit.«

Isas Schultern beben, über ihr Gesicht strömen Tränen und Rotze, aber in ihren Augen sieht Maddie wieder ein bisschen Hoffnung leuchten. »Ein bisschen schreiben kann ich auch schon. Einen ganzen Satz«, schluchzt sie.

»Den besten«, sagt Maddie, hebt Janneke auf, die aus Isas Pulli gerutscht ist, und zieht ihre kleine Schwester aus dem Esszimmer, nimmt ihre Jacken und die Reisetasche und gibt sich Mühe, die Haustür nicht zu sehr ins Schloss knallen zu lassen. Vom Bürgersteig aus sieht sie durchs Erkerfenster zurück ins Haus. Die Mutter kniet auf den Fliesen und sammelt die Scherben ein, der Vater ist auf dem Weg zurück vor den Fernseher.

Isa wischt sich ihr Gesicht am Ärmel trocken. »Vielleicht haben sie recht, vielleicht sind meine Sachen wirklich hässlich.« Isa klingt so verzweifelt und so erwachsen, als sie das sagt.

»Lass dir bloß keinen Quatsch einreden«, fährt Maddie sie an, ruppiger als beabsichtigt.

»Würdest du denn etwas von mir anziehen?«

Maddie beißt sich auf die Unterlippe, denkt an ihre Kollektion aus schwarzen und weißen T-Shirts, die praktischen Jeans, die drei einfarbigen Röcke, die grauen Jogginganzüge, die sie immer beim Krav-Maga-Training getragen hat. Eigentlich viel zu langweilig für eine Stadt wie Amsterdam. »Klar«, sagt sie schließlich.

»Klar?«

»Klar.«

Isa schlingt die Arme um Maddies Hals.

»Und was machen wir jetzt morgen?«, fragt Isa, als sie die Bushaltestelle erreichen.

»Morgen kommst du mit aufs Boot.«

17

Während Maddie und Isa in Haarlem auf den Bus warten, schließt Femke Baas in Amsterdam-Noord das Golden Forks auf. Über ihr kreischen die Möwen, rostige Kräne, die schon seit Jahrzehnten nichts mehr bewegt haben, ragen in den Himmel, es riecht nach Motoröl, Hafen und Chai Latte. Sie hat den Laden gerade rechtzeitig gekauft, einige Jahre nach der Insolvenz der Werften, kurz bevor sich das Sorgenviertel der Stadt zum neuen Hipster-Viertel mauserte und die Preise ins Unerträgliche stiegen. Von außen sieht die alte Backsteinhalle, neben der vor langer Zeit angeblich Gefangene erhängt worden, immer noch ziemlich schäbig aus. Aber innen ist es Industrial Chic vom Feinsten. Vorausgesetzt, man kommt rein. Heute ist das schwierig, der Schlüssel klemmt wie so oft in letzter Zeit.

Eigentlich wollte sie an diesem Sonntag sowieso zu Hause bleiben, aber dann hat jemand angerufen, der sich nach einem Praktikum erkundigte. Früher hätte sie gleich abgelehnt, aber da konnte sie sich auch noch gute, bezahlte Kräfte in der Küche leisten. Außerdem tut es ihr sicher gut rauszukommen. Weg von ihrem blutbefleckten Sofa, das aussieht, als hätte sie darauf ein Hühnchen ausgenommen. Weg von den Geräuschen aus den Nachbarwohnungen, weg vom Anblick der leeren Ginflasche, weg von all den schönen, teuren Möbeln, die sich heute so kalt und tot anfühlen. Am meisten will sie aber weg von den riesigen Fenstern, wegen denen die Wohnung so schön hell ist, die aber Einblick erlauben, zumindest von einigen Wohnungen auf der anderen Straßenseite aus und wenn man unten auf der Straße steht und es darauf anlegt. Bislang hat ihr das nie etwas ausgemacht. Wie oft hat sie nicht abends im Schein der Leselampe am Fenster gesessen und Apfelkuchen gegessen? So hat sie es als Kind gelernt: Wer nichts Unredliches tut, nichts vor dem Blick des Pfarrers verbergen möchte, muss sich auch nicht verstecken. Doch jetzt geht es ihr auf die Nerven, dieses calvinistische Getue ihrer Landsleute. Sie will Gardinen, blickdichte Vorhänge, so wie bei den belgischen Katholiken, oder am besten gleich solide Rollläden wie bei den Deutschen.

Sie ruckelt am Türgriff, zieht den Schlüssel einen Millimeter hinaus, dreht und steht in der Eingangshalle mit den Büffelledersofas. Hier empfängt sie Kunden und spricht mit ihnen über Gerichte und Preise. Sie geht vorbei am Lagerraum, in dem auch ein WC mit Dusche ist, lässt ihr Büro links liegen und durch die riesige Küche, in der sie in besseren Zeiten an jedem Wochenende mit fünfzehn Leuten malocht hätten. Jetzt sind hier nur sie und zwei Hummer, die sich im großen Wasserbecken unter Steinen verstecken. Fünf Stufen hinunter, dann betritt sie den Weinkeller. Auf der linken Seite stehen die Kartons mit sorgfältig verpackten alten Flaschen. Sie sind leer, wegen ihrer Originaletiketten aber für Femke von unschätzbarem Wert. Sie hatte zwischendurch auch mal versucht, die Etiketten zu fälschen, war aber mit dem Ergebnis nicht wirklich zufrieden gewesen. Auf der rechten Seite des Kellers liegen die Flaschen, die sie bereits neu befüllt und verkorkt hat.

Zwischen den Regalen bleibt Femke stehen. Wie ein Weimaraner, der die Spur einer Ente wittert, hebt sie eine Hand und die Nase an. Der Duft von Rasierwasser hängt in der Luft, ganz leicht nur, aber sie ist sich sicher. Es ist ein herber, männlicher Geruch, mit einem Einschlag von Wacholder. An einem anderen Ort, zu einer anderen Zeit, fände Femke diesen Duft erregend. Hier gruselt er sie.

Ihre Gedanken überschlagen sich. Ist ihr Verfolger gestern Nacht ins Golden Forks eingestiegen? Aber wie sollte er reingekommen sein? Die Tür war verschlossen und im Moment ist sie die Einzige, die einen Schlüssel hat. Die Fenster sind zu und unbeschädigt. Der Boden ist sauber, die Schränke in der Küche geschlossen. Sie lässt den Blick über die Weinregale schweifen, aber es sieht nicht so aus, als ob etwas fehlt. Nein, für einen Eindringling spricht nur dieser Rasierwasserduft, und der – Femke atmet tief ein – ist auch schon verflogen. Jetzt riecht sie nur noch alte Korken und ihren eigenen scharfen Schweiß.

Es klingelt an der Tür. Eine eisige Hand greift nach Femkes Magen und drückt zu. Aber nur ganz kurz. Denn dann fällt ihr ein, dass sie den potenziellen Praktikanten zum Vorstellungsgespräch herbestellt hat, und die Angst weicht der Erleichterung. Sie schiebt den Ärmel der Seidenbluse hoch und schaut auf das Ziffernblatt ihrer Cartier. Drei Minuten vor drei. Pünktlich ist er schon mal.

Niedlich auch, denkt Femke, als sie eine Minute später durch das Fenster der Eingangstür nach draußen schaut. Wuschelige Haare, blitzende Augen, ein freches Lächeln.

Sie öffnet.

»Guten Tag, mein Name ist Jack Addington. Ich bin wegen

des Praktikums hier, wir haben heute Vormittag telefoniert«, sagt er mit britischem Akzent.

Femke nimmt die Mappe, die er ihr hinstreckt, und wirft einen Blick auf seinen Lebenslauf, der einige Lücken, aber immerhin einen Universitätsabschluss hat. »Diplom-Ingenieur. Was wollen Sie dann hier?«

Jack antwortet mit einem entwaffnenden Lächeln. »Kochen.«

Femke Baas schnuppert unauffällig, aber Jack riecht nur nach Kernseife, kein bisschen nach Wacholder-Rasierwasser. Und er hat nur halb so breite Schultern wie der Mann im Anzug.

»Irgendwelche Erfahrungen auf dem Gebiet?«

»Ich habe meiner Oma früher viel in der Küche geholfen.«

Femke seufzt. Ihr liegt auf der Zunge, dass das Golden Forks weiß Gott keine Kochschule und auch keine Auffangstation für arbeitslose Ingenieure ist. Aber sie kann ihn ja einfach ein paar Wochen Gemüse schnippeln und die Küche putzen lassen. Nach dem Schloss und der defekten Dunstabzugshaube könnte er auch schauen, als Ingenieur kann er das bestimmt. Außerdem ist es nach den Ereignissen der letzten Tage vielleicht gar nicht schlecht, wenn sie hier nicht ganz allein ist.

»Bitte«, sagt sie. In ihrem Büro nehmen sie Platz, sie auf der einen Seite des hübschen Holzschreibtisches, er auf der anderen.

»Sie kommen also aus London. Brexit-Flüchtling?«

»Ich bin schon ein paar Jahre früher gekommen.«

»Warum?«

»Ich mag die holländischen Frauen«, sagt Jack mit jungenhaft schiefem Grinsen.

»Oje«, sagt Femke und denkt, dass sie ihn für diesen Satz eigentlich rauswerfen sollte. Sie möchte ihn aber nicht rauswerfen. Sie möchte ihm durch die wilden Haare wuscheln und ihm Kuchen backen. Femke lacht unwillkürlich auf, gleichzeitig amüsiert und abgestoßen von ihren ungewohnt mütterlichen Gefühlsanwandlungen. Sie ist 53, reichlich spät, um mit so einem Quatsch anzufangen. Zumal dieser Jack zwar grinst wie ein Fünfjähriger, aber eindeutig älter ist. Ende zwanzig, schätzt sie. 33, verrät ein weiterer Blick auf den Lebenslauf. Ob er verheiratet oder Single ist, steht da nicht.

»Sind Sie in einer Beziehung?«, rutscht ihr heraus.

Jack macht große Augen.

Himmel, das war unprofessionell von ihr, denkt Femke. Im schlimmsten Fall denkt er jetzt noch, dass sie ihn anbaggert, dabei will sie ihn höchstens adoptieren. »Die Karriere als Koch lässt sich oft nur schwer mit einem Familienleben vereinbaren.« Erleichtert klappt Femke die Mappe zu. Da hat sie gerade noch einmal die Kurve gekriegt.

»Keine Beziehung.« Jack seufzt und zappelt am Bündchen seines grauen Kapuzenpullis herum. Unglücklich verliebt, tippt Femke.

»Und Sie?«, fragt Jack, so als wäre das hier gar kein Vorstellungsgespräch, sondern ein netter Smalltalk im Café.

»Glücklich Single«, sagt Femke, obwohl das »glücklich« glatt gelogen ist. Zum Ausgleich sagt sie noch etwas sehr Wahres: »Romantische Liebe wird meiner Meinung nach hoffnungslos überschätzt.«

Jack schaut sie an und legt den Kopf ein wenig schief. »Gibt es eine Alternative?«

Femke zuckt mit den Schultern. »Meine Großmutter hat gesagt: Wer bedingungslos und über alle Maßen geliebt werden will, sollte sich einen Hund anschaffen.«

Jack lacht. »Haben Sie einen?«

»Ich habe für Hunde nicht so viel übrig«, sagt Femke, fragt

sich aber gleich darauf, ob das wirklich stimmt. So ein kleiner Terrier ist doch eigentlich sehr lustig. Und gegen Hunde ist sie ihres Wissens nach auch nicht allergisch. »Es ginge sowieso nicht, in der Stadtwohnung und mit dem Job.«

Genug geplaudert, findet sie und steht abrupt auf.

»Apropos Tiere: Kommen Sie mal mit«, sagt sie und geht in die Küche.

Jack folgt ihr, sagt an der richtigen Stelle (als sie in der Küche das Licht anknipst) »wow« und schaut ganz interessiert zu, als sie zum Wasserbecken geht, ihren Ärmel hochkrempelt und einen Hummer aus dem Wasser fischt. Das Wasser ist vier Grad kalt, der Hummer darum sehr träge. Seit gut zehn Tagen sitzt er hier zusammen mit seinem Artgenossen. Die Scheren sind zusammengebunden, damit sie sich nicht gegenseitig zerlegen.

Sie hält ihn Jack vor die Nase. »Wie würden Sie diesen Hummer zubereiten?«

Das Tier bewegt eine Schere, es sieht aus, als würde er Jack zuwinken. Dem vergeht sein Dauerlächeln, ein bisschen blass wird er auch.

»Können wir ihn auch freilassen?«

»Sind Sie etwa Vegetarier?«

Jack gibt sich zerknirscht. »Vermutlich wäre ich es, wenn Steaks nicht so lecker wären.«

Femke nickt. So sind sie, die Leute.

»Nun, in nächster Zeit werde ich sowieso hauptsächlich vegan kochen.«

»Heißt das, ich darf das Praktikum machen?«

Femke überlegt. Sie braucht Gesellschaft und vielleicht auch ein bisschen Zartheit in ihrem Leben. Und wenn sie schon keine kleine Katze haben kann und auf absehbare Zeit auch keinen Hund, dann wird sie sich eben einen knuddeligen Praktikanten leisten. Sie setzt den Hummer zurück in sein Becken und stellt sich kurz vor, wie es wäre: ihm die Fesseln abnehmen und ihn ins Meer setzen.

»Das heißt, Sie dürfen morgen um zwei zum Probearbeiten wiederkommen.«

18

Am Montagmorgen sitzen Jack, Jan, Elin und Arie in der Hausbootküche. Fru Gunilla thront auf Jans Kopf und zerpflückt einen Fichtenzapfen. Hund liegt vor der Waschmaschine und riecht nass. Das kommt von dem Regenspaziergang, den er mit Arie in der Früh gemacht hat, und von seinem dicken Fell, das nur langsam trocknet, obwohl die kleine Ölheizung seit Stunden unermüdlich vor sich hin bollert.

Immer noch trommeln dicke Tropfen gegen die Scheiben, der Wind rüttelt am Boot, und ab und zu lässt eine besonders große Welle die Tassen auf dem Tisch hin und her rutschen. Arie fühlt sich leicht seekrank. Auch Maddie und Isa schwanken, als sie ankommen und ihre Regenmäntel ausziehen. Darunter tragen beide Jeans mit vielen lustigen bunten Flicken und rosa und weiße Blusen mit großen Hasenzeichnungen darauf.

Maddie hat Arie am Sonntagnachmittag angerufen, ihm von Wasserschäden, fehlenden Netzwerken und scheußlichen Eltern erzählt und gefragt, ob sie Isa ausnahmsweise mitbringen könnte. »Natürlich«, hat Arie gesagt.

»Das ist meine Schwester Isa«, sagt Maddie jetzt.

»Hallo, Isa«, grüßen alle, nur Elin sagt »Mega-Outfit« stattdessen.

Isa hält ihren Stoffhasen hoch. »Das ist Janneke.«

»Hallo, Janneke.«

Isa schaut den Hund und das Eichhörnchen an und strahlt. Doch dann schweift ihr Blick ab, bleibt an Jack hängen und ihr Mund wird ganz klein, bevor er sich zu einem entrüsteten Ausruf wieder öffnet. »Pupskopf!«

Maddie setzt sich und zieht Isa neben sich auf die Küchenbank. Sie räuspert sich. »Isa, das ist Jack.«

»Pupskopf«, wiederholt Jack. »Pupskopf?«

»Pupskopf«, bestätigt Isa.

»Aber deinen Hasen habe ich nicht geklaut.«

Elin, die, eingewickelt in eine große Wolldecke, etwas schläfrig in ihrem Kaffee gerührt hat, blickt auf.

»Janneke war unterm Bett versteckt«, sagt Isa.

Jack lächelt. »Ah.«

Isa hebt einen Zeigefinger. »Aber das hat sie nur gemacht, weil sie wusste, dass du sie klauen willst.«

Jack sagt es ganz ernst: »Ich bin kein Hasendieb, da muss sie sich wirklich keine Sorgen machen.«

»Aber du hast Maddie traurig gemacht.« Isa starrt Jack an, Elin legt den Kopf schief und blickt von einem zum anderen, Jack schaut zu Maddie. »Das tut mir wirklich leid. Manchmal bin ich ein Hornochse.«

Arie steht auf und sucht im Wandschrank nach Keksen, wühlt noch ein bisschen weiter, als er sie längst schon gefunden hat. Hornochsen-Gespräche sind schon schwierig genug, da muss man den Leuten nicht auch noch das Gefühl geben, dass sie so viele Zuhörer haben. Obwohl es in so einer kleinen Hausbootküche faktisch natürlich so ist.

»Isa, magst du nicht etwas malen?«, fragt Maddie und zieht ein Skizzenbuch und eine Schachtel mit Stiften aus der Tasche.

Sie schaut Jack nicht an, wirft aber ein »Ich war überhaupt nicht traurig« in seine Richtung.

»Es tut mir trotzdem leid«, sagt Jack.

Isa nimmt einen schwarzen Buntstift aus der Kiste. »Manchmal lügt Maddie«, sagt sie mit großem Ernst.

Stöhnend lässt Maddie den Kopf auf den Tisch sinken. Eine Welle hebt das Boot an und lässt es wieder fallen. Das Beiboot scheppert gegen den Bootsrumpf.

»Ich bin schon froh, wenn sie mich nicht ins Wasser schubst«, sagt Jack.

Maddie lässt den Kopf liegen, wo er ist, fängt aber an zu lachen. Jedenfalls glaubt Arie, dass sie lacht.

Aries Handy klingelt.

»Gabriel Petit hier«, meldet sich der Caterer vom Freitag.

»Guten Morgen, Gabriel«, sagt Arie. »Keine Sorge, wir haben dich nicht vergessen.« Das stimmt. Entschieden, ob sie den Auftrag nun annehmen oder nicht, haben sie aber auch nicht.

Maddie nimmt einen Buntstift aus Isas Kiste und schreibt etwas auf einen Zettel. Sie hebt ihn hoch. *Sag ihm, wir wollen mehr Geld,* steht da. Dafür bekommt sie ein Daumen hoch von Jan.

»Wisst ihr schon, ob ihr den Auftrag annehmt?«, fragt Gabriel.

»Streng genommen würden wir uns vermutlich strafbar machen, wenn wir es täten«, sagt Arie und denkt, dass das ein ziemliches Herumgeschwurbel ist, mit so viel Konjunktiv in einem Satz. »Betriebsspionage und so.«

»Verstehe. Ihr wollt mehr Geld.«

»Darauf läuft es wohl hinaus, ja.«

»Wie viele Tage bräuchtet ihr denn, um mir das Rezept zu besorgen?«

Keine Ahnung, denkt Arie. »Das hängt von verschiedenen Faktoren ab, die wir nur schwer beeinflussen können«, sagt er.

»Drei Tage für zwei Detektive?«, schlägt Gabriel vor.

»Damit könnten wir sicher anfangen.«

Arie hört, wie Gabriel ein paar Zahlen vor sich hin murmelt. In Gedanken rechnet er mit. Ein Arbeitstag à acht Stunden bringt bei einem Stundenlohn von 45 Euro pro Detektiv 360 Euro ein. Wären insgesamt also 2160 Euro Umsatz, falls sie in drei Tagen ein Ergebnis vorweisen könnten.

»Was haltet ihr von einer Bonuszahlung? Wenn ihr herausfindet, was Femke Baas für die Hochzeit kochen will und ich dann den Auftrag von van Lockhorst bekomme, gibt es fünftausend extra.«

Arie sieht, dass die Sache einen Haken hat: Was, wenn sie ihren Job zwar machen, aber Gabriel den Auftrag am Ende trotzdem nicht bekommt?

»Das passiert nicht«, verspricht Gabriel siegessicher. »Wir können deshalb auch sagen: Ihr bekommt den Bonus auf jeden Fall, sobald ihr mir Femkes Rezeptidee liefert.«

»Abgemacht«, sagt Arie.

»Wir haben unseren ersten Auftrag«, sagt er drei Minuten später.

»Du bist ganz grau im Gesicht«, sagt Jan.

»Der Wellengang«, sagt Arie, obwohl er sich nicht ganz sicher ist, ob es wirklich daran liegt.

»Jetzt brauchen wir einen Plan«, sagt Elin.

»Vielleicht haben wir schon einen«, sagt Jack.

»Hä«, sagt Maddie.

Isa deutet auf die Tafel über der Waschmaschine. »Was steht da?«, fragt sie.

»Das sind unsere Hausregeln. *1. Die Hausboot-Detektive werden nicht (wieder) straffällig. 2. Bei Streit unter Kollegen wird auf Handgreiflichkeiten möglichst verzichtet*«, liest Maddie vor.

»Was meint das Zweite?«

»Dass wir uns nicht hauen sollen«, sagt Jan. »Und uns nicht gegenseitig ins Wasser schmeißen«, ergänzt Jack.

»Ich kann auch einen Satz schreiben.«

Arie nimmt einen schwarzen Marker aus der Schublade und hält ihn Isa hin. Sie nimmt ihn, steht auf, stellt sich hinter den Hund vor die Waschmaschine und malt unter die beiden Regeln eine große, wackelige Drei. Dann schreibt sie, die Zungenspitze zwischen den Lippen, Buchstabe für Buchstabe: *Ich bin eine coole Chica.*

»Das hat mir Juanita beigebracht«, sagt sie stolz, als sie sich wieder setzt.

Maddie grinst.

Jan streicht sich durch die Haare. Ein paar braune Fichtenzapfen-Schuppen rieseln auf seine Schulter. Fru Gunilla legt den Kopf schief. Dann saust sie kopfüber im rasanten Tempo Jans Arm hinunter und springt mit einem Satz auf Isas Schoß. Isa lacht, Jack murrt: »Jetzt wäre eigentlich ein guter Zeitpunkt, um mit der Auswilderung anzufangen.«

»Sie ist doch noch ein Baby«, sagt Arie.

Jan wechselt lieber gleich das Thema. »Wie war das jetzt eigentlich mit dem Plan?«

Jack lehnt sich zurück und lächelt. »Wenn ich mich gleich beim Probearbeiten nicht ganz blöd anstelle, fange ich ein Praktikum im Golden Forks an. Ich habe gestern einfach mal angerufen und war dann gleich beim Vorstellungsgespräch.«

Die anderen Detektive schauen ihn leicht entgeistert an. Arie ist der Erste, der sich wieder fängt. »Aber du wusstest doch gestern gar nicht, ob wir den Auftrag annehmen.«

»Stimmt, aber notfalls hätte ich das Praktikum ja auch absagen können. Außerdem dachte ich, dass es eh nicht schaden kann, wenn ich ein bisschen kochen lerne. Also falls ich mal eine Freundin habe, die ich bekochen will.« Jack sieht Maddie an, die tut so, als ob sie das nicht bemerkt.

»Ein bisschen kochen lernen bei der vielleicht besten Köchin der Stadt«, sagt Jan und lacht. »Wieso hat sie dich überhaupt reingelassen?«

Jack zuckt mit den Schultern. »Vermutlich hat sie einen sechsten Sinn für große Kochtalente.«

Maddie stöhnt.

»Kannst du überhaupt irgendetwas kochen?«, fragt Elin.

»Spiegeleier, Baked Beans und Fertigpizza.«

»Wir hätten Jan schicken sollen«, sagt Elin.

»Und wie willst du überhaupt rausfinden, was sie für die Hochzeit geplant hat?«, fragt Maddie.

»Keine Ahnung. Im besten Fall erzählt sie es mir einfach, während ich die Zutaten dafür schneide oder Teller wasche.«

»Zumindest kannst du ja einfach mal einen Blick in ihren Kühlschrank werfen«, sagt Arie.

Jack nickt und schaut gedankenverloren auf Isas Zeichnung. Mit wenigen dicken Strichen hat sie einen Kater skizziert, der im Fluss schwimmt. »Krass, hast du das gerade gemalt? Dann sind die Hasen auf euren Blusen bestimmt auch von dir, oder?«

Isa legt einen Arm auf das Papier, so dass man nur noch die Schnurrhaare des Katers sehen kann.

»Das sieht mega aus. Bist du Modedesignerin oder so?«, fragt Jack.

Isa läuft rot an vor Stolz und nimmt den Arm wieder weg. »Fast.«

Elin klatscht begeistert in die Hände. »Wenn ich wieder mehr Geld hab, dann bestell ich gleich ein Outfit bei dir.«

Isa schaut sie treuherzig an. »Kostet nichts.«

»Nur das Material«, ergänzt Maddie mit einem entschuldigenden Schulterzucken. »Aber es ist nicht so teuer, wir kaufen alles auf dem Flohmarkt.«

Alle haben zu wenig Geld, denkt Arie. Alle außer denen, die viel zu viel haben.

»Was willst du denn am liebsten?«, fragt Isa.

»Eine Typveränderung. Damit ich nicht mehr wirke wie ein schwarzes Loch.«

»Schwarzes Loch?«, wundert sich Jan. »Wer hat dir denn den Quatsch erzählt?«

Isa mustert Elin mit leicht zusammengekniffenen Augen. »Dir mache ich etwas ganz Besonderes.«

»Danke.« Elin sieht so aus, als wolle sie noch etwas sagen, aber dann wird sie abgelenkt. Jack, der neben ihr sitzt, fängt an, sich auszuziehen. Erst den groben Wollpulli, dann sein weißes T-Shirt. »Könntest du mir da auch was draufmalen? Den schwimmenden Kater zum Beispiel?«

Arie schielt auf Jacks nackten Oberkörper und fühlt sich alt. Er muss an Mats denken, seinen Sohn. Der hatte als Kind mal ein weißes Kleid von Sanne mit grünem Edding bemalt. Striche und Punkte waren es, wenn er sich richtig erinnert. Blumen hätten sie daraus vielleicht machen können. Aber das fällt Arie erst jetzt ein. Damals haben sie mit Mats geschimpft und das

Kleid weggeworfen. Heute geht Mats nicht mehr ans Telefon, wenn er ihn anruft. Biologie studiert er, in Wien. Das ist jedenfalls Aries letzter Stand. Ob er ihm einen Brief schreiben soll?

Isa ist fertig.

»Grandios«, freut sich Jack.

»Du musst noch signieren«, sagt Jan. »Wie heißt dein Modelabel denn?«

Isa kaut auf ihrer Unterlippe herum, während sie überlegt. Maddie flüstert ihr etwas zu.

»Coole Chica«, ruft Isa aus. »Das kann ich auch schreiben.« Und das tut sie dann auch.

19

Es ist Liebe auf den ersten Biss. Lillie Woutens schließt die Augen, knackt die weiße Schokoladenhülle auf und stöhnt wohlig auf, als die samtige Ganache aus Champagner und Kokosmilch über ihre Zunge fließt. Safran und Vanille steigen ihr zu Kopf, dann berührt die süße Jabuticaba-Frucht ihren Gaumen. »Oh mein Gott«, murmelt sie entzückt.

»Bist du gerade gekommen?«

Lillie öffnet die Augen. Vor ihr steht Gabriel Petit, dieser flattrige, zur Manie neigende Starkoch, und grinst. Zum Anbeißen, denkt sie. Und das, obwohl er wie sie seine Haare unter eine Plastikhaube gestopft hat, was zwar sehr hygienisch, aber null sexy ist.

»Noch nicht, aber das kann ja noch«, sagt sie in möglichst beiläufigem Ton. »Magst du mal lecken?«

»Nicht nur lecken.«

Gabriels Augen werden vor Gier ein bisschen dunkler, aber er schaut nun nicht mehr sie an, sondern den Kühltunnel.

Lillie, eben noch bereit, ihre Gummihandschuhe und das Höschen unter dem Kittel abzustreifen und hier und jetzt, auf den weißen Fliesen des C'est Magnifique! Sex zu haben, spürt einen kleinen Stich der Enttäuschung. War ihre Einladung nicht eindeutig genug? Findet er sie nicht attraktiv, oder gehört er zu den seltenen Exemplaren, die nur mit ihrer eigenen Frau schlafen?

Egal, vermutlich ist es sowieso eine gute Idee, Geschäft und Privates zu trennen. Sie geht zum Kühltunnel, dem größten Gerät, das sie zu dieser Mission in Amsterdam mitgenommen hat. Er ist drei Meter lang und etwas über einen Meter hoch. Im unteren Teil sind Luftventilatoren und das Kühlmodul. Darüber, unter der Edelstahlhaube, die sie jetzt öffnet, läuft das Transportband. Ein ausgeklügeltes Temperatursteuerungssystem sorgt dafür, dass der Schokoladenüberzug der Pralinen gleichmäßig erstarrt, besser lagerfähig ist und – sehr wichtig – so wunderbar glänzt. Im Moment steht das Transportband still, die Pralinen sind fertig und warten nur darauf, verpackt oder gegessen zu werden. Mit einer kleinen Metallzange nimmt Lillie eine der handgeschöpften weißen Kugeln heraus und hält sie Gabriel hin. »Ich denke, jetzt ist die Rezeptur perfekt.«

Gabriel Petit fährt mit der Zungenspitze über die kühle Schokoladenhülle, dann verschwindet die Praline in seinem Mund.

»Möglicherweise sogar noch besser als ein Orgasmus«, urteilt er wenige Sekunden später. Er streckt seine Hand nach dem Kühltunnel aus, aber Lillie haut ihm mit der Metallzange leicht auf die Finger. »Zu teuer.«

Gabriel seufzt. »Nach dieser Hochzeit will ich davon jeden Tag mindestens eine essen. Und meine Kinder ins Disneyland einladen und meiner Frau ein Pferd schenken.«

Lillie Woutens runzelt die Stirn. »Rechnest du damit, dass du mit dem Catering für eine einzige Hochzeit so viel verdienst?«

»Nicht nur mit dem Catering, auch mit den Pralinen, also nach der Hochzeit. Ich sehe schon die Überschriften im Feinschmeckermagazin vor mir: *Die C'est Magnifique!-Praline: Die Krönung der Chocolatierskunst.* Oder was hältst du hiervon? *Besser als Sex: C'est Magnifique! kreiert neue Luxuspraline.* Vielleicht auch etwas à la *Die C'est Magnifique!-Praline – Glück, das man essen kann.* Es ist schon eine Weile her, dass diese dekadente La-Madeline-au-Truffe-Praline Schlagzeilen gemacht hat. Ich sag dir, russische Oligarchen, arabische Ölscheichs und italienische Mafiabosse werden uns die Dinger aus den Händen reißen. Königshäuser werden wir sicher auch beliefern, Presse ohne Ende. Was meinst du? Was soll ich pro Praline veranschlagen? 100 Dollar? 150?« Gabriel überschlägt sich fast vor Begeisterung.

Lillie nicht. »Wie kommst du darauf, dass ich meine Praline unter dem Namen *C'est Magnifique!* vermarkten könnte?«

»DEINE Praline? Das Ganze war schließlich MEINE Idee.« Gabriel Petit klingt einigermaßen fassungslos. »Also hätte ich dich nicht angerufen und dir erzählt, dass ich für diese Hochzeit eine ganz neuwertige Praline kreieren möchte …«

»Und hätte ich nicht alles stehen und liegen gelassen und nicht Tag und Nacht in deiner Küche geschuftet, würdest du jetzt immer noch ohne Praline dastehen.« Lillie unterbricht ihren eigenen Redeschwall nur kurz, um Luft zu holen, dann fährt sie langsamer fort: »Was glaubst du, was ich in meiner Konditorei in Brüssel mache? Ich entwickle ständig neue Pralinen. Auch wenn das normalerweise nicht zwei Wochen, sondern fünf Monate dauert und ich nicht an mein Sparkonto muss, um die Zutaten dafür einzukaufen.«

»Die Jabuticaba-Füllung war aber meine Idee. Wir reden hier also quasi über geistiges Eigentum, ich bin der Erfinder der Praline, du nur die ausführende Handwerkerin.«

»Geistiges Eigentum«, wiederholt Lillie Woutens kopfschüttelnd. Sie mustert Gabriel kühl. »Ich dachte, du hast mit dem Koksen aufgehört?«

Gabriel fehlen die Worte. Eines von mehreren Zeichen dafür, dass er zumindest heute nicht gekokst hat. Was Lillie ja auch nicht wirklich angenommen hat, sie wollte den unverschämten Kerl nur ein bisschen ärgern. Das ist ihr offenbar gelungen. Seine Augen werden groß, seine Unterlippe rutscht ein bisschen nach vorne, sein Adamsapfel hüpft rauf und runter wie ein ungelenker Hürdenläufer. Dann lässt er die Schultern hängen und beginnt zu weinen.

»Na, na, na«, sagt Lillie und reicht ihm ein Stück Küchenpapier. Mit weinenden Männern kann sie schlecht umgehen.

Er wischt sich ungelenk über die nassen Wangen, murmelt etwas von seinen Töchtern und seiner Frau, die seine große Liebe ist, und letzter Chance.

»Wir werden uns schon irgendwie einig werden«, sagt Lillie, damit er mit dem Geflenne aufhört.

Gabriel Petit zieht die Nase hoch. »Wir könnten die Praline ja auch zusammen vermarkten, unter einem ganz anderen Namen. Und dann schreiben wir dazu, dass wir sie gemeinsam entwickelt haben.«

Auf keinen Fall, denkt Lillie. Gabriel kann die Praline auf der Hochzeit servieren, danach ist es ihr Baby. Aber das sagt sie ihm jetzt noch nicht. Sie mag Streit nicht besonders, davon werden ihre Hände so zittrig, und mit zittrigen Händen kann kein Mensch anständige Pralinen machen. Sie muss noch 170 Stück für die Hochzeit herstellen. Danach wird sie ihren Kühltunnel einpacken und sich ein feines, leeres Ladenlokal in der Amsterdamer Innenstadt suchen. Lillie will schon lange expandieren, jetzt ist die perfekte Gelegenheit dazu. Das Startkapital hat sie inzwischen zusammengespart, die neue Woutens-Praline wird für die nötige PR sorgen. Da kann Gabriel so oft »geistiges Eigentum« krakeelen, wie er will. Sie ist diejenige, die Pralinen herstellen kann, und sie ist diejenige, die das Rezept für die köstliche Kreation hat.

Wenn sie länger in Amsterdam bleibt, könnte Lola den Laden in Brüssel managen. Beim Gedanken an ihre Zwillingsschwester muss Lillie unwillkürlich lächeln. Bis auf die Frisur – Lillie trägt einen aschblonden, kinnlangen Bob, Lola etwas langweilige naturbraune Wellen – sehen sie völlig identisch aus. Charakterlich könnten sie aber kaum unterschiedlicher sein. Lola ist gewissenhaft und vorsichtig, sie schreibt in ihrer Freizeit wohlwollend besprochene, aber schlecht verkäufliche Gedichte und glaubt an Engel und die Ehe. Lillie ist ehrgeizig und wild, sie verbringt den Großteil ihrer Freizeit im Geschäft und glaubt an sich und ihre Unabhängigkeit.

Gabriel berührt Lillie am Arm, wie zufällig streift er dabei ihren Busen. Nee, nee, denkt sie, der Zug ist nun wirklich abgefahren.

»Lass uns gemeinsame Sache machen, okay? Diese Praline ist gut genug, um uns beide reich zu machen. Und ich weiß natürlich, dass das auch dein Verdienst ist.«

Wahrscheinlich ist auch ihm eben eingefallen, dass sie die Einzige ist, die das exakte Rezept hat, denkt Lillie und lächelt unbestimmt. Sie reißt noch ein Stück Küchenpapier ab. »Putz dir erst mal die Nase.«

20

Dabei hat der Tag so gut begonnen. Mit zwei Croissants und einem Schüsselchen fast perfektem Orchideen-Sorbet zum Frühstück. Und einer Tür, die sich plötzlich so leicht aufschließen lässt, als hätte sich ein Profi darum gekümmert.

Mit einem ungewohnt breiten Lächeln auf den Lippen betritt Femke Baas um Punkt neun Uhr am Mittwochmorgen das Golden Forks. Sie mag es, wenn sich Probleme ganz von selber lösen, passiert ja sowieso viel zu selten. Sie geht in die Küche, nickt den beiden Hummern im Glaskasten zu, stellt zwei Tüten mit frischem Obst und Gemüse ab und schüttet einen herrlich altmodischen Filterkaffee auf. Sie will ein bisschen Papierkram machen, ein paar Gläubiger vertrösten, später weiter an den veganen Rezeptideen für die van Lockhorst-Hochzeit arbeiten. Um elf Uhr soll Jack kommen. Ob er sich gestern noch um das Schloss gekümmert hat, ohne ihr etwas davon zu sagen? Zutrauen würde sie es ihm. Die Dunstabzugshaube hat er jedenfalls gleich am ersten Tag repariert. Nur zehn Minuten hat das gedauert, dafür hat er mehr als doppelt so lange gebraucht, um eine Zwiebel in viel zu große, viel zu unregelmäßige Stücke zu hacken. Auch ansonsten ist er in der Küche nicht zu gebrauchen. Er kann nicht schneiden oder filetieren, Dämpfen nicht von Blanchieren unterscheiden und hat keine Ahnung, wie man Soßen bindet. Sogar ein Pastinaken-Soufflé hat er zerstört, weil er ihr nicht zugehört und den Ofen zu früh aufgemacht hat. »Was sind Pastinaken?«, hat er dann auch noch wissen wollen. Femke hat ihm erklärt, dass er ein hoffnungsloser Fall ist und ihm aufgetragen, den Boden im Eingangsbereich zu saugen. Jack hat gesaugt und gelacht. Gibt es auch viel zu selten: Leute, die mit ihr zusammenarbeiten können und ihre gute Laune nicht verlieren.

Femke schüttet Kaffee in ihre pinke Tasse. Ruhig ist es heute hier. Nicht mal der Kühlschrank surrt. Sie denkt daran, wie leicht die Tür plötzlich aufging. Der Schlüssel! Hat sie ihn eben nicht nur ein- statt zweimal im Schloss umdrehen müssen? Hat sie am Vorabend vergessen abzuschließen? Das passiert ihr eigentlich nie. Wenn sie aber doch abgeschlossen hat, bedeutet das …

Plötzlich fühlt sich Femke Baas beobachtet. Ruckartig dreht sie sich um. Aber da ist niemand, nur die Hummer. Die Angst vor einem Eindringling weicht der Angst davor, verrückt zu werden.

Femke nimmt den Kaffee und geht ins Büro. Die Tür ist nur angelehnt, auch das kommt ihr kurz komisch vor. Sie stößt sie mit einem Fuß auf und lässt mit einem Aufschrei ihre Tasse fallen. Heißer Kaffee spritzt auf ihren Rock, dringt durch die Nylonstrumpfhosen.

»Bonjour, Madame Baas«, sagt der Mann, der an ihrem Schreibtisch sitzt und mit so einem albernen bunten Drehwürfel spielt, als wäre er in seinem Wohnzimmer. Obwohl er dort wahrscheinlich keinen Anzug tragen würde.

Femke Baas bricht der kalte Schweiß aus.

»Entschuldigen Sie vielmals, ich habe mich noch gar nicht vorgestellt«, sagt er in holprigem Englisch, während er den Drehwürfel in seine Sakkotasche gleiten lässt. »Albert de la Roche.«

Scheiße, denkt Femke. Scheiße, Scheiße, Scheiße. Immerhin: nicht von der Polizei. Aber gute Neuigkeiten sehen auch anders aus. Sie mustert diesen Franzosen, der ungefähr in ihrem Alter sein muss: Sein Haar sieht aus wie der Flaum eines grauen Entenkükens, er trägt eine eckige Brille mit dünnem Metallrand. Seine Haut ist großporiger, die Nase röter und der Bauch runder, als sie es von Fotos in Erinnerung hat. Trotzdem ist er unverkennbar. »DER Albert de la Roche?«

Monsieur de la Roche nickt hoheitsvoll. »Wie er leibt und lebt.«

Femke steigt über die Porzellanscherben und die Kaffeepfütze auf den Fliesen und setzt sich dem berühmten Winzer, dem eines der bekanntesten Weingüter Frankreichs gehört, gegenüber.

»Es tut mir leid, dass ich Sie erschreckt habe. Ich schulde Ihnen eine neue Tasse.«

Er riecht gut, nach teurem Pfeifentabak, und ganz leicht nach Wacholder. Femke runzelt die Stirn.

»Eine neue Tasse und ein neues Sofa«, sagt Femke auf Französisch. Es überrascht sie immer wieder, wie gelassen sie selbst dann noch klingt, wenn sie kurz vor einem hysterischen Anfall steht.

Nun ist es an Monsieur de la Roche, seine Stirn in Falten zu legen. »Ein Sofa?«

»Blutflecken lassen sich ganz schlecht aus Leinenstoff entfernen.« Femke hält ihre Hand hoch, auf der immer noch ein großes Pflaster klebt. »Ich nehme an, dass Sie es waren, der mich neulich in der Stadt bis zu meiner Wohnung verfolgt und anschließend hier in meinem Weinkeller herumgeschnüffelt hat?«

»Das war Alexandre, mein Sohn. Aber er hat nichts von einem Sofa gesagt.« Er blickt auf Ihre Hand. »Ich hoffe, Sie haben sich nicht ernstlich verletzt.«

»Sie benutzen das gleiche Rasierwasser wie Ihr Sohn?«

»Er benutzt das gleiche Rasierwasser wie ich.« De la Roche lacht, nimmt seinen Hut, den er auf ihren Schreibtisch gelegt hat, lässt ihn zwei Runden auf dem Zeigefinger kreiseln und legt ihn wieder ab. »Sie haben eine gute Nase. In unseren Metiers ist das von großem Vorteil.«

»Zu Ihrem Metier zählen Sie auch das Einbrechen?«

Albert de la Roche schaut zum Fenster, durch das man ein Stück des grauen, nassen Amsterdamer Aprilhimmels sieht. »Bei besserem Wetter hätte ich heute draußen auf Sie gewartet. Aber ich dachte, Sie freuen sich sowieso, wenn sich endlich jemand um Ihr Schloss kümmert. Ist Ihnen schon aufgefallen, dass es nicht mehr klemmt?«

Femke Baas ist bekannt für Ihre scharfe Zunge und ihre Schlagfertigkeit, aber jetzt fällt selbst ihr nicht mehr viel ein. »Ist Ihnen schon aufgefallen, dass Sie unverschämt sind? Unverschämt und kriminell.«

»Meine Frau hat so etwas wohl mal erwähnt.«

Er bückt sich, nimmt etwas vom Boden und stellt kurz darauf eine Weinflasche auf den Tisch. Ein Château de la Roche, aus dem Bordeaux, von 2000, im Original ein absoluter Spitzenjahrgang. Aber leider sieht es nicht danach aus, als hätte de la Roche ihr ein kostbares Geschenk mitgebracht. Die Flasche ist leer, und Femke erinnert sich daran, dass sie vor einigen

Monaten fünf solcher Flaschen mit einer sorgfältig kreierten Mischung aus Supermarktweinen gefüllt hat. Sie fand das Ergebnis hervorragend, fürchtet aber, dass ihr Besucher das möglicherweise anders sieht.

Albert de la Roche lächelt. »Henk hat mich auf die Idee gebracht, Sie zu besuchen.«

Ein Schatten breitet sich in Femke aus, beginnt an ihren Eingeweiden zu nagen, während sie krampfhaft überlegt, wie sie aus dem Schlamassel wieder rauskommen soll. Ihr fällt nichts ein, außer die Ahnungslose zu spielen. Vielleicht ist das keine schlechte Strategie. Könnte doch auch sein, dass sie beim Weinkauf auf einen Schwindler hereingefallen ist. »Welcher Henk?«, fragt sie deshalb einfach mal.

De la Roche überhört die dumme Frage und deutet auf die Flasche, die von seinem Weingut stammt. »Das war ein Meisterwerk.«

»Ohne Frage einer Ihrer besten Weine«, lobt Femke.

»Einer IHRER besten Weine trifft es vermutlich besser. Sie sind eine Künstlerin.«

Femke gibt sich Mühe, keinen Muskel in ihrem Gesicht zu bewegen. Sie weiß von nichts. Das wiederholt sie in Gedanken so oft, bis sie mit einer einigermaßen überzeugenden Stimme sagt: »Einer der besten Weine, die ich je eingekauft habe, das ist sicher.«

Albert de la Roche schmunzelt.

»Henk Peerenboom war ein guter Kunde von mir. Vor seinem tragischen Tod war er etwa einmal pro Jahr auf unserem Weingut zu Besuch, hat neue Jahrgänge probiert, für gut betuchte Kunden eingekauft und wir haben gefachsimpelt. Bei seinem letzten Besuch hatte er allerdings keine guten Nachrichten. Er war auf einer Weihnachtsfeier in Amsterdam eingeladen ...«

Diese blöde Weihnachtsfeier, denkt Femke, einer ihrer einzigen größeren Aufträge im letzten Jahr.

»...das Essen kam von Golden Forks und war wohl vorzüglich. Etwas mit Gans, wenn ich mich richtig erinnere.«

Ente, denkt Femke, es war Ente.

»Zum Hauptgang gab es einen Château de la Roche, allerdings aus dem Jahre 2004, also ein etwas günstigeres Exemplar als dieses hier. Henk war sich nicht sicher, ob das Etikett echt war, leider hatte er keine Möglichkeit, die Flasche mitzunehmen. Der Wein aber, und da war er sich sicher, war kein Château de la Roche, es fehlte die Veilchen-Note. Er wollte mit Ihnen darüber sprechen, zwei Tage, nachdem er bei uns war. Ich habe nie wieder etwas von ihm gehört, bis zu der Nachricht von seinem Tod.«

De la Roche blickt sie vielsagend an. Er weiß es.

Der Schatten in Femkes Unterleib reißt sein Maul auf, fetzt ihren Magen in Stücke und spuckt die Reste nach oben. Sie greift nach dem erstbesten Behälter – das ist nun mal Albert de la Roches Hut – und kotzt hinein.

Albert de la Roche schiebt ein Stofftaschentuch über den Schreibtisch und lehnt sich zurück. Er sieht nicht angeekelt aus, eher leicht belustigt. »Ich schulde Ihnen eine Tasse und möglicherweise auch ein neues Sofa. Sie schulden mir einen neuen Hut. Wenn das keine gute Geschäftsgrundlage ist.«

Femke wischt sich den Mund an Alberts Stofftaschentuch ab.

»Falls Sie mich erpressen wollen: Ich habe kein Geld.«

»Erpressung, Erpressung. Liebe Madame Baas, was denken Sie bloß von mir!«

Ohne ein weiteres Wort steht er auf. Mit spitzen Fingern wirft er den Hut samt seinem unappetitlichen Inhalt in den Abfalleimer und verlässt das Büro. Femke denkt schon, dass das alles vielleicht nur ein böser Traum ist. Aber in ihren Träumen riecht es nie so unangenehm, und da ist de la Roche auch schon zurück. Er hat ihr ein Glas Wasser aus der Küche geholt.

»Lassen Sie uns offen sprechen. Unser Weingut produziert guten Wein, aber mit knapp zwei Hektar haben wir nur wenig Anbaufläche. Wir füllen pro Jahr etwa 6000 Flaschen ab, könnten aber weitaus mehr verkaufen. Und wie Sie ja auch schon festgestellt haben, schmecken die allermeisten Leute sowieso nicht so genau, was sie da trinken.«

»Außer ein Master Sommelier.«

»Auch Master Sommeliers haben schon alte Weine über den grünen Klee gelobt, die sich dann später als gar nicht so alte Fälschungen erwiesen haben. Nicht umsonst konnte Kurniawan so groß werden.«

»Sitzt der nicht im Gefängnis?«

De la Roche schaut nach oben und sieht aus wie einer, der jetzt gerne eine Pfeife hätte, um Luftringe an die Decke zu blasen. »Kurniawan hat Fehler gemacht.«

Femke trinkt noch einen Schluck Wasser. »Erzählen Sie mir gerade, dass Sie nicht nur Winzer, sondern auch Weinfälscher sind?«

»Fälscher, ich mag dieses Wort nicht. Weder bei Künstlern noch bei Weinkennern. Schadet es denn jemandem, wenn ein paar Flaschen Château de la Roche mehr verkauft werden, als abgefüllt wurden? Nein, im Gegenteil. Es freut die Menschen, die eine weitere sündhaft teure Weinflasche in ihren Keller legen. Es freut die Menschen, die diese gut gelungenen Weinkopien herstellen. Und in den seltenen Fällen, in denen sie involviert sind, freut es auch die Weingüter.«

Femke nickt langsam. Sie beginnt ihn zu mögen, diesen Albert de la Roche, obwohl sie ihm übel nimmt, ihr so viel Angst eingejagt zu haben. Ein Winzer, der nebenbei Wein fälscht, wer hätte das gedacht.

»Vielleicht könnte man es so ausdrücken: Wir sind Weinkenner, die verstanden haben, dass die Welt nur ein Spiel ist«, sagt er noch.

»Wie philosophisch.«

»Philosoph bin ich auch.«

Femke denkt an Henk Peerenboom. Sie hofft, dass er nicht noch anderen Leuten von seinem Verdacht erzählt hat.

»Waren Sie mit Henk befreundet?«

Albert de la Roche wiegt den Kopf. »Sagen wir: Ich habe ihn fachlich sehr geschätzt. Henk war ein absolutes Ausnahmetalent. Hätte er sich auf unsere Seite geschlagen, hätte er damit viel Geld verdienen können. Wenn wir bei unserem Bild bleiben wollen, hat er wohl einfach die falsche Karte auf den Tisch gelegt und ist aus dem Spiel geflogen.«

Femke denkt, dass dieser de la Roche zwar aussieht wie ein gütiger Märchenonkel, sie an Kaltblütigkeit aber möglicherweise noch überbietet.

»Aber Henk wusste sicher nicht, dass Sie ebenfalls …?«

»Mon Dieu, natürlich nicht.«

Femke will nicht länger an Henk denken, sie wechselt das Thema:

»Warum haben Sie mich verfolgt, Monsieur de la Roche? Warum sind Sie hier eingebrochen?«

»Eingebrochen ist noch so ein unschönes Wort.«

»Nennen Sie es, wie Sie wollen.«

»Ich habe gerne ein deutliches Bild von Leuten, bevor ich Ihnen eine Zusammenarbeit anbiete. Ich halte große Stücke auf Ihr handwerkliches Können«, er deutet auf die leere Weinflasche, »und ich schätze Mitarbeiter, die Probleme so schnell und endgültig lösen, wie Sie es offenbar nach Ihrem Treffen mit Henk getan haben.« Er blickt zum Abfall, aus dem sein Hut inzwischen wirklich ungut riecht. »Auch wenn Ihre Nervenstärke noch nicht so gut ist, wie sie sein sollte. Aber das kann man trainieren.«

»Zusammenarbeit?«

Albert de la Roche öffnet den Mund, aber dann klingelt es an der Tür und er schließt ihn wieder.

Femke schaut auf die Uhr. Es ist erst zehn, zu früh für Jack. Es klingelt wieder.

»Vielleicht ein Kunde? Gehen Sie ruhig hin, ich warte.«

Durch ein Fenster in der Tür sieht Femke einen großen Mann mit müdem Gesicht. Sie kennt ihn nicht.

Im Normalfall kommen Kunden nicht einfach vorbei, sondern lassen ihre Sekretärinnen anrufen. Aber der Mann wirkt sowieso nicht wie einer, der die Dienste eines teuren Caterers in Anspruch nimmt. Seine Jeans sieht billig aus, darüber trägt er ein T-Shirt und eine abgewetzte Lederjacke, in der Hand hält er eine Aktentasche, wie man sie beim Discounter bekommt. Nein, wenn dieser Mann Essen bestellt, dann bei der nächsten Pizzeria. Vermutlich kommt er vom Gas-Wasser-Werk oder will ihr neue Küchengeräte aufschwatzen.

Sie öffnet.

»Sind Sie Femke Baas?«, fragt er mit tiefer Stimme.

»Ich habe nur wenig Zeit.«

Er zieht eine Polizeimarke aus der Innentasche seiner Jacke und hält sie ihr hin. »Mein Name ist Wessel de Boer, Hoofdcommissaris. Ich möchte mit Ihnen über Henk Peerenboom sprechen.«

21

Zur gleichen Zeit, keine zehn Kilometer südlich, trifft man sich auf Aries Hausboot zur Lagebesprechung, stellt aber schnell fest, dass es nicht so viel zu besprechen gibt.

»Du warst jetzt schon zwei Tage bei Femke Baas in der Küche und hast keine Ahnung, an welchem neuen, unglaublich tollen Gericht sie arbeitet?«, fragt Maddie.

»So ist es«, sagt Jack. »Aber sie kocht die ganze Zeit Sachen mit Obst und Gemüse, von denen ich noch nie gehört habe.« Er zieht ein zerknittertes Blatt Papier aus der Hosentasche und liest so langsam vor, als hätte er Mühe, seine eigene Schrift zu entziffern. »Petersilienwurzel, Pastinake, Gelbe Bete, Meerkohl, Felsenbirnen-Gelee, PawPaw, Jujube.«

»Pastinaken gibt es in Schweden an jeder Ecke. Aber was bitte ist Meerkohl?«, wundert sich Elin.

»Eine alte mehrjährige Gemüsesorte, die auch mit salzigem Boden klarkommt und nur noch ganz selten angebaut wird. Die Blätter schmecken ähnlich wie Kohl, besonders lecker sind aber die Sprossen, die erinnern ein wenig an Spargel«, erklärt Jan, während er versucht, Fru Gunilla davon abzuhalten, die Küche auf den Kopf zu stellen. Noch eine Woche, denkt Jack, und dieses Eichhörnchen wird das ganze Hausboot auseinandernehmen. Es muss dringend ausgewildert werden, bevor es dafür zu spät ist. Dann kann er wieder gar nicht richtig denken, weil Maddie so sinnlich an ihrem Ohrläppchen reibt, das macht sie manchmal, wenn sie nachdenkt.

»Klingt so, als würde sie mit alten Gemüsesorten herumprobieren. Neue Rezepte entwickeln vielleicht.«

Arie schüttet eine Runde Kaffee ein. »Hat Maarten van Lockhorst das mit einer kulinarischen Neuheit gemeint? Da finde ich die Pralinen von Gabriel aber spannender.«

Jack reißt seinen Blick von Maddie los. »Ich bin ja nicht die ganze Zeit bei ihr in der Küche. Außerdem ist es möglich, dass sie ihr Rezept so geheim halten will, dass sie es nur zu Hause zubereitet.«

»Kannst du sie nicht einfach mal fragen, warum sie so viele Gemüsesachen ausprobiert? Und ob sie demnächst einen neuen Auftrag hat?«

Warum muss Maddie ihn eigentlich immer so anzicken? Ist sie einfach so oder nimmt sie ihm immer noch übel, dass er ihre Wohnung fluchtartig verlassen hat? War ohne Frage selten dämlich von ihm. Jack haut gerne ab, wenn es schwierig wird, aber in diesem Fall wünschte er sich, er hätte es nicht getan. Er sollte sich irgendetwas einfallen lassen, irgendetwas, dass Maddie davon überzeugt, dass er eigentlich gar kein Arsch ist.

Aber jetzt muss er ihr vielleicht erst mal antworten:

»Ganz blöd bin ich auch nicht. Aber sie hat nur gesagt, dass sie an einem veganen Menü für eine Hochzeit arbeitet.«

»Vielleicht hat sie irgendwo in der Küche oder im Büro ein Buch mit ihren Rezeptideen liegen«, überlegt Jan.

»Ich kann ja schlecht ihre Schränke durchsuchen.«

Maddie will etwas sagen, aber Jack hebt die Hände. Sein linker Daumen ist mit mehreren Lagen Pflastern umwickelt, an seiner rechten Hand hat er zwei Brandblasen. »Ihr könnt nicht sagen, dass ich keine Opfer bringe. In der Küche helfen ist gefährlicher, als ich dachte.«

»Wir hätten eine Gefahrenzulage aushandeln sollen«, sagt Arie, und es klingt kein bisschen ironisch.

»Ist Femke Baas eigentlich wirklich so ein Drachen?«, fragt Jan.

Jack überlegt ein bisschen. »Sie wirkt eher so, als ob ein Drache hinter ihr her wäre.«

»Wie meinst du das?«, will Arie wissen.

»Sie ist so schreckhaft, bei jedem lauten Geräusch zuckt sie zusammen.«

»Vielleicht ist sie mal überfallen worden.«

»Vielleicht. Ein bisschen einsam wirkt sie auch.«

»Kein Wunder, wenn sie so ist wie in der Kochshow«, gibt Jan zu bedenken.

»Eigentlich ist sie ganz nett«, sagt Jack.

»Was hat sie noch mal gesagt? Mit dem Gesicht solltest du lieber nicht in einer offenen Küche arbeiten, weil dann alle Angst haben, dass ein Pickel ins Essen platzt? Ganz nett würde ich das nicht nennen.«

»Ach, vielleicht stand das so in ihrem Script, oder sie haben die Sendung doof geschnitten.« Jack wundert sich selber darüber, dass er für Femke Baas in die Bresche springt. Er kennt sie erst ein paar Tage, aber irgendwie mag er sie.

»Er mag sie«, folgert Maddie, und ihre Stimme klingt ein bisschen spitzer als sonst. Jack denkt, dass er ihr vielleicht doch nicht ganz egal ist. Sein Herz macht einen kleinen Hüpfer. Dich, denkt er, während er Maddie anschaut, dich mag ich noch viel, viel lieber.

»Jetzt grins doch nicht immer so blöd«, fährt Maddie ihn an.

Nur ihre Wut, die manchmal so aus ihr heraussprudelt wie die Kohlensäure aus einer Sektflasche, die ist Jack ein bisschen unheimlich.

»Wir brauchen eine andere Strategie«, stellt Arie fest. Keinem fällt etwas ein, aber alle nicken zustimmend. Bis auf Elin. Die schreibt hoch konzentriert etwas in ein Notizbuch.

Jan schaut ihr über die Schulter. »Schreibst du jetzt doch ein Buch über uns?«

Elin zuckt zusammen, dann lächelt sie. »Weiß ich noch nicht so genau. Sowieso nur, wenn ihr alle damit einverstanden seid. Und falls der Fall genug Stoff bringt.«

»Als ich klein war, wollte ich immer mal in einem Film mitspielen. Aber in einem Buch, das ist doch fast genauso gut«, grinst Jack. »Also ich bin einverstanden, vorausgesetzt du änderst meinen Namen.«

»All unsere Namen«, sagt Maddie. »Außer Aries Nachname, der ist zu witzig.«

»Ha, ha, ha«, sagt Arie.

Elin lächelt. »Ich ändere so viele Namen, wie ihr wollt. Ich brauche auch noch ein Pseudonym. Es sollte etwas Holländisches sein, damit es so klingt, als ob ich mich hier auskenne. Das verkauft sich dann besser.«

»Hast du schon eine Idee?«, fragt Maddie.

»Maja Mooijman vielleicht? Oder was haltet ihr von Amy Achterop?«

»Maja Mooijman klingt literarischer, aber mir gefällt Amy Achterop trotzdem besser«, meint Maddie.

»Achterop, wie in *hintendrauf*?«, wundert sich Jack. »Verstehe einer die holländischen Nachnamen.«

Arie sieht eher skeptisch aus. »Will das denn überhaupt jemand lesen? Der erste Fall für Amsterdams schrägste Detektei? Sofern wir hier überhaupt von einem Fall sprechen können.«

»Schrägste Detektei! Was soll das denn heißen? Ich dachte, wir avancieren gerade zur *besten* Detektei der Stadt«, protestiert Jan.

Elin erzählt, dass sie am Vortag ihren Agenten in Stockholm angerufen hat. »Lasse meint, True Crime würde sich gerade gut verkaufen.«

Maddie lacht, dass ihre Augen schmale Schlitze werden. »Bis jetzt ist es eher True Soap als True Crime, findet ihr nicht?«

22

Wäre Femkes Magen nicht schon leer gewesen, hätte sie diesem Commissaris noch in der Haustür auf seine großen, abgewetzten Lederschuhe gekotzt, so übel ist ihr. Vielleicht wäre er dann wieder gegangen, aus Angst, sich mit einer fiesen Magen-Darm-Geschichte anzustecken, und sie hätte ein paar Tage Aufschub gehabt. Sie hätte schnell ein paar Sachen zu Geld machen können, die Wohnung untervermieten vielleicht, obwohl es sie bei dem Gedanken schüttelt, und in wärmere Gefilde fliehen. Vielleicht hätte Albert de la Roche sie auch in seinem Kofferraum über die Landesgrenzen schmuggeln können.

Aber alles, was sie hätte auskotzen können, stinkt schon im Hut von einem der erfolgreichsten Winzer und offenbar auch einem der gerissensten Weinfälscher vor sich hin. Diesen Wessel de Boer hat sie nur sauer angerülpst.

»Entschuldigen Sie, mir geht es heute nicht so gut«, hat sie gesagt.

Hat ihn aber nicht interessiert, er ist einfach reingekommen. Immerhin hat Femke ihn davon abhalten können, ins Büro zu gehen. »Setzen wir uns doch gleich hierhin«, hat sie gesagt und auf die Sofaecke im Besucherraum gedeutet.

De Boer nimmt Platz. »Schlimmes Wetter heute.«

»Und es sieht nicht so aus, als würde es in den nächsten Tagen besser werden«, sagt Femke – nicht weil sie den Wetterbericht gesehen hätte, sondern weil sie in einer Stadt lebt, in der gerne gemoppert wird. Über das Wetter, den Verkehr, die Preise, die Fußballergebnisse. Zwischen den Grachten gilt Gemoser als vielleicht regionalste Form des Smalltalks.

Aber dann will Wessel de Boer leider nicht weiter über Nichtigkeiten jammern. Den Kaffee, den sie ihm anbietet, will er auch nicht. Nur doofe Fragen stellen: Wie lange und wie gut sie Henk Peerenboom gekannt hat, zum Beispiel.

Femke stützt ihren Kopf in die linke Hand – einmal, weil ihr schwindelig ist, zum anderen, weil sie glaubt, dass sie in dieser Haltung nachdenklich und glaubwürdig wirkt. Kurz denkt sie an Albert de la Roche, der gerade in ihrem Büro sitzt, und sein Angebot. Sie sagt: »Wenn ich mich richtig erinnere, haben wir uns auf einer Weinmesse kennengelernt. Vor fünf Jahren etwa. Ich kann immer noch nicht glauben, dass er tot ist.«

»Wie war Ihr Verhältnis?«

»Rein geschäftlich. Wir sind uns meistens eher zufällig begegnet, ein-, zweimal im Jahr vielleicht, und haben dann ausschließlich über Weine und Essen gesprochen.«

»Wissen Sie, ob Meneer Peerenboom liiert war?«

»Er hat nie eine Freundin oder einen Freund erwähnt, aber wir kannten uns ja auch nicht so gut.«

Wessel de Boer zieht die rechte Augenbraue hoch. Er sitzt ihr gegenüber, ein Bein auf dem anderen und obendrauf ein blaues Heft. Jetzt schreibt er etwas hinein.

»Mevrouw Baas, können Sie mir sagen, wann Sie Henk Peerenboom zum letzten Mal gesehen haben?«

Femke hat mit dieser Frage gerechnet, trotzdem trifft sie sie mit der Wucht eines Baseballschlägers. Kurz sinkt sie ausgeknockt im Stuhl zurück, dann rappelt sie sich wieder auf.

Die große Kunst des Lügens besteht darin, möglichst dicht an der Wahrheit zu bleiben. Und da dieser Polizist bei ihr aufgetaucht ist, weiß er vermutlich schon, wann Henk und sie sich getroffen haben. Vielleicht hat der Idiot das in seinen Terminkalender geschrieben. Oder jemand hat sie gesehen. Im schlimmsten Fall hat Henk nicht nur Albert de la Roche erzählt, dass er sie des Weinfälschens verdächtigt und deshalb treffen will.

»Irgendwann im Februar, glaube ich.«

»Können Sie das genauer sagen? Haben Sie es vielleicht in Ihrem Terminkalender notiert?«

»Eher nicht. Ich weiß nämlich noch, dass wir uns ganz spontan getroffen haben. Henk hat abends bei mir angerufen und gefragt, ob ich nicht Lust auf einen kleinen Spaziergang hätte.«

»Ein Spaziergang an einem Februarabend?«

»Es war ein schöner Februarabend. Kalt, aber windstill, und in den Lichtern der Abendlaternen glitzerte der Raureif.«

»Eben haben Sie mir erzählt, dass Ihr Kontakt rein geschäftlich war.«

»Vielleicht wollte er das ändern«, Femke zuckt mit den Schultern und spielt mit einer Haarsträhne. »Aber nein, das glaube ich eigentlich nicht. Er hat jedenfalls nicht versucht, mich zu küssen oder so etwas.« Femke lacht kurz auf, dann wird sie wieder ernst. »Nein, ich glaube, er brauchte einfach ein wenig Bewegung, weil er im Vorfeld irgendwo zum Essen und zur Weinprobe eingeladen war. Wenn man im Job so viel drinnen sitzt, ist es sicher schön, mal ein wenig an die frische Luft zu kommen.«

»Und Sie?«

»Mir kann Bewegung auch nicht schaden.«

»Worüber haben Sie gesprochen?«

»Über nichts Besonderes. Zum Beispiel darüber, dass einige Winzer in Südeuropa auf andere Rebsorten umstellen müssen, weil es immer heißer und trockener wird. Außerdem hat Henk erzählt, dass die ersten portugiesischen Weingüter ihre Flaschen mit Schraubverschlüssen statt mit Korken verschließen. Vor einigen Jahren wäre so ein Frevel undenkbar gewesen. Noch dazu in Portugal, das Land, in dem die Korkeichen wachsen.«

»Mehr nicht?«

»Für eine Köchin und einen Sommelier sind das ziemlich spannende Themen.«

»Haben Sie Familie, Mevrouw Baas?«

Femkes Lippen werden ganz schmal, sie hasst diese Frage, die ihr seit ihrem 30. Geburtstag so oft gestellt wird wie kaum eine andere. »Keine Kinder, seit etlichen Jahren Single, nie verheiratet gewesen. Familie und Sterneküche passt nicht besonders gut zusammen. Und Sie?«

Wessel de Boer antwortet nicht auf Ihre Gegenfrage, aber von seiner rechten Hand glänzt sie ein noch ganz und gar unverkratzter goldener Ehering an.

»Haben Sie und Henk Peerenboom jemals zusammengearbeitet?«

»Sie meinen, dass ich mich um das leibliche Wohl der Gäste gekümmert habe und Henk den Wein ausgesucht hat?«

»Zum Beispiel.«

»Nein, haben wir nicht. Ich wähle den Wein zu meinen Menüs in der Regel selbst aus.«

»Woher beziehen Sie den Wein?«

»Aus dem Laden, oft auch direkt von Weingütern.«

Femke weiß nicht, ob de Boer einfach nur im Trüben fischt oder ob er schon ein Netz ausgelegt hat. Weiß er, dass Henk sie verdächtigt hat, Weine zu fälschen? Dann hätte sie nicht nur Gelegenheit dazu gehabt, den Sommelier umzubringen, sondern auch ein Motiv. Wenigstens hat sie die Korken schon vor Wochen verschwinden lassen. Und es ist ja schließlich nicht verboten, alte, leere Weinflaschen aufzubewahren. Ihr Weinkeller würde bei einer Durchsuchung also keine größeren Probleme machen. Falls sie nicht die ein oder andere Weinflasche vom Experten prüfen lassen würden.

Zum Glück stellt der Polizist aber sowieso keine Fragen mehr zum Wein. Stattdessen will er wissen, welchen Eindruck Henk auf sie gemacht hat. So wie immer, ein bisschen angetrunken vielleicht.

Das mit dem angetrunken hat Femke sich schon früher überlegt. Es stimmt zwar nicht, aber es wäre eine hübsche Erklärung. Angetrunkener Mann läuft nachts durch die Stadt, stolpert, fällt in die Gracht, stirbt. Das soll in Amsterdam öfters vorkommen.

De Boer zieht einen Stadtplan aus der Aktentasche, faltet ihn umständlich auseinander und breitet ihn vor ihr auf dem Couchtisch aus. »Zeigen Sie mir bitte, wo Sie mit Henk Peerenboom spazieren gegangen sind.«

Mit einem Kugelschreiber markiert Femke ein paar Grachten, die ziemlich nah dran an der Wahrheit sind. Nur für den Fall, dass jemand sie beobachtet hat. Nur die Stelle, an der Henk tot ins Wasser geplumpst ist, lässt sie weg. Reine Vorsichtsmaßnahme – gefunden wurde er nämlich etliche Grachten weiter.

Nach dem Spaziergang, so erzählt sie auf de Boers Nachfrage, sei sie nach Hause gegangen.

»Einfach so?«

»Wie, einfach so? Wieso denn nicht einfach so?«

»Ich meine: Wie haben Sie sich verabschiedet?«

»Küsschen links, Küsschen rechts, Küsschen links, Tschau und bis zum nächsten Mal. Also so, wie sich etwa 800 000 Amsterdamer jeden Tag von alten Bekannten verabschieden.«

»Mmhh«, brummt de Boer und schreibt etwas in sein Notizheft.

»Darf ich wissen, warum Sie mich das alles fragen?«

»Wir versuchen herauszufinden, unter welchen Umständen Henk Peerenboom gestorben ist.«

»So gerne ich Ihnen helfen würde, aber ich sehe nicht ganz, wie Ihnen Informationen über mein Treffen mit Henk vor so vielen Wochen weiterhelfen könnten. Es ist doch noch gar nicht so lange her, dass er …« Femke beendet den Satz nicht und fasst sich an den Mund, als würde ihr das Weitersprechen schwerfallen.

»Seine Leiche ist erst vor kurzem entdeckt worden, das stimmt. Allerdings lag sie da laut unseren Experten schon längere Zeit im Wasser.«

»Wie schrecklich!«, ruft Femke aus.

»Wir glauben, Mevrouw Baas, dass Sie die Letzte sind, die Henk Peerenboom lebend gesehen hat.«

Bald darauf geht Wessel de Boer, ohne weitere unangenehme Fragen zu stellen. Trotzdem hat Femke das ungute Gefühl, dass sie ihn noch einmal wiedersehen wird.

Egal, jetzt muss sie sich erst mal um ihren anderen Besucher kümmern. Als sie ihr Büro betritt, weht ihr kühle Meeresluft entgegen. Ihr Bürofenster steht einen Spalt offen, Albert de la Roche ist verschwunden. Seinen Hut hat er mitsamt der Abfalltüte mitgenommen.

23

Jan ist zum Geburtstag seiner Mutter nicht eingeladen, natürlich nicht. Aber nun steht er trotzdem vor der Tür des roten Backsteinhauses in Ransdorp, pünktlich zum Kaffeekränzchen. In einer Hand hält er den Haustürschlüssel, den er komischerweise nie abgegeben hat, in der anderen einen Strauß Osterglocken, der ein bisschen zerrupft aussieht, nachdem Fru Gunilla ausprobiert hat, ob Blumenstängel zum Klettern taugen. Jetzt schlummert sie in der Bauchtasche seines Kapuzenpullis, manchmal trommeln ihre winzigen Hinterpfoten gegen Jans Bauch und er denkt, dass sie gerade im Traum auf einen großen Walnussbaum klettert. Eigentlich wäre es nett, wenn sie gleich wieder aufwacht, über die Kaffeetafel flitzt, ein paar dieser hässlichen Tassen runterschmeißt und überhaupt ein bisschen Leben in die Bude bringt.

Jan späht durch das Fenster in der Haustür, sieht, dass die Garderobe voller Jacken und Mäntel hängt, und weiß, dass die anderen schon da sind. Vor dem Schuhschrank parkt der Rollator der hübschen, aber gichtgeplagten Nachbarin. Ob es wohl sein Vater war, der ihr die Treppenstufen ins Wohnzimmer hinaufgeholfen hat, den stützenden Arm enger als schicklich um ihre Taille geschlungen, und ob seine Mutter ihm deshalb nach der

Feier wieder eine Szene machen wird? Von drinnen klingt ein keuchendes Lachen. Das ist Annette, eine Freundin und Kollegin seiner Mutter. Jan muss nicht mal durchs Fenster schielen, um zu wissen, wie sie aussieht, den roten Kopf in den Nacken geworfen, die Beine zusammengepresst, als ob sie sich sonst gleich einnässen würde. Jans Onkel und seine beiden Cousins – einer von beiden hat Jan, als er noch Janine war, einmal im Garten hinter dem Holunderstrauch die Hand unter das Kleid geschoben – sind sicher auch da. Der Chef der Mutter ebenfalls, sein schwarzer Mercedes steht vor dem Haus. Die Mutter mag ihn nicht besonders, tut aber so, als ob, weil das gut für ihre Karriere sein könnte.

Jan fragt sich, was der Chef wohl sagen wird, wenn er herausfindet, dass seine langjährige Mitarbeiterin ihn angelogen hat, wenn sich ihre Tochter plötzlich als Sohn entpuppt. Wenn seine Mutter gegenüber einem normalen Mandanten wie Gabriel Petit noch immer von ihrer Tochter Janine spricht, hat sie allen anderen sicher auch nichts erzählt. Außer vielleicht den Verwandten. Das könnte erklären, warum er schon seit Jahren zu keiner Hochzeit, keiner Taufe und keiner anderen Familienfeier eingeladen wurde. Nicht dass ihm das so viel ausmachen würde. Aber noch einmal die dummen Gesichter sehen, das würde er schon gerne. Die Party sprengen, die ganze dämliche Fassade zum Einstürzen bringen. Er stellt sich vor, wie er aufschließt und ins Haus geht, seiner Mutter gratuliert und ihr einen bärtigen Kuss auf die Wange drückt. Würde sie mit den Händen wedeln, so wie sie es früher immer getan hat, wenn er auf sein Zimmer verschwinden sollte? Und sein Vater: Vielleicht würde er ihn schon in der Diele abfangen, so gute Ohren, wie er hat, ihn vielleicht im ersten Moment gar nicht erkennen, immerhin hat er ihn schon jahrelang nicht mehr und sowieso noch nie als Mann gesehen. Dann ein kurzes Aufflackern in den Augen, wenn er begreift. »Junger Mann, ich glaube, Sie haben sich in der Tür geirrt.« So etwas in der Art würde er sagen.

Jan seufzt. Drinnen lacht jetzt auch seine Mutter. Wie früher schon lacht sie gezwungen und in Moll, und das klingt so traurig, dass Jan am liebsten mitweinen würde.

Und was werden sie danach machen? Wenn sie gleich im Wohnzimmer stehen, die drei Mitglieder dieser verlorenen, kaputten Familie, nicht mal mehr geschützt von der mühsam aufgebauten Fassade? Jans Kehle fühlt sich an, als hätte er einen zu großen Eiswürfel verschluckt. Die Osterglocken rutschen ihm aus der Hand. Er lässt sie liegen, dreht sich um, geht entlang der Einfahrt, die der Vater jedes Jahr Anfang März mit Gift bespritzt, damit kein Unkraut zwischen den Pflastersteinen sprießt. Am Gartenzaun, vor dem weißen Briefkasten, neben dem er auch sein Fahrrad abgestellt hat, hält er inne.

»Happy Birthday, Mama«, sagt er leise. Es klappert laut, als der Haustürschlüssel auf den Boden des Briefkastens fällt.

Jan schiebt die frei gewordene Hand in seine Tasche und streicht über das seidige Fell seines schlafenden Eichhörnchens. Jack hat recht, denkt er plötzlich, eigentlich sollten wir sie auswildern, in einem großen, schönen Naturschutzgebiet. Er glaubt nur nicht, dass er das über sich bringt. Vorsichtig zieht er sie aus der Tasche, sie öffnet die stecknadelkopfgroßen schwarzen Augen, lässt ihre Tasthaare vibrieren und schlägt unternehmungslustig mit dem Schwanz. Jedenfalls übersetzt Jan es als unternehmungslustig, wirklich fließend ist er in der Eichhörnchensprache nämlich noch nicht. »Tut mir leid, Fru Gunilla, wir können erst später spielen«, sagt er und steckt sie in die Katzentransporttasche, die er an seinem Fahrradlenker befestigt hat.

Ransdorp ist ein 245-Seelen-Dorf, das nur sieben Kilometer nordöstlich des Amsterdamer Stadtzentrums liegt, sich aber siebzig Jahre weit weg anfühlt. Jan radelt an kleinen schmucken Holzhäusern und schmalen, von Schilf umarmten Wassergräben vorbei, durch die grüne Polderlandschaft, in der Kühe und Schafe weiden, und die ihm heute fast weh tut, so beschaulich liegt sie da im goldenen Licht der Nachmittagssonne. Die Skyline der Stadt, erst nur ein ferner Scherenschnitt am Horizont, wird von Minute zu Minute größer, das helle Blöken der Lämmer weicht Stimmengewirr und Motorengeräuschen, und eine halbe Stunde später drosselt Jan in Amsterdam-Noord das Tempo, während Fru Gunilla wie ein Hamster im Rad durch den Katzenkorb saust. Sie will raus.

»Gleich«, vertröstet Jan sie. »Hier muss es irgendwo sein, und dann fahren wir weiter nach Hause.« Jan dreht noch ein paar Runden, bis er vor dem Golden Forks steht. Drinnen ist Licht, aber Jack, das hat der gestern erzählt, hat am Wochenende frei. Jack kann jetzt Zwiebeln schmoren, Knoblauch karamellisieren und Gemüse schnippeln wie ein »Weltmeister« – jedenfalls sagt er das. Mit der Suche nach dem neuen Rezept, mit dem Femke Baas den Auftrag für die Hochzeit an Land ziehen will, ist er allerdings auch in den letzten Tagen kein bisschen weitergekommen. Am Montag werden sie Gabriel Petit wohl sagen müssen, dass sie gescheitert sind. Warum er vorher noch einmal hierherkommen wollte? Er ist sich nicht sicher, vielleicht war es einfach die erste Option, die in seinem Kopf auftauchte und Ablenkung von seinen Eltern versprach, ohne gegen das Betäubungsmittelgesetz zu verstoßen.

Fru Gunilla, die an der Seitenwand des Transportkorbes hängt, röchelt plötzlich, fällt auf den Boden und bleibt regungslos liegen. »Oh nein«, entfährt es Jan, er öffnet den Reißverschluss und kann gerade noch denken, dass er keine Ahnung hat, wie man Eichhörnchen eine Herzdruckmassage gibt, als Fru Gunilla die Augen aufreißt und mit einer fließenden Bewegung aus dem Liegen aufspringt, sich an Jans Daumen abstößt und durch den offenen Spalt nach draußen hüpft. Gesund ist sie also, das ist die gute Nachricht. Die schlechte ist, dass Fru Gunilla über den Asphalt flitzt, einem Skateboarder ausweicht, das Regenfallrohr des Golden Forks emporklettert, einen Sprung nach rechts macht und durch das auf Kipp stehende Fenster verschwindet.

»Gerettete Wildtiere sind unglaublich niedlich und können sehr zahm werden, bleiben aber immer noch Wildtiere. Und mit deren Haltung und Pflege sind die meisten Menschen hoffnungslos überfordert«, hat Jack ihn neulich belehrt, bei einem seiner Vorträge zum Thema »Warum dein Eichhörnchen in eine Auswilderungsstation gehört«. Ausgerechnet jetzt kommt ihm das in den Sinn, jetzt wo es weitaus sinnvoller wäre, wenn sein Gehirn ein paar brauchbare Lösungsansätze ausspucken würde.

Er stellt sich vor das Fenster und ruft, erst leise, dann lauter: »Fru Gunilla«. Was für ein bescheuerter Name, um ihn laut zu rufen, das haben sie nicht bedacht.

»Rufst du deinen Hund oder deine Freundin?«, fragt jemand hinter ihm. Jan dreht sich um und steht einem kleinen, dicklichen Mann mit breitem Lächeln, rot unterlaufenen Augen und Piratentuch auf dem Kopf gegenüber.

»Weder noch«, beginnt Jan.

»Ja, also ein Hund würde da auch kaum durch den Spalt passen. Vielleicht so ein Handtaschen-Chihuahua, aber die können nicht so hoch springen.« Er kichert, als hätte er den weltbesten Witz erzählt. »Also wenn es nicht dein Hund ist, ist diese Gunilla wohl eine Frau. Da bist immerhin nicht du schuld, dass sie heißt, wie sie heißt.«

»Fru Gunilla ist ein Eichhörnchen«, stellt Jan klar, dreht sich wieder dem Haus zu, stellt sich auf die Zehenspitzen und versucht, durchs Fenster zu schauen, sieht aber nur sein eigenes verschwommenes Spiegelbild. Hinter ihm krümmt sich der Piratentuchträger vor Lachen. »Genau mein Humor«, japst er.

Jan schnalzt, Jan pfeift. Fru Gunilla kommt nicht.

Aber irgendwo drinnen im Golden Forks ertönt ein spitzer Schrei, gefolgt von einem Rumpeln und Scheppern.

Jan drückt auf die Klingel.

Zwei Minuten später öffnet eine Frau die Tür. Jan erkennt sie gleich als Femke Baas, obwohl sie fülliger ist als auf den Fotos von der Kochshow, ihre schwarzen Haare sind nicht sorgfältig geföhnt, sondern streng nach hinten gekämmt und hochgesteckt. Sie hat ein breites Gesicht mit einem weichen Doppelkinn und einer schmalen, schön geschwungenen Nase. Möglicherweise sind auch ihre Lippen schön geschwungen, das sieht Jan aber nicht, weil sie so aufeinandergepresst sind. Femke sagt nichts, zieht nur eine dünne Augenbraue hoch.

»Der Typ sucht ein Eichhörnchen und eine Frau«, gackert der Piratentuchträger schräg hinter Jan.

Femke Baas' Augenbrauen wackeln kurz wie zwei Rettungsboote bei hohem Wellengang.

»Keine Frau, nur ein Eichhörnchen, mein Eichhörnchen«, beeilt sich Jan zu sagen, bevor Femke ihm die Tür vor der Nase schließt. »Es ist mir eben entwischt und durchs Fenster reingeklettert.«

»Ich dachte erst, es wäre eine Ratte.« Femke deutet mit dem Kinn auf den Mann hinter Jan. »Gehört der zu dir?«

Jan schüttelt den Kopf.

»Wir sind alle Brüder und Schwestern«, kommt es von hinten.

Femke verdreht die Augen. »So viel kann ich gar nicht rauchen.« Sie schließt die Tür hinter Jan. »Es ist in der Küche. Beziehungsweise es war vor zwei Minuten noch in der Küche.«

In der Küche stolpert Jan fast über eine gusseiserne Pfanne. Ihm kommt ihr Schrei und das Scheppern in den Sinn, er ahnt nichts Gutes. »Haben Sie …?«

»Nicht getroffen«, sagt Femke freundlich, dann schiebt sie ein nicht so freundliches »leider« hinterher und sprintet quer durch die Küche. Jetzt sieht Jan es auch: Auf der Arbeitsplatte stehen mehrere Edelstahlschüsseln, auf dem Rand der größten hockt sein Eichhörnchen und schleckt an einer weiß-lilafarbenen Masse, die sie zwischen ihren Pfötchen hält. »Gunilla«, ruft Jan, mit einem Anflug von Panik in der Stimme, weil er Femke Baas durchaus zutraut, dass sie nach dem nächsten Schlachtermesser greift und sein Eichhörnchen in der Luft filetiert. Macht Femke aber dann gar nicht, schon deshalb nicht, weil Fru Gunilla schneller ist. Sie hüpft vom Rand der Schüssel auf Femkes ausgestreckten Arm, rennt zur Schulter hoch und springt dem herbeieilenden Jan in die Hand. Wie fit sie inzwischen ist, denkt er, durchaus ein bisschen stolz.

»Das muss ich jetzt wegschmeißen«, sagt Femke und schaut in ihre Schüssel.

»Das tut mir sehr leid.« Jan stellt sich neben sie. Der Inhalt der Schüssel sieht nach Eiscreme aus, einer weiß-lila melierten wunderschönen Eiscreme. Es riecht nach Frühling, wie Pflaumenblüten, Vanille und nach etwas anderem, herberem, das Jan nicht einordnen kann. Aber wenn er nicht beide Hände mit seinem Eichhörnchen voll hätte, würde er zum nächsten Löffel greifen und probieren. »Das sieht aber schön aus. Was ist das?«

»Orchideen-Sorbet.« Das klingt, als wäre es Femke herausgerutscht, gleich sagt sie etwas lauter: »So eine Süßspeise.«

»Orchideen-Sorbet«, wiederholt Jan ehrfürchtig, weniger, weil er findet, dass sich das so wahnsinnig spannend anhört, sondern eher, weil er sehr beeindruckt davon ist, was es im Leben für unglaubliche Zufälle gibt. »Davon habe ich noch nie gehört.«

»Gibt's ja auch noch nicht.« Femke lächelt dünn. Jan ist sich plötzlich sicher: Auf der van Maarten-Hochzeit will sie Orchideen-Sorbet servieren.

»Wow, wie macht man denn Orchideen-Sorbet?«, versucht er.

»Geheim«, sagt Femke kurz angebunden.

»Da sind aber keine Mandeln drin, oder? Die sind für Eichhörnchen nämlich giftig.«

Femke kräuselt irritiert die Oberlippe. »Ich schätze, Allergiker sollten kein Essen klauen.«

So ein Mist, denkt Jan, am besten sollte er gleich wohl noch beim Tierarzt vorbei. Vorher muss er aber noch eine Sache fragen: »Ich weiß, dass ist jetzt vielleicht ein bisschen unverschämt, nachdem mein Eichhörnchen schon, aber darf ich vielleicht ein klein bisschen probieren?«

»Nein«, sagt Femke, nicht unnett, aber doch bestimmt, ohne weitere Erklärung.

Jan wendet sich zum Gehen.

»Ist das eigentlich ein neuer Trend? Zahme Eichhörnchen als Haustiere?«, fragt Femke, die hinter ihm hergeht wie ein aufmerksamer Hütehund, als sie schon wieder vor der Haustür stehen.

»Sie ist aus dem Nest gefallen, und ich habe sie gerettet«, erklärt Jan. »Vielleicht ist es bald an der Zeit, sie auszuwildern.«

Er sitzt schon auf seinem Rad, als Femke ihm hinterherruft: »Übrigens, es waren keine Mandeln drin.«

Jan hebt die Hand zum Dank und radelt nach Hause mit dem festen Vorsatz, seinem Eichhörnchen ein bisschen Grundgehorsam beizubringen. An diesem Samstag kommt es dann aber doch nicht mehr dazu. Fru Gunilla schläft auf dem ganzen Weg nach Hause und auch noch, als Jan sie aus dem Transportkorb hebt, in den bunt bemalten Bauwagen trägt und sie dort auf ihr Kissen im Weidenkorb legt. Selbst als er der Reihe nach die anderen der Hausboot-Detektei anruft und erzählt, dass »Fru Gunilla eine Meisterdetektivin ist«, wacht sie nicht auf.

24

Gabriel Petit macht am Montag große Augen. »Orchideen-Sorbet? Habt ihr etwas mitgebracht?«

»Stand nicht in der Auftragsbeschreibung«, sagt Arie.

Hätte man sich aber denken können, findet der Sternekoch, sagt das aber nicht, weil er am Vortag mit seinen beiden Töchtern in den Zoo gehen durfte und davon ebenso beseelt wie erschöpft ist.

»Wäre eh nicht gegangen«, sagt Jan.

»Konntet ihr wenigstens probieren?«

»Nur Fru Gunilla, ich leider nicht.«

»Gunilla?«

»Eine Kollegin.«

Maddie ergänzt: »Unsere Meisterdetektivin.«

Gabriel stutzt. Er hat zwar kein besonders gutes Namensgedächtnis, aber er ist sich ziemlich sicher, bei seinem letzten Besuch auf dem Boot keine Gunilla getroffen zu haben, und heute ist die angebliche Meisterdetektivin auch nicht da. Aber egal, jetzt geht es darum, was es mit diesem Orchideen-Sorbet auf sich hat. Am besten so schnell wie möglich, denn Maarten van Lockhorst hat das Testessen um zwei Wochen vorverlegt. Nicht vorsichtig angefragt, ob Femke und er eventuell, möglicherweise, schon an diesem Freitag mit ihren Vorbereitungen fertig wären und Zeit hätten. Nein, ein Maarten van Lockhorst fragt nicht vorsichtig an, und lieb »bitte« sagt er auch nicht.

Vermutlich sollte er sich freuen, dass in der E-Mail mit dem neuen Termin überhaupt eine Begründung stand: Seine Frau fände den ersten angedachten Termin zu knapp, sie wolle mit der Eventmanagerin nämlich die Tischdekoration passend zum Menü aussuchen.

Orchideen-Sorbet, ganz unbekannt kommt Gabriel das nicht vor. Plötzlich macht es klick. »Dondurma!«, ruft er aus.

Die Detektive schauen ihn verständnislos an.

Gabriel erklärt: »Dondurma ist Orchideen-Eiscreme aus der Türkei. Die wird mit Salep hergestellt, das sind getrocknete Wurzeln von Erdorchideen. Sie geben dem Eis als Verdickungsmittel eine elastisch-zähe Textur, durch die es auch nicht so schnell schmilzt.«

Es wäre zu schön, wenn Femke einfach irgendwas hergestellt hätte, was es schon gibt. Abgesehen davon ist der Handel mit Salep zum Schutz der Erdorchideen in der EU verboten.

»Sorbet, nicht Eiscreme. Zäh sah es auch nicht aus«, zerstört Jan seine Hoffnungen.

»Farbe?«

»Lila-weiß meliert, sehr hübsch.«

Die lila-weißen Blüten der Karma Orchidee kommen Gabriel in den Sinn. Als Deko-Element auf Torten, Nachtischen und in Salaten sind sie schon ein alter Hut, aber ein Sorbet hat daraus seines Wissens noch niemand hergestellt. Was kein Wunder ist: Die Blüten schmecken zwar frisch und knackig, aber eben auch ein bisschen wie eine subtile Variante des Endivien-Salates, also eher bitter als süß und für ein Sorbet nicht ideal. Allerdings könnte man das Ganze mit Vanille – immerhin auch eine Orchideen-Frucht – und Ahornsirup abschmecken. Oder andersrum: ein Zitronen-Vanille-Sorbet mit Orchideen verfeinert. Dekoriert mit großen, gezuckerten Blüten. Kulinarisch vielleicht nicht wahnsinnig aufregend, aber optisch grandios. Das sind die schlechten Nachrichten.

»Wie hat es denn dieser Gunilla geschmeckt?«

»Sehr gut, allerdings hatte sie spät am Abend Durchfall«, berichtet Jan. »Obwohl keine Mandeln drin waren.«

Innerlich frohlockt Gabriel ein wenig: Ein Nachtisch, von dem Maarten van Lockhorst schon beim Testessen Bauchweh bekommt, wäre quasi seine Auftragsbestätigung.

Gestern hat er Zwaantje von einem neuen großen Auftrag erzählt, als er die Kinder nach dem Zoobesuch zu Hause abgeliefert hat. »Wenn der Laden erst einmal wieder richtig läuft und ich zusätzlich Geld mit Pralinen verdiene, kann ich einen zweiten Chefkoch einstellen. Dann habe ich endlich richtig viel Zeit für meine drei Lieblingsfrauen. Wir könnten erst einmal alle zusammen in Urlaub fahren, an einem schönen Platz noch einmal ganz von vorne anfangen.« Aber noch glaubt ihm Zwaantje nicht. »Ach, Gabriel«, hat sie abgewunken, die Augen ganz trüb und verschwommen.

Jack reißt Gabriel aus seinen Gedanken. »Eichhörnchen vertragen Zucker nicht so gut.«

Gabriel starrt ihn an, lässt seinen Blick über dieses verrückte T-Shirt, auf das jemand eine Katze gemalt hat, wandern und dann zurück auf das Gesicht, das aussieht, als hätte es jede einzelne seiner Falten erlacht.

»Ist das eine Metapher?«

»Jetzt sagen wir es halt«, schlägt Maddie vor.

Elin gluckst vor sich hin, steht auf, holt eine Tüte mit Haselnüssen aus dem Schrank und knistert mit der Plastikverpackung. Aus dem Wohnzimmer turnt ein Eichhörnchen heran, klettert auf den Tisch und bekommt eine Nuss.

»Das ist Fru Gunilla«, sagt Elin.

»Süß, oder?«, kommentiert Jan.

»Nehmt ihr Drogen?«, fragt Gabriel, obwohl er zugeben muss, dass das Eichhörnchen wirklich sehr süß aussieht, mit seinem weißen, runden Bäuchlein, den Knopfaugen und den roten Haarbüscheln in den Ohren.

»Nie im Dienst«, sagt Jack, grinst dabei aber doch, als wäre er völlig high.

Gabriel freut sich, dass er sich das Eichhörnchen bei seinem ersten Besuch offenbar doch nicht eingebildet hat. Es ist eine beruhigende Erkenntnis: Nicht er ist übergeschnappt, sondern die anderen.

Er erhebt sich zum Gehen.

Arie räuspert sich. »Wie möchtest du bezahlen?«

Am liebsten gar nicht, denkt Gabriel, schaut erst Arie an, dann den Neufundländer, der sich gerade zwischen ihn und die Tür gelegt hat, und setzt sich mit einem Anflug von Seufzen wieder hin. Warum hat er ihnen bloß diesen Bonus versprochen, unabhängig davon, ob er den Auftrag bekommt oder nicht? Das war auch so eine Sache, die Zwaantje ihm öfters vorgeworfen hat: dass er zu impulsiv und noch dazu verschwenderisch ist. Aber gut, nun kann er es nicht mehr ändern. Aus seiner Jackentasche zieht er einen dicken Umschlag. Da ist sein letzter Notgroschen drin und noch ein bisschen was aus Lillies Geldbeutel, damit es reicht. Er blättert fünfunddreißig 200-Euro-Banknoten auf den Tisch. »Ich habe auf 7000 abgerundet, weil ich bar bezahle. Rechnung brauch ich auch keine.«

Arie nickt leicht, was wohl Zustimmung signalisieren soll, während er die Scheine selbst noch mal zählt und einige von ihnen ins Licht der Küchenlampe hält. Gabriel fühlt sich spontan ein bisschen beleidigt, dass man ihm hier offenbar zutraut, mit Falschgeld zu zahlen.

»Was stellst du jetzt eigentlich mit der Info an?«, fragt Maddie.

Was soll er schon damit anstellen? Ein paar gute Argumente sammeln, warum es nicht das geeignete Gericht für die van Lockhorst-Hochzeit ist. Am besten wäre natürlich, wenn er herausfindet, dass es Orchideen-Sorbet in ähnlicher Form schon gibt. Da könnte er beim Probeessen beiläufig etwas wie »Ach, ich habe mir mal an einem Orchideen-Sorbet in Marrakesch furchtbar den Magen verdorben« fallen lassen und dann gleich ein Foto präsentieren. Eigentlich könnte er das so oder so sagen, auch wenn das mit dem Risiko verbunden ist, dass van Lockhorst nachrecherchiert und herausfindet, dass er ein Lügner ist. Hier will er jetzt auch nicht so unsympathisch rüberkommen, deshalb sagt er:

»Mich beruhigen, das will ich mit der Info anstellen.«

»Ein teures Beruhigungsmittel«, sagt Jack.

»Gute Nerven sind in meinem Job unbezahlbar«, rechtfertigt sich Gabriel. »Es ist einfach gut zu wissen, dass Femkes kulinarische Kreation zwar gut ist, aber eben nicht so perfekt wie die C'est Magnifique!-Praline.«

Noch während er das sagt, beginnt Gabriel Petit an seinen eigenen Worten zu zweifeln. Die Pralinen haben das Potenzial, für PR zu sorgen, und er kann sich vorstellen, dass es van Lockhorst ziemlich gut gefallen würde, wenn überall steht, dass eine neue weltberühmte Luxus-Praline ihre Premiere auf einem seiner Feste gefeiert hat. Andererseits sehen die Pralinen auf den ersten Blick aus wie, nun ja, Pralinen eben. So ein Orchideen-Sorbet wäre schon farblich ein Hingucker. Und ist kühles, leichtes Sorbet nicht sowieso perfekt für eine Sommerhochzeit? Vermutlich ja, besonders an heißen Tagen – jedenfalls solange die Kühlkette funktioniert.

Gabriel erinnert sich an einen seiner ersten Jobs als Hilfskoch, ewig ist das her. Da gab mitten an einem heißen Tag, im Stau auf der Autobahn, der Kühlcontainer auf. Äußerlich sahen Carpaccio und Tiramisu anschließend noch so annehmbar aus, dass sie trotzdem serviert wurden. Mit dem Ergebnis, dass einige der Gäste eine Salmonellenvergiftung hatten, der Caterer zumachte und Gabriel einen neuen Job brauchte.

Er selber transportiert Lebensmittel, die gekühlt werden müssen, am liebsten in speziellen Thermoboxen, die bei Bedarf mit Kühlakkus ergänzt werden können. Die sind leicht, praktisch und relativ günstig. Das Golden Forks hat seines Wissens die gleichen Boxen, für größere Aufträge aber auch einen Lieferwagen mit Kompressor-Kühlcontainer. Aber den wird Femke kaum für den Transport einer einzelnen Portion Sorbet für das Testessen anschmeißen.

Gabriel Petit springt schneller auf, als man es ohne hervorragenden Gleichgewichtssinn auf einem Hausboot tun sollte. Er taumelt ein wenig, stützt sich auf Elins Schulter ab und fängt sich wieder. »Mir ist gerade eingefallen, dass ich noch etwas ganz Dringendes erledigen muss«, sagt er.

»Hund, geh mal zur Seite«, sagt Arie. Gabriel fällt auf, dass Aries Stimme weicher und höher wird, wenn er mit dem Riesenköter redet. Immerhin: Der Hund trollt sich, trottet zu seinem Herrchen und gibt den Weg zur Tür frei. Mit einem

Fuß schon über der Schwelle, hebt Gabriel Petit die Hand zum Gruß.

»Bis bald mal«, ruft er noch und hat keine Ahnung, wie recht er damit hat.

25

Arie nimmt den großen Geldstapel und macht daraus fünf kleine. »1400 Euro für jeden.«

»Machen wir das schwarz?« Jan runzelt die Stirn.

»Einmal Beamter, immer Beamter«, lacht Elin. »Wie denn sonst? Soweit ich weiß, ist das hier noch nicht mal eine offizielle Detektei?«

»Wolltest du das nicht anmelden, Arie?«

Arie setzt sich zu Hund auf den Fußboden und fängt an, das schwarze, lange Fell zu bürsten. Das macht er seit ein paar Wochen fast täglich, und jeden Tag sammelt er eine halbe Plastiktüte grauer Unterwolle ein. Es ist kein Wunder, dass der Neufundländer auch an kalten Regentagen gerne draußen gelegen hat. Jedenfalls bevor er Arie, Fru Gunilla und die anderen Detektive als seine neue Familie akzeptiert hat. Arie zieht die Bürste sanft über den haarigen Bauch. Hund gähnt.

»Arie?«

Arie grunzt ein bisschen schuldbewusst. »Vergessen«, murmelt er und beugt sich tiefer über den Vierbeiner, damit die anderen nicht sehen, dass er lügt. Er kann das nicht besonders gut, also das Lügen, aber auch das zeitnahe Erledigen von Papierkram.

»Ist ja nicht schlimm, das kannst du ja jetzt nachholen«, sagt Maddie.

»Und wenn wir keine anderen Aufträge bekommen?«, sorgt sich Arie.

»Bekommen wir garantiert, wenn wir Werbung machen«, sagt Elin. »Vielleicht empfiehlt Gabriel uns ja auch weiter.«

»Und wenn nicht, können wir das Geld dann ja immer noch verteilen«, schlägt Maddie vor. »Vielleicht wäre es auch ganz gut, wenn wir ein bisschen investieren. Ich sage nur: Observationsbus und Abhöranlagen. Obwohl wir dafür natürlich ein bisschen mehr bräuchten.«

»Ich bin dafür. Im Moment bekommen wir sowieso noch alle Arbeitslosengeld«, sagt Jan.

Elin stimmt auch zu, obwohl Arie ihr ansieht, dass sie das Geld schon gerne gehabt hätte. »Ich finde aber, dass wir unseren ersten erfolgreich abgeschlossenen Auftrag wenigstens ein bisschen feiern sollten. Mit leckerem Essen oder so.«

»Auf jeden Fall«, sagt Arie. Dann fällt ihm auf, dass Jack bislang auffällig still war. Er wirft dem Engländer einen Blick zu. Er sitzt in der Ecke des Küchensofas, den Kopf in die Hände gestützt und starrt Maddie an wie ein Hirsch das Scheinwerferlicht. »Jack? Was sagst du dazu?«

»So schön«, seufzt Jack, zuckt dann aber unvermittelt zusammen, weil Jan ihm unter dem Tisch gegen das Schienbein tritt. »Aua, für was war das denn?«

»Nur zu deinem Selbstschutz«, sagt Jan. Elin kichert.

»Oh«, sagt Jack und schaut auf die Tischplatte.

»Will jemand ein Bier?«, bietet Arie an, obwohl er nicht sicher ist, ob etwas, das zumindest manchmal den Liebeskummer etwas lindern kann, auch gegen übermäßige, möglicherweise einseitige Verliebtheit hilft. Aber dann finden es sowieso alle zu früh für Bier.

»Ich glaube, Fru Gunilla muss mal raus«, wechselt Maddie das Thema und steht auf. »Sonst beißt sie vor lauter Energieüberschuss gleich wieder Bücher an.«

»Wir könnten ein bisschen spazieren und dann zur Feier des Tages irgendwo essen gehen«, schlägt Jan vor.

»Super Idee«, sagt Elin.

Arie kratzt sich am Kopf. »Also Hund lassen die Restaurants ja noch rein, aber bei Gunilla bin ich mir da nicht so sicher.«

»Im Westerpark soll ein neues, ziemlich gutes Friettent sein. Da kann man auch draußen sitzen, und es ist nicht so weit von hier«, fällt Maddie ein.

»Eine halbe Stunde zu Fuß«, weiß Arie.

Er steckt einen der 200-Euro-Scheine ein, den Rest stopft er in eine Dose mit losem schwarzem Tee, den er sowieso nie trinkt. »Empfiehlt die Polizei nicht immer, man solle keine größeren Mengen Bargeld zu Hause haben?«, fragt Jan nach.

»Stimmt. Außer man hat so eine gute Teedose als Versteck.« Arie Poepjes spürt so viel Aufwind wie seit Monaten nicht mehr. Er hat vier Kollegen, die sich immer mehr wie Freunde anfühlen, ihm gehört eine fast offizielle Detektei, die gerade den ersten Auftrag erfolgreich abgeschlossen hat, und ein riesiger Hund, der nur noch ganz selten depressiv und immer häufiger sogar richtig fröhlich aussieht. Die Sonne scheint, und gleich werden sie im Park sitzen und Pommes essen. Wenn er jetzt noch Kontakt zu seinem Sohn hätte, dann wäre das Leben geradezu perfekt. Er muss Mats unbedingt schreiben.

26

Das Testessen wird bei den van Lockhorsts zu Hause serviert. Eigentlich vermeidet Maarten es, unnötig viele Leute in seine Villa in Huizen einzuladen, aber an diesem Freitag hat er einfach keine Lust, ins 30 Kilometer entfernte Amsterdam zu fahren.

Die Haushälterin öffnet, als Gabriel Petit und Femke Baas zur gleichen Zeit, überpünktlich um zehn vor zwölf, vor der Tür stehen. Sie bittet die Caterer ins Speisezimmer, während Maarten im Salon noch die Mondscheinsonate spielt.

»Ich wusste gar nicht, dass du so gut Klavier spielen kannst«, schleimt Gabriel, als sich Maarten einige Minuten später zu ihnen an den großen Tisch setzt. Gabriels Pupillen sind riesig.

»Ich kann ziemlich viel«, sagt Maarten. »Heute bin ich aber vor allem darauf gespannt, was ihr könnt.«

Gabriel öffnet eine kleine Metallbox. Darin steht der silberne Teller, der den Glanz der weißen Praline besonders gut zur Geltung bringt. Lillie und er hatten im Vorfeld ein wenig experimentiert, die Pralinen mal mit Blüten, mal mit Minzblättern und dann auch noch mit einem Herzen aus Schokoladensoße angerichtet. Am Ende hatten sie beschlossen, die Praline für sich selbst sprechen zu lassen. Femke wirft dem Ensemble einen abschätzigen Blick zu.

Dann fragt sie: »Wollen wir nicht erst aufs Brautpaar warten? Ich schätze, die beiden wollen auch probieren?«

Maarten schüttelt den Kopf. »Mein angehender Schwiegersohn muss heute arbeiten, meine Tochter und meine Frau treffen sich gerade mit der Innenarchitektin, die die neue Wohnung des Paares einrichten soll. Aber sie haben volles Vertrauen in mein kulinarisches Urteilsvermögen.«

»Was ich heute mitgebracht habe, wird sowieso allen schmecken: Die C'est Magnifique!-Praline, die – wenn ich das einmal so ganz unbescheiden sagen darf – einen neuen Meilenstein in der Chocolatierskunst setzen wird. Die einzigartigen, hochwertigen Zutaten, die Kombination aus frischer Süße, samtiger Konsistenz und exotischer Würzigkeit machen diese Praline zu einem Gesamtkunstwerk, über das die ganze Welt sprechen wird. Seit der Kreation der La-Madeline-au-Truffe-Praline ...«

Eindeutig auf Koks, denkt Maarten. Prinzipiell ist ihm das gleichgültig, solange die Leute weiter ihren Job machen. Nur so ein drogenbedingter Laberflash, der regt ihn dann doch auf. »Weniger Gelaber, mehr Fakten«, befiehlt er deshalb und bringt Gabriel damit kurz so aus dem Konzept, dass er komplett den Faden verliert.

»Sag lieber, was drin ist«, konkretisiert Maarten seine Aufforderung.

»Ähm, ja, natürlich. Das Herz der Praline ist die Jabuticaba-Frucht, darum eine samtige Ganache aus Champagner, Kokosmilch, Macadamia-Nüssen und Safran.«

»Jabuticaba, noch nie gehört.«

»Das ist eine Frucht, die ursprünglich aus Brasilien kommt, inzwischen aber auch in anderen südamerikanischen Ländern sowie Australien kultiviert wird. Der Baum trägt erst nach etwa acht Jahren das erste Mal Früchte, dafür kann danach bis zu fünfmal jährlich geerntet werden. Die Früchte bedecken den ganzen Stamm, das sieht wirklich spektakulär aus. Sie gelten inzwischen als Superfood und sollen vor vielen Krankheiten schützen. Als Pralinenfüllung haben sie aber Premiere.«

Maarten beugt sich vor und greift nach der Praline. »Dann wollen wir doch mal sehen, ob das eine gute Idee war.«

Maarten van Lockhorst wird nicht schnell sentimental. Aber als dieses kleine Stück Konfekt in seinem Mund aufbricht, steigt ihm ein betörender Duft zu Kopf, alles in seinem Mund wird weich, süß und eine kleine Spur würzig, und er fühlt sich unweigerlich in diesen tropischen Abend zurückversetzt. Gut fünfzehn Jahre ist das schon her. Nach einer Geschäftsreise in die USA hatte er einen spontanen Abstecher nach Costa Rica gemacht, nur übers Wochenende, weil ihn die Aussicht, zu seiner perfekten Frau in der perfekten Villa zurückzukehren, plötzlich noch mehr schreckte als langweilte. Er war allein unterwegs gewesen, aber in der kleinen Strandbar mit dem morbiden Charme nicht lange alleine geblieben. Estefani: Sie war so jung, so schön, und ihre Küsse schmeckten genauso wie diese Praline. Eine Sekunde lang schließt Maarten die Augen und erlaubt sich vorzustellen, was passiert wäre, wenn er damals nicht zurück ins wintertrübe Amsterdam geflogen wäre. Eine Sekunde voller Herzklopfen, eine Sekunde voller Meeresrauschen im Kopf. Dann ist Schluss. *Back to business, the show must go on.*

»Nicht schlecht«, sagt er zu Gabriel. »Wirklich nicht schlecht. Auf den Speisekarten müssten wir allerdings schreiben, dass es sich um eine ganz neue Luxuspraline handelt, mit Jabuticaba drin. Diese Banausen merken es sonst am Ende gar nicht, dass sie da etwas Besonderes essen.«

»Darüber habe ich auch schon nachgedacht. Ich dachte, wir könnten die Pralinen statt auf Tellern in hübschen kleinen Schachteln servieren. Das wirkt jung, und auf der Innenseite des Deckels könnten wir etwas über die Praline schreiben. Außen vielleicht ein Bild des Jabuticaba-Baumes und ein schönes Zitat über die Liebe. Das wird wirklich gut, Maarten. Ach was, gut: spitzenmäßig.«

Femke hebt die Augenbrauen so sehr an, dass ihre Augen ganz groß und ihre Wangen ganz straff werden. »Bevor du gleich zur Druckerei rennst, sollte Maarten vielleicht erst noch meinen Nachtisch probieren.«

»Dann lass mal sehen«, sagt Maarten.

Femke steht auf, zupft ihren schwarzen Bleistiftrock zurecht und öffnet ihre Thermobox. Maarten beobachtet interessiert, wie ihre Gesichtszüge entgleisen.

»Alles okay?«, fragt Gabriel.

»Das Sorbet ist geschmolzen«, stammelt Femke. Sie langt in die Box, zuckt mit der Hand zurück, als hätte sie sich verbrannt. »Das Kühlakku ist heiß.«

»Deshalb sollte man Kühlakkus in den Gefrierschrank und nicht in den Ofen legen«, scherzt Maarten, steht auf und schaut in die Box. Da steht eine weiße Porzellanschüssel voll mit einer gräulichen Pampe, darauf schwimmen ein paar halb verwelkte Blumen.

Er setzt sich wieder hin. »Wir nehmen die Pralinen.«

Femke macht ein Gesicht, als ob etwas schlecht riecht. Dann zischt sie Gabriel an. »Das war dein Werk. Und glaub mir: Du wirst es bereuen.«

Gabriel wirft Maarten einen »Keine-Ahnung-was-die-verrückte-Alte-meint«-Blick zu. Maarten lächelt.

»Das hat er schon mal gemacht, mir mit hinterhältigen

Tricks einen Auftrag versaut. Damals hat er mir Schaben in die Küche gesetzt und mir dann das Gesundheitsamt auf den Hals gehetzt, so dass ich für drei Wochen schließen musste.«

»Du hast also Ungeziefer in der Küche und unzureichende Kühlketten«, fasst Maarten zusammen, woraufhin Femke vor Wut weiß wie der Berberteppich wird. »Ich kann dir genau erklären, was heute passiert ist«, sagt sie, augenscheinlich ganz beherrscht. Nur an den Spucketröpfchen, die ihr beim Sprechen aus dem Mund fliegen, erkennt man, wie aufgebracht sie ist.

Fünf Minuten später ahnt Maarten, was passiert ist. Femke hat die Kiste mit dem Sorbet in ihr Auto geladen. Gerade als sie einsteigen wollte, klingelte im Golden Forks lang und anhaltend das Festnetz-Telefon. Sie wollte eigentlich gar nicht drangehen, dachte aber dann, dass es eventuell Maarten war, um das Treffen noch einmal an einen anderen Ort zu verlegen. »Damit hat Gabriel mich vom Auto weggelockt. Es war dann nämlich niemand dran. Als ich dann schon fast wieder bei der Tür war, klingelte es noch einmal, und wieder hat sich niemand gemeldet.«

»Warum sollte ich das tun?«, fragt Gabriel mit unschuldigem Augenaufschlag.

»Du musstest mich lange genug von meinem Auto weglocken, um das Kühlakku in der Transportbox gegen ein Heizakku auszutauschen.«

»Das sind aber sehr wilde Spekulationen«, sagt Maarten, durchaus amüsiert. Er sieht, wie es in Gabriels Augen blitzt. »Oder hast du Femke wirklich einen kleinen Streich gespielt, Gabriel?«

»Streich«, faucht Femke.

»Würde ich nie tun, so etwas Gemeines«, sagt Gabriel mit

diesem Dackelblick, der Maarten verrät, dass er lügt. Hätte er diesem Franzosen gar nicht zugetraut, so viel Unverfrorenheit.

»Ich könnte dir heute Nachmittag neues Orchideen-Sorbet bringen. Glaub mir, Maarten, in gefrorenem Zustand ist das ein wahres Fest. Dann wäre vielleicht auch deine Tochter zurück und könnte probieren.«

»Und was passiert, wenn du auch zur Hochzeit Suppe statt Sorbet mitbringst?«, fragt Gabriel.

Berechtigter Einwand, findet Maarten, aber Femke überhäuft ihren Konkurrenten nur mit einer Tirade von Beschimpfungen.

»Genug«, gebietet Maarten und bis auf Schnaufen von Femkes Seite ist es still. Das klappt besser als früher bei seiner Tochter. Vermutlich gewinnt er mit zunehmendem Alter immer mehr an Autorität. So soll es sein.

»Jetzt erzählt mir mal lieber, was ihr euch für die anderen Gänge des Hochzeitsmenüs überlegt habt. Gabriel, fang du doch bitte an.«

Gabriel zieht ein Notizbuch aus der Tasche, überblättert ein paar vollgeschriebene Seiten, und zählt dann Köstlichkeiten auf. Wachteleier mit Kaviar, Roulade von der Seezunge und Wildlachs auf Champagner-Schaum, Kalbstatar mit frischem Gartengemüse, kleine Käseplatte mit schwarzem Trüffel und süßen Erdbeeren und als krönender Abschluss die C'est Magnifique!-Praline.

Maarten läuft das Wasser im Mund zusammen.

Gabriel blättert zwei Seiten weiter. »Für die kleinen Gäste habe ich noch einen eigenen Menüvorschlag erarbeitet. Kinder mögen ja oft keinen Fisch. Ich dachte, da fangen wir mit einer kleinen Tomatensu …«

Maarten schneidet ihm das Wort ab. »Zur Hochzeit sind weder Kinder noch Hunde eingeladen. Aber der Rest deiner Vorschläge klingt gut.«

»Bis auf die Tatsache, dass die Braut fast nichts davon essen wird«, grätscht Femke rein.

Gabriel wird ein bisschen blass und Maarten rechnet schon damit, dass er »Wieso?« stammelt, aber er reißt sich gerade noch so zusammen. Hat dieser französische Flattergeist also nicht recherchiert und die dicke Holländerin nicht nachgedacht – oder auch zu viel.

Wortlos reicht Femke Maarten ihren Menüvorschlag, gedruckt auf dickem, hochwertigem Papier in dezentem Beige.

Maarten liest vor:

»1. In Nussbutter geröstete Haferwurzel auf buntem Wildblumensalat

2. Meerkohl-Schaumsüppchen mit ofenfrischem Ciabatta

3. Gelbe-Bete-Carpaccio mit Rucola, Walnüssen und Weintrauben

4. Wassernuss-Shiitake-Ragout an cremiger Polenta

5. Lotuswurzel in Honigkruste an frischen Beeren

6. Orchideen-Sorbet.«

Maarten lässt das Papier sinken. »Okay, das nehmen wir für die Hochzeitsfeier von Jasmijns Zwergkaninchen. Jetzt kannst du verraten, was wir essen sollen.«

Zu seiner Linken entspannt sich Gabriel merklich, zu seiner Rechten ist Femke spontan so angeätzt, dass sogar die Luft sauer wird.

»Das ist vegane Spitzenküche, meiner Einschätzung nach eine ziemlich gute Wahl für eine VEGANE Braut.«

»Davon hast du gar nichts erzählt, Maarten«, beschwert sich Gabriel.

»Weil es keine Rolle spielt. Meine Tochter ernährt sich aus unerklärlichen Umständen seit einiger Zeit vegan, das stimmt. Ich aber nicht. Und ich bezahle die Hochzeit.«

»Dir ist es also egal, wenn deine Tochter auf ihrer eigenen Hochzeit kaum etwas essen kann?«

»Da besteht wenigstens keine Gefahr, dass ihr Hochzeitskleid aus den Nähten platzt.«

»Das Fleisch, das ich serviere, ist sowieso so zart, dass das auch Vegetarier essen können«, beeilt sich Gabriel zu sagen. »Das Gleiche gilt natürlich für den Fisch.«

Den findet van Lockhorst so gut, dass er laut auflacht und sich auf die Oberschenkel klopft. »Das merke ich mir für die nächste Grillparty.«

Gabriel lacht mit, Femke nicht.

»Jetzt schau nicht so böse, Femke«, sagt Maarten. »Den Wein will ich nach wie vor dir überlassen. Welchen Wein schlägst du also zu Gabriels Menü vor?«

Femke streckt die Hand nach Gabriels Zettel aus und studiert die Menüpunkte mit verkniffenen Lippen.

»Willst du zu jedem Gang einen neuen Wein?«

»Maximal drei Weine, das soll ja auch nicht überkandidelt wirken.«

Femke will mit einem leichten Weißwein zu den Fischgerichten anfangen, Maarten vergisst den Namen nach fünf Sekunden wieder. Zum Käse irgendeinen weißen Portwein. Der Wein, den Femke zum Kalbstatar vorschlägt, lässt aber dann doch nicht nur Maarten, sondern auch Gabriel aufhorchen: ein Château de la Roche aus dem Jahr 2019.

»Das ist doch das Weingut, von dem dieser preisgekrönte Bordeaux kommt, oder? De la Roche, ja das ist es, da haben neulich beim Golfen alle von gesprochen. Wird der nicht zu teuer?«

»Der von 2019 kostet keine 500 Euro die Flasche. Bislang einer der günstigeren Jahrgänge, meiner Meinung nach kommt er aber fast an den von 2012 ran. Aber natürlich werden wir einige Flaschen brauchen. Wenn du also lieber etwas noch Günstigeres möchtest?«

»Nein, nein, wir nehmen den von 2019.«

Gabriel schüttelt bedauernd, aber nicht ohne ein schadenfrohes Zucken in den Mundwinkeln den Kopf. »Den De la Roche von 2019 wollte ich vor ein paar Monaten mal für einen Kunden bestellen. War aber komplett ausverkauft.«

Femke lächelt Gabriel auf diese Weise an, wie in Filmen Mafiabosse lächeln, bevor sie ein Todesurteil fällen. »Für dich mag der Wein ausverkauft sein. Ich habe einen guten Draht zum Besitzer des Weingutes.«

27

Einige Wochen später, an einem Sonntag Ende Mai, scheppert es auf dem Hausboot.

Jan stöhnt. »Nicht schon wieder. Er kraxelt aus seinem Liegestuhl und geht in die Kombüse. Man hört ihn ein bisschen schimpfen. Dann kommt er mit einem Kehrblech voller Scherben zurück. Auf seiner Schulter hockt Fru Gunilla, inzwischen ein ausgewachsenes, wohlgenährtes Eichhörnchen, das nicht mal ansatzweise schuldbewusst aussieht.

»Womit wir diesen Monat bei drei zerbrochenen Tassen, einem zerstörten Teller und zwei angeknabberten Büchern wären«, zählt Jack auf.

So ein Miesepeter, denkt Maddie und ranzt ihn an: »Führst du Buch, oder was?«

»Ich ersetze das natürlich«, sagt Jan.

»Quatsch, es ist sowieso nur altes Zeug«, sagt Arie.

»Wir könnten einen Teil von unserem Honorar in neues Geschirr und eichhörnchensichere Schränke investieren«, schlägt Elin vor. »Immerhin hätten wir unseren ersten Auftrag ohne Fru Gunilla nie abgeschlossen.«

»Das stimmt«, sagt Maddie und blinzelt genüsslich in die Sonne. Arie hat am Vormittag endlich die Papiere ausgefüllt, um die Hausboot-Detektei offiziell anzumelden. Wenn das durch ist, könnten sie sich endlich auch aktiv um neue Aufträge bemühen. Obwohl, sie hat die letzten sonnigen Wochen, in denen sie so viele von Isas verrückten Kleiderkreationen angezogen hat, dass sie sich darin gar nicht mehr verkleidet fühlt, durchaus genossen. Sie kann sich gar nicht mehr richtig erinnern, was sie in der Zeit überhaupt gemacht haben. Zwei Hängematten aufgehängt, einen großen Frühjahrsputz an Bord, mit Hund durch alle Parkanlagen von Amsterdam spaziert, Eis gegessen, ein paar Blumenkübel mit Tomaten-Setzlingen bepflanzt, zu viel Kaffee getrunken, gelesen. Jan hat sie jeden Mittag wunderbar und unermüdlich bekocht, die Zutaten haben sie von Gabriels Geld bezahlt, Jack hat beim Gemüseschnippeln assistiert. Im Golden Forks hilft er nicht mehr, seit er Femke gefragt hat, ob sie ihn für seine Arbeit nicht bezahlen wolle. Wollte sie nicht. Und Jack findet, dass eine Arbeitsstelle ohne Bezahlung vollkommen ausreicht.

Arie hat mehrmals gesagt, dass sie wirklich nicht alle jeden Tag zum Boot kommen müssten, wo es doch gerade weder Geld noch Aufträge gibt. Aber sie wollen alle kommen. Jan hat es vielleicht am besten ausgedrückt. »Ihr seid die beste Ersatzfamilie, die ich mir vorstellen kann.« Da ist Aries Gesicht so weich geworden, wie es sonst nur wird, wenn Hund vergisst, wie groß er ist und versucht, auf Aries Schoß zu klettern. »Ich bin auch froh, wenn ihr kommt«, hat er gesagt, und damit war die Sache erledigt.

Elin hat trotz des Sonnenscheins oft ein Gesicht wie sieben Tage Regenwetter gemacht. Vielleicht läuft ihr die Trennung doch noch mehr hinterher, als sie zugeben mag. Zudem ist sie frustriert, weil sie ihr Buch jetzt erst mal doch nicht schreiben kann. Für True Crime, das hat ihr Agent gesagt, braucht man mindestens eine Leiche, keine alberne Spionage-Geschichte im Catering-Business.

Jack schmollt auch manchmal. Zum einen, weil Maddie auf seine Annäherungsversuche nicht eingeht. Zum anderen, weil er findet, dass ein Eichhörnchen kein Haustier ist, sich aber niemand um seine Einwände schert. Trotzdem versucht er es weiter: »Jan, ich könnte mir das Auto von einem Mitbewohner leihen. Dann könnten wir morgen oder so mal bei der Eichhörnchen-Auffangstation vorbeischauen. Die haben auch Außengehege, um ältere Eichhörnchen auszuwildern. Plätze frei haben sie zurzeit auch noch.«

Jan schaut Fru Gunilla an. Fru Gunilla schaut zurück. Ihre schwarzen Knopfaugen glänzen. »Ich kann das nicht«, sagt Jan.

Jack seufzt. »Ich verstehe ja, dass du an ihr hängst. Aber das ist doch hier keine artgerechte Haltung.«

Fru Gunilla dreht sich einmal um die eigene Achse, lässt sich auf das Deck fallen, zaubert aus irgendeiner Ritze eine halbe Walnuss hervor, rennt mit dem Leckerbissen zwischen den Zähnen zu Hund, der unter dem Sonnenschirm döst, setzt sich auf seinen Rücken und frisst.

»Hund würde sie auch sehr vermissen«, sagt Arie.

»Wenn ihr mich fragt, sieht Fru Gunilla sowieso ziemlich zufrieden aus«, sagt Maddie. »Ihr wollt es nicht begreifen, oder?« Jack sieht fast ein bisschen sauer aus.

»Doch«, sagt Jan. »Du hast ja recht. Eigentlich sind Eichhörnchen Waldtiere, eigentlich gehören sie in die freie Natur und sollten auf keinen Fall als Haustiere gehalten werden.«

»Aber?«

»Ich glaube nicht, dass sie überhaupt ausgewildert werden will.«

»Hat sie dir das erzählt?«, fragt Jack mit einem leicht sarkastischen Unterton, der Maddie nicht gefällt.

Jan scheint sich daran nicht zu stören. Er lächelt Jack an, bevor er aufsteht. »Komm, Fru Gunilla.«

Das Eichhörnchen kraxelt an Jans Bein hoch.

Jan geht ans Ufer und setzt Fru Gunilla auf eine der Ulmen. Sie rennt den Stamm hinauf, dann einen dicken Ast entlang, springt von einem Baum in den nächsten und ist bald darauf nicht mehr zu sehen.

»Was macht er da?«, wundert sich Jack.

»Vermutlich will er dir zeigen, was Fru Gunilla über die Sache denkt«, sagt Maddie.

»Aber ist das nicht ein bisschen gefährlich?« Elin ist offensichtlich besorgt. Jan nicht. Der schlendert zurück an Bord, lässt sich in den Liegestuhl fallen und schließt die Augen. Die anderen starren die Baumkronen an, halten jede Bewegung im Geäst für ein Eichhörnchen, um dann jedes Mal enttäuscht festzustellen, dass es doch nur ein Vogel war oder Blätter, die im Wind flattern.

Anschließend kann Maddie nicht sagen, wie lange sie da so gesessen haben. Fünf Minuten? Zehn? Es fühlt sich an wie eine halbe Ewigkeit. Aber dann flitzt ein kleiner roter Schatten über das Deck.

»Da bist du ja«, sagt Jan zärtlich, als sich Fru Gunilla kurz darauf in seine Halsbeuge schmiegt. Maddie setzt die Sonnenbrille auf, damit niemand sieht, dass sie vor Rührung ganz feuchte Augen bekommt.

Jack hebt ergeben die Hände und lacht. »Okay, ich gebe mich geschlagen. Ihr habt gewonnen.«

»Das müssen wir feiern«, sagt Elin. »Noch jemand Kaffee?«

Alle nicken, und als Elin schon in der Kombüse verschwunden ist, folgen sie ihr, weil ihnen eingefallen ist, dass im Kühlschrank noch Erdbeerkuchen steht.

Während Maddie Gabeln abwäscht, schreibt Arie eine neue Hausregel aufs Whiteboard: *4. Fru Gunilla bleibt.*

Jan stopft ein paar Haselnüsse und zerknülltes Küchenpapier in eine leere Klopapierrolle. Je beschäftigter Fru Gunilla ist, desto weniger macht sie kaputt. »Vielleicht sind wir noch nicht die beste Detektei der Stadt, aber eindeutig die mit den schönsten Hausregeln.«

Nachdem sie den letzten Krümel aufgepickt hat, schiebt Maddie ihren Teller weg. »Hat eigentlich heute schon jemand die Tomaten gegossen?«

Arie macht ein zerknirschtes Gesicht. »Wollte ich machen, aber dann war ich so lange mit Hund spazieren.«

Maddie geht nach draußen und taucht die alte Zinkgießkanne in die Regentonne, die das Wasser vom Dach auffängt. Viel ist nicht mehr drin. Sie denkt an Isa, die heute im Café Anders arbeitet und bald Geburtstag hat. Und sie denkt an Juanita, die ein bisschen müde aussieht in letzter Zeit. Dann tauchen in ihrem Blickfeld zwei Füße auf. Schöne, sonnengebräunte Füße mit breiten Zehen und vereinzelten braunen Haaren auf dem Spann. Vor Schreck schwenkt Maddie die Gießkanne ihrem Blick hinterher.

»Ups«, sagt sie und ist gleich wieder ein wenig wütend. Warum muss sich Jack so anschleichen? Und warum muss er Füße haben, die aussehen, als hätte er einen Sommer am Strand verbracht?

Jack wackelt mit den nassen Zehen. »Maddie, können wir reden?«

»Worüber?«

»Über uns.«

Das musste ja so kommen, so wie er sie immer anschaut in letzter Zeit. Maddie möchte ihn küssen und gleichzeitig noch einmal über die Reling schmeißen. Küssen, weil es immer so kribbelt, wenn er sie anschaut. Über die Reling schmeißen aus dem gleichen Grund. Denn sie weiß ja schon, dass es nicht funktionieren wird. Nicht für ein paar nette Nächte, weil die ihr das Herz brechen könnten. Und nicht für länger, weil es Maddie eben nur zusammen mit Isa gibt. Das Leben mit Isa ist häufig lustig, genauso oft aber auch ziemlich anstrengend. Nichts für jemanden, der wegen einer kleinen Unterbrechung beim Sex die Flucht ergreift.

Maddie stellt die Gießkanne ab und knipst mit den Fingernägeln einen Seitentrieb von der Tomatenpflanze ab. »Lieber nicht«, sagt sie so leichthin wie möglich.

»Darf ich nicht wenigstens noch mal erklär…«

»Lass einfach gut sein«, unterbricht sie ihn. Sie ist genervt: Warum muss er es ihr so schwer machen?

Jack verzieht das Gesicht. »Warum musst du eigentlich so verdammt nachtragend sein? Ich weiß, ich habe mich an unserem ersten Abend wie ein Idiot benommen und es tut mir leid, okay?«

»Okay.«

Jetzt schaut Jack wie Hund, wenn ihm versehentlich jemand auf die Pfoten getreten ist.

»Können wir nicht wenigstens Freunde sein?«

Maddie schaut an Jack vorbei, damit sie nicht seine Augen und auch nicht sein von Isa bemaltes T-Shirt sehen muss.

»Dann eben nicht«, murmelt Jack und dreht sich weg. Er ist schon auf dem Weg zu seinem Fahrrad, da steckt Arie seinen Kopf aus der Kajüten-Tür. »Gerade hat Gabriel Petit angerufen. Er war völlig aufgelöst. Die Pralinen für die Hochzeit sind verschwunden.«

28

Endlich passiert wieder etwas, denkt Elin, als sie kurz darauf mit leichtem Rückenwind durch die Stadt radeln – Arie vorneweg, weil er nach all den Jahren bei der Polizei den Stadtplan im Blut hat, dahinter Jan mit Fru Gunilla im Rucksack, Maddie, Jack und sie. Hund ist auf dem Boot geblieben, er ist zu schwer und hat zu viel Fell, um neben ihnen herzujoggen, bei dieser Hitze sowieso.

So warm wie in den letzten Wochen hat Elin Amsterdam noch nie erlebt. Drückend und klebrig. Alle, die können, flüchten sich ans Meer. Der Rest stellt sich mittags am Museumsplein barfuß in den großen Brunnen. Ihr selber machen die Temperaturen überraschend wenig aus. Sie mag es sogar, dass ihre Gelenke bei Hitze so geschmeidig werden und ihr Kopf manchmal so matschig, dass sie kaum noch denken kann.

Leider ist das Wetter das Einzige, mit dem sie im Moment gut zurechtkommt. Sie wird ihren Liebeskummer nicht los, kratzt immer wieder an der Wunde herum, so wie sie es schon als Kind mit den Krusten auf ihren aufgeschürften Knien gemacht hat. Immerhin hat sie ihn und seine Neue inzwischen auf allen sozialen Medien blockiert. Kurz hat sich das gut angefühlt, vernünftig und erwachsen. Sie will es eigentlich auch gar nicht sehen, all dieses Glück, das ihres sein sollte. Aber dann hat sie angefangen, sich vorzustellen, wie das frisch verliebte Paar zusammen eine Wohnung einrichtet oder – noch schlimmer – wie er verliebt über ihren Bauch streichelt. Elin hatte nie Mutter werden wollen, aber der Gedanke, dass ihre große Liebe ein Baby mit einer anderen machen könnte, versetzt ihr einen heftigen Stich. Was Elins Kopf ausspuckt, ist am Ende noch schlimmer als die überzuckerten Instagram-Bilder. Nicht zum ersten Mal in ihrem Leben stellt Elin fest, dass überbordende Phantasie nicht nur Segen, sondern auch ein Fluch sein kann. Wenn sie sich wenigstens ein klein bisschen rächen könnte.

Elin ist so in Gedanken versunken, dass sie Jack fast in den Hinterreifen fährt, als der vor ihr plötzlich abbremst. Leise fluchend weicht sie aus, hält neben ihm an und sieht einen aufgeregten Gabriel Petit aus dem C'est Magnifique! laufen.

»Da seid ihr ja endlich. Warum habt ihr nicht das Auto genommen?«

Elins und Jacks Blicke treffen sich. Weil wir keins haben, denken beide gleichzeitig und müssen grinsen.

»Das hätte bei dem Verkehr heute noch viel länger gedauert«, antwortet Arie souverän. Möglicherweise ist das nicht mal gelogen.

Gabriel zieht an seinen Fingern, bis es knackt, und trippelt aufgeregt hin und her. »Die Pralinen sind weg! Die Pralinen! Gestern waren sie noch im Kühlschrank, und jetzt sind sie weg!« Seine Stimme überschlägt sich kurz vor jedem Ausrufezeichen und verrutscht bei der Landung um anderthalb Oktaven, ganz so, als wäre er gerade in den Stimmbruch gekommen. »Nächste Woche Samstag ist die Hochzeit.«

»Du hast den Auftrag also bekommen«, stellt Jack fest.

»Ja, aber was nützt mir das jetzt? Van Lockhorst wird ausrasten, wenn ich ohne Pralinen bei der Hochzeit auftauche. Mein Ruf wird auf Jahre hin ruiniert sein.« Gabriel gestikuliert wild beim Sprechen, ein paar Radfahrer drosseln das Tempo und gucken.

Elin versucht, ihn zu beruhigen. »Vielleicht hast du sie einfach nur verlegt.«

Das macht Gabriel allerdings nur noch ärgerlicher. »Wir reden hier von 170 Pralinen auf fünf Tabletts. Die kann man doch nicht einfach verlegen wie einen Schlüssel oder einen Regenschirm.«

Da hat er auch wieder recht.

»Du glaubst also, dass jemand die Pralinen gestohlen hat?«

»Ich glaube das nicht, ich weiß es! Natürlich habe ich gleich die Polizei angerufen. Aber wisst ihr was? Als ich erzählt habe, dass mir 170 Pralinen gestohlen wurden, hat der Typ am Telefon gelacht. Gelacht! Als ob es lustig wäre, dass meine Existenz bedroht ist. Er meinte, sie könnten frühestens am späten Nachmittag einen Streifenwagen vorbeischicken, vielleicht auch erst morgen. Aber bis dahin hat der Dieb die Pralinen doch längst weiterverkauft.«

Oder aufgegessen, denkt Elin.

»Ich habe noch nie davon gehört, dass es einen Schwarzmarkt für Pralinen gibt«, sagt Arie, legt Gabriel eine Hand auf die Schulter und schiebt ihn sanft, aber bestimmt, zum C'est Magnifique!.

An der Tür bleibt Arie stehen, nimmt das Schloss in Augenschein. »Einbruchsspuren gibt es nicht. War die Tür heute Nacht abgeschlossen?«

»Natürlich«, sagt Gabriel. »Die Hintertür auch.«

»Also doch verlegt«, murmelt Elin.

»Hat noch jemand einen Schlüssel?«

»Meine Frau, aber die würde nie …«

»Vielleicht wollte sie dir etwas heimzahlen?«, überlegt Maddie. »Weiß sie von dem Auftrag?«

»So ist Zwaantje nicht. Selbst wenn sie nicht zu mir zurückkommen wollte, kann sie kein Interesse daran haben, meinem Laden zu schaden. Von dem Geld, das ich hier verdiene, zahle ich schließlich auch den Unterhalt für sie und die Kinder.«

»Sonst niemand?«

Gabriel überlegt einen Moment. »Da gibt es eine ehemalige Mitarbeiterin, eine Kellnerin, die hat bislang versäumt, den Schlüssel zurückzugeben. Laura.«

»Bekommen alle deine Mitarbeiter einen Schlüssel?«

»Nein, nur wenn …«, Gabriel bricht ab und startet noch einmal neu. »Eigentlich nicht.«

»Nur, wenn du mit ihnen eine Affäre hast?«, vermutet Maddie.

Gabriel lässt seine Hände vor seinem Gesicht hin und her flattern. »Das war ein Ausrutscher. Aber darum geht es doch jetzt gar nicht.«

»Möglicherweise geht es genau darum«, sagt Arie. »Aus verletzten Gefühlen haben Leute schon ganz andere Sachen gemacht, als ein paar Pralinen zu stehlen.«

»Vielleicht sind die Einbrecher auch gar nicht durch die Tür gekommen«, sagt Gabriel.

»Sondern? Die Fenster sehen auch alle unbeschädigt aus.«

Gabriel wischt mit einer Fußspitze auf den Kacheln herum, bis es quietscht. Dann gibt er kleinlaut zu, dass er möglicherweise vergessen hat, eines der Küchenfenster richtig zu schließen.

Arie zieht die Augenbrauen hoch.

»In letzter Zeit war das ja auch nicht so wichtig, schließlich war ich sowieso fast immer hier.«

»Auch nachts?«

»Auch nachts. Seit der Trennung von meiner Frau habe ich im Büro auf einer Matratze geschlafen. Aber letzte Nacht nicht. Da hatte ich ein Hotelzimmer.«

»Warum?«

»Ich wollte endlich mal wieder in einem richtigen Bett liegen und ein warmes Bad nehmen.«

»Andere Frage: Kannst du nicht einfach neue Pralinen machen?«, wendet sich Maddie an Gabriel.

Der Sternekoch wirft die Arme in die Höhe und sieht so verzweifelt aus, als hätte Maddie ihm vorgeschlagen, er solle ein gutes Steak richtig durchbraten. »Wir reden hier nicht von ein paar Packungen Mozartkugeln. Wahrscheinlich könnte ich für die C'est Magnifique!-Pralinen nicht mal alle Zutaten rechtzeitig besorgen. Und selbst wenn – alleine könnte ich die Pralinen gar nicht so schnell herstellen.«

»Hat dir nicht eine Chocolatière geholfen?«, fällt Arie ein. »Die könnte vielleicht noch mal einspringen?«

»Lillie Woutens gehört zu den besten Chocolatières der Welt, aber auch sie kann keine Wunder vollbringen. Außerdem ist sie nicht mehr da.« Gabriel erklärt, dass Lillie am Vortag zurück nach Belgien wollte. »Aber sie kommt sicher wieder, schließlich werden wir die Pralinen nach der Hochzeit gemeinsam vermarkten, obwohl die Idee für das Rezept natürlich von mir kam. Ach ja, Lillie hat übrigens auch einen Schlüssel.«

»Hattest du mit ihr auch eine Affäre?«, will Elin wissen. Gabriel antwortet mit einem bösen Blick.

»Als sie gestern gegangen ist, waren die Pralinen noch da.«

Jack, der neben Elin steht, zuckt plötzlich zusammen. »Fuck«, murmelt er leise. Dann fragt er lauter: »Wie ist es eigentlich neulich beim Testessen gelaufen?«

Elin versteht sofort, worauf er hinauswill. Es gibt einen Menschen in Amsterdam, der möglicherweise ein noch viel besseres Motiv als verletzte Gefühle hat.

Gabriel ist darauf offenbar noch nicht gekommen, er schaut Jack irritiert an, antwortet aber trotzdem.

»Ausgezeichnet, van Lockhorst fand nicht nur meine Pralinen superb, sondern auch meinen Menüvorschlag. Femke wollte vegan kochen, damit fiel sie bei Maarten sofort durch.«

»Und das Orchideen-Sorbet? Was hat er denn dazu gesagt?«, fragt Jack nach.

»Nicht viel.« Gabriel grinst linkisch. »Es ist beim Transport geschmolzen. Irgendwie war wohl die Kühlbox defekt.«

»Was für ein Zufall«, sagt Maddie. Arie schaut Gabriel streng an. »Hattest du etwas damit zu tun?«

Gabriel blinzelt. »Quatsch.«

»Denkt Femke, dass du etwas damit zu tun hast?«

Gabriel bindet sich die Schnürsenkel neu zu. »Möglicherweise.«

»Falls Femke die Pralinen geklaut hat, liegen sie jetzt vermutlich irgendwo in der Mülltonne«, sagt Jan.

Elin traut Gabriel Petit nicht recht über den Weg, auch wenn sie dafür eigentlich keine richtigen Anhaltspunkte hat. Nur weil jemand etwas fahrig ist und einen Hang zur Theatralik hat, muss er ja noch kein Lügner sein.

»Das wäre ja schrecklich«, flüstert Gabriel jetzt. Dann spricht er viel zu laut weiter: »Aber nein, das kann ich mir nicht vorstellen. Dazu ist sie viel zu sehr Profi. Gestern Abend war sie ganz freundlich.«

»Gestern Abend?«, fragt Arie nach.

»Ja, sie ist vorbeigekommen, um mit mir noch mal über das Hochzeitsmenü zu sprechen. Sie wird die Weine aussuchen und organisieren, da muss sie natürlich genau wissen, was es zu essen gibt.«

»Sie war HIER?«, vergewissert sich Arie.

»Ja, am frühen Abend. Wir haben im Büro gesessen, ein Glas Wein getrunken und die Sache besprochen.«

»Hast du ihr die Pralinen gezeigt?«, fragt Jan.

»Klar, sie hat danach gefragt.«

Als Gabriel die Gesichter der Detektive sieht, schlägt er sich die Hand vor den Mund. »War das ein Fehler?«

»Wir könnten ja mal bei Femke vorbeifahren«, sagt Jack. »Obwohl ich dann lieber nicht mitkomme.«

»Dann klingeln wir einfach und fragen: Frau Baas, kann es sein, dass sie 170 Pralinen gestohlen haben?«, sagt Jan. »Und dann sagt sie: Ja, stimmt, tut mir leid. Aber ihr könnt sie gerne zurückhaben, wenn ihr wollt.«

Jack winkt ab. »Schon überzeugt, das war nicht die beste Idee.«

Arie schlägt vor: »Am besten suchen wir erst mal den ganzen Laden systematisch ab. Vielleicht ist doch jemand eingebrochen, und wir haben nur die Spuren übersehen. Dann sehen wir weiter.«

In der Küche entdecken sie nichts Auffälliges, danach ist das Büro dran. Hier finden sie vieles, was man nicht unbedingt in einem Büro erwarten würde: eine Matratze mit Daunendecke und Kissen, dreckiges Geschirr, nicht mehr ganz frische Unterhosen und eine Zeitschrift mit erotischen Fotos. Hinweise auf

Eindringlinge aber nicht. »Das ist die Vorratskammer«, sagt Gabriel, als sie vor der letzten Tür stehen.

Ihnen kommt ein Schwall kühle Luft, ein tiefes Brummen und der Geruch von Fleisch entgegen. Elin kennt diesen Geruch aus Nordschweden, von den kühlen Herbsttagen, wenn die Jäger kolossale Elche schießen und ihnen vor den Jagdhütten die Haut abziehen. Sie schaut sich um, sucht nach einem Reh oder vielleicht einem halben Wildschwein, das Gabriel hier abhängen lässt. Aber sie sieht nur Gefrierschränke (von ihnen kommt das Brummen) und ein hohes Regal voll mit diversen Konserven, Gewürzmischungen und großen Säcken mit Mehl und Reis. Elin fröstelt, verschränkt die nackten Arme vor der Brust.

»Was ist das?«, fragt Jack und zeigt auf ein röhrenförmiges Ungetüm aus Edelmetall, das die ganze hintere Wand einnimmt und im schwachen Schein der Energiesparlampe seltsam bedrohlich schimmert.

»Das ist Lillies Kühltunnel. Den haben wir für die Herstellung der Pralinen benutzt.«

»Ich dachte, sie ist gestern zurück nach Belgien gefahren?«, wundert sich Jan.

»Sie überlegt, einen zweiten Laden hier in Amsterdam zu eröffnen, eine Zweigstelle sozusagen. Ich habe gesagt, sie kann den Kühltunnel hier stehen lassen, bis sie ein geeignetes Ladenlokal gefunden hat. Ich habe hier ja Platz genug.«

»Wäre ein Kühltunnel nicht der Ort, wo man logischerweise Pralinen lagern würde?«, fragt Maddie.

»Er ist im Moment gar nicht angeschlossen.« Gabriel reibt sich die Arme, wahrscheinlich ist auch ihm kalt.

Arie geht ein paar Schritte durch den Raum und klappt den Deckel des Kühltunnels nach oben. Elin wird spontan ein bisschen flau in der Magengegend. Es ist doch etwas anderes, wenn es Elche sind. Jan unterdrückt einen Aufschrei, Jack wankt zu einem kleinen Hocker, der in der Ecke steht, lässt sich darauf fallen und schaut auf den gefliesten Boden.

Alle anderen starren die Frau an, die da auf dem gelben Band des Kühltunnels liegt und sie mit glasigen Augen anschaut. Ihr blau-weiß geblümtes Kleid ist ihr bis auf die Oberschenkel hochgerutscht, ihre Kinnlade hängt nach unten und ihr aschblondes Haar ist über der rechten Schläfe blutverklebt. Sie kommt Elin merkwürdig bekannt vor.

»Lillie«, wimmert Gabriel Petit. Er macht einen Schritt auf die Tote zu, hält dann aber direkt neben Elin inne und verdreht die Augen, bis Elin nur noch das Weiße und Gabriel vermutlich nur noch Sterne sieht. Dann kippt der Koch um.

29

Ausgerechnet Wessel. Als ob es in Amsterdam keinen anderen Polizisten geben würde. Arie erkennt ihn schon an seinem Gang, als er durch die Küche läuft, auf halber Strecke zur Vorratskammer. Dieser polternde, etwas tapsige Schritt, der sie einmal fast ums Leben gebracht hätte, weil der Täter, der sich in einem alten, dunklen Fabrikgebäude versteckt hielt, genau hören konnte, in welche Ecke er schießen musste. Wessel de Boer ist niemand, der sich anschleichen kann.

Arie Poepjes wünscht sich, er könnte sich wegschleichen. Alternativ würde er sich auch gerne auflösen oder unter einer Tarnkappe verschwinden. Er tritt einen Schritt zurück, hinter Jan, in die Nische zwischen Regal und Gefrierschrank. Tatsächlich sieht Wessel ihn nicht, nicht sofort jedenfalls. Der Hoofdcommissaris geht auf direktem Weg zur Leiche. Nur bei Gabriel Petit stoppt er kurz, wechselt ein paar leise Worte mit dem Notarzt, der dem vor kurzem aus seiner Ohnmacht erwachten Koch eine Infusion legt. Dann steht er da und betrachtet die Leiche, und Arie weiß, dass er noch lange so stehen bleiben könnte. Früher haben sie gemeinsam so an Tatorten gestanden, ein perfektes Team, weil sie gleich getickt, aber doch ganz unterschiedliche Details wahrgenommen haben. Arie fragt sich, ob

Wessel den kleinen Papierschnipsel sieht, der in den Stofffalten von Lillie Woutens Kleid liegt, so als wäre er der Toten aus der Hand gefallen. Und die rechte Ecke des Kühltunnels, die ein bisschen mehr glänzt als der Rest – fällt ihm das auf?

Wahrscheinlich nicht, denn Elin niest, und Wessel dreht sich zu ihnen um. Sein Blick bleibt sofort an Arie hängen.

»Du«, sagt er.

Arie tippt mit der rechten Hand an seine nicht vorhandene Mütze.

Wessel kommt näher. »Was machst du hier?« Er macht eine Handbewegung, der die anderen Detektive umfasst. »Was machen Sie alle hier?«

»Gabriel Petit hat uns gebeten, ihm bei der Suche nach seinen verschwundenen Pralinen zu helfen«, sagt Elin. »Die Pralinen haben wir nicht gefunden, aber dafür …« Sie deutet auf den Kühltunnel. Davor richtet sich Gabriel Petit auf einer Bahre langsam auf. Er scheint schon wieder ganz gut beieinander zu sein. »Zuerst habe ich die Polizei angerufen, aber ihr wolltet ja nicht kommen. Da habe ich bei der Hausboot-Detektei gefragt.«

»Hausboot-Detektei«, wiederholt Wessel.

Dieser Ring, den Wessel am Finger hat, wie golden der glänzt. Dabei hat Sanne früher immer lieber Silber getragen. Aries Knie zittern. So haben sie auch damals gezittert, am Hochzeitstag, an dem er früher nach Hause gekommen war, um seine Frau zu einem romantischen Wochenende zu entführen, im Flur seine Jacke über den Haken warf und dann stockte, als Sanne im Schlafzimmer stöhnte, so wie er es schon lange nicht mehr gehört hatte. Und sie war nicht die Einzige, die hörbar Spaß hatte.

Später hat Arie oft gedacht, dass er in diesem Moment einfach hätte umdrehen, das Haus verlassen, an die Küste fahren und zwei Tage lang aufs Meer schauen sollen. Dann hätte er vielleicht nie erfahren, von wem das wohlige, tiefe Grunzen kam.

Wessel nimmt wieder Arie ins Visier. »Du arbeitest jetzt für eine Detektei, die nach gestohlenen Pralinen sucht?« Arie vermag nicht zu sagen, ob er spöttisch oder mitleidig klingt, und welche Version er schlimmer fände. Plötzlich ist es ganz still, sogar der Gefrierschrank hört für einen Moment mit dem Brummen auf. Arie glaubt nicht, dass er sprechen kann. Aber dann schiebt sich eine kleine, trockene Hand in seine große, vom Angstschweiß nasse. Er spürt mehr, als er es sieht, dass es Maddie ist, die an seiner Seite steht und es schafft, mit einem Händedruck genau das zu sagen, was er jetzt mehr als alles andere hören muss: Du bist nicht allein.

Arie lässt das sinken, bis zu den Knien, die augenblicklich zurück zu einem festeren Stand finden. Seine Zunge löst sich nur zögerlich, aber dann sagt er es: »Unsere Detektei kümmert sich um die Fälle, auf die ihr keine Lust habt.«

Der Hoofdcommissaris mustert die Detektive der Reihe nach, und plötzlich sieht Arie sich und die anderen mit Wessels Augen. Das kann man manchmal, wenn man so lange befreundet war. Da ist Jan, der mit seinen Wanderschuhen, den vielen Sommersprossen und dem rötlich schimmernden Bart aussieht, als wäre er unterwegs in die Berge. Vielleicht würde er dort Elin suchen, die mit ihren wilden Haaren aussieht wie Ronja Räubertochter. Und was hat sie heute eigentlich an? Ihre Schlafanzughose? Dann er, der abgehalfterte Polizist, der in den letzten Monaten fünfzehn Jahre gealtert ist. Mit welchem

Prädikat Wessel ihn wohl versieht? Mein ehemaliger bester Freund? Mein Ex-Kollege? Der Ex-Mann meiner Frau?

Am längsten schaut Wessel Maddie an, die immer noch Aries Hand hält. Mit ihren kurzen bunten Latzhosen, unter denen sie eine Art Spitzenbluse trägt, wirkt sie in diesem düsteren Tatort so fehlplatziert wie ein Paradiesvogel auf dem Schrottplatz.

Auf den ersten Blick mögen sie eine ziemlich skurrile Gruppe sein, aber in diesem Moment merkt Arie so deutlich wie nie zuvor: Er würde keine anderen Kollegen mehr haben wollen.

»Was ist mit dem?« Wessel deutet auf Jack, der immer noch auf dem Hocker sitzt und so aussieht, als würde er sich gerade von einer schweren Magen-Darm-Grippe erholen. »Jack kann kein Blut sehen«, erklärt Jan.

»Dann unterhalten wir uns besser in der Küche weiter, bevor er auch noch aus den Latschen kippt.«

In der Tür stoßen sie fast mit Madelief Lokkerbol zusammen, Aries Lieblings-Gerichtsmedizinerin, eine resolute Wissenschaftlerin in den Fünfzigern, die sich selten um Regeln schert, in ihrer Freizeit gerne strickt und zum Gleitschirmfliegen in die Alpen fährt.

»Arie«, ruft sie und strahlt. »Du bist zurück!«

»Zum Glück nicht«, sagt Wessel barsch.

»Als Privatdetektiv«, kann Arie noch sagen, dann schiebt Wessel ihn und Jack energisch Richtung Küche.

Auch Gabriel Petit kommt dazu, obwohl der Notarzt ihn lieber sofort ins Krankenhaus bringen würde, an seiner Hand hängt noch der Tropf. »Sie dürfen ihn gleich mitnehmen«, vertröstet Wessel den Mediziner.

Dann will er wissen, ob sie etwas angefasst hätten. So ziemlich alles, außer der Leiche, berichtet Arie. »Scheiße«, flucht Wessel, wobei er wohl eher an die Arbeit der Spurensicherung als an seine eigene denkt.

Dann erzählt der immer noch sichtlich mitgenommene Gabriel Petit, wer die Tote ist und ihre Verbindung zum C'est Magnifique!. Er erzählt von der Hochzeit, von dem seltsamen Auftrag von Maarten van Lockhorst, dem Wettstreit mit Golden Forks, dem Testessen, und den einzigartigen Pralinen, die jetzt verschwunden sind. Dass er die Hausboot-Detektei beauftragt hat herauszufinden, was das Golden Forks servieren wollte, lässt er zu Aries Erleichterung weg.

Auch Wessel fragt, wer einen Schlüssel hat. Er notiert sich Namen und Kontaktdaten von Gabriels getrennt lebender Frau und der Kellnerin Laura. Er betrachtet das Küchenfenster, das in der Nacht nicht richtig verschlossen war, und er fragt, was Gabriel am Vortag gemacht hat. Wessel schreibt alles auf, und Arie weiß, dass er den Zettel später einem untergeordneten Kollegen zur Überprüfung auf den Schreibtisch legen wird. Aber dann sagt Gabriel, dass er sich am Abend mit Femke Baas getroffen hat, um über die Weinauswahl für die Hochzeit zu sprechen. Wessel lässt den Stift sinken. »Femke Baas?«, fragt er. Seine Stimme ist ruhig, aber an den Augen, die etwas größer sind als gewöhnlich, und am Schnurrbart, der leicht zuckt, so wie die Tasthaare von Fru Gunilla, wenn sie etwas Aufregendes entdeckt hat, erkennt Arie, dass er alarmiert ist.

»Femke Baas ist die Besitzerin des Golden Forks«, sagt Gabriel.

»Sie hätte also ein mögliches Interesse daran, die Pralinen zu stehlen?«

»Kann ich mir nicht vorstellen. Den Auftrag für die Hochzeit würde sie sicher trotzdem nicht bekommen. Außerdem war sie gestern Abend so nett«, überlegt Gabriel laut. »Und was ist mit der armen Lillie passiert? Ich verstehe immer noch nicht, warum sie überhaupt hier war. Sie wollte doch nach Belgien zurück.«

»Vielleicht hat sie etwas vergessen«, sagt Elin.

Vielleicht hat sie Femke bei ihrem Einbruch überrascht, denkt Arie, und er kann sehen, dass auch Wessel diese Möglichkeit in Betracht zieht.

»Mir geht es doch nicht so gut«, sagt Gabriel und fasst sich an den Kopf. Wessel winkt den Notarzt herbei, der im Flur gewartet hat. »Möglicherweise eine Gehirnerschütterung. Vermutlich sind Sie mit dem Kopf auf dem Boden aufgeschlagen, als Sie bewusstlos geworden sind«, konstatiert er. »Wir müssen Sie zur weiteren Untersuchung wirklich mit ins Krankenhaus nehmen.«

»Ich komme noch mal vorbei, um Ihnen weitere Fragen zu stellen«, kündigt Wessel an. Während der Arzt Gabriel nach draußen begleitet, fragt er, ob er jemanden benachrichtigen soll. Arie hört noch, wie der Koch »Meine Frau, bitte« sagt, dann sind sie draußen.

»Ich glaube nicht, dass es Femke war«, sagt Jack, in dessen Gesicht langsam etwas Farbe zurückkehrt.

»Kennen Sie Mevrouw Baas?«, fragt Wessel misstrauisch.

»Nicht gut, aber ich glaube, sie ist zu nett, um jemanden umzubringen.«

»Nett heißt noch gar nichts«, sagt Wessel. »Woher kennen Sie Mevrouw Baas?«

Da haben wir den Schlamassel, denkt Arie. Sein Fehler: Er

hätte ihnen sagen müssen, dass man der Polizei in der Regel nie mehr als nötig erzählen sollte.

Aber Jack spricht unbekümmert weiter. »Ich habe bei ihr vor kurzem ein Praktikum gemacht.«

»Warum?«

Erst jetzt sieht Arie in Jacks Gesicht eine kleine Spur von Unsicherheit, die er aber gleich mit einem Grinsen überspielt. »Weil ich kochen lernen wollte«, sagt Jack. »Kommt bei den Frauen gut an.«

»Ach wirklich«, sagt Wessel. Seine Augen verengen sich zu schmalen Schlitzen. Aus unzähligen Verhören, die sie gemeinsam geführt haben, weiß Arie, was dieser Blick bedeutet: Ich weiß noch nicht, was hier gespielt wird, Freundchen, aber ich werde dahinterkommen.

Innerlich stöhnt Arie laut auf. Wessel wird auf dem Revier auch »der Nussknacker« genannt, weil er bekannt dafür ist, Zeugen und Verdächtige wenn nötig so lange in die Zange zu nehmen, bis sie alles auspacken. Wenn er herausfinden will, warum Jack wirklich ein Praktikum im Golden Forks gemacht hat, wird ihm das auch gelingen. Einer von ihnen – Jack oder Gabriel – wird reden. Und dann werden Wessel und kurz darauf sicher auch Sanne wissen, dass er sich mit seiner neuen Detektei nicht zu schade war, um Rezepte auszuspionieren. Was für ein Job für jemanden, der früher Mörder gejagt hat. Ganz davon abgesehen, dass diese Spionagegeschichte von Anfang an moralisch fragwürdig war.

In diesem Moment hat Wessel aber keine Zeit, um weitere Fragen zu stellen. Stattdessen schickt er die Detektive mit einem Streifenwagen aufs Revier, um ihre Fingerabdrücke nehmen zu lassen. Wessel de Boer muss in die andere Richtung. Denn dort wohnt eine Mordverdächtige.

30

Femke Baas liegt in der Badewanne. Das Wasser hat die perfekte Temperatur, ganz kurz vor zu heiß, und wenn es stimmt, was auf der Packung des sündhaft teuren Badesalzes steht, sorgt der Sandelholzgeruch gerade dafür, dass ihr Yin und Yang besser miteinander harmonieren. Draußen ist es eigentlich zu warm, um ein heißes Bad zu nehmen, aber dank der Klimaanlage fühlt es sich in ihrer Wohnung wie ein kühler Herbsttag an. Auf ihrem Badewannentablett aus Bambus steht eine Flasche Prosecco und ein kleiner Teller mit drei Pralinen darauf. Sie stellt sich vor, wie Maarten ausrasten wird, wenn er herausfindet, dass auf der Hochzeit seiner Tochter leider doch keine ach so besonderen Pralinen serviert werden können. Darauf direkt noch einen Schluck Prosecco. Armer Gabriel, er wird ziemlich aus dem Häuschen sein, wenn er seinen leeren Kühlschrank sieht. Sie hat gestern noch ein bisschen recherchiert. Es dürfte unmöglich sein, in so kurzer Zeit noch frische Jabuticabas zu organisieren und anschließend zu diesen Köstlichkeiten zu verarbeiten. Sie steckt sich noch eine Praline in den Mund und spürt der Süße nach, die sich vom Mund in den Körper ausbreitet und in leichte Ekstase verwandelt. Von allen Pralinen, die sie je gegessen hat, und das waren schon einige, sind das mit Abstand die besten. Ihnen gelingt etwas, was selbst in

der Sterneküche selten ist: Sie schmecken nicht nur gut, sie be-
glücken.

Eigentlich hatte sie die Pralinen vernichten wollen, aber dann
hat sie aus beruflichem Interesse doch eine probiert und den
Rest nicht in den nächsten Container geworfen, sondern in ihren Kühlschrank gestellt.

Femke lässt sich im warmen Wasser treiben und denkt an den
Vortag zurück. Wie irritiert sie erst über Gabriels Anruf war.
Ob sie zu ihm ins C'est Magnifique! kommen könnte, am besten gleich, damit sie noch mal gemeinsam über die Weinauswahl sprechen könnten. Als ob! Aber in Gabriels Stimme lag
eine seltsame Dringlichkeit, und eigentlich wollte sie ihn ja
auch noch mal treffen, wegen der Sache mit der Transportbox.
Am liebsten, um ihn umzubringen. Wenn das nicht ging, wollte
sie ihn aber wenigstens zur Rede stellen.

Seltsam aufgekratzt und noch geschwätziger als sonst, war er
dann am Abend. Natürlich war sie nicht gleich am Nachmittag
hingefahren, sondern hatte ihn warten lassen. Er öffnete eine
gute Flasche Whiskey, von der sie nur wenig und er sehr viel
trank, und berichtete freimütig von seinen Eheproblemen, während durch das halb geöffnete Fenster Salsaklänge und warme
Abendluft hineinwehten. Gabriel erzählte, dass er seit Monaten
im Büro schlief, aber für diese Nacht ein Hotelzimmer gebucht
hätte (an dieser Stelle dachte Femke kurz darüber nach, ob das
etwa ein Verführungsversuch sein sollte, verwarf den Gedanken aber gleich wieder) und den nächsten Tag komplett freima-
chen wollte, um mit seinen Kindern an den Strand zu fahren.
Sie redeten kurz über die Weine zum Hochzeitsmenü (er fand

all ihre Vorschläge gut) und auch über das Orchideen-Sorbet und die Transportbox. Nach wie vor stritt er ab, etwas mit der Sache zu tun zu haben.

Pralinen probieren durfte sie auch nicht. Gabriel zeigte ihr die vollgeladenen Platten im Kühlschrank und meinte bedauernd, dass er für die Hochzeit gerade so genug hätte. Vielleicht war es dieser Satz, der sie überhaupt auf die Idee brachte, dass es eine viel lustigere Form der Rache für das geschmolzene Sorbet geben könnte, als Gabriel Petit über die Hafenmauer zu werfen. Vielleicht war es auch die Tatsache, dass Gabriel das Fenster zwar irgendwann schloss, aber nicht verriegelte.

Er hatte es ihr aber auch wirklich zu leicht gemacht. Ob das eine Nebenwirkung des Kokain-Konsums war? Fühlte sich Gabriel Petit unverwundbar? Rückblickend macht es fast den Anschein, als hätte er es darauf angelegt, dass sie nachts zurückkommt. Genau das tat sie dann auch. Parkte um vier Uhr morgens in einer Seitenstraße, zog Einweghandschuhe über, drückte das Fenster auf, kletterte in die Küche und nahm die Pralinen mit.

Femke lässt noch ein bisschen heißes Wasser nachlaufen und eine weitere Praline auf ihrer Zunge zergehen. Ein paar sollte sie vielleicht als kleinen Gruß an Albert de la Roche schicken, immerhin wird sie auf der Hochzeit viel Geld damit verdienen, dass sie billigen Wein in den Flaschen seines Weingutes serviert. Zwei Tage ist es her, dass sie seine Visitenkarte in ihrem Briefkasten gefunden hat. Sein Jobangebot steht also noch. Sie wird nach der Hochzeit entscheiden, ob sie es annimmt.

Was Gabriel wohl tun wird, wenn er ins C'est Magnifique! kommt und entdeckt, dass die Pralinen verschwunden sind?

Sie hofft, dass er irgendjemand anders verdächtigt, seine Fast-Ex-Frau zum Beispiel. Femke taucht tiefer im Wasser ab, bis sich ihre schwarzen Haare wie Seeschlangen um ihre Schultern schlängeln.

Wird er die Polizei rufen? Kann sie sich nicht vorstellen. Leute, die selber gerne mal halbkrumme Dinger drehen (und zu diesen Leuten, da ist sie sich sicher, zählt Gabriel), rufen nicht gerne die Bullen. Falls die wegen ein paar Pralinen überhaupt anrücken würden. Femke trinkt noch ein halbes Glas. Falls heute wider Erwarten doch die Polizei bei ihr anklingelt, hätte sie immer noch genug Zeit, die Pralinen zu verstecken oder sie – Gott bewahre – im Klo runterzuspülen.

Aber sie klingeln nicht. Sie treten die Haustür ein und kommen einfach rein, mit gezogenen Waffen.

31

»Jetzt hast du ja doch noch deine Leiche.«

Elin schaut von ihrem Gartenbuch auf, das sie sich in der Bücherei ausgeliehen hat. Sie liegt an Bord der Lakshmi, in der Hängematte, die Arie neulich auf dem Vlooienmarkt gefunden hat.

»Für dein Buch«, erläutert Jan. Er sitzt am Tisch unterm Sonnenschirm und schneidet Gurken für den Salat zum Mittagessen und für Fru Gunilla zum Snacken. An ihm vorbei kann Elin bis zu dem Hausboot schauen, das auf der anderen Seite der Gracht liegt. Dort steht eine halb nackte, gedrungene Frau an der Reling und sprüht ihre Arme mit Sonnenmilch ein.

Elin lächelt schief. »Habe ich schon verstanden. Leider kommt die Leiche zu spät.«

»Hä?«, mischt sich Jack in das Gespräch ein.

»In einem Krimi muss innerhalb der ersten vier Kapitel jemand sterben, am besten schon früher. Sonst liest niemand weiter.«

»Sagt wer?«, fragt Maddie, die eine Handbreit über den Holzbrettern schwebt. Jedenfalls sieht es so aus, weil Elin die Hand von Maddie, die noch Bodenkontakt hat, von der Hängematte aus nicht sehen kann. Die restlichen Gliedmaßen hat sie sich irgendwie um die Schultern gewickelt. Maddie nennt das Yoga,

Elin nennt das Tortur und träumt davon, zum Fitwerden mal wieder Holz zu hacken.

Elin klappt ihr Buch zu. »Keine Ahnung: mein Agent, die Verlage. Vielleicht sind auch die Krimileser per se ein bisschen blutrünstig.«

In der Gracht schwimmen zwei Schwäne mit ihren fünf Jungen vorbei. Von der gegenüberliegenden Seite des Bootes ist ein leichtes Platschen zu hören. Hund liegt zum Abkühlen in einem kleinen Kinderplanschbecken, Arie sitzt auf einem Stuhl daneben und lässt seine nackten Füße ins Wasser hängen.

»Ich könnte einen Liebesroman daraus machen. Aber da bräuchten wir noch ein Happy End.« Elin grinst und blickt demonstrativ von Maddie zu Jack.

»Ich hoffe, dass deine Bücher besser sind als deine Witze«, sagt Jack, steht auf und verschwindet im Badezimmer.

»Ups«, sagt Arie.

»Sorry«, sagt Elin. Erst zu Maddie, die nur ganz kurz, aber dafür sehr missbilligend ihre kleine Nase gekräuselt hat, dann zu Jack, als er vom Klo zurückkommt. Dann redet sie lieber noch mal über ihren Krimi. »Natürlich könnte ich mit Lillies Leiche im Kühltunnel in die Geschichte einsteigen, aber wenn schon nach fünf Minuten feststeht, wer die Täterin war, ist das ja auch langweilig.«

»Nicht, wenn die vermeintliche Täterin unschuldig wäre«, sagt Jan. »Ich glaube genauso wenig wie Jack, dass Femke Baas die Chocolatière ermordet hat.«

»Wieso nicht?«, will Arie wissen.

»So ein Gefühl. Das klingt jetzt arg nach Klischee, aber ich glaube, unter Femkes rauer Schale steckt ein weicher Kern.«

Maddie verdreht die Augen. »Noch ein Mann, der unserer Spitzenköchin verfallen ist.«

Elin denkt, dass Maddie heute ziemlich empfindlich ist. Möglicherweise liegt es an der Hitze.

Jan ignoriert Maddies Kommentar einfach. »Wisst ihr noch, wie ich mir Sorgen gemacht habe, dass in dem Orchideen-Sorbet Mandeln sind? Da hat sie doch erst so getan, als wäre ihr die Gesundheit von Fru Gunilla völlig egal, dann hat sie mir aber noch hinterhergerufen, dass keine Mandeln drin waren.«

Arie hebt seine Füße aus dem Becken, vom langen Baden sind sie ganz schrumpelig geworden. »Ich bin nur froh, dass ihr eure Theorien über Femke nicht auch schon im C'est Magnifique! zum Besten gegeben habt.«

»Ja, ja, ja, ich habe den Wink schon verstanden«, sagt Jack und klingt dabei so übertrieben beleidigt, dass alle wissen, dass er nur schauspielert.

»Bekommen wir eigentlich Probleme, wenn die Polizei herausfindet, dass wir Femke ausspioniert haben?«, fragt Maddie.

»Solange sie es Femke nicht erzählen, vermutlich nicht«, sagt Arie, obwohl Elin ihm ansehen kann, dass ihm das alles schrecklich unangenehm wäre.

Jack trinkt sein Wasserglas aus, fischt den letzten Eiswürfel aus dem Glas und lässt ihn sich ins T-Shirt rutschen. »Also, ich bleibe auch dabei: Femke Baas war es nicht. Dass sie die Pralinen stehlen wollte, um Gabriel eins auszuwischen, lasse ich mir ja noch weismachen. Aber dass sie dann beim Klauen zufällig von Lillie Woutens überrascht wird und sie dann einfach mal umbringt, scheint mir doch sehr weit hergeholt.«

»Es könnte auch andersherum gewesen sein. Sie hat Lillie ermordet, und um das Ganze wie einen Raubmord aussehen zu lassen, hat sie eben auch noch die Pralinen geklaut«, sagt Elin.

»Warum sollte Femke Lillie umbringen wollen?«, fragt Jan skeptisch.

»Das kann doch alle möglichen Gründe haben. Zum Beispiel könnte Lillie Femke mal den Freund ausgespannt haben«, sagt Elin und fängt gleich darauf an zu lachen. »Vergesst die letzte Theorie, okay? Ich habe vermutlich zu viele Krimis geschrieben.«

»Glaubt ihr Gabriel eigentlich, dass er nichts mit dem geschmolzenen Sorbet zu tun hat?«, will Jan wissen.

»Er hat schon sehr arg geblinzelt, als er gesagt hat, dass er nichts dafür konnte. Das passiert Isa auch immer, wenn sie versucht, mich anzuschwindeln«, sagt Maddie.

Arie nickt ihr zu. »Gut beobachtet.«

Jan seufzt. »Wenn wir gewusst hätten, dass Gabriel Femke nicht nur ausspionieren, sondern ihre Arbeit anschließend auch sabotieren will, hätten wir den Auftrag doch vermutlich gar nicht angenommen.«

»Da waren wir wahrscheinlich ein bisschen dumm«, sagt Jack.

Arie legt den Kopf in den Nacken und schaut in den Himmel, an dem sich plötzlich ein paar dicke Wolkenberge türmen, so als hätte jemand riesige Portionen Schlagsahne auf einen Blaubeerkuchen gelöffelt. »Hätten wir den Auftrag nicht angenommen, wäre Lillie Woutens möglicherweise noch am Leben.«

32

Femke Baas lässt das Glas mit dem Prosecco fallen, stößt mit dem Knie das Bambustablett vom Badewannenrand und sieht noch, wie die letzte weiße Praline vom Teller in die Fluten rutscht. Dann stürmen vier bewaffnete Polizisten in ihr Badezimmer. »Hände hoch«, schreit einer, was Femke reflexartig, begleitet von einem hellen Kreischen, befolgt, bei näherer Betrachtung aber doch ziemlich dumm findet. Es ist ja nicht so, dass sie aus dem Sandelholz-Wasser gleich eine Knarre ziehen könnte.

Haben Sie es also doch rausgefunden. Nicht das mit den Pralinen, denn deshalb würden sie nicht so einen Aufwand machen. Sondern die Sache mit Henk. Femkes Bauch schaltet in Panikmodus, und sie hat das Gefühl, dass sie gleich spucken oder kacken muss. Contenance, ermahnt sich Femke, Contenance. Obwohl das leichter gedacht als getan ist, wenn man nackt in der Wanne sitzt und in die Mündungen von vier Pistolen blickt. Ganz bewusst atmet sie durch die Nase, füllt ihre Lungen und lässt die Luft dann durch den Mund wieder entweichen. Ein fünfter Polizist, ohne Waffe in der Hand, kommt durch die offene Tür herein. Diesen kennt sie schon. »Wessel de Boer«, sagt sie. »Sie hätten auch gerne einfach klingeln können.«

Der Hoofdcommissaris zeigt den Anflug eines Lächelns und gibt seinen Männern mit der Hand ein fast unsichtbares Zeichen, woraufhin sie ihre Waffen ein wenig sinken lassen. »Steigen Sie bitte aus der Badewanne.«

Femke hält weiterhin die Hände hoch, rutscht aber noch ein bisschen tiefer. Nur ihre Brüste streben nach oben und treiben auf der Wasseroberfläche wie zwei in der Sonne verwitterte Bojen, denen langsam die Luft ausgeht. Sie denkt gar nicht daran, aus der Wanne zu steigen. »Nein, danke. Ich möchte lieber sitzen bleiben.«

Wessel nimmt ein Paar Handschellen vom Gürtel. »Wegen dringenden Mordverdachtes an Lillie Woutens sind Sie vorläufig festgenommen.«

»Wie bitte?«, fragt Femke überrascht und schluckt aus Versehen ein bisschen Wasser. Das Badesalz mag gut riechen, der Geschmack ist aber durchaus verbesserungswürdig. Hat er ihr gerade tatsächlich vorgeworfen, die belgische Chocolatière, die zusammen mit Gabriel die Pralinen herstellt, getötet zu haben? Hergestellt hat, muss man jetzt wohl sagen. Aber das ist auch egal. Das Einzige, was zählt, ist, dass sie ganz offensichtlich nicht wegen Henk Peerenboom hier sind. Eine Welle der Erleichterung brandet durch ihren Körper. Sie legt den Kopf zurück und lacht. Dann sieht sie sich wie durch eine Kamera von außen, wie sie da liegt, nackt und faltig und übergewichtig, umringt von Männern in Uniform, die richtigerweise annehmen, dass sie jemanden umgebracht hat, aber falsch damit liegen, wen. Sie lacht mehr, lauter, kann gar nicht mehr aufhören.

»Ich glaube, sie hat einen Nervenzusammenbruch. Sollen wir einen Arzt rufen?«, fragt einer der jüngeren Beamten leise, aber Femke hört es trotzdem. Es reicht, damit sie wieder die Kontrolle über ihre Lachmuskeln zurückerlangt. Sie quiekt noch einmal auf, dann wedelt sie ein bisschen mit dem linken Arm, der – genau wie der rechte – vom vielen blödsinnigen Hochhalten schon ziemlich schmerzt. »Es ist völlig ausreichend, wenn sie mir ein Handtuch reichen, junger Mann. Ich möchte jetzt doch gerne mein Bad beenden.«

Mit einem Kopfnicken gibt Wessel sein Okay, und sie bekommt ihr flauschiges, angenehm kühles Handtuch.

Während sie aufsteht und sich abtrocknet, schwärmen drei der Polizisten in ihrer Wohnung aus. Wessel de Boer schaut dezent zur Seite, bleibt aber im Raum. Vielleicht hat er Angst, dass sie sich mit Rasierklingen bewaffnet. Vielleicht kann er es aber auch einfach nicht abwarten, sie über ihre Rechte aufzuklären. Mittendrin wird er allerdings unterbrochen, weil einer der Männer ruft: »Chef, wir haben die Pralinen.«

Ach, denkt Femke, wie schade, das mit den Pralinen wissen sie also doch. »Sie sollten alle eine probieren«, schlägt sie vor. »Die schmecken ganz vorzüglich.«

Wessel schaut sie an, als wolle er ihr ins Bein beißen, sagt aber nichts, bis sie sich angezogen hat. Sie wählt einen schon etwas älteren Hausanzug aus hellblauer Kaschmirwolle. Wenn sie schon die nächsten Stunden oder möglicherweise auch Tage in einer Zelle verbringen muss, dann will sie es wenigstens bequem haben. »Bevor wir gehen, würde ich mich gerne noch schminken, meine Haare föhnen und einen Winzer anrufen.«

»Mevrouw Baas, ich weiß nicht, ob Sie sich Ihrer Lage bewusst sind. Wir bringen Sie jetzt ins Untersuchungsgefängnis, nicht zu einer Weinprobe«, sagt Wessel in galligem Ton. »Aber Sie dürfen wie gesagt Ihren Anwalt anrufen.«

Himmel, denkt Femke. Sie mag solche Männer, die alles so ernst nehmen, wirklich nicht.

»Gut«, sagt sie. »Dann müssen aber Sie Maarten van Lockhorst erklären, warum es am Samstag für die Gäste der Hochzeit seiner Tochter doch keinen Wein gibt.«

Femke sieht, wie Wessel de Boers kleine grauen Zellen arbeiten. Maarten van Lockhorst kennt man in Amsterdam, sicher auch bei der Polizei. Sie würde sich nicht wundern, wenn Maarten und der Polizeichef regelmäßig zusammen Golf spielen. Diese Möglichkeit zieht offenbar auch dieser Hoofdcommissaris in Betracht, denn schließlich willigt er ein.

»Madam Baas! Wie schön, dass ich einmal wieder von Ihnen höre«, begrüßt sie kurz darauf ein gut gelaunter Albert de la Roche.

»Monsieur de la Roche, ich brauche Ihre Hilfe.«

33

In all den Jahren bei der Polizei hat Arie sich nie darum gerissen, Obduktionsberichte zu lesen. Zu dröge und mit Fremdwörtern bestückt, die Sprache. Und als wäre das nicht schlimm genug, weiß man schon, bevor man den ersten Satz gelesen hat, dass es kein Happy End geben wird. Trotzdem: Jetzt hätte er gerne den von Lillie Woutens.

»Keine Chance«, sagt Madelief Lokkerbol ziemlich barsch ins Telefon, nachdem er sie ziemlich nett gefragt hat, und legt auf. Verdutzt schaut Arie erst sein Smartphone und dann seinen Hund an, als könne einer von ihnen ihm den Sinneswandel der Rechtsmedizinerin erklären. Gestern, als sie sich im C'est Magnifique! begegnet sind, war sie doch noch so freundlich. Früher war ihre Zusammenarbeit sehr nett und unkompliziert gewesen, ja, sie hatten sogar manchmal nach der Arbeit ein Bier zusammen getrunken. Und hatte sie ihm nicht sogar unter vier Augen gestanden, dass vielleicht auch sie zur Waffe greifen würde, wenn sie in ihrem Bett ihre Frau mit einer anderen fände? Daran kann es also nicht liegen.

»Immerhin könnte sie ihren Job verlieren, wenn sie dir den Obduktionsbericht schickt oder dir daraus berichtet«, gibt Jan zu bedenken. Sie sitzen heute nach langer Zeit einmal wieder in der Küche. Nach einem kräftigen Gewitter ist der Sommer nämlich erst einmal wieder vorbei. Draußen tobt der Wind um die Bäume, ärgert die Radfahrer und klingt manchmal so, als würde er die ganze Stadt auseinanderreißen wollen.

»Wie sollte das denn rauskommen? Nein, ich glaube eigentlich nicht, dass sie sich deshalb Sorgen macht.«

»Laut der Radionachrichten sitzt eine dringend Tatverdächtige bereits in Untersuchungshaft. Ich gehe mal davon aus, dass das Femke ist. Der Fall ist also so gut wie gelöst. Da brauchen wir den Obduktionsbericht nicht unbedingt, zumal es nicht unser Fall ist«, sagt Jan. Da hat er recht, trotzdem fühlt Arie sich irgendwie verantwortlich.

»Weil du die Leiche entdeckt hast?«

»Könnte sein. Vielleicht liegt es aber auch daran, dass wir indirekt Mitschuld am Mord tragen würden, wenn es wirklich Femke war. Also nicht im juristischen Sinn natürlich.«

Jan weiß, was er meint. »Im moralischen aber schon. Und deshalb wäre es dir ganz lieb, wenn wir einen anderen Verdächtigen aus dem Hut zaubern könnten.«

»Habe ich doch gleich gesagt, dass wir eine andere Verdächtige als Femke brauchen«, sagt Jack, als er, dicht gefolgt von Maddie und Elin, an Bord kommt. Alle drei sind hochrot im Gesicht und laufen leicht vornübergebeugt, als müssten sie auch in der Kombüse noch gegen den Sturm anlaufen.

»Da gibt es ja auch noch diese Laura, Gabriels Geliebte«, erinnert sich Maddie und macht sich ganz dünn, damit sie an den Tomatenpflanzen vorbeikommt, die Arie zum Schutz vor dem Wind schon am Vorabend reingeholt hat.

Elin zieht ihre Jacke aus. »Und die Fast-Ex-Frau hat auch noch einen Schlüssel. Wenn ich es richtig verstanden habe, hatten beide Grund genug, ziemlich wütend auf Gabriel zu sein.«

»Das würde die verschwundenen Pralinen erklären, vorausgesetzt, sie wussten überhaupt von ihnen. Aber nicht die tote Lillie Woutens«, sagt Arie.

»Und wenn Lillie *doch* Gabriels neue Geliebte war?«, überlegt Maddie. »Vielleicht hat das eine der Verflossenen mitbekommen und sie aus Eifersucht getötet.«

Arie bürstet Hund den Bauch. »Möglicherweise hat der Täter rein gar nichts mit Gabriel zu tun. Könnte doch auch sein, dass jemand Lillie töten wollte und die Pralinen nur als Ablenkungsmanöver mitgenommen hat. Aber um an der Stelle weiterzukommen, müssten wir mehr über Lillie wissen.«

»Nichts einfacher als das«, sagt Maddie und tippt *»Lillie Woutens«* in das Suchfeld auf ihrem Smartphone. Sehr viel erfahren sie aber so auch nicht, außer dass Lillie 33 Jahre alt war, in Mechelen geboren wurde und seit fünfzehn Jahren in Brüssel lebte, wo sie das mehrfach ausgezeichnete *Pralinés* leitete. »Nicht mal auf der Seite der Confiserie schreibt sie etwas über sich. In einem Artikel zu einer Preisverleihung steht allerdings, dass sie Single ist, keine Kinder hat und in ihrer Freizeit gerne ans Meer fährt.«

Jack knackt ein paar Walnüsse und drapiert sie für Fru Gunilla auf dem Küchentisch. »Eine andere Frage ist, was Lillie überhaupt nachts im C'est Magnifique! gemacht hat, obwohl sie doch eigentlich auf dem Weg nach Belgien sein wollte.«

»Der Belgische Dichterpreis«, murmelt Elin und greift zu ihrem Telefon.

Der Wind rüttelt am Boot, Arie schaut aus dem runden Fenster auf das aufgewühlte Wasser der Gracht. »So kommen wir nicht weiter. Wir bräuchten mehr Informationen, und die bekommen wir nicht.« Ein Liegestuhl mit blau-weiß gestreifter Sitzfläche treibt vorbei. »Sieht aus wie unserer«, sagt Jan.

»Das ist unserer«, sagt Arie, springt auf und eilt schwankend an Deck. Die anderen folgen, nur Elin bleibt mit gezücktem Handy sitzen.

Kurz darauf lehnt sich Jack am Bug so weit wie möglich, mit ausgestrecktem Arm und langem Bootshaken, über die Reling. Jan hält seine Beine fest, Arie navigiert, während er Hund am Halsband festhält, damit er dem Stuhl nicht hinterherspringt und versucht, ihn wie ein Stöckchen zu holen. »Ein bisschen weiter rechts.«

»Da kommt er«, ruft Maddie.

Aber dann pustet der Wind noch mal kräftig in die andere Richtung und der Stuhl hüpft auf einer kleinen Welle knapp am Haken vorbei. Arie schaut ihm leise fluchend auf seinem Weg Richtung Meer hinterher. Hund lässt drei seiner seltenen, tiefen Beller hören. Kurz überlegt Arie, das Beiboot ins Wasser zu lassen, aber er ist noch kein besonders geschickter Ruderer, bei diesem Wetter schon mal gar nicht.

Drei Boote weiter fischt der alte Willem, der schon so lange hier lebt, dass sich niemand an die Gracht ohne ihn erinnern kann, vielleicht nicht mal die alten Ulmen, ebenfalls im Wasser. Vermutlich nicht nach Aries Liegestuhl, aber den hat er kurz darauf am Haken. Maddie winkt wie wild mit den Armen.

Sie holen den Stuhl ab und erfahren, dass Willem ein Sonnenschirm weggeschwommen ist. »Muss man festbinden, bei diesem Wetter. Aber so schnell war ich nicht.«

Arie fragt, ob er auf eine Tasse Kaffee und Kekse rüber auf die Lakshmi kommen will. Willem steckt sich ein Stück Kautabak unter die Oberlippe. »Ladet mich doch gerne noch mal ein, wenn ihr Tee mit Rum und Apfelkuchen an Bord habt.«

Als die vier Detektive fünf Minuten später durchgefroren zurück in die Küche kommen, empfängt Elin sie weder mit Kaffee noch mit Punsch und Apfelkuchen, aber mit einem triumphierenden Lächeln. »Ich weiß jetzt, an wen mich Lillie Woutens die ganze Zeit erinnert hat.«

»Ja?« Arie setzt Wasser auf.

»Lola Dupont, eine ziemlich angesehene, wenn auch nicht übermäßig bekannte belgische Dichterin.«

»Äh«, sagt Maddie.

Elin hält das Autorenporträt einer jungen Frau hoch. Sie hat braune Locken, die ihr bis auf die Schulter hängen. Ansonsten sieht sie Lillie tatsächlich frappierend ähnlich. Nur: Spielt das eine Rolle?

»Vor ihrer Hochzeit hieß Lola Dupont Lola Woutens, und auch sie ist 33 Jahre alt und in Mechelen geboren.« Elin macht ein Gesicht, als würde sie auf Applaus warten. Dann ruft sie aus: »Lola ist Lillies Zwillingsschwester.«

Jan kann Elins Enthusiasmus nicht richtig teilen. »Die weiß sicher auch nicht, wer Lillie auf dem Gewissen hat. Also falls sie es nicht selber war, aber das würde sie uns dann ja auch nicht erzählen.«

»Aber sie kann uns alles andere über Lillie erzählen.«

»Vielleicht sollten wir uns aus dem Fall auch einfach raushalten«, sagt Arie, obwohl er es nicht wirklich so meint. Er spürt, wie das Jagdfieber in ihm kribbelt. Wirklich Sinn würde es natürlich nicht machen, einmal, weil sie als Privatdetektive in einer Mordermittlung nur wenig tun können, zum anderen, weil Femke Baas vermutlich wirklich die Täterin ist. Andererseits ist da dieses Gefühl in seiner Magengrube, dass etwas nicht stimmt. Und etwas anderes zu tun haben sie ja gerade auch nicht.

34

Laura, dieses Biest. Gabriel Petit würde zu gerne den Hörer auf die Gabel knallen, so wie er das noch gemacht hat, als die Liebe zwischen ihm und seiner ersten Freundin in Verachtung umgeschlagen ist. Aber das ist schon über zwanzig Jahre her und inzwischen muss man mit dem Finger auf einen dämlichen Knopf drücken, wenn man ein Telefonat beenden will. Wie soll der Gesprächspartner dann bitte wissen, dass man gerade vor Wut schäumt? Obwohl: Das hat die Chefin der Agentur, die ihm für seine Events bislang immer die Kellner und Kellnerinnen geschickt hat, wahrscheinlich auch so mitbekommen. Vermutlich war es genau das, was sie mit dieser Aktion beabsichtigt haben. Fünf Tage vor der großen Hochzeit haben sie wegen »unüberbrückbarer Differenzen« die Zusammenarbeit aufgekündigt.

»Unüberbrückbare Differenzen«, zischt Gabriel. Aus lauter Frust fängt er an, saubere Töpfe zu polieren. Immerhin das geht wieder, nachdem die Polizei die Spurensicherung abgeschlossen und die Räumlichkeiten freigegeben hat. Worin diese Differenzen genau bestehen sollen, kann Gabriel sich schon denken: Vermutlich ist es nicht so gut angekommen, dass er Laura nach ihrem kleinen Techtelmechtel mitgeteilt hat, dass sie bei seinen Events künftig leider nicht mehr kellnern könnte – aus Rücksicht gegenüber seiner Frau. Allerdings ist das auch schon eine Weile her, und die Chefin der Agentur ist eigentlich nicht dafür bekannt, besonders zimperlich zu sein. Ob es daran liegt, dass die Polizei Laura nach Lillies Tod verhört hat? Als Besitzerin eines Schlüssels – inzwischen hat sie den immerhin kommentarlos per Post zurückgeschickt – gehörte sie immerhin zu den möglichen Verdächtigen.

Am Ende haben sie aber Femke eingesperrt. Femke, die für die Hochzeit den Wein organisieren sollte. Gabriel hat deshalb schon Maarten angerufen. »Kümmere du dich mal ums Essen, Gabriel«, hat der mit irritierender Gelassenheit gesagt. »Der Meister persönlich springt ein.«

Welchen Meister Maarten meint, weiß Gabriel nicht. Er weiß nur, dass er kurz davor steht, die Fassung zu verlieren. Zur Hochzeit sind insgesamt 150 Gäste geladen. Um die Gänge des Menüs frisch zubereitet und zeitgleich an die Tische zu bringen, braucht er mindestens fünfzehn Kellnerinnen (Maarten hat gesagt, dass sie gerne jung, hübsch und weiblich sein sollen). Dazu zwei bis drei Hilfskräfte und zwei Leute für den Ausschank.

Anderthalb Stunden später hat er mit allen Zeitarbeitsfirmen, allen ihm bekannten Kellnerinnen und allen weiblichen Bekannten in und um Amsterdam gesprochen und seinen Stundensatz pro Servicekraft erhöht. Man kann Maarten van Lockhorst sicher vieles vorwerfen, aber knausrig ist er nicht. Jetzt fehlen ihm noch zwei Kellnerinnen und jemand, der beim Aufbau hilft.

Kurz denkt er darüber nach, Zwaantje zu bitten einzuspringen. Als sie noch jung und verliebt waren, und das C'est Magnifique!

noch ein ganz kleiner Laden war, hat sie das häufig gemacht. Dann war sie nach der Party zu ihm in die Küche gekommen und sie hatten zusammen aufgeräumt. Im Sommer waren sie manchmal spät in der Nacht noch ans Meer gefahren, waren händchenhaltend in die Brandung gerannt, hatten sich anschließend am Strand in eine Decke eingerollt und waren Arm in Arm eingeschlafen.

Wie konnte etwas, dass sich so sehr nach Ewigkeit angefühlt hatte, nach nicht mal zehn Jahren kaputtgehen? Wann hatten sie den ersten Kuss geküsst, der nicht mehr nach purem Glück, sondern einfach nur noch nach Kaffee und ein bisschen zu feucht geschmeckt hatte?

»Kinder sind eine Zerreißprobe für jede Ehe«, hat seine Schwiegermutter während der ersten Schwangerschaft gesagt. Da hatten Zwaantje und er noch darüber gelacht. Und eigentlich möchte er es heute noch nicht glauben: Seine Töchter sind sein Ein und Alles, die können keine Schuld tragen am Scheitern seiner Ehe. War es die viele Arbeit? Das größere Haus, für das die Hypothek abbezahlt werden musste? Zwaantjes ständige Müdigkeit? Oder doch seine Fremdgeherei? Die hatte er nie ernst gemeint, nie groß darüber nachgedacht, bis zu dem Tag, an dem Zwaantje irgendetwas ins C'est Magnifique! bringen wollte und er und Laura gerade in der Vorratskammer zugange waren. Die gleiche Vorratskammer, in der nun Lillie Woutens gestorben ist. Aber diesen Gedanken schiebt er schnell wieder zur Seite, gemeinsam mit der Idee, dass Zwaantje ja wieder in ihren kurzen schwarzen Rock, den sie immer zum Servieren getragen hat, schlüpfen könnte.

Plötzlich fällt ihm wieder diese kleine Detektivin ein, die ihn optisch so an Laura erinnert hat. Wie hieß sie gleich noch?

Mathilde? Maggie? Nein, Maddie, das war es. Wenn sie schon so aussieht wie eine seiner früheren Spitzenkräfte, kann sie vielleicht wirklich ebenso gut kellnern? Irgendwann einmal in einem Restaurant oder in einer Kneipe gejobbt hatten doch schließlich fast alle jungen Frauen schon einmal.

Gabriel wählt die Handynummer von Arie Poepjes. Als der Detektiv abnimmt, hört Gabriel ein lautes Rauschen und eine laute, metallische Frauenstimme, die sagt, dass der Zug auf Gleis zwei leider fünfzehn Minuten Verspätung hat.

»Gabriel Petit hier. Heute habe ich eine ungewöhnliche Anfrage. Kann ich vielleicht später auf dem Boot vorbeikommen, damit wir das besprechen können?«, schreit er ins Telefon, damit Arie ihn trotz der Hintergrundgeräusche hört.

»Heute geht's nicht«, sagt Arie. »Kleiner Betriebsausflug.«

Also schildert Gabriel die Lage so laut und knapp wie möglich am Telefon.

»Zwei Kellnerinnen und eine männliche Hilfskraft für Samstag«, wiederholt Arie. »Ich frage die anderen gleich mal.«

Wirklich begeistert hat das nicht geklungen, konstatiert Gabriel, nachdem im Hintergrund ein weiterer Zug heranrauscht und die Verbindung abbricht. Aber immerhin hat er auch nicht gleich nein gesagt.

35

»Nein«, sagt Lola Dupont. Nein, sie habe keine Zeit, sich mit drei Privatdetektiven über ihre Zwillingsschwester zu unterhalten, nur weil diese zufällig ihre Leiche gefunden hatten. Schließlich hat sie schon alles der Polizei erzählt. Nein, sie habe auch keine offenen Fragen mehr, was solle da auch noch zu fragen sein, die Täterin sitze schließlich schon hinter Schloss und Riegel.

Hätten sie sich auch denken können, findet Jack. Erst mal anrufen, statt mit dem Zug nach Brüssel zu fahren, um einfach bei der Schwester des Mordopfers zu klingeln – das wäre eine gute Idee gewesen. Also grundsätzlich ist ein Ausflug nach Brüssel natürlich immer eine gute Idee, zum Beispiel für eine Verkostung belgischer Biersorten. Aber jetzt gerade steht er zwischen Elin und Arie vor der Wohnungstür der Duponts und fühlt sich wie ein abgewiesener Staubsaugervertreter. Jan und Maddie sind in Amsterdam geblieben. Jan passt auf Fru Gunilla und Hund auf, Maddie auf Isa. Ach, Maddie, die großartige, lustige Maddie, die ihn in den Wahnsinn treiben kann mit ihrer Bockigkeit und ihrem Aufbrausen. Manchmal schaut sie ihn so an, von der Seite, mit diesem Ich-mag-dich-auch-Blick, den er seit ihrem ersten Picknick nicht mehr aus dem Kopf bekommt. Dann wieder zeigt sie ihm die kalte Schulter. Am Vortag hat er erzählt, dass er überlegt, nach London zurückzugehen. Einmal, weil es stimmt – in London leben schließlich seine Mutter und sein Bruder, der ihm möglicherweise einen Job besorgen könnte, wenn auch vielleicht nicht als Ingenieur, zum anderen aber, weil er sehen wollte, wie sie reagiert. Gar nicht reagiert hat sie.

»Ich wollte Sie außerdem fragen, ob Ihre Schwester Ihnen das Rezept verraten hat?«, sagt Arie und holt Jack damit zurück in den Vorort von Brüssel, wo Lola im dritten Stock eines schäbigen Mietshauses wohnt. Jack schaut sie an, wie sie da steht in der Tür, mit einem dunkelblauen, altmodisch geschnittenen, sorgfältig gebügelten Kleid, das gut zu einer ältlichen Klavierlehrerin gepasst hätte. Auch ihre Haare sitzen perfekt, sie hat ihre braunen Locken zu einem adretten Dutt im Nacken gesteckt. Nur ihr Gesicht, das ist zerknittert und fleckig.

Sie macht einen kleinen Schritt zurück, so als wolle sie sie hereinbitten, aber dann sagt sie: »Ich wüsste nicht, was Sie das angeht.« Lola Dupont hat inzwischen einen französischen Nachnamen, spricht mit ihnen aber Flämisch, das nordbelgische Niederländisch, das etwas weicher und charmanter klingt als das Niederländisch, das Jack aus Amsterdam kennt.

Er schaut Arie an, der verständnisvoll nickt und sich mit warmer Stimme für die Störung entschuldigt. Für einen Ex-Commissaris, denkt Jack, hat er ziemlich wenig Biss.

Ohne noch ein Wort zu sagen, macht Lola Dupont die Tür zu.

»Und jetzt?«, fragt Elin, als sie die Stufen nach unten nehmen.

»Ich habe Hunger«, sagt Jack, weil es im Treppenhaus ganz wunderbar nach Knoblauch, Zitronen und Frischgebackenem riecht.

Arie geht so langsam, als würde er ebenfalls darüber nachdenken, ob sie nicht einfach klingeln und sich zum Essen einladen könnten.

»Jetzt geben wir ihr ein bisschen Zeit, um ihre Meinung zu ändern.«

»Warum sollte sie das tun?«, fragt Jack.

Arie antwortet nicht, er lächelt nur, so als wüsste er etwas, das Jack nicht weiß. Diese ganze Hausboot-Detektei beginnt, ihm auf die Nerven zu gehen. Vermutlich wird es wirklich das Beste sein, wenn er am Ende des Sommers der Stadt den Rücken kehrt.

Sie sind schon im Erdgeschoss, quetschen sich gerade an zwei Kinderwagen und drei Fahrrädern vorbei, als sie Fußgetrappel und ein »Warten Sie bitte« hören. Fünf Minuten später sitzen sie in Lola Duponts Küche.

»Es tut mir leid, dass ich Ihnen keinen Kaffee anbieten kann. Aber einen Kräutertee vielleicht?« Bevor Jack, Arie oder Elin darauf antworten können, setzt Lola schon Wasser auf und löffelt eine grüne Kräutermischung in ein Teenetz, das aussieht, als wäre es mal Teil einer Strumpfhose gewesen. Jack schaut auf die Fotos an der Wand. Viele zeigen Lola zusammen mit einem bärtigen Mann und einem lachenden kleinen Mädchen. »Das ist Elisabeth, unsere Tochter. Sie ist gerade im Kindergarten. Jacques holt sie nach der Arbeit ab.« Lola deutet auf ein helleres Viereck auf der gräulichen Wand. »Dort hängt sonst eigentlich ein Foto von Lillie und mir. Wir haben es vor vier Jahren am Strand aufgenommen. Jacques hat es gestern abgenommen, weil ich jedes Mal in Tränen ausbreche, wenn ich es anschaue.«

»Hatten Sie und Ihre Schwester ein enges Verhältnis?«, fragt Arie.

Lola wendet ihnen den Rücken zu, schüttet das fast kochende Wasser in die Teekanne, schüttet etwas daneben und trocknet es mit einem karierten Leinentuch. Dann putzt sie sich die Nase und setzt sich zu ihnen an den Tisch. Elin steht auf und holt die Teekanne und die Tassen, die die Gastgeberin auf der Anrichte vergessen hat. »Danke«, sagt Lola und lächelt matt. »Wir waren sehr unterschiedlich, unterschiedlicher, als man es bei eineiigen Zwillingen erwarten würde. Ich eher die Vorsichtige, ein Familienmensch, glücklich, wenn ich meine Gedichte schreiben kann. Lillie war ihre Karriere wichtig, ihre Freiheit, das Reisen. Trotzdem oder gerade deswegen haben wir uns hervorragend verstanden.«

»Haben Sie im Pralinés mitgearbeitet? Ich habe bei Wikipedia gelesen, dass Sie vor Ihrer Karriere als Dichterin ebenfalls eine Chocolatier-Ausbildung gemacht haben.«

»Karriere, das haben Sie schön gesagt«, sagt Lola. »Es klingt ganz gut, nicht wahr, mit den vier Auszeichnungen? Aber Dichten ist nach wie vor eine brotlose Kunst: Wenn von einem Gedichtband wenige hundert Exemplare verkauft werden, gilt das schon als großartiger Erfolg. Das Honorar ist trotzdem nicht der Rede wert.« Sie seufzt. »Seit Elisabeth im Kindergarten ist, habe ich an drei Vormittagen in der Woche im Pralinés ausgeholfen. In Zukunft wäre das sicher mehr geworden, Lillie wollte nämlich eine zweite Confiserie in Amsterdam eröffnen.«

»Was wird jetzt mit dem Pralinés passieren?«, fragt Arie.

»Im Moment ist es geschlossen. Und danach, ich weiß es nicht. Vielleicht sollte ich mit der Entscheidung warten, bis Elisabeth älter ist. Lillie hat meiner Tochter und mir jeweils die Hälfte ihres Besitzes vermacht.«

Jack nimmt einen Schluck von dem bitteren Kräutertee und verbrennt sich die Zunge. Das, denkt er, ist natürlich ein Motiv, an das sie gar nicht gedacht haben. Eine Confiserie in der Brüsseler Innenstadt ist sicher eine Menge wert. Möglicherweise hat Lillie Woutens noch mehr gehört. Ein Auto, eine Eigentumswohnung. Für eine finanziell wenig erfolgreiche Dichterin, die in einer schäbigen Mietswohnung wohnt, eine ganze Stange Geld.

»Ich hatte keine Ahnung, dass es überhaupt ein Testament gibt«, sagt Lola nun, als hätte Jack seine Gedanken laut ausgesprochen. »Sonst war sie nie besonders vorausschauend, hatte nicht mal eine Unfallversicherung.«

Vermutlich war das sowieso eine Schnapsidee, denkt Jack. Die Polizei hatte bestimmt routinemäßig auch Lolas Alibi überprüft. Arie sieht jedenfalls nicht so aus, als würde er Lola des Mordes an ihrer Schwester verdächtigen.

»Was wissen Sie über diese neue Praline, die Lillie zusammen mit Gabriel Petit kreiert hat?«

»Deswegen wollte ich noch mal mit Ihnen sprechen. Lillie hat mir davon vorgeschwärmt, sie hat gesagt, es sei die beste Praline, die sie je gemacht hat. Sie wollte sie nach dieser Hochzeit, für die das Rezept wohl entworfen wurde, ganz groß vermarkten. Sie hatte sich nur noch nicht entschieden, unter welchem Namen, aber ihr Favorit war *Ekstase*.«

»Wollte Gabriel Petit die Praline nicht nach dem C'est Magnifique! benennen?«, fragt Elin.

»Sie haben sich deswegen einmal gestritten, das hat Lillie mir erzählt. Er hat argumentiert, dass die Jabuticaba-Füllung seine Idee war. Das stimmt auch, aber das Rezept, das hat Lillie entwickelt.«

Arie dreht die Teetasse zwischen seinen Händen. »Sind sich die beiden am Ende einig geworden?«

»Lillie hat ihn wohl hingehalten, gesagt, dass sie schon noch eine Lösung finden werden, die beide zufriedenstellt. So war sie, sie mochte nie lange streiten, Sachen ausdiskutieren. Am Ende hat sie aber dann doch immer getan, was sie wollte.«

»Hatte sie das Ihrer Einschätzung nach auch in diesem Fall vor?«

»Auf jeden Fall. Ich streite mich jetzt doch nicht mit dem Kerl rum, hat sie gesagt. Er hat ja nicht mal das Rezept. Und sobald ich wieder in Belgien bin, kann er mir gar nichts.«

Jack, der neben Arie sitzt, merkt, wie sich dessen Körperspannung verändert. Seine Hände umfassen die Tasse fester, sein Rücken wird gerader, die Schultern straffen sich. »Wo ist das Rezept jetzt?«

Lola schaut sie der Reihe nach an, einen Moment lang wirkt sie unschlüssig. Dann steht sie so abrupt auf, dass aus Elins noch voller Tasse etwas Tee auf das Tischtuch schwappt. »Ich möchte Ihnen etwas zeigen.«

Sie folgen ihr ins Schlafzimmer, dort öffnet Lola einen Schrank, zieht einen Koffer raus und legt ihn aufs Bett. »Das sind Lillies persönliche Sachen. Die Polizei hat sie vor zwei Tagen gebracht.« Sie öffnet den Koffer. Ganz oben liegt eine Lederhose, daneben ein farbenfrohes T-Shirt von Desigual und ein Kulturbeutel. »Ich soll demnächst wohl auch noch unseren Kühltunnel abholen.« Lola will noch mehr sagen, schafft es aber nicht. Sie stellt sich sicher gerade das vor, was die drei Detektive mit eigenen Augen gesehen haben: die tote Lillie, mit eingeschlagenem Schädel, eingezwängt im Kühltunnel.

Elin legt Lola eine Hand auf die Schulter. »Soll ich Ihnen ein Glas Wasser holen?«

Lola setzt sich aufs Bett. Sie ist so bleich, dass Jack nicht überrascht wäre, wenn sie umkippen würde. Aber sie beißt sich auf die Lippen, schüttelt den Kopf und nimmt aus dem Reißverschlussfach des Koffers ein in rotes Leinen eingebundenes Buch im DIN-A5-Format. Sie hält es Arie hin. »Das ist Lillies Rezeptbuch. Das trug sie eigentlich immer mit sich herum, um neue Rezeptentwürfe sofort aufschreiben zu können. Später hat sie die abgetippt und auf dem PC gespeichert.«

»Wo hat die Polizei es gefunden?«

»Es war in ihrer Handtasche, die die Polizei in ihrem Auto gefunden hat.«

Arie fängt an, das Buch durchzublättern. Jack schaut ihm über die Schulter. Portwein-Trüffel, Pflaumen-Pralinen mit weißer Schokolade, Joghurt-Kirsch-Pralinen, Macadamia-Ahornsirup-Pralinen, Wildblüten in Schokolade. Seite um Seite bekommt er mehr Lust auf etwas Süßes.

»Das Rezept für die Jabuticaba-Praline fehlt. Ich habe das Buch gefühlte hundert Mal durchsucht.«

»Könnte es sein, dass sie es ausnahmsweise woanders notiert hat? In ein anderes Notizbuch, in ihr Handy, auf ihrem Laptop?«, fragt Elin.

»Das wäre das erste Rezept, das sie nicht in dieses Buch schreibt. Zur Sicherheit habe ich aber ihr Handy durchgeschaut, da ist es nicht. Dann habe ich Gabriel Petit angerufen, gesagt, dass ich Lolas Schwester bin und nach dem Rezept suche.«

»Und?«, fragt Arie nach.

»Er hat gesagt, dass er es auch sucht. Richtig verzweifelt hat er geklungen.«

Ihnen hatte Gabriel nichts von dem verschwundenen Rezept erzählt, denkt Jack. »Glauben Sie ihm?«

»Ehrlich gesagt weiß ich nicht, wem oder was ich noch glauben soll. Möglicherweise hat ja diese Catering-Frau, die Lillie umgebracht haben soll, das Rezept geklaut.«

Das letzte Rezept im Buch ist für eine Marzipan-Amaretto-Praline. Arie blättert um und streicht mit dem Finger über den Falz. »Hier fehlt eine Seite.«

Alle beugen sich über das Buch, und Elin und Jan stoßen fast mit den Köpfen zusammen. Tatsächlich: winzige Papierdreiecke sind zu erkennen und zeigen an, dass hier eine Seite herausgerissen wurde.

»Haben Sie mit der Polizei über das verschwundene Rezept gesprochen?«

»Natürlich, besonders interessiert schienen sie aber nicht. Sie haben es nicht in der Wohnung dieser Frau gefunden, hatten aber die Vermutung, dass sie es geklaut hat, damit Gabriel vor der Hochzeit keine neuen Pralinen mehr herstellen kann.«

»Gabriel und Lola haben die Pralinen doch zusammen hergestellt, oder? Würde er das Rezept mittlerweile dann nicht auswendig können? Wenigstens so ungefähr«, wundert sich Jack.

»Wenn er kein außergewöhnliches Gedächtnis besitzt, eher nicht. Die Herstellung von Pralinen ist eine delikate Angelegenheit, da machen schon ein paar Gramm einen riesigen Unterschied. Wenn ich Lola richtig verstanden habe, hat er sie auch weitestgehend allein machen lassen.«

»Was ist so ein Rezept eigentlich wert?«, fragt Arie.

»So viel wie die Pralinen, die daraus gemacht werden. Lillie wollte die Pralinen später exklusiv für ungefähr 100 Dollar pro Stück an reiche Kunden in aller Welt verkaufen. Rechnen wir einmal sehr bescheiden, dass im ersten Jahr tausend Pralinen verkauft würden, dann wäre das schon ein Umsatz von 100 000 Euro.«

Elin macht große Augen. »Wer würde denn 100 Dollar für eine einzige Praline bezahlen?«

»Niemand, der vom Gedichte schreiben lebt. Aber es gibt

sie doch, die Leute, die 1000 Dollar für ein Kilo seltenen Käse bezahlen, mehrere zehntausend Dollar für eine alte Flasche Wein oder fast 200 000 Euro für ein Kilo Alba-Trüffel. Da sind ein paar hundert Dollar für eine Schachtel exquisiter Pralinen quasi ein Schnäppchen.«

Arie hat es auf einmal eilig. Er bedankt sich für das Gespräch und besteht darauf, dass sie gleich den nächsten Zug nach Amsterdam zurücknehmen. Jack wäre schon gerne noch ein bisschen in der Stadt geblieben, also wegen der Bierprobe, und ganz vorzügliche Pommes frites soll es ja hier auch geben. Aber dann denkt er, dass es vielleicht ganz aufregend sein könnte, sich noch mal als Detektiv auszuprobieren.

36

Am nächsten Morgen schlendern Arie und Hund bei feucht-schwülem Wetter durch den Schloterpark, als auf einem Sei-tenweg plötzlich eine wohlbekannte Joggerin auftaucht. Mit dem angeborenen Instinkt eines Großstadtbewohners macht Arie automatisch einen Schritt nach links, um in der Menschen-menge unterzutauchen. Aber da sind keine Pendler, die mit Blick auf ihr Handy zur Arbeit hetzen, keine Festival-Besucher, keine Schulklasse beim Ausflug, nicht mal eine Herde Touris-ten mit ihren roten Mietfahrrädern. Nur Arie, sein Hund und ein schimpfender Buchfink. Arie seufzt. Da wünscht man sich einmal die schlechten Großstadteigenschaften herbei, über die man sich sonst beschwert, und Amsterdam zeigt dir die lange Nase und tut so, als wäre es das Fischerdorf, als das es im 13. Jahrhundert einmal angefangen hat. So ein Dorf, in dem man Bekannten einfach über den Weg läuft.

Arie bleibt stehen und beugt sich über Hund, als würde er in seinem Fell eine Zecke suchen. Kurz darauf tauchen in seinem Blickfeld zwei grellgrüne Turnschuhe auf. Sie werden langsa-mer, bleiben stehen.

»Du brauchst dir keine Mühe geben, ich weiß sowieso, dass du mich gesehen hast«, sagt Madelief Lokkerbol, trotz Rennerei so unverschämt wenig außer Atem, dass Arie schon deshalb lieber nicht mit ihr reden würde. Trotzdem sagt er betont höflich: »Goedemorgen.«

»Bist du sauer oder was?«

»Warum sollte ich?« Arie geht weiter.

Madelief Lokkerbol joggt langsam neben ihm her. »Eigentlich müsste ich ja die sein, die einen Hals auf dich hat. Da rufst du Idiot mich auf der Arbeit an, gerade dann, wenn Wessel de Boer neben mir steht.«

Das, denkt Arie, war tatsächlich schlechtes Timing gewesen. »Hast du ihm gesagt, was ich wollte?«

Madelief lässt die Arme kreisen und lacht tief und dreckig.

»Ich habe ihm gesagt, dass du ein nerviger Verehrer bist, der glaubt, ich würde meine Frau für ihn verlassen, wenn er mich nur oft genug im Büro anruft und mir Liebesgedichte vorliest.«

Arie grinst. »Danke.«

»Dieser Petit, bei dem die Leiche gefunden wurde, hat Wessel übrigens ziemlich viel erzählt. Von dem Wettbewerb für die Hochzeit und dass er euch beauftragt hat, bei Femke Baas das Rezept auszuspionieren.«

Das hatte Arie schon befürchtet. Trotzdem ist es ihm furchtbar peinlich, dass jetzt wahrscheinlich das halbe Revier darüber tratscht. Was für einen fulminanten Abstieg er hingelegt hat: vom Commissaris, der eine wunderbare Frau, einen wohlgeratenen Sohn und ein schönes Haus hatte und kurz vor der Beförderung stand, zum kläglichen alleinstehenden Privatdetektiv, der auf einem Boot haust und jeden Drecksjob annimmt. Hund hebt den Kopf und leckt ihm über die rechte Hand. Links von ihm knufft ihm die Rechtsmedizinerin mit ihrem Ellbogen leicht in die Seite. »Komm schon, wir verbuchen es einfach unter der Rubrik: Ich bin jung und brauchte das Geld.«

»Wenn es dir recht ist, würde ich trotzdem lieber über die Leiche reden.«

Madelief schaut ihn scharf an. »Du weißt schon, dass ich meinen Job verlieren könnte, wenn rauskommt, dass ich mit einem Ex-Kollegen über Obduktionsergebnisse plaudere?«

Arie lächelt. »Trotzdem hast du genau das jetzt vor.«

»Habe ich das gesagt?«

»Nur gedacht. Weil du weißt, dass ich nichts ausplaudere und weil du die beste Rechtsmedizinerin der Stadt bist. So schnell wird dich niemand feuern, egal was du tust. Außerdem konntest du Wessel noch nie besonders gut leiden, wenn ich mich richtig erinnere.«

Madelief fährt mit der Hand durch ihre kurzen silbernen Haare. »Wenn du mich fragst, hättest du ein verdammt guter Hoofdcommissaris werden können.«

Sie biegen um eine Kurve, vor ihnen liegt der große Sloterplas, so groß und grau und behäbig, als wäre er nicht ein Teich in Amsterdams Westen, sondern ein uralter Waldsee. Hund stürmt mit ungewohntem Elan los, zieht Arie die Leine aus der Hand und trabt ins Wasser. Arie denkt an den Heimweg in der Tram, wie die anderen Leute da ihre Nasen rümpfen werden. Nasse Neufundländer stinken.

»Er ist ein guter Schwimmer«, sagt Madelief anerkennend. »Willst du ihn zum Rettungshund ausbilden?«

Arie erinnert sich dunkel daran, dass er mal so etwas gelesen hat, kurz nachdem Hund bei ihm eingezogen ist. Dass Neufundländer Fischernetze und Boote und eben auch Ertrinkende aus dem Wasser ziehen können, wenn man das mit ihnen trainiert. Vielleicht würde Hund das ganz guttun, etwas mehr Training, eine richtige Aufgabe. Ihm vermutlich auch. »Vielleicht.«

Sie bleiben am Ufer stehen und schauen zu, wie der große Hund seine Bahnen zieht. Plötzlich ist er gar nicht mehr so bärig und behäbig, sondern agil wie ein Seehund.

Die Mücken, rege wie eh und je, begreifen ihr Stehenbleiben als Einladung. »Ich wünschte, man könnte diese Biester genetisch so manipulieren, dass sie wenigstens Fett statt Blut saugen«, sagt Madelief und schlägt eine tot. Dann schaut sie über die Schulter nach hinten, als wolle sie sich vergewissern, dass niemand mithört. »Lillie Woutens war 33 Jahre alt, 1,72 Meter lang und 63 Kilogramm schwer. So gesund, wie man in dem Alter nur sein kann, abgesehen von dem eingedrückten Schädel natürlich.«

»Weißt du, wie …?«

»Vermutlich die Ecke dieses Kühltunnels, in dem ihr sie gefunden habt. Jemand hat sich große Mühe mit dem Saubermachen gegeben, aber in einer kleinen Ritze zwischen zwei Metallteilen haben wir eine winzige Menge Hirnmasse gefunden.«

»Sie ist also gefallen und mit dem Kopf gegen die Ecke gestoßen?«

»Gegen die Ecke geknallt, ja, gefallen eher nicht. Jemand muss sie kräftig geschubst haben. Sie muss sehr unglücklich gelandet sein, der Schädelknochen ist ins Hirn eingedrungen. Es hat vermutlich noch einige Minuten gedauert, bis sie tot war, aber ich glaube nicht, dass sie noch viel mitbekommen hat.«

»Es war also kein geplanter Mord«, sagt Arie, denn wenn man vorhat, jemanden umzubringen, schlägt man ihm vielleicht eine Flasche auf den Kopf oder stößt ihn von einer Klippe, aber würde ihn nicht gegen einen Kühltunnel schubsen. Die Überlebenschancen wären einfach viel zu groß.

»Eher ein Streit mit sehr unglücklichem Ausgang.«

»Gab es Kampfspuren?«

»Keine fremden Hautpartikel unter ihren Fingernägeln, keine Abschürfungen oder blaue Flecken. Vielleicht gab es ein Wortgefecht, aber das können wir ja leider nicht nachweisen.«

»Wisst ihr, wann sie gestorben ist?«

»Genau das ist das Problem: Wenn meine Berechnungen stimmen, müsste Lillie Woutens irgendwann am Samstagvormittag zwischen elf und zwölf Uhr gestorben sein.«

»Seit wann könnt ihr das so genau sagen? Bislang ging das doch immer nur im Krimi.«

»Stimmt, jedenfalls solange wir noch die Henßge'sche Methode zur Bestimmung des Todeszeitpunktes benutzt haben.«

»Also die, bei der rektal die Temperatur gemessen und diese Information mit einer Tabelle mit Angaben zu Gewicht und Außentemperatur abgeglichen wird?«

»Genau. Diese Tabelle ist in der Anwendung sehr einfach, berücksichtigt aber etliche Faktoren wie den Körperfettanteil der Leiche nicht. 2020 wurde deshalb an der Universität in Amsterdam eine neue Methode entwickelt.«

Arie erinnert sich dunkel, dass er da mal etwas gelesen hat, aber er ist doch froh, dass Madelief ihm eine kurze Erklärung liefert: »Mit einem Sensor wird die Temperatur der Leiche an verschiedenen Hautstellen gemessen. Dann gibt man noch einige Faktoren wie Gewicht, Größe und Außentemperatur ein, und das Modell kalkuliert dann mit Hilfe von thermodynamischen Gesetzmäßigkeiten den Todeszeitpunkt. Erste Tests haben ergeben, dass die rekonstruierten Zeiten höchstens 38 Minuten vom tatsächlichen Todeszeitpunkt abwichen, bislang mussten wir ja mit einer Fehlerquote von drei bis sieben Stunden rechnen. Wie praxistauglich das Ganze ist, muss sich noch zeigen. Meine ersten Erfahrungen mit der Methode haben mich aber ziemlich überzeugt. Und bald soll es sogar noch genauer gehen. Die Forscher arbeiten an einer 3-D-Kamera, mit der man noch am Tatort ...«

Arie hebt die Hand, um Madelief zu unterbrechen. So spannend die neuesten Entwicklungen in der Rechtsmedizin auch sein mögen, interessiert ihn im Moment etwas anderes viel mehr.

»Wenn deine Berechnungen stimmen, bedeutet das doch, dass Femke Baas nicht unsere Täterin ist. Schließlich hat sie Gabriel Petit nach seinen eigenen Aussagen nicht am Samstagvormittag, sondern erst am Abend im C'est Magnifique! besucht. Und die Pralinen kann sie frühestens in der Nacht geklaut haben, also zu einem Zeitpunkt, an dem Lillie Woutens schon mehr als zehn Stunden im Kühltunnel lag.«

»So sieht es aus.«

»Ist Femke Baas also schon wieder auf freiem Fuß?«

»Nein, Wessel sträubt sich. Einmal argumentiert er nicht ganz zu Unrecht, dass die neue Berechnungsmethode noch nicht ausreichend getestet wurde, um wirklich wasserdicht zu sein. Femke war vor Ort, vielleicht hat Lillie sie überrascht und Femke hat sie im Affekt getötet. Außerdem hat Wessel den Verdacht, dass sie etwas mit dem Tod von Henk Peerenboom zu tun haben könnte. Hast du das mitbekommen?«

»Am Rande. Der Sommelier, den sie aus der Gracht gezogen haben, oder?«

»Genau der. Das war kein schöner Job, sage ich dir. Und bei Wasserleichen sind wir auch mit den modernsten Methoden noch ziemlich aufgeschmissen. Am Ende konnten wir weder mit Sicherheit sagen, wann, noch woran er gestorben ist.«

»Und wie kommt Wessel dann auf Femke Baas?«

»Sie ist wahrscheinlich die Letzte, die Peerenboom lebend gesehen hat. Trotzdem verhört Wessel aber auch noch Gabriels Frau und diese Geliebte, also wegen der toten Chocolatière, nicht wegen Peerenboom.«

Arie hatte es auch schon während seiner Zeit bei der Polizei geschätzt, dass sich Madelief Lokkerbol mehr als die meisten anderen Rechtsmediziner für die Ermittlungsarbeiten interessierte. Jetzt liebte er sie dafür, dass sie anscheinend über alles Bescheid wusste, was im Revier vor sich ging, und es ihm noch dazu erzählte.

»Eine andere Sache ist noch unklar. Gabriel hat gesagt, dass Lillie sich am Morgen von ihm verabschiedet hat, um nach Belgien zurückzufahren. Egal, ob sie nun mittags oder erst am späten Abend getötet wurde, heißt das, dass sie noch einmal ins C'est Magnifique! gekommen ist.«

»Genau, und dafür gibt es bislang keine schlüssige Erklärung. Wessel glaubt, dass sie entweder etwas vergessen hatte oder vielleicht sogar selber die Pralinen mitnehmen wollte. Wir wissen auch nicht ganz sicher, wo sich Gabriel den ganzen Tag lang aufgehalten hat. Er sagt, dass er Bürokram erledigt und in der Mittagszeit einen langen Spaziergang gemacht hat. Abends hat er dann Femke getroffen und ist anschließend ins Hotel gegangen. Letzteres hat der Portier bestätigt, er hat sogar Gabriels Fernseher gehört.«

»Nach einem wasserdichten Alibi klingt das nicht gerade. Bohrt Wessel da nicht nach?«, fragt Arie überrascht. Der Wessel, den er kennt, war bei den Ermittlungen geradezu pedantisch, nie hat er sich mit Vermutungen zufriedengegeben.

»Tja, scheint so. Ich weiß nicht, ob ich da unbedingt mit dir drüber sprechen sollte, aber seit dieser Sache …« Madelief seufzt. »Also die Ehe scheint sich nicht gerade positiv auf seine Fähigkeiten als Ermittler auszuwirken.«

Vielleicht, denkt Arie, läuft es gar nicht so gut zwischen Wessel und Sanne. Einen unsinnigen Moment lang spürt er Hoffnung aufkeimen, aber dann sagt eine andere Stimme in seinem Kopf, dass es auch daran liegen könnte, dass sich Wessel jede Nacht den Verstand aus dem Leib vögelt. Erschrocken über seine eigenen groben Gedanken, kehrt Arie schnell zum Fall zurück.

»Was sagt denn eigentlich Femke zu allem?«

»Nichts. Sie schweigt und treibt Wessel damit in den Wahnsinn. Außerdem hat sie eine pfiffige Anwältin. Ich schätze, wenn er nicht bald ein paar bessere Indizien als die gestohlenen Pralinen hat, muss er sie wieder freilassen.«

Hund kommt aus dem Wasser und schüttelt sich. Madeliefs nackte Beine und Aries Jeans sind voller Schlammspritzer.

»Ich weiß schon, warum wir Katzen haben«, sagt Madelief. Arie hört nicht richtig zu, er denkt nach. Nach einer Weile sagt er: »Warum würde man eine Leiche überhaupt im Kühltunnel verstecken?«

»Wessel geht davon aus, dass Femke oder eben auch jemand anderes die Tote nur kurzzeitig verbergen und am Folgetag beseitigen wollte. Wie wir wissen, finden sich in einer professionellen Küche ja alle nötigen Gerätschaften dazu.«

Arie denkt spontan an einen großen Fleischwolf und wünscht sich gleich darauf, dass er zum Frühstück keine Frikandel aus dem Automaten gegessen hätte.

Madelief schaut ihn prüfend an und grinst. »Du wirst doch nicht auf deine alten Tage empfindlich werden.«

»Alt ist nicht nett.«

»Empfindlich in jeder Hinsicht«, frotzelt die Rechtsmedizinerin.

Darüber will Arie aber nun auch nicht reden und kehrt deshalb wieder zum Thema zurück. »Wenn Gabriel also nicht das Verschwinden der Pralinen bemerkt und uns angerufen hätte, wäre der Mord möglicherweise noch tagelang unentdeckt geblieben. Gabriel dachte, Lillie ist zurück in Belgien, Lillies Schwester dachte, Lillie ist noch in Amsterdam.«

»Eigentlich wollte Gabriel Petit den Sonntag mit seinen Töchtern verbringen, das hat er vielleicht auch Femke Baas erzählt.«

»Mir hat er gestern Nachmittag gesagt, dass er um elf Uhr seine Töchter abholen wollte und dann beim Hotelfrühstück die Idee hatte, seiner Frau eine Praline mitzubringen. Sie hat sich von ihm getrennt und er versucht wohl mit aller Macht, sie zurückzuerobern.«

»Das hat er auch der Polizei so berichtet, seine Frau hat es bestätigt, zumindest, dass sie um elf Uhr verabredet waren, die Praline hat sie ja dann doch nicht bekommen.«

In diesem Punkt hat Gabriel Petit also nicht gelogen. Arie denkt an den Nachmittag des Vortages zurück. Nach ihrem Trip nach Brüssel sind sie auf direktem Weg ins C'est Magnifique!, mit dem Vorwand, Gabriel wegen der noch fehlenden zwei Kellnerinnen für die Hochzeit Bescheid zu sagen (Maddie und Elin springen gerne ein, wenn es dafür Geld gibt, Jack wird als Hilfskraft Kisten schleppen). »Wie aufmerksam, dass ihr deswegen extra persönlich vorbeikommt«, sagte Gabriel, was nett für »Warum habt ihr Trottel nicht einfach eine Whatsapp geschickt?« war. Dabei hätte er bester Laune sein müssen, immerhin hatte ihm die Polizei kurz davor die Pralinen zurückgebracht. Oder immerhin die Pralinen, die Femke übrig gelassen hatte.

Weil wir eigentlich auf etwas anderes aus sind, dachte Arie, sagte aber: »Eigentlich hätte ich gerne eine von deinen Pralinen gekauft.«

Gabriel schaute ihn leicht argwöhnisch an. Offenbar schätzte er Arie nicht wie jemanden ein, der so viel Geld für eine einzige Praline ausgibt. »Im Moment habe ich gerade genug für die Hochzeit. Aber nach dem großen Fest werde ich bald neue herstellen.«

»Geht das ohne Lillie?«

Gabriel machte ein höchst betrübtes Gesicht. »Es muss, Arie, es muss. Auch wenn es mir anders lieber gewesen wäre.«

»Ich dachte, um solche Pralinen herzustellen, braucht man eine richtige Ausbildung?«, fragte Arie so unschuldig wie möglich.

»Die Chocolatierskunst hat Lillie natürlich besser beherrscht als ich, deshalb habe ich sie ja überhaupt mit ins Boot geholt.« Gabriel hob einen Zeigefinger. »Aber der eigentliche Erfinder der C'est Magnifique!-Praline, das bin ich.«

Arie nickte verstehend. »Und jetzt hast du sicher das Rezept und kannst es zu Hilfe nehmen?«

Gabriel tippte sich an die Stirn. »Das Rezept ist hier drin abgespeichert. Schließlich haben Lillie und ich es ja zusammen entwickelt.«

»Das sind dann ja mal gute Nachrichten.«

»Die einzigen guten Nachrichten in einer schrecklichen Zeit. Ich weiß nicht, wie ich je darüber hinwegkommen kann, was Femke mir, uns allen, angetan hat. Erst die Beschuldigungen, dass ich etwas mit ihrem vermurksten Nachtisch zu tun haben könnte, dann klaut sie meine Pralinen und isst etliche einfach auf, als wäre es Vollmilchschokolade. Und als wäre das noch nicht schlimm genug, tötet sie auch noch die wunderbare Lillie.« Gabriel seufzte, nahm ein Taschentuch und tupfte sich die Augen ab, während Arie ihn scharf beobachtete und keine einzige Träne schimmern sah.

Der Park füllt sich mit Radfahrern, Hundebesitzern und Müttern mit Kinderwagen, während sich Arie und Madelief langsam wieder vom See entfernen. Zur Sicherheit nimmt Arie Hund an die Leine. Warum hat Gabriel so getan, als würden ihm die Tränen kommen?

Es gibt verschiedene Gründe dafür, warum jemand in so einer Situation ein wenig zu dick aufträgt. Der Wunsch, gesellschaftliche Erwartungen zu erfüllen, kann dahinterstecken. Oder die Scham darüber, keine wirkliche Trauer zu empfinden. Es kann aber auch ein Ablenkungsmanöver sein, der Versuch, seine wahren Motive und Absichten zu verschleiern.

»Hallo, Erde an Arie?«

Arie zuckt zusammen. »Entschuldige bitte, Madelief, hast du gerade etwas gesagt?«

Madelief macht ein Geräusch, das klingt wie eine Mischung aus Knurren und Lachen. »Ich weiß, dass das so eine blöde Frage ist, die normalerweise verunsicherte Frauen ihren Ehemännern stellen, aber woran zum Teufel denkst du?«

»An nichts«, liegt Arie auf der Zunge, aber dann fällt ihm gerade rechtzeitig ein, dass das die blöde Standard-Antwort von Ehemännern ist. »Ich dachte gerade, dass ich Gabriel Petit möglicherweise gewaltig unterschätzt habe.«

Sie reden noch eine Weile, dann haben sie die Tramhaltestelle erreicht. Hund ist inzwischen nicht mehr tropfnass, aber doch noch sehr feucht, und er müffelt gewaltig.

Madelief rümpft die Nase.

»Ich finde eigentlich, dass es ganz gut riecht. Nach Meer und Landleben«, sagt Arie mehr zur Verteidigung, als dass es denn wahr wäre.

»Sagt einer, der sich früher immer über das bisschen Verwesungsgeruch im Obduktionssaal beschwert hat.«

Arie lacht. »Danke für heute.«

Kurz darauf fährt die Bahn ein, und er und Hund steigen ein. Aus dem Fenster sieht er, wie Madelief Lokkerbol zurück Richtung Park joggt, dann klingelt sein Telefon.

»Ich komme am Samstag nach Amsterdam«, sagt Lola Dupont.

»Um den Kühltunnel abzuholen?«, fragt Arie.

»Nein, den soll von mir aus die Polizei verkaufen oder in ihrer Kantine nutzen.«

Arie stellt sich kurz vor, wie Wessel und seine anderen Ex-Kollegen in der Mittagspause feine Rumtrüffel essen. Dann hört er sich an, was Lola zu sagen hat. Sie will zum C'est Magnifique!, Gabriel noch einmal persönlich zur Rede stellen und nach dem Rezept fragen. »Ich bin mir ganz sicher, dass er es hat.«

»Warum ist Ihnen dieses Rezept eigentlich so wichtig?«

Lola schweigt einen Moment, so dass Arie schon denkt, die Verbindung sei unterbrochen. Aber dann sagt sie: »Ich bin mir nicht sicher, sie herstellen möchte ich auf keinen Fall. Oder, doch, viel später vielleicht einmal, wenn ich das Pralinés überhaupt weiterführe. Als Erinnerung an sie, Praline Lillie, das hätte ihr gut gefallen.« Lola Dupont schnäuzt sich lautstark. »Vielleicht gebe ich dieser blöden Praline und diesem Petit sogar eine Mitschuld an Lillies Tod. Natürlich ist das nicht ganz fair, aber ohne diesen Auftrag wäre sie noch am Leben. Jedenfalls will ich nicht, dass er mit Lillies letztem Rezept den großen Reibach macht.«

»Ich verstehe«, sagt Arie.

»Könnten Sie mich vielleicht zu Petit begleiten? Ich will nicht alleine gehen, und mein Mann muss bei unserer Tochter bleiben. Und Sie kennen Petit schon, sind Privatdetektiv – Ihnen verrät er vielleicht eher etwas.«

Eher nicht, denkt Arie. »Wann können Sie denn am Samstag in Amsterdam sein?«

»Ich bin immer früh wach, da fahre ich gleich um sechs los. Gegen neun wäre ich dann da. Heißt das, dass Sie mitkommen und wir reden gemeinsam mit Petit?«

Arie lässt seinen Blick durch die Bahn schweifen. Sie ist gerammelt voll, Bahnfahren mit Hautkontakt. Nur zu Hund und ihm halten alle Abstand, so als wäre um sie herum eine unsichtbare Mauer gezogen.

»Ich glaube, ich habe eine bessere Idee.«

37

Maddie zupft ihre weiße Bluse zurecht. Es ist die letzte im Schrank, die Isa nicht bemalt, bestickt oder anderweitig verschönert hat. Wie unbequem der schwarze Rock ist, Modell »Bleistift«, sehr schick, aber zu eng, um damit mal eben über einen Zaun zu klettern oder sich im Notfall mit einem ordentlichen Tritt zu wehren. Was ja aber auch alles nicht nötig sein wird. Noch ein letzter Kontrollblick auf die Strumpfhosen (keine Laufmasche) und die schwarzen Schuhe mit kleinem Absatz (sauber). Dann klingelt sie beim C'est Magnifique!.

Das letzte Mal, als sie hier war, lag eine Leiche in der Vorratskammer. Heute stapeln sich Kühlboxen mit Delikatessen, Wannen mit Zubehör und Getränkekisten. Eine davon schleppt Jack gerade an ihr vorbei nach draußen. »Hoi«, sagt er kurz angebunden.

Gabriel begrüßt sie weitaus enthusiastischer. »Schön, dass das so spontan geklappt hat. Du hast also schon mal gekellnert?«

»Ich habe schon sehr viel Bier gezapft und regelmäßig Essen serviert«, sagt Maddie, weil das stimmt. Seit Jahren serviert sie Isa quasi täglich Frühstück und Abendbrot, am Wochenende auch das Mittagessen. Bevor Isa zu ihr gezogen ist, hat sie am

Wochenende auch mal Abendschichten in Kneipen gemacht. In genau diesen Kneipen, nach Mitternacht, ist sie überhaupt erst auf die Idee gekommen, Kampfsport-Ausbilderin zu werden.

»Ich muss aber spätestens heute Abend um fünf wieder los, das hatte ich ja schon am Telefon gesagt.«

Gabriel nickt. »Kein Problem. Die Trauung ist gleich um zehn, der Sektempfang um elf, wenn das Wetter mitspielt, draußen. Aber so bewölkt, wie es gerade ist, wahrscheinlich eher drinnen. Um eins servieren wir Mittagessen. Dann wird getanzt und getrunken, mit einer Unterbrechung um vier für die Hochzeitstorte, die liefert eine Konditorei aus Utrecht. Wir machen danach nur noch den Getränkeausschank, bis irgendwann alle gehen. Das Brautpaar verlässt die Party schon um sieben.«

»Wegen der Hochzeitsnacht?«, fragt Elin, die neben Maddie tritt. Auf der Straße hätte Maddie sie vielleicht kaum erkannt, so anders sieht sie heute aus. Die Haare sind nicht zerzaust, sondern sehr ordentlich nach hinten gekämmt und zu einem kleinen Zopf geflochten. Zum ersten Mal, seit Maddie Elin kennt, ist sie geschminkt, und natürlich trägt auch sie die obligatorische weiße Bluse und einen schwarzen Rock.

»Flug in die Flitterwochen.« Gabriel Petit schaut auf die Uhr, und man kann quasi dabei zusehen, wie ihm das Adrenalin in die Adern spritzt. Seine Wangen werden rot, seine Muskeln spannen sich an, und er redet noch schneller und lauter als sonst: »Okay, dann mal los an die Arbeit. Wir machen es so wie vorgestern besprochen: Elin bleibt hier und packt die Pralinen in die Schachteln, die vorhin endlich aus der Druckerei gekommen sind. Solche Lahmärsche, echt! Maddie und Jack helfen mir, die Lebensmittel und die Getränke in den Lieferwagen einzuräumen, das Geschirr habe ich gestern Abend schon hingebracht. Dann laden wir alles aus. Maddie du kannst dann gleich dableiben und zusammen mit den anderen Kellnerinnen den Sektempfang vorbereiten. Ich gebe in der Küche Vollgas, und Jack nimmt meinen Lieferwagen und holt Elin und die Pralinen ab. Fahrt bloß vorsichtig, nicht, dass da etwas drankommt!«

»An den Lieferwagen?«, fragt Jack.

»An die Pralinen«, blökt Gabriel. »Eigentlich hatten wir zwanzig als Reserve, falls mal eine runterfällt oder so. Aber Femke hat die Hälfte davon aufgefressen.«

Gabriel schaut Elin an und macht eine Armbewegung, als wolle er Ziegen von der Weide in den Stall treiben. »Los, los, die Zeit läuft uns davon.«

»Wenn du mir noch zeigst, wo die Pralinen und die Schachteln sind«, sagt Elin liebenswürdig, offenbar völlig unbeeindruckt von Gabriels Hektik.

Maddie sieht die schwarzen Bögen für die Schachteln, die Elin erst noch zusammenfalten muss, bevor sie je eine Praline hineinlegt. Gabriel macht es vor. Oben auf den Deckel ist ein goldenes Herz gedruckt, darunter steht *Liebe ist das Einzige, was wächst, indem wir es verschwenden.*

»Das ist ein Zitat von Ricarda Huch«, sagt Elin.

»Das hat aber nicht mehr draufgepasst«, sagt Gabriel. »Wichtiger ist sowieso, was innen steht: *die erste Jabuticaba-Praline der Welt.* Und darunter noch mehr darüber, wie einzigartig sie ist. Das hat Maartens PR-Abteilung getextet. Kann ich aber ohne Brille nicht lesen.«

Maddie sieht noch, wie Elin die erste Praline in die schwarze Schachtel setzt. Wirklich hübsch sieht das aus. Dann eilt sie hinter Gabriel zum Lieferwagen und klettert auf den Rücksitz.

Auf der Windschutzscheibe zerplatzen die ersten Regentropfen. »Wo ist Jack?«, schnauzt Gabriel sie an.

»Noch kurz auf dem Klo«, sagt Maddie und schreibt schnell eine Nachricht an Arie: *Fahren jetzt los.*

Eine Minute später kommt Jack angerannt. Er grinst leicht debil, als er sich neben ihr anschnallt, sein Atem riecht süß und fruchtig. »Hast du Kaugummis?«, flüstert sie, aber er schaut aus dem Fenster und tut so, als hätte er sie nicht gehört.

38

Lucas van Heerdt steckt seiner Braut den Ring an den Finger. Platin mit zwei eingelassenen Brillanten, alles echt. Jasmijn lässt ihr fotogenstes Strahlen sehen, das, bei dem sie die Augen immer so groß und rund macht und das Gesicht ein klein wenig nach links neigt, und schlingt ihm die Arme um den Hals. Lucas sieht, dass sie Gänsehaut hat. Kein Wunder bei diesem Wetter. Es ist so bewölkt, dass selbst die Rosen im Garten des Kasteel de Haar, dem größten Schloss der Niederlande, ein wenig blass wirken. Und pünktlich zum Jawort fängt es an zu nieseln.

»*Sposa bagnata, sposa fortunata*«, hat seine Mutter beim Frühstück nach dem Blick aus dem Fenster gesagt und es dann gleich für alle, die nicht wie sie gerade in Rom einen Italienischkurs absolviert haben, übersetzt: »Gebadete Braut, glückliche Braut.«

Für italienische Bräute mag das ja stimmen, bei seiner niederländischen ist sich Lucas da nicht so sicher. Jasmijn war außer sich, als sie am Vorabend die düstere Prognose in ihrer Wetter-App gesehen hat. Erst als der Fotograf ihr versichert hat, dass sie auch bei Regen ganz wunderbare Bilder machen könnten, hat sie sich beruhigt. Draußen ist ja sowieso nur die Trauung, das Essen und die Party finden später im großen Ballsaal statt. Maarten van Lockhorst, ab sofort sein Schwiegervater, will nichts wissen von nassen, glücklichen Bräuten und auch nicht vom Regen, der Segen bringt. Er hat Lucas vor der Trauung so kräftig auf die Schulter geschlagen, dass sie immer noch ein wenig schmerzt. »Ich finde, wo ich schon den Rest der Hochzeit organisiert und finanziert habe, hättest du dich wenigstens um gutes Wetter kümmern können.« Maarten hatte danach dröhnend gelacht, trotzdem hat Lucas das Gefühl, dass das höchstens zur Hälfte ein Scherz war. Es sind Momente wie dieser, in denen der Zweifel zu nagen beginnt. Nicht so, dass es weh tut, aber doch spürbar. Wie hoch wird der Preis sein, den er für sein neues Leben im Kreis der Schönen und Reichen zahlen muss? Ach, er hat wahrscheinlich einfach nur kalte Füße. Die meisten Männer würden ihren rechten Arm hergeben für eine Heirat mit Jasmijn van Lockhorst. Die schönste Frau der Stadt.

Er beugt sich vor, um sie zu küssen. Ihre Lippen treffen sich, er fühlt ihre kleinen, harten Brüste durch den Stoff und würde am liebsten gleich mit der Hochzeitsnacht anfangen. Doch vorher muss er noch zehn Stunden Märchenhochzeit feiern.

39

Zur gleichen Zeit betreten Arie, Jan und Lola Dupont das C'est Magnifique!. »Ich habe gerade die letzte Praline eingepackt«, sagt Elin. »Jetzt muss Jack nur noch zurückkommen, um mich abzuholen.«

»Das gibt uns etwa vierzig Minuten Zeit«, sagt Jan.

»Wir wollen uns ja nur ein bisschen umschauen«, sagt Arie, dem gar nicht wohl ist. Wie oft hat er sich als Polizist nicht gewünscht, genau das tun zu können, eine kleine Runde durch die Wohnung eines Verdächtigen, ohne erst einen Durchsuchungsbefehl beantragen zu müssen. Aber jetzt fühlt er sich wie ein Einbrecher, was er streng genommen ja auch ist.

»Hat die Polizei die Räume nicht eigentlich schon durchsucht?«, wundert sich Lola. Sie ist ähnlich gekleidet wie bei ihrem Besuch in Brüssel, nur dass ihr Kleid diesmal grau ist. Ihre Wangen sind dafür fast pink. Arie weiß nicht, ob das an der Aufregung oder zu großzügig aufgetragenem Rouge liegt.

»Doch natürlich, die Spurensicherung hat hier sicher alles auf den Kopf gestellt. Aber wir suchen ja nur nach dem Rezept, und falls das wirklich in Gabriels Besitz ist, hat er es sicher nicht hier rumliegen lassen.«

Plötzlich erscheint es Arie wahnsinnig, was sie hier tun. Vermutlich hat Lillie Woutens das Rezept einfach verloren, oder

Femke ist tatsächlich die Mörderin und hat es geklaut, ganz so wie Wessel vermutet.

»Ich fange schon mal an«, sagt Jan. Das tun sie dann alle. Jan und Lola nehmen sich die Küchenschränke vor und Arie die Vorratskammer, die niemand außer ihm betreten will, obwohl der ganze Raum gründlich gesäubert wurde. »Nichts«, sagt Arie zwanzig Minuten später. »Nichts außer einer toten Kakerlake«, berichten Jan und Lola. Die drei gehen zu Elin in das kleine Büro, das Gabriel nach seinem kurzen Aufenthalt im Hotel nun auch wieder als Schlafzimmer nutzt. »Nichts, außer dass wir jetzt wissen, dass Gabriel viele schicke Anziehsachen im Schrank und eine ziemlich schlampige Buchführung hat«, sagt Elin und deutet auf drei Schuhkartons, in denen sich Quittungen, Rechnungen und Kontoauszüge stapeln. Arie lässt seinen Blick über die Wand schweifen, die voller Kinderzeichnungen hängt. Auf einem kleinen Regal an der Wand sitzt ein Teddy, daneben stehen zwei kleine Lautsprecher, eine halb vertrocknete Zimmerpflanze, eine Tüte mit Mandeln, zwei leere Bierflaschen und ein Fünf-Liter-Weinkarton mit Zapfhahn. Arie seufzt und geht zur Tür. »Da war unsere Suche wohl vergeblich«, sagt er und geht zur Tür. Er will so schnell wie möglich zurück auf das Hausboot, Hund streicheln und vergessen, dass sie gerade die Räume ihres ersten Kunden durchsucht haben.

»Wir geben schon auf?«, fragt Lola Dupont.

Arie dreht sich um und zuckt als Antwort mit den Achseln, als ihm plötzlich die Tür in den Rücken knallt. Wie im Reflex greift Arie zur Waffe. Nur dass da nichts mehr ist: Kein Gürtelholster, keine Pistole. »Hände hoch, Polizei!«, ruft jemand. Alle nehmen die Arme hoch, auch Arie, obwohl er seine lieber dafür nutzen würde, einen Fluchttunnel zu graben. Doch dann sieht er, wie Elin die Augen verdreht, eine Grimasse schneidet und die Arme fallen lässt.

»Jack, du Arsch«, sagt Jan.

Arie dreht sich um, und tatsächlich steht Jack hinter ihm. »Tut mir leid wegen der Tür, Arie, ich hoffe, ich habe dir nicht weh getan? Ich wollte euch nur einen kleinen Schrecken einjagen.«

Lola Dupont, deren Wangen jetzt blass sind, lässt sich auf Gabriels Schreibtischstuhl sinken. »Sie sind eine recht seltsame Detektei, wenn ich das sagen darf.«

»Seltsam ist gar kein Ausdruck«, sagt Arie.

»Sorry, war eine blöde Idee«, sagt Jack mit diesem verschmitzten Lächeln, das, so vermutet Arie, ziemlich vielen Frauen gefällt. »Habt ihr denn was gefunden?«

»Nee«, sagt Elin.

Jacks Blick bleibt am Regal hängen. »Auch nicht im Geheimfach?«

»Du meinst, der versteckte Raum hinter dem Kleiderschrank?«, spöttelt Jan.

»Letztes Jahr habe ich genau den gleichen zum Geburtstag bekommen«, sagt Jack, nimmt den Weinkarton vom Regal, stellt ihn auf den Tisch und klappt die breite Seite mit dem Logo eines italienischen Weingutes einfach nach oben. Darunter verbirgt sich in der Tat kein mit Aluminiumfolie ummantelter Schlauch, sondern ein Geheimversteck, in dem ein Haufen Krimskrams ist. Genial, denkt Arie.

In dem Fach liegen eine goldene Armbanduhr, zwei Porno-DVDs und »Ein Tagebuch«, ruft Elin aus.

»Liebes Tagebuch, heute habe ich Lillie ihr Rezept geklaut«, sagt Jan. Lola verzieht das Gesicht.

Arie nimmt das Buch und schlägt es auf. »Es ist kein Tagebuch, sondern ein Poesiealbum. Ich glaube, das hat er von seiner Tochter bekommen. Auf der ersten Seite steht«, Arie muss sich ein bisschen anstrengen, um die krakeligen Druckbuchstaben zu entschlüsseln: »Lebe glücklich, lebe froh, wie der Mops im Haferstroh.« Darunter steht: »Für Papa.«

»Ich wusste gar nicht, dass es heute noch Poesiealben gibt«, sagt Jan.

Jacks Handy vibriert. »Gabriel fragt, ob die Pralinen verpackt und auf dem Weg zum Fest sind«, sagt er, und schreibt zurück: *Sind unterwegs.*

Arie schüttelt vorsichtig eine lose Seite aus dem Buch auf den Schreibtisch. »Oh mein Gott«, flüstert Lola und will danach greifen, aber Arie hält ihre Hand fest. »Nicht anfassen.« Alle starren auf das handbeschriebene, linierte Stück Papier, dem unten rechts eine kleine Ecke fehlt – das Rezept für die Jabuticaba-Praline.

»Ist das Lillies Handschrift?«, fragt Arie.

Lola nickt, ihr laufen Tränen über die Wangen.

»Und jetzt?«, will Elin wissen.

»Jetzt fahren Jack und du wie geplant zur Hochzeit«, sagt Arie, während er das Rezept zwischen zwei Kugelschreibern hochnimmt und in einer Plastiktüte verstaut. »Wir anderen fahren zurück zum Boot und überlegen, was zu tun ist.«

40

Die Braut rührt das Essen nicht an. Nicht mal das frische Gartengemüse, das zum Kalbstatar gereicht wird, nicht das Brot und auch nicht die Erdbeeren oder die schwarzen Trüffel, die zwischen den Käsestücken liegen. »Hach, das liegt an der Nervosität. Ist es nicht süß, dass unsere Braut so aufgeregt ist?«, erzählt Jasmijns Mutter jedem, der es hören will, und allen anderen auch. Jasmijn lächelt schmallippig und schweigt dazu, hält aber Lucas zwischendurch einen kleinen Vortrag darüber, dass auch Trüffel streng genommen nicht vegan seien. Lucas hat schon wieder vergessen, warum eigentlich, irgendwas wegen der Hunde, die die Trüffel suchen und manchmal von anderen Trüffelsuchern vergiftet werden.

Lucas weiß natürlich, dass Jasmijns Fasteneinlage nichts mit Nervosität zu tun hat. Es ist ihre Art zu protestieren. Nicht dass das ihren Vater irgendwie kümmern würde. Maarten van Lockhorst schmeckt es nämlich sichtlich gut. Lucas auch, insgeheim ist er froh, endlich einmal wieder Fleisch zwischen die Zähne zu bekommen. Trotzdem wollte er nach der Auswahl des Menüs Einspruch erheben und wenigstens ein paar vegane Alternativen durchsetzen. Jasmijn hat ihn davon abgehalten. »Vergiss es, Papa zahlt schließlich alles«, hat Jasmijn gesagt. Lucas fragt sich, ob das nun sein ganzes Leben so gehen soll. Papa zahlt, Papa bestimmt. Jetzt hält Papa auch noch eine Rede zwischen zwei Gängen. Erst mal protzt er ein bisschen herum, erzählt von der einzigartigen Praline, die extra für diese Hochzeit kreiert wurde, und von Albert de la Roche, dem berühmten Winzer, der den Wein zum Fest persönlich geliefert hätte. »Nun aber zum Wichtigsten: dem Brautpaar«, fährt er fort und erzählt ein paar Anekdoten aus Jasmijns Kindheit, bis er auf Lucas zu sprechen kommt. »Heute habe ich keine Tochter verloren, sondern einen Sohn dazugewonnen.«

Peinlich berührt hört Lucas gleich wieder weg. So eine Schmalzrede, die vermutlich irgendeine Praktikantin in der PR-Abteilung von Maartens Firma geschrieben hat. Immerhin, hätte Maarten sich dazu entschieden, frei Schnauze zu sprechen, hätte er möglicherweise auch erzählt, dass er eigentlich lieber einen Schwiegersohn mit mehr Geld und aus besserer Familie gehabt hätte, und dann so laut gelacht, als hätte er den besten Witz aller Zeiten erzählt.

Plötzlich taucht am anderen Ende des Saales eine Frau auf, die von weitem so sehr seiner Ex ähnelt, dass er sich fast am Portwein verschluckt. Und dann ist sie auch schon wieder verschwunden. Wie von Marionettenfäden gezogen, steht er auf, will hinterher, aber da zupft Jasmijn an seiner Hose und zischt, er solle sich wieder hinsetzen, bis Maartens Rede zu Ende ist. Ein paar alte Tanten glotzen ihn missbilligend an.

Lucas wünscht sich plötzlich weg von seiner eigenen Hochzeit, zurück an diesen kleinen Waldsee in Schweden, wie hieß er noch gleich? Er war dort mit seiner Wikingerin gewesen, seine große, wilde Wikingerin. Auch abgesehen von der Körperstatur war sie das Gegenteil von Jasmijn: undiszipliniert, nicht hässlich, aber auch nicht nach herkömmlichem Maßstab schön, manchmal ein bisschen wirr, aber auch sehr lustig. Er fragt sich, was sie macht, wo sie lebt. Ihre Eltern waren schon tot, da wäre ihm auf der Hochzeit einiges erspart geblieben. Trüffel hätte es dann zwar nicht gegeben, eher Pizza, aber dafür hätte sie mindestens anderthalb gegessen.

Es wird geklatscht, Maarten ist endlich fertig. Jasmijn legt ihre kleine, schlanke Hand auf seine, er schaut sie an, und der Waldsee mitsamt der Wikingerfrau rücken in weite Ferne. Dass so etwas Schönes jetzt zu ihm gehört! »Willst du nicht wenigstens die Praline essen?«, fragt er sie kurz darauf, ist aber auch nicht besonders enttäuscht, als sie verneint, wegen der möglicherweise nicht veganen Schokolade, und ihm ihre Schachtel rüberschiebt.

Das ist sie also, die sagenumwobene Praline, die in einem bescheuerten Wettstreit zweier Caterer entstanden ist und die bald in aller Welt berühmt sein könnte. Sie schmeckt tatsächlich so gut, dass Lucas am liebsten zwanzig davon essen würde, jeden Tag, sein Leben lang. Obwohl er einen leicht bitteren Nachgeschmack bemerkt, vielleicht lag das aber auch an dem Portwein, den er zuvor noch getrunken hat.

Eine halbe Stunde später beginnt Lucas van Heerdts Kopf zu pochen, als hätte sich ein kleiner Teufel mit Vorschlaghammer in seinem Hirn eingenistet.

41

»Das macht doch keinen Sinn«, sagt Jan. Zusammen mit Arie und Lola sitzt er in der Küche auf dem Hausboot und versucht zu verstehen, was passiert ist, als Lillie Woutens starb. Auch Jack ist inzwischen wieder da. Nachdem er unzählige Getränkekisten und Kühlboxen geschleppt hat, ist sein Job auf dem Kasteel de Haar fürs Erste vorbei. Erst zum Abbau am Abend soll er wiederkommen. »Wann soll Gabriel das Rezept denn geklaut haben? Als Lillie schon tot in seiner Vorratskammer lag?«

»Vielleicht war es Gabriel, der Lillie getötet hat«, wirft Lola ein.

»Nur um an ein Rezept zu kommen?«, Jack sieht nicht überzeugt aus. »Wenn sie ihr Notizbuch immer in ihrer Handtasche dabeihatte, konnte Gabriel die Seite doch an jedem beliebigen Tag rausreißen. Wenn sie in der Küche gearbeitet hat, zum Beispiel. Oder wenn sie mal aufs Klo gegangen ist. Ständig hat sie das Buch sicher auch nicht mit sich herumgetragen.«

Arie starrt auf das Blatt Papier vor sich, das nun in einer Klarsichttüte darauf wartet, der Polizei übergeben zu werden. Eigentlich starrt er gar nicht das Papier an, sondern die kleine Ecke, an der ein Stück fehlt. Er denkt an den kleinen Papierschnipsel, der in den Stofffalten von Lillie Woutens Kleid lag, und schließt die Augen. Arie Poepjes versucht eine Zeitreise, zurück zu dem Tag, an dem Lillie starb. So hat er es unzählige Male in seiner Laufbahn als Polizist getan, am Anfang von seinen Kollegen belächelt, später geschätzt und beneidet, weil er mit seiner Einschätzung hinterher erstaunlich oft richtiglag. Auch diesmal setzt sein Unterbewusstsein alle Informationen wie ein Puzzle zusammen und spielt einen Film ab.

Lillie Woutens, die herausfindet, dass Gabriel das Rezept für die Jabuticaba-Praline aus ihrem Buch herausgerissen hat. Sie könnte noch mal in ihr Buch geschaut haben, kurz vor der Rückfahrt nach Brüssel oder bei einer Tankstelle, vielleicht einer plötzlichen Eingebung folgend. Sie entdeckt den Diebstahl, kehrt wutentbrannt zurück, lässt ihre Handtasche samt Rezeptbuch auf dem Beifahrersitz liegen und stürmt ins C'est Magnifique!. Dort findet sie Gabriel, der – überzeugt, dass sie schon abgereist ist – vielleicht gerade triumphierend das Rezept in den Händen hält. Möglicherweise stand er da sogar schon im Kühlraum, um nachzusehen, welche der Zutaten er vorrätig hat. Sie reißt ihm das Rezept aus den Händen, er protestiert, bekommt das Papier zu fassen, ein Stück reißt dabei ab. Sie stürzt sich auf ihn, er schubst sie weg, geradewegs auf die Ecke des Kühltunnels, die ihr den Schädel eindrückt.

Arie öffnet die Augen wieder. »Vielleicht war es so«, beginnt er.

»Gabriel Petit. Der Mörder?«, sagt Lola Dupont. »Aber das würde ja bedeuten, dass Femke Baas unschuldig im Gefängnis sitzt.«

»Jedenfalls deine Schwester hätte sie dann nicht getötet, das stimmt.«

»Zwei Dinge sprechen allerdings gegen deine Theorie«, sagt Jan. »Erstens: Wenn es Gabriel war, der Lillie getötet hat –

warum ist er dann in Ohnmacht gefallen, als er die Leiche am nächsten Tag noch mal gesehen hat?«

Jack sagt: »Falls er sie wirklich aus Versehen umgebracht hat, war er vermutlich im Ausnahmezustand, hat nichts gegessen und nicht geschlafen. Dass ihm da beim Anblick der Leiche im Kühltunnel der Kreislauf schlappmacht, ist doch nicht weiter verwunderlich. Und natürlich besteht noch die Möglichkeit, dass er ein verdammt guter Schauspieler ist.«

Hund erhebt sich von seinem Schlafplatz vor der Waschmaschine und legt seinen Kopf auf Lola Duponts Schoß. Da hat er schneller geschaltet als sein Besitzer, denkt Arie. Lola Dupont ist aschfahl und ringt sichtlich um Fassung. Es ist keine gute Idee, Gespräche über ein Tötungsdelikt in Anwesenheit der Angehörigen zu führen. Was sich jetzt leider nicht mehr ändern lässt. Aber wenigstens ein bisschen etwas für ihr Nervenkostüm sollten sie tun. Er steht auf und bereitet einen Irish Coffee mit viel Whiskey, viel Sahne und viel Zucker zu, während Jan sein zweites Argument vorbringt: »Wenn Gabriel der Mörder war – warum würde er dann selber erst die Polizei und dann uns anrufen? Es hätte doch viel mehr Sinn gemacht, die Leiche verschwinden zu lassen.«

»Stelle ich mir aber auch nicht gerade einfach vor. In einen Teppich einrollen, über die Schulter legen und ins Hafenbecken werfen? Oder …« Bevor auch Jack auf die Idee mit dem Fleischwolf kommt, bringt Arie ihn mit einem Blick zum Schweigen. Er will verhindern, dass Lola Dupont, auf deren Oberlippe sich nun ein schmaler Sahne-Schnurrbart abzeichnet, mehr schreckliche Bilder als nötig in ihrem Kopf hat. Sie hält sich an der warmen Tasse fest und trinkt.

»Gabriel wäre nicht der erste Täter, der die Polizei ruft. Bei manchen spielt der unbewusste Wunsch, entdeckt zu werden, eine Rolle. Viele gehen aber sicher auch davon aus, dass sie so eine Aktion entlastet.«

Jan runzelt die Stirn. »Die rufen also die Polizei, weil niemand glaubt, dass der Täter das tun würde? Ist Gabriel so abgebrüht?«

»Vielleicht noch viel abgebrühter«, sagt Arie, der wünschte, er könnte jetzt auch einen Irish Coffee trinken, aber einsieht, dass er besser nüchtern bleibt. »Gabriel hat sich am Abend mit Femke im C'est Magnifique! getroffen. Nun wissen wir nicht, ob dieses Treffen schon längerfristig geplant war oder ob er es spontan arrangiert hat. So oder so: Gabriel konnte nichts Besseres passieren, als dass Femke bei ihm einsteigt und die Pralinen klaut. Ihm muss klar gewesen sein, dass sie dann automatisch auch verdächtigt wird, Lillie getötet zu haben.«

»Du meinst, er hat es darauf angelegt, dass Femke die Pralinen klaut?«, fragt Jack.

»Würde ich nicht ausschließen. Er kennt Femke schon lange und konnte vermutlich ganz gut einschätzen, dass sie so eine Gelegenheit möglicherweise nutzen würde, vor allem nachdem er ihr mit nicht ganz sauberen Mitteln den großen Auftrag weggeschnappt hat.«

Lola streichelt Hund. »Kann ich bitte noch so ein Getränk haben?«

Arie steht auf, um ihre leere Tasse wieder aufzufüllen.

»Was machen wir denn jetzt mit unserer schönen Theorie?«, fragt Jack. »Wir können Gabriel ja nicht einfach festnehmen.«

»Sowieso nicht, dazu ist die Beweislage viel zu dünn«, sagt Arie, der in diesem Augenblick jetzt doch gerne seinen alten Job zurückhätte. Dann wäre er jetzt aufgeregt, elektrisiert, auf der richtigen Spur zu sein. Die Durchsuchung der Geschäftsräume wäre vom Richter genehmigt gewesen, anschließend würde er Petit auf dem Revier ins Kreuzverhör nehmen und gleichzeitig würde das Labor überprüfen, ob das Rezept und der Papierschnipsel auf Lillies Kleid zusammengehören. So aber sitzt er hier auf dem Hausboot, mit der inzwischen leicht angetrunkenen Zwillingsschwester des Opfers und mit einem Beweisstück, das sie illegal aus Gabriels Büro entwendet haben.

»Wahrscheinlich kommen wir nicht drum herum, mit der Polizei zu sprechen«, seufzt er.

»Willst du auch einen Irish Coffee«, schlägt Jack vor, aber da klingelt Aries Telefon. »Maddie«, sagt er und nimmt ab.

»Arie, hier drehen gerade alle durch.«

42

Gabriel Petit hat schon einige Hochzeiten auf Schlössern und Burgen beliefert. Was nicht weiter seltsam ist, schließlich gibt es in den Niederlanden über 700 solcher historischer Bauten. Das Kasteel de Haar in Haarzuilens bei Utrecht, rund dreißig Kilometer von der Hauptstadt entfernt, ist aber das weitaus größte. »Ein Schloss wie aus dem Märchen«, sagen Gabriels Kunden gerne, und die Werbeleute, die den alten Kasten als Location für Hochzeiten und andere Feste anpreisen, sagen das natürlich auch. Findet der Sternekoch nicht. Die Schlossgärten und Parkanlagen findet er langweilig, und das dunkle Gemäuer, an dessen Steinen in seiner Vorstellung noch immer Blut vom Bau und allen möglichen Schlachten klebt, ist ihm schon immer ein wenig unheimlich gewesen. Allerdings noch nie so unheimlich wie heute. In der Küche hat er vier übrig gebliebene Pralinen gegessen, dann hat er seine Leute angewiesen abzuwaschen. Und dann haben seine Messer angefangen, mit den Klingen zu rasseln. Er ist geflüchtet. Nun steht er im Ballsaal, ein schrecklich protziger und zugleich rekordverdächtig ungemütlicher Raum, dessen Miete die van Lockhorsts sicher ein kleines Vermögen gekostet hat. Aber das ist es gar nicht, was ihn am meisten stört. Es ist die Lautstärke, warum sind alle so laut? Und da, er erschaudert, da lösen sich Menschen aus dem Wandgemälde und strömen in den Raum hinein. Gabriel will zur Tür, aber die bewacht ein Ritter. Er versteckt sich unter einem der Tische, ihm ist schwindelig. Als er am Tischbein vorbeilugt, sieht er Maarten van Lockhorst. Er tanzt, im Arm hält er eine unsichtbare Partnerin. Glücklich sieht er aus, und er bewegt konstant seine Lippen, so als hätte er den Mund zu voll genommen und würde nun mit ausgerenktem Kiefer kauen wollen. Oder als würde er lautstark singen. Doch nach der nächsten Drehung hört Gabriel, was Maarten tatsächlich tut: Er krakeelt immerfort »Estefani«.

43

Man kann nicht Karriere bei der Amsterdamer Polizei machen, ohne sich mit Drogen auszukennen. »Nachtschattengewächse«, tippt Arie, nachdem Maddie ihm geschildert hat, was im Kasteel de Haar los ist. Er hat ihr geraten, den Notarzt zu rufen.

»Nachtschattengewächse wie Tomaten und Kartoffeln?«, fragt Jan und schaut Arie an, als hätte der selber zu viele Drogen genommen.

»Die gehören zur gleichen Familie. Hier haben wir es aber wohl eher mit Engelstrompeten, Alraune, Bilsenkraut, Stechapfel oder Tollkirschen zu tun.«

»Sind die nicht giftig?«, will Lola wissen.

»Sehr, und abhängig von der Dosis sogar lebensgefährlich. Nichtsdestotrotz werden sie manchmal wegen ihrer halluzinogenen Wirkung konsumiert. Im besten Fall ist der Rausch bewusstseinserweiternd oder die Wahrnehmung ist nur leicht verzerrt, oft haben die Konsumenten aber einen ziemlich schlechten Trip inklusive Panikattacken und Wahnvorstellungen. Auch für den Körper ist das kein Spaß: Den Leuten wird schwindelig, sie bekommen Sehstörungen, einen trockenen Mund und Herzrasen. Saugefährlich, das Zeug, auch weil es sich nicht vernünftig dosieren lässt.«

»Klingt nach den falschen Drogen für eine Hochzeitsparty«, sagt Jack.

»Ich glaube nicht, dass die das freiwillig genommen haben«, sagt Arie. »Theoretisch könnte es zwar passieren, dass Lebensmittel mit Samen oder Blättern von Nachtschattengewächsen verunreinigt sind, aber weitaus wahrscheinlicher ist es, dass jemand die Party verderben wollte. Laut Maddie sind nicht alle betroffen, niemand vom Servicepersonal zum Beispiel. Es ist also wahrscheinlich etwas im Essen gewesen.«

»Das arme Brautpaar«, sagt Jan.

Lola Dupont schert sich wenig um das Brautpaar, sie will wissen, was Gabriel macht.

»Der sitzt laut Maddie unterm Tisch, hält sich die Hände vors Gesicht und sagt, jemand solle Knoblauch holen, um die Gespenster zu vertreiben.«

Lola Dupont krault Hund unterm Kinn, er sabbert ihr vor Glück auf die Hand. »Was würde wohl passieren, wenn er auf ein echtes Gespenst treffen würde?«

Selbst die drei Detektive macht so eine Idee kurz sprachlos. Dann vergewissert sich Jack, ob er richtig verstanden hat: »Du meinst, er sieht dich, glaubt aber, dass er Lillie begegnet?«

»Lillie oder ihrem Geist. Beides müsste ihn doch ausflippen lassen.«

»Aber was, wenn ihn der Anblick buchstäblich zu Tode erschreckt? Und er am Ende doch unschuldig ist?«, sorgt sich Jan.

»Beides unwahrscheinlich«, sagt Arie. »Wahrscheinlicher ist eher, dass er Lola als Lillies Zwillingsschwester identifiziert. Immerhin habt ihr schon telefoniert, oder, Lola?«

»Ja, um nach dem Rezept zu fragen. Aber ich habe mich nur

als Lillies Schwester vorgestellt, nicht als ihre Zwillingsschwester.«

Arie überlegt und kommt zu dem Schluss, dass es vielleicht funktionieren könnte. Er seufzt. »Trotzdem, so kann man das doch nicht machen.«

»Bei der Polizei sicher nicht, aber da bist du ja nicht mehr«, erinnert ihn Jack und macht dann gleich konkretere Pläne: »Dann müssten Sie aber erst noch zum Friseur, Lola. Auch im Drogenrausch wird Gabriel nicht glauben, dass sich Lillies blonder Bob posthum in schulterlange braune Locken verwandelt hat.«

»Wenn es sein muss«, sagt Lola, sieht aber nicht besonders glücklich aus.

Jan schüttelt den Kopf. »Das dauert doch alles viel zu lange. Ich fürchte, so viel Zeit haben wir nicht.«

»Perücke?«, schlägt Lola vor.

»Gut«, sagt Arie und beginnt, online nach Geschäften zu suchen, die Perücken verkaufen.

»Mir fällt da gerade etwas ein«, sagt Jack, wählt Maddies Nummer und schaltet auf Lautsprecher. »Was?«, meldet sie sich. Im Hintergrund hört man jemanden grölen, es klingt mehr nach Fußball-EM als nach Hochzeit. »Weißt du, ob Juanita blonde Perücken hat?«, fragt Jack.

»Seid ihr jetzt auch verrückt geworden?«

So kurz wie möglich berichtet Jack von ihrer Idee.

»Total irre«, sagt Maddie, berichtet aber bereitwillig, dass Juanita einen halben Schrank voller Perücken hat.

Ohne Auto lebt es sich in Amsterdam weitaus besser als mit. Keine Staus, keine Parkplatzsuche, keine abgebrochenen Außenspiegel. Doch in diesem Moment ärgert sich Arie, dass keiner von ihnen eins hat. »Wir nehmen meins«, sagt Lola und wirft ihm den Schlüssel zu. »Wo wohnt diese Juanita denn?«, fragt Arie.

»Sie ist Maddies Nachbarin. Ich kenne den Weg«, sagt Jack. »Aber was anderes: Was willst du mit Fru Gunilla machen, Jan? Nimmst du sie im Rucksack mit zur Hochzeit?«

»Zu gefährlich«, befindet Jan und schaut auf das Eichhörnchen, das gerade in einem ausrangierten, mit Kissen ausgepolsterten Obstkorb schläft.

»Sie kann hier zusammen mit Hund die Stellung halten«, sagt Arie, während er sich schnell vergewissert, dass alle Schranktüren geschlossen sind.

Zehn Minuten später macht ihnen Juanita die Tür auf. Sie ist barfuß und trägt etwas, das wie ein übergroßes, langes Männer-Unterhemd aussieht. Ihre schwarzen Locken wippen in einem hohen Pferdeschwanz lustig hin und her. Arie bemerkt mit einem Seitenblick, wie Jans Gesicht anfängt zu leuchten.

Möglicherweise bemerkt Juanita das auch, es ist ja schwer zu übersehen, jedenfalls schaut sie in Jans Richtung und öffnet ihren Mund zu einem wundervollen, großen Strahlen.

»Maddie hat mich schon vorgewarnt, kommt rein«, sagt sie und führt sie in ihr Schlafzimmer, wo Isa auf dem Bett sitzt und Perlen auf ein Lederband fädelt. »Das wird eine Kette für Janneke«, erklärt sie.

»Was brauchst du denn?«, wendet sich Juanita an Lola.

»Aschblonder Bob, etwa kinnlang.«

Isa mustert Jack. »Du hast das Kater-T-Shirt nicht an.«

Jack lächelt. »Ich muss es leider manchmal waschen. Ich trage es wirklich sehr oft.«

Juanita kramt in einer Kiste und hält kurz darauf triumphierend ein passendes Haarteil hoch.

Arie fallen die feschen Lederhosen aus Lillies Koffer ein. »Hättest du vielleicht auch noch ein paar passende Anziehsachen und ein bisschen Make-up?«

Zwanzig Minuten später hat sich Lola Dupont zumindest optisch in ihre tote Zwillingsschwester verwandelt. »Krass«, sagt Jack. Lola schaut in den Spiegel. Einen Moment lang sieht es so aus, als würde sie in Tränen ausbrechen. Aber dann nimmt ihr Gesicht einen entschlossenen Ausdruck an. »Los geht's.«

Isa legt Janneke die bunte Holzperlenkette um den flauschigen Hals. Dann schaut sie Lola an. »Dafür, dass du auf eine Party gehst, siehst du ganz schön traurig aus.«

44

Lucas van Heerdt bittet seine Frau zum Tanz. Wiener Walzer, ganz traditionell, so wollte die van Lockhorst-Familie das. Obwohl Maarten van Lockhorst die Tanzfläche schon vor einiger Zeit sehr untraditionell selber eröffnet hat, ganz alleine, mit einer unsichtbaren Tänzerin im Arm. Jasmijn wirkt peinlich berührt, Lucas findet es ganz gut. Vielleicht ist sein Schwiegervater doch lustiger als gedacht. Die anderen Gäste auch. Die alten Tanten, zum Beispiel. Eben noch dagesessen, als hätten sie einen Stock verschluckt, rennen sie nun kreischend durch den Saal und spielen Nachlaufen.

»Geht es dir gut, mein Schatz?«, fragt ihn Jasmijn, während er sie auf die Tanzfläche führt. »Ich glaube, du solltest heute lieber nichts mehr trinken. Und die anderen …«, sie deutet auf ihre Tanten, »…besser auch nicht.« Sie hat heute so große Zähne, denkt Lucas. Gut, nein richtig gut geht es ihm nicht. Er hat furchtbaren Durst, sein Kopf schmerzt und jetzt wackelt auch noch dieser blöde Saalboden. Draußen schüttet es, die Band beginnt zu spielen, und sie drehen sich im Kreis, rundherum, rundherum, rundherum. Aus den Augenwinkeln sieht Lucas, wie Maarten sich seine Mutter schnappt und mit ihr aus dem Saal tanzt. Dann verwandelt sich Jasmijn vor seinen Augen von der schönen Braut in einen hässlichen Troll: mit einem schiefen

Gesicht, Glupschaugen, einer Knollennase und riesigen Zähnen. Er will sich losreißen, aber der Troll hält seine Schulter mit eiserner Klaue fest und befiehlt ihm weiterzutanzen, bis die Musik aufhört zu spielen. Nicht mit mir, denkt Lucas van Heerdt, beugt sich vor und beißt dem Monster in seine große Nase, bis es nach Blut und Puder schmeckt.

45

Als Arie und die anderen beim Kasteel de Haar vorfahren, stehen schon drei Krankenwagen in der Einfahrt, aus der Ferne nähern sich weitere Sirenen. Ein paar schwarz-weiß gekleidete Menschen mit ernsten Gesichtern, Schlosspersonal vermutlich, laufen hektisch die Treppen hinunter. Erst jetzt sieht Arie, dass sie zu einer Frau eilen, die in zerrissenem rotem Abendkleid und mit einem unnatürlich abgewinkelten Bein vor der Schlossfassade liegt. »*Pezzo di merda*«, schreit sie, den Blick nach oben gerichtet. »*Pezzo di merda.*«

Erst glaubt Arie, dass sie Gott persönlich als Dreckskerl beschimpft, oder vielleicht auch den Regen, der unaufhörlich auf sie niederprasselt, aber dann ruft Jack neben ihm »Elin« und sprintet los. Aries Blick wandert an der Schlossfassade entlang, bis er Elin schließlich auch entdeckt. Sie steht an einem offenen Fenster im zweiten Stock und ringt mit einem Mann. Offensichtlich der Dreckskerl, der schon die Frau in Rot hinausgeworfen hat. Nun rennt auch Arie, er hört, wie ihm Jan und Lola auf den Fersen sind. Im Hintergrund quietschen die Reifen der Polizeiautos.

Sie finden Elin in der Bibliothek, der Mann liegt auf dem Boden, fest im Polizeigriff, das Gesicht schmerzverzerrt. »Ich bin Maarten van Lockhorst, das dürfen Sie nicht mit mir machen.«

»Oh doch«, sagt die junge Frau, die ihm seine Arme auf den Rücken gebogen hat und nun auf selbigem kniet. Es ist Maddie. »Wird auch Zeit, dass ihr mal kommt.«

»Was ist passiert?«, fragt Arie. Jan zieht Elin derweil vom Fenster weg und nimmt sie in den Arm. Sie bricht in Tränen aus.

»Van Lockhart ist mit der Mutter des Bräutigams aus dem Saal getanzt. Ich habe lautes Geschrei gehört, bin hinterher, konnte aber nur noch sehen, wie er sie schubst und sie aus dem Fenster fällt.«

»Sie hat Estefani entführt«, keucht van Lockhorst. Dann wiederholt er, dass er Maarten van Lockhorst ist und so nicht behandelt werden darf. Maddie packt fester zu, bis er nur noch leise fiept.

»Keine Ahnung, wer Estefani ist. Ich weiß nur, dass er mich gleich hinterherwerfen wollte.«

»Ich liebe Estefani«, wimmert Maarten.

»Soll ich übernehmen?«, fragt Arie. Maddie schüttelt den Kopf und schaut zu Lola. »Ihr habt noch Wichtigeres zu tun. Gabriel ist im Ballsaal. Zwei Stockwerke höher, dritte Tür links, einfach dem Krach folgen.«

Jan bleibt bei Elin. Arie, Jack und Lola sind schon fast aus der Tür raus, als Maddie ihnen hinterherruft: »Ich glaube, das Zeug war in den Pralinen. Es hat nur die erwischt, die eine gegessen haben.«

Im Ballsaal ist Chaos. Drei alte Damen raufen miteinander, eine Frau klopft schreiend gegen die Wand und fordert, endlich eingelassen zu werden, ein Pärchen bewirft sich mit Gläsern.

Einige wandern rastlos umher, andere liegen auf dem Boden. Im Hintergrund spielt die Band tapfer ein Lied nach dem anderen.

Es dauert eine Weile, bis die Detektive Gabriel unter einem der Tische entdecken. Er hat sich in eine weiße Tischdecke gehüllt, seine Knie angewinkelt und die Arme um sich geschlungen, seine Augen sind vor Schreck weit aufgerissen. »Was auch immer das für Drogen waren, ich will die lieber nicht ausprobieren«, sagt Jack.

Lola geht auf Gabriel zu, ihr Rücken durchgedrückt wie der einer Primaballerina. Viel Glück, will Arie ihr hinterherrufen, aber aus seinem Mund kommt nur ein leises, heiseres Krächzen.

Dann hören sie, wie Lola spricht. »Hallo Gabriel«, sagt sie mit eisiger Stimme.

46

Lillie ist von den Toten auferstanden. Mitten zwischen den Schlossgespenstern taucht sie auf einmal auf, in Lederhose, die Haare frisch geföhnt und ganz ohne Blut. Gabriel Petit schließt die Augen, so wie seine kleine Tochter es lange gemacht hat, wenn sie beim Versteckspiel nicht gefunden werden wollte. Es ist Jahrzehnte her, dass er gebetet hat. Trotzdem versucht er es: Lieber Gott, befreie mich von meinen Sünden und mach, dass sie mir nichts tut.

Es ist nicht Gott, der antwortet, sondern Lillie. »Hallo Gabriel«, sagt sie.

Gabriel spürt, wie ihm schlecht wird. Die Band spielt auch schon seinen Grabgesang. Es gibt nur noch einen Ausweg. Er wirft sich vor Lillies Füße und fleht sie an. »Ich wollte dich nicht umbringen. Es war ein Unfall.«

47

Eine Stunde später stehen Arie Poepjes und Wessel de Boer nebeneinander im Regen. Würden sie es nicht besser wissen, könnten sie auf den Gedanken kommen, dass sie immer noch das sind, was sie so lange waren: gute Kollegen, beste Freunde.

»Vor Gericht ist so ein Geständnis unter Drogeneinfluss natürlich gar nichts wert«, sagt Wessel grimmig. Hinter ihnen eilt das Team der Spurensicherung ins Schloss.

»Er wird schon noch mal gestehen, wenn du ihn dir vornimmst«, glaubt Arie und zieht einen Klarsichtbeutel aus der Jackentasche. »Vielleicht hilft dir das hier dabei, ihn zum Reden zu bringen. Haben wir heute Mittag in seinem Büro gefunden.«

Wessel starrt das Blatt mit dem Rezept und der fehlenden Ecke an. »Scheiße«, sagt er und Arie ist sich nicht sicher, wie er seinen Gesichtsausdruck deuten soll. Will er ihm eine reinhauen? Oder sich entschuldigen? Vielleicht weiß Wessel das selbst nicht so genau, am Ende entscheidet er sich für eine simple Drohung: »In Zukunft hältst du dich aus meinen Ermittlungen raus, sonst ist deine Detektei schneller dicht, als du gucken kannst.«

»Zu gerne. Für den Moment würde ich aber auch ein Dankeschön akzeptieren.«

Damit, das begreift Arie sofort, ist er zu weit gegangen. Wessel streckt sein Kinn leicht vor, seine Augen verengen sich.

»Ach kommt, Jungs, heute gab es hier doch schon genug Prügeleien«, sagt Maddie als würde sie einen Streit zwischen Grundschülern schlichten, und schiebt sich zwischen die beiden Männer. Sie macht Fortschritte, denkt Arie. Bevor sie Wessel gleich auf die Matte legt, versucht sie es erst einmal mit Deeskalation. Immerhin schafft sie es, Wessel abzulenken.

»Ich muss Sie bitten, mit aufs Revier zu kommen. Wir müssen Ihre Aussage aufnehmen.«

»Geht nicht«, erwidert Maddie. »Ich muss mich gleich um meine Schwester kümmern. Im Moment passt eine Freundin auf sie auf, aber die muss bald weg.«

Wessel sieht nicht erfreut aus. »Wenn ich richtig informiert bin, sind Sie noch auf Bewährung und haben trotzdem eben einen Mann verletzt.«

Vorsichtshalber, weil Arie trotz aller Fortschritte nicht ausschließen will, dass Maddie Wessel für diesen Spruch einen Salto machen lässt, nimmt er sie am Arm und sagt: »Maddie hat mit ihrem Einsatz weitere Verletzte und möglicherweise sogar Schlimmeres verhindert. Wie geht es Elin eigentlich, Maddie?«

»Sie steht unter Schock, nachdem der Typ sie fast aus dem Fenster geworfen hat. Jan hat sie ins Krankenhaus begleitet, sie soll die Nacht über dableiben.«

»Alles gut und schön, aber Ihre Aussage brauchen wir trotzdem so schnell wie möglich«, sagt Wessel.

Jack tritt zu ihnen. »Wenn du magst, Maddie, kann ich mich solange um Isa kümmern.«

Maddie schaut Jack lange an, dann nickt sie langsam. »Danke«, sagt sie, geht zu einem der Streifenwagen und setzt sich auf die Rückbank.

»Sie will ich morgen früh um neun ebenfalls bei mir im Büro sehen«, blafft Wessel Jack an. »Immerhin sind Sie Zeuge.«

»Alles klar«, sagt Jack, als würde ihn nichts weniger interessieren, und zieht von dannen. Arie sieht, wie er zu Lola Dupont hinübergeht, die neben ihrem Wagen auf ihn wartet. Die blonde Perücke hat sie wieder abgenommen. Auch sie wird der Polizei noch einiges erklären müssen. Neben dem alten Opel Astra steht ein sportlicher BMW. Auf dem Beifahrersitz weint die Braut. Sie ist eine der wenigen, die nicht unter Drogeneinfluss steht. Auf ihrer Nase klebt nur ein großes Pflaster, ihr Bräutigam ist auf dem Weg in die nächste Klinik.

Arie will sich schon zum Gehen wenden, als Wessel fragt: »Was wisst ihr über Femke Baas?«

»Nur dass sie allem Anschein nach wohl doch nicht die Mörderin von Lillie Woutens ist.«

»Ich bin trotzdem froh, dass wir sie noch nicht auf freien Fuß gesetzt haben.«

»Wieso?«

»Nun, es deutet alles darauf hin, dass die Drogen in den Pralinen waren. Und Femke hätte nach dem Diebstahl reichlich Gelegenheit gehabt, und natürlich die Expertise, die Füllung der Pralinen anzureichern.«

»Das klingt naheliegend«, sagt Arie. Fast hätte er gefragt, ob sie inzwischen mehr darüber wissen, inwiefern Femke etwas mit Henk Peerenbooms Tod zu tun hat, aber gerade rechtzeitig fällt ihm noch ein, dass er von diesem Verdacht offiziell gar nichts weiß.

»Sollen wir dich in die Stadt mitnehmen?«, bietet Wessel an.

Lieber würde Arie den ganzen Weg laufen, als eine halbe Stunde lang neben Wessel im Auto zu sitzen. »Nicht nötig, aber vielen Dank für das Angebot.«

Dann geht Arie zur nächsten Bushaltestelle.

48

Dreißig Kilometer weiter nördlich fragt Isa: »Was ist dein Dritt-Lieblingstier?«

»Mein Dritt-Lieblingstier?«, wiederholt Jack. Juanita ist erst vor fünf Minuten zur Tür raus, und er fühlt sich jetzt schon ein bisschen überfordert.

Isa nickt.

»Giraffe.«

»Und deine zweite Lieblingsfarbe?«

»Ähm, Blau, glaube ich.«

»Dann mache ich dir noch ein T-Shirt mit blauen Giraffen. Für die Tage, an denen das mit dem Kater in der Wäsche ist.«

»Das ist sehr nett, vielen Dank.«

»Obwohl …« Isa schaut Jack prüfend an.

»Ich will Janneke nicht klauen, wirklich nicht«, versichert er schnell.

Isa kichert. »Das meine ich gar nicht. Ich wollte sagen, dass ich vielleicht besser was mit langen Ärmeln mache, wo es doch jetzt plötzlich so nass und kalt draußen ist.«

»Der Sommer kommt bestimmt wieder.«

»Das weiß man nie«, sagt Isa und geht zum Kühlschrank. »Kannst du Nudeln kochen? Ich habe Hunger. Und Maddie bestimmt auch, wenn sie gleich nach Hause kommt.«

Jack hofft, dass Maddie wirklich gleich nach Hause kommt.

»Isa«, sagt er, während er Wasser in einen großen Topf laufen lässt.

»Ja?«

»Warum hast du mich eigentlich nach meinem Dritt-Lieblingstier und meiner Zweit-Lieblingsfarbe gefragt und nicht einfach danach, was ich am liebsten mag?«

»Das mache ich, wenn du unser Freund bist.«

49

Erst Mitte Juni kehrt der Sommer in die Stadt zurück. Der ruppige Wind wird zu einer schmeichelnden Brise, gerade stark genug, um die Mücken und die größte Hitze zu vertreiben, die Tage sind lang, die Abende lau und hell. Die Leute gehen nach draußen, schlendern über die vielen Blumen-, Stoff-, Food- und Trödelmärkte, sitzen mit Eiswaffeln an den Grachten, knutschen in der Sonne, liegen im Gras, spielen mit ihren Kindern und scheinen für einen glücklichen Moment lang zu vergessen, dass sie doch eigentlich immer in Eile sind.

Das Leben auf dem Hausboot gleicht in diesen Tagen einem endlosen Urlaub am Mittelmeer. Die Hausboot-Detektive treffen sich jetzt unregelmäßiger, oft erst am Nachmittag oder frühen Abend, dann bringt Maddie Isa mit. Obwohl sie nun offiziell einen Mordfall gelöst haben (darüber wurde sogar in der Zeitung berichtet), fühlen sie sich inzwischen eher wie ein paar Freunde, die gemeinsam auf einem Boot abhängen, als fünf Detektive, die auf den nächsten Auftrag warten.

Aries Blick fällt auf den Grill, der vom Vorabend noch ganz dreckig ist. Als die anderen schon weg waren, hat er noch lange vor der Glut gesessen, den Bauch gut gefüllt mit Bier, Baguette, Ketchup und angekokelten Würstchen. Er hat auf die kleinen roten Funken geschaut, die ab und an Glühwürmchen gleich aus der schwarzen Asche aufstoben, die Restwärme genossen und das Gefühl von einer warmen Hundeschnauze auf seinen kalten nackten Füßen. Irgendwann hat er seine Bettdecke geholt, sich in die Hängematte gelegt und ist an Deck eingeschlafen.

Heute Morgen tut ihm deshalb der Rücken ein bisschen weh, aber er ist ziemlich glücklich. So glücklich, dass er endlich den Brief an Mats in Angriff nimmt. *Lieber Mats, es tut mir leid, dass ich so ein Idiot war.* Er knüllt das Papier zusammen und wirft es in einen der Blumentöpfe, in denen in wenigen Wochen hoffentlich die ersten Tomaten reif sein werden. Hund stapft hinterher und trägt das Papier in seinem Maul zurück.

Lieber Mats, ich verstehe, dass du nichts mehr mit mir zu tun haben willst, aber ...

Arie streicht diesen Satz durch. Damit für diesen Brief nicht mehr Bäume als nötig sterben, schreibt er am besten erst einmal einen Entwurf. *Lieber Mats, ich vermisse dich.*

Das entspricht immerhin der Wahrheit. Aber ist es ein guter Briefanfang?

Arie beißt in den Kugelschreiber, bis es leise knackt. »Ich fürchte, ich bin kein guter Briefschreiber. Und vermutlich war ich nie ein besonders guter Vater.«

Hund lässt den Papierball neben den Tisch fallen und legt Arie seinen mächtigen Kopf auf den Schoß. Von schräg unten schaut er ihn an, als wäre Arie sein größter Held.

Arie lacht. »Du traust mir mehr zu als ich mir selbst.« Kurz muss er daran denken, dass er noch vor wenigen Monaten zu den Leuten gehört hat, die glauben, dass es ein Zeichen geistiger Umnachtung ist, mit Tieren zu sprechen. Nur gut, dass er in seinem Alter noch dazugelernt hat.

Hund antwortet mit einem Schwanzwedeln und einem Der-Rest-wird-schon-auch-noch-mach-dir-keine-Sorgen-Blick.

An diesem Montag schreibt Arie den Brief an seinen Sohn allerdings nicht mehr fertig. Um kurz nach elf kommen Maddie, Jack und Jan an Bord – mit einer fröhlich grün-weiß gestreiften Wassermelone, aber ernsten Mienen.

»Wir machen uns Sorgen um Elin«, sagt Jan.

Arie weiß, was er meint. Elin wirkt in letzter Zeit niedergeschlagen, also noch niedergeschlagener als vorher schon. Ihr wildes Haar ist strähnig, unter ihren Augen liegen violette Schatten. Sie redet kaum noch, oft taucht sie gar nicht mehr auf.

»Wann hat das eigentlich angefangen?«

»Nach dem Abschluss des letzten Falles, glaube ich«, sagt Jan.

»Nach der Hochzeit«, konkretisiert Maddie.

Arie holt ein Messer aus der Küche und schneidet die Melone in Stücke. »Vielleicht hat so eine Märchenhochzeit sie zu sehr an das Ende ihrer letzten Beziehung erinnert?«

»Märchenhochzeit ist gut«, sagt Maddie. »Jeder, der da war, freut sich doch anschließend darüber, Single zu sein.«

Jack zieht ein Gesicht, als hätte er eine Zitrone im Mund. »Es gibt da noch etwas, was ich euch sagen muss.«

Arie beißt in ein Melonenstück. Es schmeckt nach Sommerfrische und ist wunderbar kühl, vermutlich hat sie bei Jan über Nacht im Kühlschrank gelegen.

»Also bei dieser Hochzeit, wisst ihr noch, ich war doch Hilfskraft, und wir waren im C'est Magnifique!. Ich weiß ja, dass ich das nicht hätte tun sollen, aber … na ja, ich war eben neugierig«, druckst Jack herum.

»Spuck es schon aus«, sagt Maddie.

Jack schaut zerknirscht. »Ich habe eine von den Pralinen probiert, als ich in der Küche war, um die Transportboxen zu holen.«

Jan lacht. »Und deswegen hast du jetzt so ein schlechtes Gewissen? Weil du uns keine mitgebracht hast?«

Arie lacht nicht. Er versteht, worauf Jack hinauswill. Von Madelief Lokkerbol wissen sie schon seit Wochen, dass Maddie richtiglag: Das Gift – Samen des Stechapfels – war tatsächlich in den Pralinen. »Und dir ist nicht schlecht geworden und du hattest keine Wahnvorstellungen.«

»So ist es.«

Maddie runzelt die Stirn. »Kann man immun gegen Scopolamin sein?«

»Sehr unwahrscheinlich. Ich habe mal im Internet geschaut, aber keinen bekannten Fall gefunden.«

»Die Pralinen waren also bei Femke, dann hat die Polizei sie zurückgeholt und erst dann hast du eine gegessen. Hätte Femke die Pralinen vergiftet, hättest du das folglich merken müssen«, bringt Arie es noch einmal auf den Punkt.

Jan legt ein Stück abgenagte Melone auf den Tisch. Fru Gunilla verspeist im Schatten eine Pflaume. »Es könnte natürlich sein, dass Femke nicht in alle Pralinen Stechapfelsamen gesteckt hat. Du hast dann zufällig genau eine von denen erwischt, die sie vergessen hat.«

»Es könnte aber auch sein, dass gar nicht Femke für den Drogenrausch verantwortlich war. Hat die Polizei sie nicht auch wieder laufen lassen?«, wirft Maddie ein.

»Ja, aus Mangel an Beweisen, wie ich gehört habe. Das heißt allerdings nicht unbedingt, dass sie unschuldig ist, sondern erst einmal nur, dass sie ihr nichts nachweisen können: weder die Sache mit den Pralinen, noch dass sie etwas mit dem Tod von Henk Peerenboom zu tun hat«, sagt Arie.

Maddie zieht von der Sonne in einen Schattenplatz unter dem Sonnenschirm neben Hund. »Gabriel können wir ausschließen, oder?«

»Es würde überhaupt keinen Sinn machen, wenn er die Pralinen vergiftet hätte. Für ihn war doch geschäftlich und privat superwichtig, dass dieser Auftrag ein Erfolg wird. Außerdem war ziemlich offensichtlich, dass auch Gabriel von den Pralinen gegessen hat. Hätte er nicht gemacht, wenn er gewusst hätte, was da drin ist«, stellt Jan fest. »Könnte eine der anderen Kellnerinnen oder Hilfskräfte für die Sache verantwortlich sein?«, fragt Maddie.

»Unwahrscheinlich, schließlich hat er die doch alle erst kurz vor der Hochzeit angestellt. Meines Wissens lief das über Zeitarbeitsfirmen, er kannte die Leute also gar nicht. Was sollten die dann für ein Motiv haben?«, argumentiert Arie.

»Es ist aber sehr unwahrscheinlich, dass er erst jemanden umbringt, um das C'est Magnifique! zu retten, und es anschließend eigenhändig in den Ruin treibt, indem er seine Kunden vergiftet«, findet Arie. Dann spricht er das aus, was alle seit Minuten denken, aber nicht sagen wollen.

»Elin hat die Pralinen alleine in der Küche des C'est Magnifique! verpackt. Sie hätte genug Zeit gehabt. Und das würde erklären, warum die Praline, die Jack gegessen hat, nichts ausgelöst hat. Allerdings braucht man für so eine Tat, vorausgesetzt man ist nicht ganz verrückt, nicht nur die Gelegenheit, sondern auch ein Motiv.«

Maddie gibt ihre Lümmelhaltung auf und setzt sich mit geradem Rücken in den Schneidersitz. »Sag mal Jan, was weißt du eigentlich über Elins Ex-Freund?«

Eine Weile sagt niemand etwas. Hund gähnt, Fru Gunilla ist

im Schatten seiner großen Pfoten schon lange eingeschlafen. Zwei Zitronenfalter tanzen vorbei, drei Boote weiter, beim alten Willem, singt Frank Boeijen »Zeg me dat het niet zo is«, und wie immer, wenn er dieses Lied hört, muss Arie ein paarmal schlucken, damit er nicht anfängt zu weinen.

Schließlich berichtet Jan, dass er nicht viel weiß. »Nicht mal seinen Namen. ›Der Ex‹, so hat Elin ihn immer genannt. Wenn ich mich richtig erinnere, lebt er auch in Amsterdam, gebürtiger Niederländer, arbeitet wohl als Investmentbanker. Eine verträumte Schriftstellerin und ein Investmentbanker, fand ich eh eine komische Kombination.«

»Elin fand die Kombination offenbar ziemlich gut«, sagt Maddie.

»Offenbar«, stimmt Jan zu. »Sie war auch ganz vernarrt in den Verlobungsring von Tiffany. Bis sie herausgefunden hat, dass es eine Fälschung war. Hat sie mir vor einer Weile erzählt, nachdem sie versucht hat, ihn zu verkaufen.«

Maddie macht so ein Gesicht, als wolle sie gleich zu Elins Ex-Freund laufen und ihm mit einem gezielten Schlag die Nase brechen. Plötzlich glaubt Arie, den Kern von Maddies Wutproblem zu verstehen. Sie rastet vor allem dann aus, wenn die angegriffen werden, die ihr lieb sind.

»Weißt du, wie alt er ist?«, fragt Jack.

»Ein bisschen jünger als Elin. 35 oder 36, glaube ich.«

Jack räuspert sich. »Habe ich gerade bei LinkedIn gefunden: Lucas van Haardt, 36 Jahre alt, Investmentbanker. Studium in Amsterdam und Boston, Arbeitserfahrungen in New York und Stockholm.«

»Ach komm, es gibt sicher unzählige 36-jährige Investmentbanker in Amsterdam, die irgendwann mal in Schweden waren«, sagt Jan. »Das wäre doch ein arg großer Zufall.«

»Falls es wirklich der Lucas von der Hochzeit ist, muss Elin es spätestens in dem Moment gewusst haben, als wir die Fotos des glücklichen Brautpaares angeschaut haben«, sagt Jack.

Arie erinnert sich, dass Elin da gar nicht glücklich ausgesehen hat. Konnte sie ihre Aktion schon so früh geplant haben?

»Allerdings wusste Elin da natürlich noch nicht, dass Gabriel sie als Kellnerin engagieren und ihr so die Gelegenheit geben würde, die Pralinen mit Drogen anzureichern«, sagt Jack.

»Es kann doch eine relativ spontane Aktion gewesen sein. Vielleicht wollte sie ihm die unschöne Trennung heimzahlen. Ihm ein bisschen die Party verderben, und dann ist es vermutlich etwas aus dem Ruder gelaufen. Ich weiß, wie so etwas gehen kann«, sagt Maddie.

»Aber woher soll Elin überhaupt Stechapfelsamen haben?«, fragt Jan.

»Die wachsen überall, besonders in halb verwilderten Gärten. Abgesehen davon sind die Samen auch frei verkäuflich«, weiß Arie.

»Elin hat in letzter Zeit ziemlich oft in so einem Gartenbuch gelesen«, erinnert sich Jack.

»Wir fragen sie einfach.« Maddie steht auf.

Arie tut es ihr gleich. »Lasst uns vorher wenigstens noch einen Kaffee trinken.«

»Und wenn sie es war?« Jan sieht nun ehrlich besorgt aus.

Jack zuckt mit den Achseln. »Zum Glück ist die Polizei auf der schlechten Straße.«

»Noch. Noch sind sie vielleicht auf der falschen Spur«, korrigiert Arie. Inzwischen sind sie in der Küche.

»Wenn sie Femke nichts nachweisen können, werden sie vermutlich recherchieren, wer eine offene Rechnung mit den van Lockhorsts hat.«

»Was ich über Maarten van Lockhorst und sein Unternehmen gehört habe, dürfte das eine lange Liste sein«, sagt Jan.

»Richtig. Und van Lockhorst wird es gar nicht gut gefallen, dass jemand in seinen Angelegenheiten herumschnüffelt und möglicherweise schmutzige Geschäftspraktiken ans Tageslicht bringt«, vermutet Arie. »Ich könnte mir gut vorstellen, dass er dann den Polizeichef oder ein paar Politiker anruft, bis die Ermittlungen stillschweigend eingestellt werden.«

Maddie rümpft die Nase. »Geld regiert die Welt.«

»Manchmal leider schon«, bestätigt Arie. »Für Elin wäre dieses Szenario aber der bestmögliche Ausgang. Wenn es schlecht läuft, findet die Polizei nämlich schnell heraus, dass sie mit den Pralinen alleine war und als Lucas' Ex-Verlobte auch ein Motiv hatte.«

»Könnte sie nicht eine Weile untertauchen? Verreisen?«, schlägt Maddie vor.

»Wovon denn? Mit ihren Büchern hat sie schon ewig kein Geld mehr verdient. Und der gefälschte Verlobungsring ist auch nichts wert«, sagt Jan.

Aries Blick fällt auf die Teedose.

»Wie viel ist noch übrig?«, will Jack wissen.

Maddie nimmt einen Edding vom Tisch und beugt sich über die Waschmaschine. Dann malt sie einen Kringel um die erste Hausregel, die besagt: *1. Die Hausboot-Detektive werden nicht (wieder) straffällig.* Vom Kringel zieht sie einen Pfeil nach unten. Es wird die fünfte Hausregel, die sie schreibt: *Wenn doch, lassen wir sie nicht im Stich.*

»Okay«, sagt Arie. Dann nimmt er das erste Honorar, das die Hausboot-Detektei verdient hat, aus der Teedose und beginnt zu zählen.

50

Elin liegt im Bett, als sie die Gartenpforte quietschen hört. Hat vergessen abzuschließen, aber sonst hätten sie sicher geklingelt oder gleich die Haustür eingetreten. Sie, das sind in Elins schlimmsten Phantasien die Polizisten. Polizisten mit Sturmhauben, schusssicheren Westen und großen Gewehren im Anschlag. Elin versteckt sich unter der Decke, die ein bisschen muffig riecht. Noch ein paar Augenblicke in dieser warmen Höhle bleiben, bevor ihre Welt untergeht. Draußen ist es still. Vermutlich haben sie den Stechapfelbusch entdeckt.

Jemand klopft an ihre Haustür und ruft »Hallo?«. Klingt wie Arie, wenn Hund im Park zu weit wegläuft. Vermutlich trainieren sie diese Stimme in der Polizeischule: freundlich, aber doch so bestimmt, dass man besser darauf hört. Elin antwortet trotzdem nicht, ihre Zehen verkrampfen sich. Die Tür wird einen Spalt geöffnet, das ahnt sie mehr wegen des warmen Luftstroms, den sie trotz der Decke spürt, als dass sie es hört.

»Elin?«

Das war aber jetzt eindeutig Jans Stimme. Langsam schiebt sie die Decke ein Stück runter und sieht sie alle in ihrer Schlafwohnküche stehen: Jan, Arie, Jack und Maddie. Hund ist sicher auf dem Hausboot geblieben, aber Fru Gunilla ist mitgekommen. Sie spurtet von Jans Schulter, flitzt über die Bettdecke und schnüffelt an Elins Nase. Fru Gunilla ist die Einzige, die nicht entsetzt aussieht.

Elin hat schon länger nicht mehr in den Spiegel geschaut. Wenn sie den Gesichtern der anderen trauen kann, war das auch besser so. Ihre Haare sind vermutlich ziemlich verfilzt, die Augenränder tief wie die Spuren von Traktorreifen und ihr Gesicht aufgequollen vom vielen Weinen. Mit Letzterem fängt sie jetzt schon wieder an. Unkontrollierbar schwappt das Salzwasser aus ihren Augen.

»Wie hast du die Samen in die Pralinen bekommen?«, fragt Maddie, und es klingt mehr neugierig als vorwurfsvoll, so als würde sie nach dem Rezept für eine besonders gelungene Blaubeertorte fragen.

Elin denkt nicht mal mehr darüber nach, alles zu leugnen.

»Mit einer Marinadenspritze, die hatte ich noch von meiner Mutter.«

»Mit einer was?«

»Damit kann man Marinade direkt ins Fleisch injizieren. Sehr praktisch für Truthahn oder Grillfleisch«, erklärt Jan. »Kann man aber eben auch benutzen, um Pralinen zu füllen, oder …«, er wirft Elin einen Blick zu, »… um die Füllung nachträglich zu ergänzen.«

»Waren die Samen aus deinem Garten?«, fragt Arie.

Elin putzt sich geräuschvoll die Nase, sie fühlt sich furchtbar elend. »Jemand hätte sterben können.«

»Ja«, sagt Arie ernst. »Du hättest besser Haschpralinen draus gemacht. Wenn überhaupt.«

»Sie wollte die Party ja nun nicht verbessern«, stellt Jack klar.

Elin schnieft. »Das war die dümmste Idee, die ich je hatte. Aber ich war so wütend, dass er so schnell eine andere heiratet, und dann auch noch so. Da dachte ich dann tatsächlich, dass ich ihnen wenigstens die Party ein bisschen verderben könnte. Auf der Website, auf der ich wegen der Dosierung nachgeschaut habe, klang es so, als würde man nur einen schlechten Trip haben, sonst nichts. Und von Gabriel wussten wir ja, dass keine Kinder kommen würden, sonst hätte ich es natürlich gar nicht gemacht.«

»Warum hast du uns nie erzählt, dass Lucas van Heerdt dein Ex-Freund ist?«, will Jan wissen.

Elin antwortet nicht. Das weiß sie ja selber nicht so genau. Oder doch, eigentlich weiß sie es: Sie wollte nicht, dass die anderen, von denen sie hoffte, sie könnten ihre Freunde werden, Jasmijn van Lockhorst anschauen und das Zwangsläufige denken. Nämlich, dass es nur zu verständlich ist, dass der fesche Lucas sie, die grobknochige, erfolglose Elin, die notorisch pleite ist und selbst im Abendkleid aussieht, als würde sie im Wald wohnen, gegen die feingliedrige, wunderschöne und kluge Unternehmertochter Jasmijn eingetauscht hat.

»Du musst etwas essen«, sagt Jan.

Jack meldet sich freiwillig, um für alle Mittagessen beim nächsten Inder zu holen, Elin kriecht aus dem Bett und geht duschen. »Warte mal«, sagt Maddie und drückt Elin einen Leinenbeutel in die Hand. »Das ist das Kleid, das Isa für dich gemacht hat. Sie wollte es dir gestern Abend beim Grillen geben, aber du warst nicht da.«

Eine Viertelstunde später steht Elin vor dem Spiegel und muss das erste Mal seit Tagen wieder lächeln. Sicher, ihr Gesicht sieht immer noch aus, als hätte sie eine harte Zeit hinter sich. Aber aus den Falten des Kleides, ein Traum in Grüntönen, bestickt mit einem Perlenmuster, lugt das Versprechen, dass das Leben wieder gut wird. Elin streicht über den leichten, mit Spitze abgesetzten Baumwollstoff. Sie hat keine Ahnung, wie Isa das gemacht hat, aber dieses Kleid sieht aus, als wäre es aus einer Sommerwiese gewebt worden.

»Wow«, sagt Arie. Jan meint, es wäre perfekt. Und Jack lässt vor Überraschung fast die Tasche mit dem Essen fallen, als er reinkommt und Elin in ihrem neuen Outfit sieht.

»Sag Isa bitte meinen besten Dank. Ich habe noch nie ein so schönes Kleid besessen«, sagt Elin.

Maddie macht ein Foto. »Du siehst bezaubernd aus, sie wird sich so freuen.«

Dann ziehen sie auf die schattige Terrasse um. Wie eine Gruppe Kindergartenkinder sitzen sie auf dem Boden im Kreis, alle um die eine Liege herum, auf der Schälchen mit Reis und vorzüglichem Curry stehen.

Es duftet phantastisch, richtig viel Appetit hat Elin trotzdem nicht. Kurz hat die Freude über das Kleid alles übertönt, aber jetzt meldet sich die leise Stimme in ihrem Inneren, die, die sich ständig um die Zukunft sorgt. »Ruft ihr nach dem Essen die Polizei?«

Arie schüttelt den Kopf. »Was soll ich jetzt bloß machen?« Elin klingt sehr kläglich.

»Die Marinadenspritze entsorgen«, bestimmt Jack.

»Habe ich schon in einen Müllcontainer geworfen«, sagt Elin kleinlaut.

»Den Stechapfelbusch ausgraben«, führt Maddie die Liste fort.

»Das können wir machen. Elin sollte am besten für eine Weile verschwinden«, sagt Jan.

Arie ergänzt: »Wenigstens, bis Gras über die Sache gewachsen ist.«

Verschwinden, das will Elin ja schon seit Wochen. »Aber wohin?«

»Südamerika«, schlägt Jack vor.

»Oh, wie schön ist Panama«, murmelt Maddie.

»Panama«, wiederholt Elin und zückt ihr Handy. Jan tut es ihr gleich.

Elin liest erst ein bisschen, dann schaut sie Bilder an. Sie sieht mit Regenwald bewachsene Bergketten, die glitzernde Skyline von Panama City, Papageien und Affen, mit Palmen bewachsene weiße Sandstrände, türkisfarbenes Meer, Mangrovenwälder, Empanadas. Sie lächelt.

»Da sind schon ganz andere untergetaucht«, sagt Arie.

Jan ist offenbar auch dafür: »Bis zu 180 Tage kannst du als Schwedin ohne Visum im Land bleiben. Falls du für immer bleiben willst, könnte das Panama Friendly Nations Visa etwas für dich sein. Die Anforderungen sind sympathisch niedrig, da sollten wir uns mal ein Beispiel nehmen.«

»Ist es da einigermaßen sicher?«, fragt Maddie.

»Kommt drauf an, wo man ist. Sicher genug, denke ich«, sagt Jan. »Ein bisschen verrückt ist das alles schon.«

»Auch nicht verrückter als der Rest der Geschichte«, findet Arie.

Maddie schaut Elin an. »Was meinst du, Elin?«

»Zu gerne. Allerdings gibt es da ein Problem.«

»Hast du keinen Pass?«, fragt Jack.

»Pass ja, Geld nein.«

»Jetzt doch«, sagt Arie, zieht den Umschlag mit Bargeld aus der Tasche und legt ihn vor Elin auf den Tisch. »6230 Euro, das ist alles, was noch übrig war von Gabriels Honorar. Das sollte genug sein für ein One-Way-Ticket und ein bisschen Startkapital.«

Elin schaut auf das viele Geld und die wunderbaren vier Menschen, die es hergeben, um ihren Arsch zu retten. »Das geht nicht«, sagt sie mit brüchiger Stimme.

»Doch.« So wie Arie das sagt, klingt es ein bisschen wie ein Befehl.

Anderthalb Tage brauchen die Detektive, um den Stechapfelbusch verschwinden zu lassen, beim Reisebüro ein Ticket zu kaufen, eine erste Bleibe in Panama zu organisieren, das möblierte Apartment zum Monatsende zu kündigen und Elins Sachen zu packen. Die Sommerkleider in den Koffer, den Laptop und die wichtigsten Papiere ins Handgepäck. Den Rest verstauen sie in ein paar Kisten, die sie auf Aries Hausboot und in Jans Bauwagen lagern. »Wenn keine Aufträge mehr reinkommen, könnten wir aus der Hausboot-Detektei vielleicht eine *Relocation*-Agentur machen«, schlägt Jack vor. »Da sind wir ziemlich gut drin.«

»Ihr seid die Besten«, sagt Elin.

»Schreib mal«, sagt Arie.

Schließlich ist es so weit. Elin umarmt alle der Reihe nach, dann geht sie zum Gate, und die Hausboot-Detektei hat eine Detektivin weniger.

51

Zwei Wochen später.

Gabriel Petit sitzt in seiner Zelle und blättert in der *Gourmet*, einer niederländischen Feinschmeckerzeitschrift mit überdurchschnittlich guten Fotos und mittelmäßigen Texten. Zu seiner großen Erleichterung kommen seine Pralinen hier nicht vor, jedenfalls nicht in dieser Ausgabe. *Die Praline, an der Blut klebt* hat eine große Tageszeitung getitelt, in einer anderen hieß es *Praline macht Skandale*. Über seine geniale Idee ging es dabei immer nur am Rande. Hauptsächlich wurde der Tod von Lillie Woutens ausgeschlachtet: *Die junge, talentierte Ausnahme-Chocolatière, ermordet aus Gier von ihrem Geschäftspartner.* Und natürlich wurde über den Wettstreit zwischen Amsterdams beiden besten Köchen berichtet und über den Eklat bei der Hochzeit. Gabriel ist sich sehr sicher, dass das nicht die Art medialer Aufmerksamkeit war, die sich Maarten van Lockhorst gewünscht hatte. Femke Baas ist vermutlich ebenso wenig glücklich damit. Zwar stand in der Presse, dass sie nichts mit dem Mord zu tun hat. Die Zeitungen schrieben aber auch, dass Femke die Pralinen gestohlen und somit zumindest die Gelegenheit hatte, sie mit Drogen anzureichern. Die Bemerkung, dass sie aus Mangel an Beweisen auf freien Fuß gesetzt worden war, wirkte in diesem Zusammenhang eher wie eine Anklage an die unfähige Polizei als eine

Unschuldserklärung für Femke. Sie selbst war für eine Stellungnahme laut verschiedener Artikel nicht erreichbar gewesen.

Die Tageszeitungen gibt es im Knast. Die aktuelle Ausgabe der *Gourmet* hat ihm seine Mutter mitgebracht. Eine unerwartete Nettigkeit, die ihn fast zu Tränen gerührt hat. Anschließend war sie aber gewohnt garstig gewesen.

Er sehnt sich danach, seine Töchter zu sehen. Sie würden ihn sicher gerne besuchen, sie sind die Einzigen, die auch verstehen würden, dass das alles nur ein Versehen war, dass er in Wahrheit kein schlechter Mensch ist. Aber Zwaantje erlaubt es nicht. Sie hat die Scheidung eingereicht.

Sein Pflichtverteidiger will auf Körperverletzung mit Todesfolge plädieren, schnell wieder rauskommen wird er aber eher nicht. Bei guter Führung hat er immerhin Aussicht auf einen Job in der Gefängnisküche.

Gabriel blättert weiter. Sein Blick bleibt an dem Foto eines kleinen Weichkäses hängen, der sehr vorteilhaft beleuchtet auf einem rustikalen Brettchen liegt. Gute Führung hin oder her: Es wird noch Jahre dauern, bis er wieder guten Käse essen oder ein richtig gutes Essen kochen kann.

Plötzlich springt ihn ein Wort aus der Bildunterschrift an: *Meerschweinchenmilchkäse.*

»Das ist meine Idee«, ruft er entrüstet aus. Seine Laune wird nicht besser, als er den Text liest und erfährt, dass die preisgekrönte niederländische Käserin Gerda Verlander mit ihrer innovativen, für manchen jedoch sicher gewöhnungsbedürftigen Idee nach Japan ausgewandert ist. Tierschützer hätten protestiert, Gerda Verlander habe aber versichert, dass die Meerschweinchen artgerecht gehalten würden. Es folgen zwei

Absätze zu der sehr langsamen, aber sicheren Entstehung einer japanischen Käsekultur. Der Meerschweinchenmilchkäse, der während seiner Reifezeit täglich mit Sake geschmiert würde, gehöre dabei zu den wenigen Produkten, die ohne Zweifel weltweite Beachtung finden würden. Feinschmecker zahlten für Verlanders seltenen Käse im Moment rund 1500 US-Dollar pro Kilogramm.

Eine üble Mischung aus Wut und Verzweiflung steigt in Gabriel hoch, bis seine Wangen brennen und sein Kopf kurz vor dem Platzen ist. Er pfeffert die Zeitschrift in die Ecke, öffnet den Mund und lässt es raus, ein Brüllen, das schon lange, schon seit dem Tag, an dem Zwaantje die Kinder genommen und ausgezogen ist, in ihm eingesperrt war. So laut und animalisch klingt das, dass es ihn selbst überrascht. Er schlägt gegen die Wände, boxt gegen den lächerlich kleinen Fernseher, tritt gegen die Bettpfosten.

»Du Pisskröte, hier versuchen Leute zu schlafen«, schreit jemand durch die Gänge, so laut, dass nun sicher auch die Letzten wach sind.

Während sein Puls langsamer wird und die Wut langsam verebbt, muss er wieder an Femke denken. Seine Idee, sie dazu zu bringen, die Pralinen zu stehlen, war genial gewesen. Und fast wäre der Plan aufgegangen. Wie schön es gewesen wäre, wenn sie und nicht er für diese unglückliche Sache mit Lillie hinter Gittern sitzen müsste. Ob sie wohl schon Konkurs angemeldet hat? Das Golden Forks ist nach den Berichten der letzten Tage jedenfalls am Ende. Niemand will bei einer Köchin, die mutmaßlich in voller Absicht mehr als hundert Leute in Lebensgefahr gebracht hat, noch Essen bestellen. Was für ein tröstlicher Gedanke. Dann schläft Gabriel endlich ein.

52

Albert de la Roche schenkt ein wenig Rotwein nach. »Garantiert echt«, sagt er, dann betrachtet er die Frau, die ihm gegenüber auf dem Gartensofa sitzt. Richtige Apfelbäckchen hat sie unter der Sonne in den französischen Weinbergen bekommen. Ihre schwarzen Haare sind zu einem lässigen Knoten hochgesteckt, sie trägt ein geknöpftes grünes Leinenkleid, das ein wenig an ein übergroßes Männerhemd erinnert, und auf ihrem Schoß liegt ein hellgrauer Mischlingswelpe.

»Eins müssen Sie mir aber noch verraten, Madame: Waren Sie diejenige, die die Pralinen, nun, sagen wir mal, veredelt haben?«

»Sie trauen mir wirklich schlimme Sachen zu.« Femke Baas schaut gespielt böse, muss aber dann doch anfangen zu lachen. »Aber nein, in diesem Fall bin ich völlig unschuldig.«

»Wenn Sie es nicht waren – wer war es dann?«

»Da bin ich überfragt. Es gibt aber sicher genügend Leute, die den van Lockhorsts gerne das rauschende Fest verdorben hätten.«

»Wohl wahr. Scheint kein Spaziergang zu sein, so ein Stechapfeltrip. Haben Sie das schon mal probiert?«

Femke schüttelt den Kopf, so dass sich ein paar Haarsträhnen lösen. »Wein ist die einzige Droge, mit der ich mich auskenne.«

Albert de la Roche zieht eine Pfeife aus der Tasche und beginnt, sie zu stopfen. »Und das sehr gut, wie ich an dieser Stelle noch einmal erwähnen möchte. Der Wein, den ich aus Ihrem Keller geholt habe, ist phantastisch angekommen. Maarten van Lockhorst hat mich vor ein paar Tagen angerufen, um sich noch einmal persönlich für die schnelle und unkomplizierte Lieferung zu bedanken. Die Spitzenweine, da zitiere ich jetzt, waren das Highlight der Hochzeit.«

»Da sieht man mal wieder, was eine gute Fälschung alles leisten kann.« Femke nippt an ihrem nicht gefälschten Wein. »Wahrscheinlich ist er einfach besorgt um seinen Ruf. Ich habe gehört, dass ihn die Mutter des Bräutigams wegen Körperverletzung angezeigt hat. Das war die, die sich ein Bein gebrochen hat, nachdem er sie aus dem Fenster geworfen hat.«

Albert de la Roche zieht an seiner Pfeife und bläst silbrige Rauchringe in den azurblauen Himmel über dem Bordeaux.

»Sind Sie glücklich, Madame? Mit Ihrem neuen Job und Ihrem neuen Leben?«

Femke Baas trinkt noch einen Schluck, dann lässt sie ihren Blick schweifen, über das Weingut De La Roche, an dessen Rand sie seit kurzem ein winziges Cottage in einem wilden Garten bewohnt. Sie schaut auf den Hund auf ihrem Schoß. Dann schaut sie Albert de la Roche an und lächelt gelöst.

»Glücklicher denn je.«

53

»Ich habe diese Psychologin angerufen«, sagt Maddie.

»Wen?«, nuschelt Juanita. Zwischen ihren Lippen klemmt ein Faden, sie sitzt mit Isa vor einer nagelneuen gebrauchten Nähmaschine. Maddie hat sie ihr zum 21. Geburtstag geschenkt, Juanita zeigt ihr, wie sie funktioniert. Wer ein Modelabel hat, das »Coole Chica« heißt, da waren sich Maddie und Juanita sehr einig, braucht unbedingt eine gute Nähmaschine.

»Die Psychologin, bei der ich das Antiaggressionstraining absolvieren muss. Du weißt schon, Bewährungsauflage und so.«

»Und was sagt sie?«

»Dass ich bei ihr ein kleines Wutköfferchen packen und lernen werde, schlaglos schlagfertig zu sein.«

Juanita fällt der Faden aus dem Mundwinkel.

»Zum Glück aber noch nicht jetzt, sondern erst in ein paar Wochen, wenn sie wieder einen Termin frei hat. Die Ärmste ist völlig ausgebucht.«

Juanita lehnt sich auf dem Sofa zurück, während sie Isa dabei zuschaut, wie sie die Fadenspule montiert. »Wenn du willst, kannst du auch einfach mal ein paar meiner Nachtschichten übernehmen. Da kann man so viel Wut rauslassen, dass hinterher kaum noch was da ist.«

»Vielen Dank, aber doch lieber nicht. Vielleicht fängst du lieber bei uns an?«, schlägt Maddie vor.

»In der Hausboot-Detektei?«

»Warum nicht? Nächstes Semester musst du doch sowieso nicht mehr jeden Tag in die Uni. Außerdem haben wir ja jetzt schon eine Detektivin weniger und Jack überlegt, Ende des Sommers nach London zurückzugehen.«

»Bei euch gibt es kein Geld.«

»Ach, das ändert sich sicher bald.«

»Das will ich erst sehen. Glaubst du übrigens, dass er das ernst meint?«

»Wer meint was?«

»Na, Jack das mit London, was sonst?«

»Woher soll ich das wissen?«

Isa hält zwei unterschiedlich geblümte Stoffstücke gegen das Licht. »Jack wartet darauf, dass Maddie ihn anruft.«

»Ach Quatsch.« Maddie steht auf und räumt ein paar leere Tassen in die Küche.

»Echt wahr«, schiebt Isa nach.

Maddie läuft noch ein bisschen auf und ab, so als wäre sie sehr beschäftigt. Aber schließlich bleibt sie stehen, zieht ihr Smartphone aus der Hosentasche und drückt ein paar Tasten.

Es tutet, einmal, zweimal, dreimal.

»*Yes?*«

»Radtour ans Meer?«

Sie hat nicht mal ihren Namen genannt, aber Jack erkennt sie auch so.

»Jetzt?«

»Morgen Vormittag?«

Am anderen Ende der Leitung ist es einen Moment still, und

Maddie ist ganz sicher, dass er nein sagen wird. Und sie ist sich plötzlich ebenso sicher, dass das irgendwo in ihrer Rippengegend ziemlich piksen wird.

»Ich muss dir sowieso noch dein T-Shirt zurückgeben«, sagt sie in die stille Leitung hinein und denkt gleich darauf, dass das eine völlig bescheuerte Ansage war.

»Das T-Shirt kannst du behalten«, sagt Jack schließlich, und seine Stimme klingt rau wie einer dieser Tage, wenn der Wind aus dem Westen kommt. »Aber du bist mit dem Picknick dran.«

Maddie lacht leise und vor Erleichterung auch ein bisschen quiekend.

»Um zehn?«

»Um zehn. Ich hol dich ab.«

»Bis morgen dann.«

»Bis morgen dann.«

»Ich hatte recht«, feixt Isa, während sie einen Knopf annäht.

»Du bist auch eine …«

»… coole Chica«, beendet Isa Juanitas Satz. Sie kichern ein wenig.

Maddie tritt ans Fenster und schaut in den weiten Himmel über Amsterdam. Knallblau ist er, mit ein paar leuchtend weißen Wölkchen. Maddie lächelt ihnen zu, und für diesen einen Moment erscheint ihr in dieser großen, kleinen, verrückten Stadt alles möglich.

LESEPROBE

DER ZWEITE FALL FÜR
DIE HAUSBOOT-DETEKTEI
ERSCHEINT IM HERBST 2023

Fünf Hobby-Detektive. Eine tote Whistleblowerin. Keine Zeit zu verlieren

Auch das sorgloseste Faulenzen an Deck muss irgendwann ein Ende haben. Es ist Herbst in Amsterdam. Und ohne Heizöl wird es sogar auf dem schönsten Hausboot ungemütlich. Die Auftragslage ist mau. Bis ein vermeintlich langweiliger Fall die Hobby-Detektive ordentlich herausfordert: Ihre Auftraggeberin wird plötzlich tot aufgefunden und entpuppt sich als Whistleblowerin. Die angesehene Wissenschaftlerin für Rohstoffabbau in der Tiefsee stand kurz davor, ihre Firma in den Ruin zu jagen. Mord? Arie, Maddie, Jack, Jan und Elin recherchieren: mit der Rohstoffgewinnung im Ozean lässt sich viel Geld machen. Und zwar auf Kosten der Umwelt. Finden die Detektive gar nicht gut, und so wird das Aufklären dieses Todesfalls zur wahren Herzensangelegenheit.

1

Das Meer sieht aus, als müsse es gleich spucken. Gelbgrün, mit dreckigen Schaumkronen, wirklich zum Kotzen.

Tessa geht es nicht besser. Sie sitzt auf einem Sofa in Zandvoort, in einem Apartment mit Seeblick. Es ist stickig und stinkt nach Lavendel, das Sofa ist so weich, dass es den Bandscheiben sicher nicht guttut. Ihr ist heiß, ihr ist schlecht, und wenn sie rülpst, schmeckt es nach Galle und Butterkeksen. Ihrer Mutter gefällt das. Das merkt Tessa schon daran, wie beschwingt Anne durchs Wohnzimmer läuft, mit flatterndem Blumenkaftan und schwabbelnden Oberarmen, ein Lächeln im Gesicht. Sie stellt eine Tasse Kamillentee auf den Couchtisch, zupft am Spitzendeckchen, sackt neben Tessa in die Polster und mustert sie von der Seite.

»Ganz grau bist du«, sagt Anne mit dieser warmen Stimme, mit der sie sonst nur mit ihren Orchideen spricht.

Tessa ahnt, was jetzt kommt. Und wirklich, einen Sekundenbruchteil später tätschelt Anne Tessas gewölbten Bauch. »Ich habe es gleich gewusst, als du reingekommen bist. So schlecht sehen nur Schwangere aus.«

»Und überarbeitete Wissenschaftlerinnen mit Blähbauch.« Tessa schiebt die Hand der Mutter zur Seite.

»Kein Baby? Bist du sicher?«

»Kein Baby, ganz sicher«, bestätigt Tessa und denkt: So schlimm ist es nicht, Hormonspirale sei Dank.

Alles andere ist schon schlimm. Mit ihrer Beziehung zu Luuk stimmt irgendetwas nicht, und sie kann nicht einmal genau sagen, was. Die Sache mit der Firma zerrt an ihren Nerven, ihre berufliche Zukunft ist ungewiss, und ihre Freundin Lieke hat sie schon ewig nicht mehr gesehen.

Tessa schlürft den heißen Tee.

»Na ja, vielleicht ist es sowieso besser, wenn ihr zuerst heiratet«, sagt Anne mit gespielter Fröhlichkeit. »Heutzutage ist es ja gar nicht mehr so selten, dass Frauen das erste Kind erst mit 36 oder später bekommen.«

Tessa denkt, dass sie besser in Amsterdam geblieben wäre. Sie schaut wieder aus dem Fenster, damit sie nicht sehen muss, wie der Mund der Mutter vor Enttäuschung klein und hart wird.

»Habt ihr denn schon einen Termin? Immerhin ist es schon Oktober.«

Über der Nordsee kreisen zwei Möwen. Oder sind das Plastiktüten?

»Vielleicht eine romantische Winterhochzeit? Ein bisschen kurzfristig, aber das würden wir hinbekommen. Besonders wenn ihr nicht ganz so groß feiern wollt. Ich finde sowieso, dass die jungen Leute heutzutage viel zu viel Geld für die Hochzeit ausgeben. Der Sohn meiner alten Freundin Dini, erinnerst du dich an sie? Also der Theo, der hat für seine Hochzeit sogar einen Kredit aufgenommen. Die waren schon wieder geschieden, bevor der überhaupt abbezahlt war. Nein, dann lieber ein bisschen kleiner. Mit den Vorbereitungen helfe ich dir natürlich. Kuchen könnte ich auch backen. Dini sagt immer, dass mein

Erdbeerkuchen besser schmeckt als alles, was man beim Bäcker bekommt.«

Anne legt eine Sprechpause ein. Vermutlich, denkt Tessa, um ihr Zeit zum Applaudieren zu geben. Für die Idee mit der Winterhochzeit und natürlich für die unvergleichlichen Backkünste.

Tessa applaudiert nicht, sie denkt an Luuk. Der lustige, aufregende Luuk, wegen dem ihr Körper monatelang so viel Dopamin ausgestoßen hat, dass sie manchmal Angst hatte, den Verstand zu verlieren. Luuk, mit dem sie den besten Sex ihres Lebens hat. Luuk, der erste Mann, der sich für ihre Arbeit interessiert. Luuk, ihr Verlobter. Seit einigen Wochen aber eben auch Luuk, dem sie nicht mehr richtig traut. Warum? Weiß sie selbst nicht. Er schwört, dass er treu ist, und nichts weist darauf hin, dass er lügt: an seinen T-Shirts kleben keine langen blonden Haare, er schläft immer zu Hause, er versteckt sein Handy nicht vor ihr. Trotzdem wird sie dieses Gefühl nicht los, dass irgendetwas nicht so ist, wie es sein sollte.

»Jetzt sag doch auch mal was«, drängt Anne.

Tessa stellt die Teetasse zurück auf den Couchtisch und öffnet den obersten Knopf ihrer Jeans. »Es dürfte schwierig sein, im Winter an leckere frische Erdbeeren zu kommen.«

Anne zieht die Luft zwischen den Zähnen ein, dass es nur so zischt. »Diesen seltsamen Sinn für Humor, den hast du aber nicht von mir.«

Stimmt, denkt Tessa. Hätten ihre Mutter und sie den gleichen Humor, wären sie möglicherweise besser miteinander ausgekommen.

»Du kommst überhaupt sehr nach deinem Vater.« Anne sagt das leichthin, aber es ist nur der Auftakt einer Tirade, die Tessa allzu gut kennt. Anhören muss sie sich die Klagen über den Vater, der immer nur die Arbeit im Kopf hatte, bis ihm ein Dachziegel auf denselben gefallen war, heute nicht.

Denn plötzlich verstummt Anne und legt ihren Kopf schief: »Ich glaube, dein Handy vibriert.«

»Stimmt«, sagt Tessa, macht aber keine Anstalten aufzustehen. Sie kann sich schon denken, wer da anruft. Dann doch lieber die Vater-Tirade.

Anne hievt sich aus dem Sofa und hechtet zur Fensterbank, wo Tessas Handtasche zwischen den Blumentöpfen liegt. »Vielleicht ist es Luuk.«

»Mama, lass es liegen.«

Anne kramt das Telefon aus der Tasche, während sie zurück zum Sofa eilt. »Hugo Beekhof«, liest sie laut vom Display ab. »Das ist doch dein Boss.«

Tessa nimmt das Telefon und geht dran, aber nur, weil sie Sorge hat, dass Anne das sonst auch noch tut.

»Tessa, meine Liiiebe!«, flötet Hugo ins Telefon. Tessas linkes Augenlid beginnt unkontrolliert zu zucken. Ihre Mutter sitzt nun wieder neben ihr auf dem Sofa und rückt ihr mit großen Ohren auf die Pelle.

»Ich wollte nur mal hören, wie es dir so geht. Passiert schließlich nicht so oft, dass meine beste Mitarbeiterin krank zu Hause bleibt.«

Tessa steht auf und pupst, nicht mit Absicht, aber sie fühlt sich gleich ein wenig besser. Sie sieht noch, dass Anne ein pikiertes Gesicht macht, wegrückt und nach ihrem Strickzeug greift, dann stellt sie sich ans Fenster.

»Nächste Woche bin ich sicher wieder fit.«

»Gut. Ich hatte schon Sorge, dass es etwas Ernstes ist.«

»Lieb von dir, dass du dir solche Sorgen um mich machst«, sagt Tessa. Als ob, denkt sie, als ob. Seit sie für ihn arbeitet, gibt es genau zwei Sachen, um die Hugo sich sorgt: den Sitz seiner Haare und diese Abbaulizenz. Um das Erste kümmern sich sein Friseur und Haargel von Unilever, für Letzteres braucht er sie.

»Ja, das auch. Die Gesundheit meiner Mitarbeiter liegt mir sehr am Herzen, das hat oberste Priorität«, rudert Hugo herum.

Tessa hilft ihm nicht. Sie schaut aufs Meer.

Hugo räuspert sich. »Aber, na ja, es ist eben auch so … das Timing, also wie du weißt, sind wir gerade in einer sehr wichtigen Phase, der wichtigsten Phase in der Geschichte unseres Unternehmens, und die Zeit sitzt uns im Nacken.«

Dein Unternehmen, nicht unseres, stellt Tessa innerlich klar.

»Wir müssen das Baby unbedingt rechtzeitig ans Laufen kriegen.«

Baby, alle sprechen heute über Babys. Obwohl Hugo kein kleines aus Fleisch und Blut meint, sondern ein ziemlich großes aus Stahl. Arbeitstitel: Indiana Jones. Schwachsinniger Name, findet Tessa. Indiana Jones war ein attraktiver Schatzsucher, die Maschine, über die sie hier sprechen, ist ein Monster. Ein Monster, an dessen Erschaffung sie ganz maßgeblich beteiligt war, aber nur, weil sie am Anfang keine Alternative sah. Seit einigen Wochen ist es schon einsatzbereit, aber das sagt sie nicht. Ihr wird übel, wenn sie daran denkt, dass es jemals ins Wasser gehen könnte.

Sie sagt: »Mach dir mal keine Sorgen, Hugo. Wir sind schon kurz vor dem Ziel.«

»Da bin ich beruhigt«, sagt Hugo mit einem nervösen Lachen. »Dann sehen wir uns am Montag, ja?«

Wenn sie ihre Forschungsarbeit wirklich veröffentlichen will, die, die Hugo um sein Unternehmen bringen könnte, dann muss sie das bald tun. »Am Montag.«

»Gute Besserung, meine Liebe. Ich verlasse mich auf dich.«

Hugo legt auf, Tessa fährt sich durch ihre kurzen Haare. Hinter ihrem Rücken klackern Annes Stricknadeln.

»Ich muss los.«

Anne lässt das Strickzeug sinken. »Jetzt schon?«

»Was Dringendes wegen der Arbeit.«

»Ich dachte, du bist diese Woche krankgeschrieben.«

»Manche Sachen können nicht warten.«

Anne seufzt. »Wie soll denn das in Zukunft funktionieren, wenn du erst Ehefrau und Mutter bist?«

Kurz darauf steht Tessa vier Stockwerke tiefer auf der Straße. Sie geht die Trompstraat entlang, überquert den Boulevaard Barnard und hat einige Schritte weiter Sand unter den Füßen. Ein Strandspaziergang, bevor sie den Zug nach Hause nimmt, das hilft vielleicht gegen Übelkeit und Gedankenwirrwarr.

Tessa geht Richtung Norden, sie mag diesen Geruch nach Algen mit einer Note von fauligem Fisch. Über ihr graugrüne Wolkenberge, rechts die hohen Apartmenthäuser und Hotels der Stadt, die vielleicht einmal hübsch war, als sie noch vom Fischfang und nicht von Urlaubsgästen lebte. An diesem Tag ist es den Touristen allerdings zu kühl und stürmisch. Die Sonnenliegen sind allesamt weggeräumt, außer Tessa haben sich nur ein Mann mit seinem Dalmatiner und ein junges Pärchen mit ihrem bunt gestreiften Lenkdrachen nach draußen getraut.

Unter Tessas Füßen schmatzt der nasse Sand, links von ihr jammert das aufgewühlte Meer mit dem Wind um die Wette, und in diesem Moment wird ihr klar, dass sie sich schon längst entschieden hat. Scheiß auf Hugo, scheiß auf ihren Arbeitsvertrag, scheiß auf das schöne Apartment, das sie sich vermutlich nicht mehr leisten können wird, wenn sie aus der freien Wirtschaft in die Forschung wechselt.

Sie, Tessa Teuling, wird die Tiefsee retten. Oder, na ja, wenigstens dafür sorgen, dass ihre Zerstörung bis auf weiteres verschoben wird. Ihre Forschungsarbeit, mit der sie genau das gedenkt zu tun, ist so gut wie fertig, sie muss nur noch Korrektur gelesen werden, dann kann Tessa sie veröffentlichen. Was Luuk wohl dazu sagen wird? Ein Gemisch aus Unruhe und Eifersucht brandet durch ihren Unterleib, als sie an ihren Verlobten denkt. Es macht sie verrückt, dass sie nicht weiß, wo das herkommt. Sind das normale Verlustängste? Die versponnenen Gedanken einer Kontrollfanatikerin? Oder will ihr Unterbewusstsein sie vor etwas warnen? Sie muss das rausfinden, bevor sie das Wort »Hochzeit« überhaupt noch einmal denkt. Nur wie? Sie kann Luuks Treue wohl kaum mit einem Teststreifen kontrollieren, als wäre sie ein pH-Wert. Selbst eine Erbgutanalyse würde ihr nicht weiterhelfen. Denn wenn sie sich richtig erinnert, ist eine Schweizer Studie erst kürzlich zu dem Ergebnis gekommen, dass es nicht genetisch bedingt ist, ob Säugetiere poly- oder monogam leben.

Tessa bleibt stehen und beugt sich zu einem Strahlenkörbchen hinunter. Von den bunten Trogmuscheln gibt es Unzählige an den niederländischen Stränden, aber diese eine glänzt sie so an, als hätte jemand hinter der spröden, dünnen Schale eine Kerze entzündet. Plötzlich lächelt Tessa. Sie selbst wird Luuks Treue nicht testen können, aber dafür gibt es ja Profis.

Eine Zugfahrt und anderthalb Stunden später geht Tessa Teuling die Raamgracht entlang. Gut geht es ihr immer noch nicht, aber besser. Die Übelkeit hat nachgelassen, und ob dem, was sie gerade vorhat, fühlt sie sich so ungewohnt verwegen, als hätte sie sich gerade selbst neu erfunden.

Als sie schließlich vor der Lakshmi steht, wird sie noch einmal unsicher. Vielleicht weil ihr doch moralische Zweifel kommen. Vielleicht aber auch, weil die Lakshmi so ein abgehalfterter alter Kahn ist. Im Sommer oder an einem sonnigen Herbsttag könnte es hier nett aussehen, mit ein paar Blumen an Deck, Liegen und bunten Hängematten. Aber heute ist alles grau. Die Fassaden der alten Kaufmannshäuser, das Herbstlaub und eben auch dieses Boot, das eindeutig schon bessere Tage erlebt hat. Die Farbe blättert an ein paar Stellen vom Rumpf, die Planken an Deck haben Moos angesetzt, die Reling ist voller Vogelkacke. Da hilft auch nicht, dass das Boot nach einer indischen Glücksgöttin benannt ist.

Etwas unschlüssig steht sie herum, überlegt, ob sie ihren Plan nicht doch wieder verwerfen soll, als sich plötzlich eine feuchte schwarze Nase über die Reling schiebt. Es folgt ein sehr haariges Gesicht mit traurigen Augen und großen Schlappohren. Tessa lacht auf. »Hallo, was bist du denn für ein Hübscher?«

Hinter dem Fellriesen taucht ein zweiter Hüne auf, ein zweibeiniger. »Der Hübsche ist Hund und ich bin Arie.«

Arie Poepjes, das weiß Tessa aus der Zeitung. Sie hat ihn sich anders vorgestellt, eleganter, eine niederländische Sherlock-Holmes-Version. Der echte Arie ist groß und breit, trägt einen abgewetzten blauen Parka, hat ein Gesicht, als wäre er jahrelang zur See gefahren, und sieht insgesamt ähnlich ramponiert aus wie sein Boot. »Willst du zu uns?« Er klingt freundlich.

»Ich glaube schon.«

Arie streckt ihr die Hand hin. »Willkommen an Bord der Hausboot-Detektei.«

2

Eine neue Kundin ist genau das, was die Hausboot-Detektei gerade braucht. Denn seit dem ersten großen Job ist die Auftragslage eher mau. Im August haben Arie, Maddie, Jan und Jack zwei wertvolle entlaufene Zuchtkatzen gesucht und nach drei Tagen im Saphaartier Park beim Entenärgern gefunden. Im September sind sie im Auftrag einer alten Dame auf Gespensterjagd gegangen. Eine Woche dauerte es, dann wussten sie, dass für den nächtlichen Spuk im Haus keineswegs ein Poltergeist, sondern der Schwiegersohn verantwortlich war. Er hatte darauf spekuliert, dass die verängstigte Frau ins Heim gehen und ihm und ihrer Tochter das Haus überlassen würde.

Seitdem: nichts.

Jetzt ist es Oktober, im Heizöltank herrscht Ebbe, und wenn kein neues Geld in die Kasse kommt, werden Arie und die anderen bald mit Daunenjacken und Heizdecken in der kleinen Kombüse sitzen. An kalten Abenden geht Arie schon jetzt früh zu Bett. Manchmal mit heißem Rumpunsch, aber seltener, als er eigentlich möchte, weil er Angst hat, sonst völlig zu versumpfen. Tagsüber reichen zum Aufwärmen noch Jans gute Suppen. Eine köchelt gerade auf dem Herd vor sich hin und verströmt das Aroma von angebratenen Zwiebeln, Knoblauch und frischen Kräutern.

»Riecht lecker hier«, sagt die Besucherin. Arie mag sie sofort dafür, dass sie den Duft kommentiert und nicht den Rest: die dreckigen Tassen in der Spüle, Hunds Pfotenabdrücke auf dem Holzboden, Jack und Maddie, die in dicken Wollpullovern und Jogginghosen auf dem Küchensofa herumlümmeln und nicht mal so tun, als würden sie arbeiten.

»Griechische Bohnensuppe, in fünfzehn Minuten fertig«, sagt Jan, der mit Schürze und Kochmütze am Herd steht. »Willst du eine Portion?«

»Besser keine Bohnensuppe, aber ein schwarzer Kaffee könnte helfen.« Sie nimmt ihre Mütze ab und schüttelt ihre dunkelbraunen, fingerlangen Fransen, die vermutlich immer windzerzaust aussehen. Den gelben Schal und das graue Männerjackett, das sie über dem Rollkragenpullover trägt, lässt sie an. Ist auch besser, bei den Temperaturen hier.

Jan füllt den Wasserkocher, Jack klappt seinen Laptop zu und nimmt die Füße von der Küchenbank, Maddie schiebt mit dem Unterarm ein Kartenspiel und ein paar Krümel zur Seite. Arie stellt sie vor: »Das sind die anderen im Team: Jan van Dijk, Maddie Hornix und Jack Addington.« Eine fehlt, denkt er im gleichen Augenblick. Elin Blomgren, die Fünfte im Bunde, weilt schon seit Monaten in Panama, weil sie … na ja, weil sie nach dem ersten Auftrag eben mal rausmusste.

»Mein Name ist Tessa Teuling«, sagt Tessa Teuling, setzt sich neben Jack auf die Bank und nimmt Maddie auf der anderen Seite des Tisches ins Visier. Maddie schaut ungerührt zurück.

»Bei *Wer zuerst blinzelt, hat verloren* gewinnt Maddie immer«, sagt Jack nach einigen Sekunden.

Tessa nickt und sagt: »Das könnte funktionieren.« Dann wendet sie den Blick ab und lächelt Jan an, der eine dampfende Tasse vor sie auf den Tisch stellt.

Versteh ich nicht, denkt Arie und kommt fast aus dem Gleichgewicht, weil die Lakshmi einen kleinen Hüpfer macht und sich gleichzeitig Hund an ihm vorbeischiebt. Fünf Leute und ein Neufundländer – da wird es auf so einem Hausboot schnell mal ein bisschen eng. Hund quetscht sich unter den Tisch, dreht sich um die eigene Achse, plumpst auf den Boden und schaut sein Herrchen erwartungsvoll an. Arie besinnt sich, dass er hier so etwas wie der Chef ist, auch wenn er es nicht so nennen würde und die anderen vermutlich auch nicht. Er nimmt einen Stapel Bücher von einem Hocker, legt ihn auf dem Boden ab, und setzt sich. »Was können wir denn für dich tun, Tessa?« Hund legt seinen Kopf auf Aries Fuß.

Tessa trinkt einen Schluck Kaffee. »Es ist so«, beginnt sie, stockt, räuspert sich und fängt von vorne an: »Ich will wissen, ob mein Verlobter treu ist.«

Ach herrje, denkt Arie. Klar, genau das gehört vermutlich zu den häufigsten Aufträgen einer Detektei. Und immerhin haben sie inzwischen ein Auto, einen sehr alten Volvo, bezahlt von dem großzügigen Katzenfinderlohn. Mit Auto ist so eine Observation eindeutig gemütlicher. Aber das ändert alles nichts daran, dass Arie lieber korrupte Politiker entlarven oder nach einem gestohlenen Kunstwerk suchen würde, notfalls auch noch mal nach Gespenstern.

»Du glaubst also, dass dein Verlobter eine Affäre hat?«, fragt Maddie nach.

»Nicht unbedingt gerade. Ich möchte aber wissen, ob er mich betrügen würde, wenn sich ihm die Gelegenheit dazu bietet.«

»Wie soll das denn gehen?«, fragt Jan.

»Mit einem Lockvogel«, erwidert Tessa.

»Es wird immer schlimmer«, murmelt Jack. Arie ist der glei-

340

chen Meinung, wirft ihm aber trotzdem einen warnenden Blick zu. Jack zuckt mit den Schultern.

»Ich suche also eine Frau, die Luuk scheinbar zufällig über den Weg läuft, mit ihm flirtet und so tut, als wäre sie an ihm interessiert. Geht er darauf ein ...« Tessa erklärt nicht mehr, was dann passiert, sondern deutet mit dem Finger auf Jans Kopf. »Deine Kochmütze bewegt sich.«

»Fru Gunilla ist aufgewacht.« Jan lüftet die weiße Mütze.

»Auf deinem Kopf sitzt ein Eichhörnchen«, sagt Tessa in einem Ton, in dem sie auch erzählen könnte, dass vor dem Fenster Kühe vorbeifliegen.

»Da sitzt sie gerne, ich glaube wegen der guten Aussicht«, bestätigt Jan. »Heute war sie aber müde vom Waldspaziergang und ist eingeschlafen.«

Fru Gunilla gähnt und widmet sich der Körperpflege. Erst leckt sie ihre Vorderpfoten ab, dann zieht sie die gesäuberten Krallen wie einen Kamm durch ihren buschigen Schwanz. Tessa schaut in ihre Tasse, so als überlege sie, ob ihr jemand was den Kaffee gemischt hat.

Maddie kichert. Arie grinst und erklärt: »Fru Gunilla ist als Baby aus dem Nest gefallen. Jan hat sie gefunden und aufgepäppelt. Seitdem ist sie unser Maskottchen.«

»Fru Gunilla, ungewöhnlicher Name«, sagt Tessa.

»Nach der Hobby-Detektivin Gunilla Lund, meist nur Fru Gunilla genannt, das ist eine Figur in einer schwedischen Krimiserie von Elin Blomgren«, sagt Maddie.

Tessa fällt offenbar ein, dass sie nicht wegen zahmen Eichhörnchen auf diesem Hausboot sitzt. »Maddie, du wärst als Lockvogel gut geeignet. Du bist genau sein Typ.«

Könnte hinhauen, denkt Arie. Denn die beiden Frauen sehen sich durchaus ähnlich. Zierlich gebaut, androgyne Gesichtszüge und ein Ausdruck in den Augen, der sagt, dass sie sich so schnell nicht unterkriegen lassen. Tessa Teuling wirkt im Gegensatz zu Maddie allerdings ein bisschen abgekämpft. Unter den Augen hat sie dunkle Schatten, und ihre Haut ist so blass, als wäre sie den ganzen Sommer lang nicht in der Sonne gewesen. Sorgen, zu viel Arbeit oder beides, tippt Arie.

»Warum fragst du nicht eine Freundin?«, will Maddie wissen.

»Ich habe nur eine, und die ist nicht Luuks Typ. Außerdem würde sie so etwas nicht machen – viel zu lieb.«

Jack runzelt die Stirn. »Und warum glaubst du, dass wir so etwas machen? Klar, Detektive beschatten natürlich dauernd potenziell untreue Ehemänner. Aber ein Lockvogel als echter Treuetest … Das ist noch mal was ganz anderes.«

Guter Punkt, findet Arie. Obwohl er sich schon denken kann, warum: Tessa hatte bestimmt die Zeitungsberichte nach der Sache rund um das hochkarätige Cateringunternehmen C'est Magnifique! gelesen. Dass sein Team und er damals einen Mordfall aufklären konnten – geschenkt. Hängengeblieben war bei den meisten vermutlich nur, dass die Hausboot-Detektive einen ethisch durchaus bedenklichen Auftrag angenommen hatten.

»Das war so eine spontane Idee«, murmelt Tessa und schaut sich um, als suche sie einen Fluchtweg. Sie stutzt, sieht zu Arie hinüber und sagt: »Ich bin eine coole Chica.«

»Ähm, ja«, sagt Arie und denkt: durchgeknallt, diese Tessa ist völlig durchgeknallt. Aber das denkt er nur ganz kurz, dann fällt ihm nämlich ein, dass genau dieser Satz auf dem Whiteboard über der Waschmaschine steht, als eine ihrer fünf Hausregeln.

»Das hier ist eine sehr merkwürdige Detektei«, stellt Tessa fest, und aus ihrer Tonlage wird nicht klar, ob sie das nun als

Kritik oder als Kompliment meint. Sie liest vor: »Die Hausboot-Detektei. Hausregeln. *Erstens: Die Hausboot-Detektive werden nicht wieder straffällig. Zweitens: Bei Streit unter Kollegen wird auf Handgreiflichkeiten möglichst verzichtet. Drittens: Ich bin eine coole Chica. Viertens: Fru Gunilla bleibt. Fünftens: Wenn doch, lassen wir sie nicht im Stich.*«

»Ähm, ja«, stammelt Arie gleich noch einmal.

Tessa sieht durchaus belustigt aus. »Habt ihr ernsthaft mal überlegt, Fru Gunilla abzugeben?«

»Eichhörnchen sind keine Haustiere. Abgesehen davon hat Fru Gunilla hier ziemlich viel Porzellan zerschlagen«, sagt Jack.

Jan rollt mit den Augen.

»Und die zweite Regel: Schlussfolgere ich da richtig, dass ihr alle vorbestraft seid?«

»Nur ein bisschen«, sagt Maddie.

»Witzig: Vier Vorbestrafte gründen ein Detektivbüro«, findet Tessa. »Nur auf die coole Chica kann ich mir keinen Reim machen.«

Maddie könnte Tessa jetzt erzählen, dass dieser Satz dort nur steht, weil es der einzige Satz ist, den ihre Schwester Isa schreiben kann. Und dass Isa 21 ist. Dann würden sich ihre Augen ein bisschen verengen, als eine unausgesprochene Warnung, jetzt bloß nichts Gemeines zu sagen oder mitleidig zu gucken. Zu Aries Erleichterung wechselt Maddie aber einfach das Thema: »Zurück zum Auftrag. Würde es dir als Beweis für seine potenzielle Untreue reichen, wenn er zurückflirtet, oder müsste er mich küssen?«

»Du würdest ihn küssen?«, ruft Jack entsetzt aus. Maddie reagiert mit einem irritierten Blick, Tessa schaut interessiert zwischen den beiden hin und her, bevor sie sagt: »Küssen muss nicht sein. Vielleicht etwas dazwischen. Also wenn er nicht erzählt, dass er verlobt ist und dir seine Nummer gibt, zum Beispiel.«

Jan krault gedankenverloren Fru Gunillas Nacken. »Ich habe noch eine wichtige Frage: Würde Luuk dich noch heiraten wollen, wenn er wüsste, dass du ihm so wenig vertraust?«

Plötzlich sieht Tessa Teuling sehr müde und auch ein bisschen traurig aus. Am liebsten würde Arie ihr nun einen Rumpunsch anbieten und eine warme Wolldecke um die Schultern legen.

Wäre beides nicht gut für den professionellen Eindruck, deshalb steht er nur auf und stellt eine Packung Stroopwafeln auf den Tisch. Jack und Maddie bedienen sich, Tessa rührt das mit Karamell gefüllte Gebäck nicht an. Stattdessen erzählt sie. Von diesem unguten Gefühl, das sie seit Wochen in der Magengegend spürt, davon, dass sie nicht weiß, ob sie den richtigen Riecher oder einfach ein doofes Eifersuchtsproblem hat. »Ich bin Wissenschaftlerin, ich kann das nicht so gut, mit diesem Bauchgefühl.« Mit einem traurigen Achselzucken fügt sie hinzu: »Das mit der Liebe vielleicht auch nicht.«

»Wer kann das schon?«, sagt Maddie.

Die Hausboot-Detektive jedenfalls nicht, denkt Arie, und er selbst am allerwenigsten. Schnell beugt er sich hinunter, um Hund über seinen großen haarigen Kopf zu streicheln.

»Übernehmt ihr den Auftrag?«, will Tessa wissen.

Jack grunzt unwillig. Schon klar, das ist ein klares Nein. Jan füttert sein Eichhörnchen mit Haselnüssen und macht ein sehr konzentriertes Gesicht dazu. Er möchte sich also raushalten. Arie will sagen: lieber nicht. So eine Detektei wollen sie nun wirklich nicht sein. Andererseits: das Heizöl. Er unterdrückt ein Seufzen und sagt: »Das entscheidet Maddie.«

Alle schauen Maddie an. Maddie sagt: »Bevor ich mich entscheide, will ich diesen Luuk wenigstens mal sehen.«

Eine Minute später hält sie Tessas Handy in der Hand und betrachtet ein Foto. Arie schaut ihr über die Schultern. Abenteuerlustig und ein bisschen verwegen sieht er aus, dieser Luuk Ruis, wie er da barfuß auf einer Wiese sitzt und Gitarre spielt. Dreitagebart, schulterlanges schwarzes Haar und um seine Stirn hat er ein blaues Tuch geschlungen, als würde er gleich noch zum Casting für einen Piratenfilm gehen. Luuk grinst in die Kamera, Maddie grinst zurück.

»Okay, ich mach's.«

Jack lässt Tessa Teuling hinaus und das grimmige Herbstwetter hinein. Ein Windstoß fegt durch die Kombüse, wirbelt einen Stapel unbezahlter Rechnungen auf. Fru Gunilla taucht in der Bauchtasche von Jans Hoodie ab, Arie setzt sich eine Mütze auf, Maddie ruft, er solle zumachen, damit sie nicht endgültig erfrieren. Jack hält sein Gesicht in den Nieselregen. Das Beiboot poltert gegen den Schiffsrumpf, zwischen den Bäumen am Ufer sieht Jack noch einmal Tessas langen Schal flattern, dann ist sie verschwunden. Er schließt die Tür und geht zurück zu den anderen, fest entschlossen, nicht lange zu bleiben, heute nicht und überhaupt. Es wird ihm hier alles zu eng. Aber bevor er geht, will er Suppe essen.

Jack nimmt vier Schüsseln aus dem Schrank, Arie schneidet Brot, Jan stellt den Topf auf den Tisch. Einen Löffel später ist Jack froh, dass er noch geblieben ist.

»Falls das nichts mehr wird mit unserer Hausboot-Detektei, könntest du ein Restaurant aufmachen«, sagt Arie.

»Das wird schon noch«, sagt Jan. Vermutlich hört er selbst, dass er nicht überzeugt klingt. Er fügt hinzu, dass das erste Jahr immer das schwerste sei und dass sie nun ja außerdem wieder einen Auftrag hätten.

Jack überlegt, welche Jobalternativen er so hätte. Wieder als

Ingenieur in einem Büro arbeiten – hier oder in seiner Heimatstadt London? Schwer vorstellbar. Als Ingenieur auf einem Containerschiff anheuern? Schon eher. Allerdings braucht man als Schiffsingenieur eine spezielle Ausbildung. Am einfachsten wäre vermutlich, er würde Tellerwäscher in Jans Restaurant werden.

»Glaubt ihr, Tessa geht selbst fremd?«, unterbricht Maddie Jacks Gedanken.

»Wie kommst du darauf?«, fragt Jan.

»Wir fürchten nur, was wir kennen«, sagt Maddie und klingt dabei so, als würde sie auf der Kanzel stehen und die Sonntagspredigt halten.

Arie rutscht vor Schreck die Suppe vom Löffel. Maddie grinst. »Habe ich neulich beim Antiaggressionstraining gelernt.«

»Deine Bewährungsauflage«, erinnert Arie sich.

Gar keine schlechte Idee, findet Jack. »Und, hilft es schon?«

»Keine Ahnung, du kannst es ja mal ausprobieren. Ich muss allerdings noch einige Gruppensitzungen absolvieren.« Maddie reißt ein Stück Brot ab und taucht es in die Suppe.

»Dass Tessa ihren Freund so auf die Probe stellen will, finde ich bedenklich«, sagt Jan. »Aber ansonsten war sie doch sehr sympathisch. Schon, dass sie so offen zugibt, nur eine Freundin zu haben.«

»Das ist aber auch ein bisschen traurig«, findet Maddie.

Jack schaut sie an. »Wie viele Freundinnen hast du denn?«

»Zwei, wovon eine leider sehr weit weg wohnt. Dafür zählt die andere doppelt.«

»Das glaube ich«, sagt Jan, es klingt fast ein wenig schwärmerisch. Jack wirft ihm einen Seitenblick zu. Jan hat Juanita, das ist Maddies beste Freundin und Nachbarin, seines Wissens erst einmal flüchtig getroffen. Offenbar hat sie einen bleibenden Eindruck hinterlassen.

»Außerdem habe ich noch drei gute männliche Freunde«, sagt Maddie zu Jack.

»Oh, du rechnest mich mit ein. Welch eine Ehre.«

»Eigentlich meinte ich Arie, Jan und Hund. Aber gut, ich will mal nicht so sein: vier gute männliche Freunde also.«

»Na vielen Dank«, sagt Jack. »Du hast es zwar nicht verdient, aber ich komme zu diesem Treffen trotzdem mit.«

»Zu welchem Treffen?«

»Zu welchem Treffen?«, wiederholt Jack genervt. »Keine Ahnung, was du in den nächsten Tagen so alles vorhast, aber ich meinte das Treffen mit Luuk.«

Maddie sieht ehrlich erstaunt aus. »Willst du ihm einen flotten Dreier vorschlagen, oder was? Ich bin nicht sicher, ob das der Auftragsbeschreibung entspricht.«

Himmel, sie kann ihn in den Wahnsinn treiben, denkt Jack. Vermutlich sollten sie froh sein, dass sie eine feste Beziehung nie hinbekommen haben. Wenn er nur nicht so oft an sie denken müsste. »Ich halte mich natürlich im Hintergrund. Aber einer muss auf dich aufpassen. Wir kennen den schließlich nicht.«

Maddies Mundwinkel zucken. »Manchmal bist du ja doch sehr süß.«

Das Schlimme ist, dass Jack weiß, dass sie recht hat mit ihrem Spott. Maddie hat lange als Krav-Maga-Trainerin gearbeitet. Sie beherrscht Nahkampftechniken, mit denen sogar das israelische Militär arbeitet, und kann Typen, die doppelt so schwer wie sie sind, ohne sichtbare Anstrengung auf die Matte legen. Er dagegen, nun ja, er hat noch nie jemanden umgehauen und droht ohnmächtig zu werden, wenn er Blut sieht. »Dann geh halt allein.«

»Irgendjemand Rumpunsch? Oder Irish Coffee?«, fragt Arie.

»Vielleicht sollten wir besser darüber nachdenken, wie wir

in Zukunft andere Aufträge an Land ziehen können«, schlägt Jan vor.

Arie steht auf und macht Instantkaffee für alle, ohne Whiskey. »Wir könnten versuchen, einen etwas seriöseren Eindruck zu machen.«

Jan lacht. »Du meinst: öfters putzen? Espresso statt Instantkaffee? Jeans statt Jogginghosen? Keine schlafenden Eichhörnchen unter Kochmützen? Ein geheiztes Besprechungszimmer? So was?«

»Zum Beispiel.«

»Klingt langweilig«, sagt Maddie.

»Die Sache hat sowieso einen Haken«, argumentiert Jack. »All das sehen die Leute erst, wenn sie an Bord sind. Sie müssten uns aber schon vorher einen richtigen Auftrag geben wollen.«

»Was macht eigentlich unsere Homepage?«, erkundigt sich Maddie.

»Ich arbeite dran«, sagt Jack, obwohl das höchstens im Ansatz der Wahrheit entspricht.

»Da können wir dann auch unsere Spezialgebiete nennen«, sagt Jan.

Arie stellt die Kaffeetassen auf den Tisch, in seine schüttet er viel Milch und noch mehr Zucker. »Was sind denn unsere Spezialgebiete?«

»Große Expertise in der Vermisstensuche«, sagt Maddie. Weil Arie fragend die Augenbrauen hochzieht, fügt sie noch hinzu: »Na, wegen der Katzen.«

Jack muss wider Willen grinsen.

Weiter hinten im Boot rumpelt es. »Fru Gunilla«, ruft Jan streng und springt auf. Aus Jans Bauchtasche lugt ein rotbrauner Eichhörnchenkopf mit großen Knopfaugen hervor.

»Sie ist ausnahmsweise unschuldig«, sagt Jack, und Jan setzt sich wieder. »Die Wellen. Da fällt schon mal was um«, erklärt Arie, während Hund einmal durchs ganze Boot tapst, um zu schauen, ob da nicht doch ein Einbrecher ist.

Maddie räumt den Tisch ab und lässt Wasser ins Spülbecken laufen. »Wir könnten uns die Arbeit für den Anfang auch einfach selbst suchen. Zu tun gibt es in dieser Stadt doch wahrlich genug.«

»Zwangsprostitution, Bandenkriminalität, Drogen«, beginnt Jan aufzuzählen.

»Ich dachte eher an Fahrraddiebe«, murmelt Maddie.

»Wenn wir eine große Drogenbande hochgehen lassen, bekommen wir Mega-Presse und vermutlich mehr Aufträge, als wir annehmen können«, sagt Jack begeistert.

Maddie macht ein Zahnschmerz-Gesicht. »Du liest keine Nachrichten, oder?«

Jan betrachtet Fru Gunilla, die gerade auf seiner ausgestreckten Hand balanciert. »Da mache ich doch lieber ein Restaurant auf. Aufregende Aufträge: ja. Sterben: nein.«

Er übertreibt, findet Jack. Arie nicht. Er erzählt, dass zwei seiner Ex-Kollegen aus dem Drogendezernat Ende letzten Jahres erschossen wurden. Die anderen hätten nun rund um die Uhr Personenschutz.

Maddie trocknet sich die Hände ab und schreibt auf das Whiteboard: 6. *Aufregende Aufträge: ja. Sterben: nein.* »Obwohl … wenn ihr das ernst meint mit dem seriöseren Eindruck, sollten wir die Hausregeln vor dem nächsten Kundenbesuch möglicherweise wegwischen.«

»Möglicherweise sollten wir aber auch einfach dazu stehen, dass wir ein klein wenig schräg sind«, sagt Jan.

Arie kratzt sich am Kopf.

Jack schaut auf die Uhr. Kurz vor vier, er wollte doch schon längst weg sein. »Ich muss los«, sagt er, steht auf und zieht seine Regenjacke an. Hund stellt sich schwanzwedelnd an die Tür, er hofft auf einen Gruppenspaziergang. »Später«, vertröstet Arie das Tier, da ist Jack schon halb an Deck.

Er schwingt sich auf sein Fahrrad. Links geht es nach Hause, wenn man das WG-Zimmer in der seelenlosen Hochhaussiedlung am südwestlichen Stadtrand, eine halbe Stunde von der Lakshmi entfernt, denn als Zuhause bezeichnen will. Jack biegt rechts ab. Der Regen ist dichtem Nebel gewichen, einem Gemisch aus Wassertröpfchen und Abgasen. Er fährt ziellos umher, raus aus dem Grachtengordel, am Tropenmuseum vorbei, dann durch den Oosterpark. Viel zu schnell für dieses Wetter tritt er in die Pedale, als könne er so der inneren Unruhe entkommen, dabei weiß er nur zu gut, dass es gegen die nur ein Mittel gibt: weiterziehen, den Job und die Stadt wechseln, am besten gleich das Land. Aber auch das hilft immer nur eine Weile.

Zwei Stunden später betritt Jack müde, hungrig und schlecht gelaunt die WG. In der Küche wird gelacht, bis er die Tür öffnet. Seine beiden Mitbewohner, zwei dröge Jura-Studenten, schauen ihn genervt an. Mit am Tisch sitzen zwei junge Frauen, die Jack hier noch nie gesehen hat, von der Sorte Puder, Pullunder und Perlohrringe. Auch sie sind verstummt und betrachten ihn mit einer Mischung aus wissenschaftlichem Interesse und Abneigung. Aber vielleicht bildet er sich das auch nur ein, er will nicht ausschließen, dass er heute etwas überempfindlich ist. »Hi und guten Appetit«, sagt er, so freundlich wie er kann, und wirft einen Blick auf die große Platte mit Sushi, die zwischen den vieren steht.

Erscheint bei FISCHER Taschenbuch
© 2023 S. Fischer Verlag GmbH,
Hedderichstraße 114, 60596 Frankfurt am Main
ISBN 978-3-596-70679-2

Anna Schneider
GRENZFALL -
Der Tod in ihren Augen
Kriminalroman

Am Brauneck in Lenggries wird an einer Felswand eine leb-
lose Frau entdeckt. Ein grausam inszenierter Mord, wie sich
herausstellt. Dem Oberkörper der Toten wurden Beine aus
Stroh angenäht. Kurz darauf tauchen weitere Leichenteile
am Achensee in Tirol auf. Weshalb wurde die Leiche auf
zwei Länder verteilt? Für Oberkommissarin Alexa Jahn, die
gerade bei der Kripo Weilheim angefangen hat, ist es die
erste große Ermittlung. Sie könnte Unterstützung gebrauchen, doch auf den österreichischen Kollegen, Chefinspek-
tor Bernhard Krammer, kann sie zunächst nicht zählen.

Der erste Fall für Jahn und Krammer

432 Seiten, Klappenbroschur

Weitere Informationen finden Sie auf
www.fischerverlage.de

AZ 596-70050/1